U0084272

古典文獻研究輯刊

九　編

潘美月・杜潔祥 主編

第14冊

清代《爾雅》學

盧 國 屏 著

國家圖書館出版品預行編目資料

清代《爾雅》學／盧國屏著—初版—台北縣永和市：花木蘭文化出版社，2009〔民98〕

序4+目10+314面；19×26公分

（古典文獻研究輯刊　九編；第14冊）

ISBN：978-986-254-022-0（精裝）

1. 爾雅　2. 雅學　3. 研究考訂　4. 清代

802.11　　98014580

ISBN - 978-986-2540-22-0

古典文獻研究輯刊

九　編　第十四冊　　ISBN：978-986-254-022-0

清代《爾雅》學

作　　者　盧國屏

主　　編　潘美月　杜潔祥

總 編 輯　杜潔祥

校　　對　蔡世明

企劃出版　北京大學文化資源研究中心

出　　版　花木蘭文化出版社

發 行 所　花木蘭文化出版社

發 行 人　高小娟

聯絡地址　台北縣永和市中正路五九五號七樓之三

電話：02-2923-1455／傳眞：02-2923-1452

網　　址　http://www.huamulan.tw 信箱 sut81518@ms59.hinet.net

印　　刷　普羅文化出版廣告事業

初　　版　2009年9月

定　　價　九編20冊（精裝）新台幣31,000元

清代《爾雅》學

盧國屏　著

作者簡介

盧國屏，1962年生。學歷：國立政治大學中國文學研究所博士，現職：淡江大學中國文學系、漢語文化暨文獻資源研究所專任教授；中國淮南師範學院終身特聘教授。曾任淡江大學中文系主任、中華民國漢語文化學會理事長、加州大學沙加緬度分校（California State University , Sacramento）研究教授。專業領域與歷年授課範疇：文字學、聲韻學、訓詁學、漢語文化學、國際漢語教學、語言政策規劃等。

提　要

《爾雅》為訓詁之祖，所以通古今之異言，釋方俗之殊語者也，凡言訓詁之學，必求之《爾雅》。治《爾雅》，又所以訓古訓也，古訓晦則群經不可得而明；不通《爾雅》，無以治群經；是《爾雅》者，又通經之資也。《爾雅》多載草木鳥獸之名，則欲博物不惑，多識鳥獸草木之名，又莫近於《爾雅》。清以前治《爾雅》者寡，元、明二代，經訓榛蕪，《爾雅》學之傳，又不絕若縷。迨清世漢學復興，通經者必資詁訓，於是《爾雅》一書，復見重儒林。一時作者輩出，言訓詁者能本於聲音，考名物者能證之目驗，故《爾雅》至此大明，後之治《爾雅》者，莫不以清儒為階。本書以「清代《爾雅》學」為題，即所以表彰其學，並沿流討源者也。

本書，約二十七萬字，凡十章及附錄二種，內容大要如下：

第一章　緒論：敘述本書研究動機目的，前人研究成果及本書研究之內容。《爾雅》為訓詁之祖，文字、聲韻、訓詁之學，必借《爾雅》而後能通。《爾雅》又為通經之資，故戴震《爾雅文字考・自序》曰：「儒者治經，宜自《爾雅》始。」足見《爾雅》一書之重要。《爾雅》自漢代初盛以來，除晉・郭璞《注》、唐・陸德明《釋文》、宋・邢昺《疏》為可觀外，佳作不多。唐以降，《雅》故漸疏，《爾雅》學甚且幾於墜廢。迨乎清世，崇尚經學，通經必資詁訓，《爾雅》一書，見重儒林，經師大儒，群起而治，有清一代，可視為《爾雅》學史上，最重要之時期，為治《爾雅》者之所必究。

第二章　清以前之《爾雅》學：清儒之《爾雅》學，獨創者固多，然紹繼前人者，亦復不少，故由漢至明，歷代之《爾雅》學成就，咸可視為清儒之基礎，當有所論述，而後清儒之成果，能比較見之。回顧《爾雅》歷史，漢代可謂初盛，至晉・郭璞《注・序》，已謂注者十餘，惟皆已散佚，良可惜也。魏晉南北朝之《爾雅》學，則以郭璞《注》為代表，郭璞錯綜舊注，博稽群籍，以圖輔說，成《爾雅注》，不惟魏晉南北朝，至清言《爾雅》注者，亦咸以為宗。唐・陸德明，會萃諸家之音，成《爾雅音義》，而言《爾雅》音者宗之，亦為隋、唐二代《雅》學之代表。自唐而後，則《雅》故漸疏，一以郭《注》為主，而諸家之注漸湮。宋、元、明三代，僅邢昺《疏》差勝，餘皆不足當之。又以侈談性理，漢學日荒，《爾雅》學之復盛，惟待之清儒。

第三章　清代《爾雅》學之背景：《爾雅》為小學重鎮，小學為清代樸學之一環，清儒之治《爾雅》，與樸學之興盛，有密切之關係。當時之學術背景為：儒學趨於考據，樸學繼之而興，而小學亦蔚為大國。政治背景則順治時有嚴禁講學之令，康、雍、乾三朝又有文字之獄興，而亦以右文之勢，籠絡清代一流之學者。清代《爾雅》學之所以興盛，又因前代《爾雅》學之不足：一曰著作不豐；二曰舊著凋殘；三曰體系不全；有斯三者，遂令清儒群起而治之也。

第四章　清代《爾雅》學著述考（上）：將本書所收清儒《爾雅》著述一六八種，分十二類著錄。本章著錄校勘類十八種、輯佚類十六種、補正類十二種、文字類七種、疏證類六種、補箋類十三種。

第五章　清代《爾雅》學著述考（下）：為前章之續，著錄釋例類一種、考釋類三十七種、音讀類八種、雜著類九種、擬《雅》類二十八種、其它類十三種。

第六章　清代《爾雅》要籍析論（上）：補正類，周春《爾雅補注》就鄭氏《注》，旁及諸家之說，彙為一編，補郭《注》之未詳，正邢《疏》之已誤，為補正類之佳作，書成甚早，於清儒影響甚大。疏證類，郡晉涵《爾雅正義》，為宋・邢昺《疏》以下首見之《爾雅》疏，首創校文、博義、補郭、證經、明聲、辨物六大體例，清儒治《爾雅》者，規模大抵不出邵氏。文字類，嚴元照《爾雅匡名》，大旨以《說文》校《爾雅》，辨經字之正俗，清儒取《說文》校釋《爾雅》文字者，以此為善本。校勘類，阮元《爾雅注疏校勘記》，為歷來校勘《爾雅》之唯一鉅著，取用善本最多，校得文字之異同，最足為治《爾雅》者之參考。此四者即本章論述之重點，藉以窺知清儒治《爾雅》之內容。

第七章　清代《爾雅》要籍析論（下）：為前章之續。補箋類，胡承珙《爾雅古義》，凡《爾雅》文字為後人所亂，偏旁俗增改易等《爾雅》古義不見於今書者，皆旁搜博引以證明，為清儒補箋類之可觀者。疏證類，郝懿行《爾雅義疏》與邵氏《正義》，並為清世《爾雅》學之代表，體制雖承《正義》而來，然能後出轉精，加詳於邵氏，為治《爾雅》者必究之書。輯佚類，黃奭《爾雅古義》輯古《雅》音注十種，末二卷又收不詳姓氏之眾家《注》，各篇另有小序，所謂微言佚而更出，奧義缺而復彰，《爾雅》古注，實賴是而存也。

第八章　清儒對《爾雅》作者時代及篇卷之考證：《爾雅》作者時代之問題，歷來異說迭起，未有定論。清儒之考證則有：以為周公所制、後人所補者，邵晉涵等主之；以為周公所制、孔門所補者，夏味堂等主之；以為周公所作、後人又附益之者，孫星衍主之；以為孔門所作者，臧庸主之；以為成於《六經》未殘之時者，戴震主之；以為秦、漢間學者所纂集者，崔述主之；以為漢人所作者，姚際恆主之；以為成於毛公以後、漢武以前者，《四庫提要》主之；以為劉歆偽作者，康有為主之。至於清儒對《爾雅》篇卷之考證，則有四說：一以為有〈序篇〉一篇，王鳴盛等主之；二以為有〈釋禮〉一篇，翟灝主之；三以為〈釋詁〉文多古分上、下，宋翔鳳等主之；四以為〈釋詁〉分上、下又別有〈序篇〉，亦宋翔鳳所主。

第九章　清儒由《爾雅》發端之學：清儒於研究《爾雅》之中，又發展出其它相關之學，即互訓派之轉注、釋詞之學、名物考證之學、擬《雅》之學是也。戴震、段玉裁等以《爾雅》之互訓即六書之轉注，從其說者眾，衍為清世言轉注之最大派。釋詞之學，劉淇、王引之肇其端，王氏《經傳釋詞》為釋詞學之代表，其〈自序〉即曰：「語詞之釋，肇於《爾雅》。」名物考證學，為清儒至特殊之學，緣以小學之發達，故諸家能窮究於一名一物之考辨，成就極大。擬《雅》之學亦是清儒之獨創，取材範圍之廣，又溢出《爾雅》甚多，而其例皆仿《爾雅》而來，是又清儒治《爾雅》外之盛事也。

第十章　結論：歸納清代《爾雅》學之特色與貢獻，計有：精於文字校勘、精於搜覓輯佚、精於文字聲韻、新的義疏之學、擬《雅》之學興盛、《雅》學系統研究六端。本章並檢討本書研究之成果、限制，提供未來研究之方向。

附錄一　「歷代《爾雅》著作表」：將本文著錄之歷代《爾雅》著作，依編號、書名、卷數、作者、時代、存佚、內容大要、板本、備考之序，制表以便檢索尋覽。

附錄二　「歷代《爾雅》藝文紀事繫年表」：將所考歷代《爾雅》藝文紀事，依編號、國號、帝號年號年數、西元、藝文紀事、備考之序，制表以便檢索尋覽，《爾雅》學之源流，或可約略而知。

目次

代　序

《爾雅》爲訓詁之祖，所以通古今之異言，釋方俗之殊語者也，凡言訓詁之學，必求之《爾雅》。治《爾雅》，又所以訓古訓也，古訓晦則群經不可得而明；不通《爾雅》，無以治群經；是《爾雅》者，又通經之資也。《爾雅》多載草木鳥獸之名，則欲博物不惑，多識鳥獸草木之名，又莫近於《爾雅》。清以前治《爾雅》者寡，元、明二代，經訓榛蕪，《爾雅》學之傳，又不絕若縷。迨清世漢學復興，通經者必資詁訓，於是《爾雅》一書，復見重儒林。一時作者輩出，言訓詁者能本於聲音，考名物者能證之目驗，故《爾雅》至此大明，後之治《爾雅》者，莫不以清儒爲階。本書以「清代《爾雅》學」爲題，即所以表彰其學，並沿流討源者也。

本書約二十七萬字，凡十章及附錄二種，內容大要如下：

第一章　緒論：敘述本書研究動機目的，前人研究成果及本書研究之內容。《爾雅》爲訓詁之祖，文字、聲韻、訓詁之學，必借《爾雅》而後能通。《爾雅》又爲通經之資，故戴震《爾雅文字考・自序》曰：「儒者治經，宜自《爾雅》始。」足見《爾雅》一書之重要。《爾雅》自漢代初盛以來，除晉・郭璞《注》、唐・陸德明《釋文》、宋・邢昺《疏》爲可觀外，佳作不多。唐以降，《雅》故漸疏，《爾雅》學甚且幾於墜廢。迨乎清世，崇尚經學，通經必資詁訓，《爾雅》一書，見重儒林，經師大儒，群起而治，有清一代，可視爲《爾雅》學史上，最重要之時期，爲治《爾雅》者之所必究。

第二章　清以前之《爾雅》學：清儒之《爾雅》學，獨創者固多，然紹繼前人者，亦復不少，故由漢至明，歷代之《爾雅》學成就，咸可視爲清儒之基礎，當有所論述，而後清儒之成果，能比較見之。回顧《爾雅》歷史，漢代可謂初盛，至晉・郭璞《注・序》，已謂注者十餘，惟皆已散佚，良可惜也。魏晉南北朝之《爾雅》學，則以郭璞《注》爲代表，郭璞錯綜舊注，博稽群籍，以圖輔說，成《爾雅注》，不惟魏晉南北朝，至清言《爾雅》注者，亦咸以爲宗。唐・陸德明，會萃諸家之音，成《爾雅音義》，而言《爾雅》音者宗之，亦爲隋、唐二代《雅》學之代表。自唐而後，則《雅》故漸疏，一以郭《注》爲主，而諸家之注漸湮。宋、元、明三代，僅邢昺《疏》差勝，餘皆不足當之。又以侈談性理，漢學日荒，《爾雅》學之復盛，惟待之清儒。

第三章　清代《爾雅》學之背景：《爾雅》爲小學重鎮，小學爲清代樸學之一環，清儒之治《爾雅》，與樸學之興盛，有密切之關係。當時之學術背景爲：儒學趨於考據，樸學繼之而興，而小學亦蔚爲大國。政治背景則順治時有嚴禁講學之令，康、雍、乾三朝又有文字之獄興，而亦以右文之勢，籠絡清代一流之學者。清代《爾雅》學之所以興盛，又因前代《爾雅》學之不足：一曰著作不豐；二曰舊著凋殘；三曰體系不全；有斯三者，遂令清儒群起而治之也。

第四章　清代《爾雅》學著述考（上）：將本書所收清儒《爾雅》著述一六八種，分十二類著錄。本章著錄校勘類十八種、輯佚類十六種、補正類十二種、文字類七種、疏證類六種、補箋類十三種。

第五章　清代《爾雅》學著述考（下）：爲前章之續，著錄釋例類一種、考釋類三十七種、音讀類八種、雜著類九種、擬《雅》類二十八種、其它類十三種。

第六章　清代《爾雅》要籍析論（上）：補正類，周春《爾雅補注》就鄭氏《注》，旁及諸家之說，彙爲一編，補郭《注》之未詳，正邢《疏》之已誤，爲補正類之佳作，書成甚早，於清儒影響甚大。疏證類，邵晉涵《爾雅正義》，爲宋・邢昺《疏》以下首見之《爾雅》疏，首創校文、博義、補郭、證經、明聲、辨物六大體例，清儒治《爾雅》者，規模大抵不出邵氏。文字類，嚴元照《爾雅匡名》大旨以《說文》校《爾雅》，辨經字之正俗，清儒取《說文》校釋《爾雅》文字者，以此爲善本。校勘類，阮元《爾雅注疏校勘記》，爲歷來校勘《爾雅》之唯一鉅著，取用善本最多，校得文字之異同，最足爲治《爾雅》者之參考。此四者即本章論述之重點，藉以窺知清儒治《爾雅》之內容。

第七章　清代《爾雅》要籍析論（下）：爲前章之續。補箋類，胡承珙《爾雅古義》，凡《爾雅》文字爲後人所亂，偏旁俗增改易等《爾雅》古義不見於今書者，皆旁搜博引以證明，爲清儒補箋類之可觀者。疏證類，郝懿行《爾雅義疏》與邵氏《正義》，並爲清世《爾雅》學之代表，體制雖承《正義》而來，然能後出轉精，加詳於邵氏，爲治《爾雅》者必究之書。輯佚類，黃奭《爾雅古義》輯古《雅》音注十種，末二卷又收不詳姓氏之眾家《注》，各篇另有小序，所謂微言佚而更出，奧義缺而復彰，《爾雅》古注，實賴是而存也。

第八章　清儒對《爾雅》作者時代及篇卷之考證：《爾雅》作者時代之問題，歷來異說迭起，未有定論。清儒之考證則有：以爲周公所制、後人所補者，邵晉涵等主之；以爲周公所制、孔門所補者，夏味堂等主之；以爲周公所作、後人又附益之者，孫星衍主之；以爲孔門所作者，臧庸主之；以爲成於《六經》未殘之時者，戴震主之；以爲秦、漢間學者所纂集者，崔述主之；以爲漢人所作者，姚際恆主之；以爲成於毛公以後、漢武以前者，《四庫提要》主之；以爲劉歆僞作者，康有爲主之。至於清儒對《爾雅》篇卷之考證，則有四說：一以爲有〈序篇〉一篇，王鳴盛等主之；二以爲有〈釋禮〉一篇，翟灝主之；三以爲〈釋詁〉文多古分上、下，宋翔鳳等主之；四以爲〈釋詁〉分上、下又別有〈序篇〉，亦宋翔鳳所主。

第九章　清儒由《爾雅》發端之學：清儒於研究《爾雅》之中，又發展出其它相關之學，即互訓派之轉注、釋詞之學、名物考證之學、擬《雅》之學是也。戴震、段玉裁等以《爾雅》之互訓即六書之轉注，從其說者眾，衍爲清世言轉注之最大派。釋詞之學，劉淇、王引之肇其端，王氏《經傳釋詞》爲釋詞學之代表，其〈自序〉即曰：「語詞之釋，肇於《爾雅》。」。名物考證學，爲清儒至特殊之學，緣以小學之發達，故諸家能窮究於一名一物之考辨，成就極大。擬《雅》之學亦是清儒之獨創，取材範圍之廣，又溢出《爾雅》甚多，而其例皆仿《爾雅》而來，是又清儒治《爾雅》外之盛事也。

第十章　結論：歸納清代《爾雅》學之特色與貢獻，計有：精於文字校勘、精於搜覓輯佚、精於文字聲韻、新的義疏之學、擬《雅》之學興盛、《雅》學系統研究六端。本章並檢討本書研究之成果、限制，提供未來研究之方向。

附錄一　「歷代《爾雅》著作表」：將本書著錄之歷代《爾雅》著作，依編號、書名、卷數、作者、時代、存佚、內容大要、板本、備考之序，制表以便檢索尋覽。

附錄二　「歷代《爾雅》藝文紀事繫年表」：將所考歷代《爾雅》藝文紀事，依編號、國號、帝號年號年數、西元、藝文紀事、備考之序，制表以便檢索尋覽，《爾雅》學之源流，或可約略而知。

筆者初受《雅》訓，知《爾雅》爲訓詁、群經之錧鎋：有清一代，又爲《爾雅》發展史上之重要時期，爰取此題爲究。惟受性顓愚，識限方域，固陋是虞。幸　李師威熊，教誨諄諄，於全篇結構、中心議題、材料取舍、結論得失，乃至文字修辭，多所指導諟正；及所上諸師，勉勵有加，方能如期完成。但其中疏漏，在所難免，企盼當世俊哲，叩其兩端，匡厥紛謬，以啓余之不逮也。又助余校勘者，成功大學歷史語言研究所曾德宜，謹附記誌謝。

中華民國七十六年十二月盧國屏
謹識於政治大學中國文學研究所

第一章　緒　論

第一節　本書研究之動機與目的

古訓詁之書，其傳世者以《爾雅》爲最早。而《爾雅》者，所以通古今之異言，釋方俗之殊語也，凡言訓詁之學，必求之《爾雅》。戴震曰：「士生三古後，時之相去千百年之久，視乎地之相隔千里之遠無以異，昔之婦孺聞而輒曉者，更經學大師轉相講授，而仍留疑義，則時爲之也。」〔註 1〕蓋文字之義，展轉遞變，古時之通義，至今日異其解說者，不知凡幾，而《爾雅》既通古今異言，釋方俗殊語，故求古代文字之訓詁，當求之於《爾雅》。

《爾雅》與《六經》之關係密切，戴震曰：「援《爾雅》附經而經明，證《爾雅》以經而《爾雅》明。」〔註 2〕蓋「治《爾雅》，所以訓古訓也，《爾雅》晦則古訓晦，古訓晦則群經不可得而明。故不治群經，無以通《爾雅》，而不通《爾雅》，亦無以治群經。欲治經則《爾雅》不可晦也，欲治《爾雅》則古訓不可廢也。」〔註 3〕是《爾雅》與《六經》又相爲表裏也。

《爾雅》既主訓詁，又資通經，〔註 4〕故宋翔鳳謂爲「訓詁之淵海，《五經》之梯航。」〔註 5〕而古今論《爾雅》之特色與重要性者，當以郭璞所言爲最詳，郭氏《爾雅注・序》曰：「夫《爾雅》者，所以通詁訓之指歸，敘詩人

〔註 1〕戴震《爾雅文字考・自序》。
〔註 2〕任基振《爾雅注疏箋補》戴震〈序〉。
〔註 3〕徐孚吉《爾雅詁・自序》。
〔註 4〕戴震《爾雅文字考・自序》：「儒者治經，宜自《爾雅》始。」
〔註 5〕郝懿行《爾雅義疏》宋翔鳳〈序〉。

之興詠，總絕代之離詞，辨同實而殊號者也。誠九流之津涉，《六藝》之鈐鍵，學覽者之潭奧，摛翰者之華苑也。若乃可以博物不惑，多識於鳥獸草木之名者，莫近於《爾雅》。」則《爾雅》一書，不僅爲訓詁之正義，且爲「《詩》《書》之襟帶」，〔註 6〕經師據之以明古訓，辭人資之以獵文華。而名物考證，博物不惑之資，又莫近於《爾雅》也。

《爾雅》之學，始顯於漢世，孝文時置《爾雅》博士。〔註 7〕平帝元始中，徵天下通《爾雅》者詣公車，各令記說於廷中。〔註 8〕厥後治者寖眾，注家興焉，是爲《爾雅》學之始。至晉·郭璞，錯綜舊注，博稽群書，以圖輔說，成《爾雅注》三卷，自是言《爾雅》注者宗之。又自魏·孫炎著《爾雅音義》，其後郭璞、施乾、謝嶠、顧野王、江漼相繼有作。至唐初陸德明，會萃諸家音爲《爾雅音義》二卷，言《爾雅》音義者宗之，《爾雅》學於是始備。自唐而後，《雅》故漸疏，迨宋眞宗時，邢昺等奉敕定《爾雅》，別作《爾雅疏》十卷，與諸經並列，一以郭《注》爲主，於是諸家舊注漸湮。宋仁宗慶曆以還，漢學日荒，異說間作，或廢書不觀，別創字號，或尋繹陳編，自標新解，〔註 9〕隨文附義，不覈名實，《爾雅》學至此，幾於廢墜。而元、明二代，經訓榛蕪，學者侈談性理，《爾雅》學之傳，已不絕若縷矣。

降及清代，漢學復盛，崇尚經學，而通經必資詁訓，於是《爾雅》一書，始復見重儒林。顧其書傳本不一，又經宋、元、明之中絕，故清儒所承，盡爲踳駁之文字、秘奧之古義、凋殘之舊注，雖郭《注》傳刊不絕，然亦多脫落，於是有盧文弨、彭元瑞、阮元、張宗泰等之校勘經注疏文；余蕭客、臧庸、嚴可均、黃奭、馬國翰、葉蕙心等之輯佚注舊音；翟灝、戴鎣、潘衍桐等之補正郭《注》；戴震、錢坫、嚴元照等之正文字；邵晉涵、郝懿行等之義疏；程瑤田、朱駿聲、宋翔鳳、段玉裁等之考釋。〔註 10〕諸家言訓詁者，能本於聲音、文字，考名物者，能證之目驗。一時作者輩出，六百年之絕學，於焉復興。

《爾雅》爲訓詁之祖、通經之資，而清代小學、經學最盛，因此論《爾雅》

〔註 6〕劉勰《文心雕龍·鍊字篇》。

〔註 7〕趙岐〈孟子題辭〉：「孝文皇帝欲廣遊學之路，《論語》、《孝經》、《孟子》、《爾雅》皆置博士。」詳見本文第二章第一節。

〔註 8〕見《漢書·平帝本紀》，詳見本文第二章第一節。

〔註 9〕如王安石、陸佃、羅願等，詳見本文第二章第四節。

〔註10〕諸家著作俱見本文第四、五章著述考。

之學，當以清儒爲啓闢之階。本文以「清代《爾雅》學」爲題，其動機與目的，約有五端：

一曰保存與整理清代《爾雅》資料：治學誠難，治學術史尤難，非學有專精，且諳流略者難爲功，而其要尤在資料之保存與整理。清儒治《爾雅》者眾，以著述論，前人所考得者已逾百種。然清儒著述亦多僅存稿本、鈔本，或雖刊而罕知者。即已刊傳世今得見者，亦多散見各公私目錄，以逮別集、筆記，尋求不易。若能聚其書、條其目、理其例，則不惟可據之深入研究，而後之治者，亦不致盲求，而能得其循依矣。

二曰研究清儒治《爾雅》之成果：清儒文字、聲韻之研究極盛，而《爾雅》之學與訓詁理論，尤其多開創之功。如邵晉涵《爾雅正義》，首開以校勘、博引、證經、補郭、明聲、辨物等方式研究之體例，而清儒其它之發明亦多。若能就清儒治《爾雅》之成果深入研究，則不僅清儒治《爾雅》之內容可知，承傳之功得彰，亦可藉此窺知訓詁學理論及體制內容，又《爾雅》本身之諸多疑義，亦可渙然冰釋矣。

三曰為明《爾雅》學史：《爾雅》學之源流，已略如本節前文所述。然《爾雅》之學，啓源甚早，且其發展，又與歷來經學、文字學、聲韻學、訓詁學之消長有密切關係。故欲治《爾雅》學源流，實非僅訓詁一端而已。清代爲《爾雅》學復盛之時，理論與特色發揮最多，若能就清代《爾雅》學興盛之背景因素與成果，加以研究，則一來可爲《爾雅》學斷代之研究，二來亦可爲上溯《爾雅》學史之基礎。

四曰為訓詁學史而研究：胡楚生論胡樸安之《中國訓詁學史》曰：「不但不是史的性質，而且太過簡單，體制方面，取材方面，都欠理想。如能完成詳審的訓詁學史，對於訓詁學在每個時代的發展，有詳細的介紹，這樣對於研究的人們，也同樣可以省卻許多盲目的尋求。」〔註11〕蓋學術史之撰述，必先有專門學科之研究，而後有斷代之研究，乃得詳審。訓詁學史，經緯萬端，《小爾雅》、《釋名》、《方言》、《廣雅》、毛《傳》、鄭《箋》，乃至宋、明理學家亦自有訓詁，〔註12〕然若論先河後海之義，則《爾雅》實肇其端，而爲《爾雅》學之指歸也。若能以前述《爾雅》學史研究之基礎，提綱契領，進而研究其它訓詁，則未來

〔註11〕《訓詁學大綱》，第十四章〈訓詁學的過去與未來〉，第六節〈未來的展望〉。

〔註12〕如宋・朱熹《論語訓蒙口義》、《論語集注》；宋・陳淳《北溪字義》；元・景星《學庸集說啓蒙》。

訓詁學史之體制、內容，即不難窺知矣。

五曰為通經學：訓詁與經學之關係，清儒最明。錢大昕曰：「有文字而後有詁訓，有詁訓而後有義理」，〔註 13〕王念孫曰：「訓詁聲音明而小學明，小學明而經學明。」〔註 14〕盧文弨曰：「不識訓詁，則不能通《六藝》之文而求其義。」〔註 15〕訓詁之學發端於《爾雅》，故戴震直謂曰：「儒者治經，宜自《爾雅》始。」〔註 16〕蓋《爾雅》雖詞非全備，間有錯謬，然關係訓詁，指陳名物，實爲諸儒治經、沿流溯源者導之先路。清儒能明此理，故「清代經學之所以昌明，蓋完全得力於訓詁的盛明。」〔註 17〕訓詁既由《爾雅》發端，清儒治《爾雅》又最勤，故若能經由清代《爾雅》學之深入研究，則可以藉以闡明清儒治經之特色，亦足爲今人通經之資。日後有研修中國經學史者，本文之研究，或可作爲取材之資。

第二節　前人研究之成果與檢討

前人研究或論述清代《爾雅》學者，常僅留意邵晉涵、郝懿行二家；或專意於著述考略，全面研究者，並不多見，茲擇其較著者，述之如下：

1. **謝啟昆　《小學考》**，清光緒十四年浙江書局刊本。

謝氏《小學考》凡五十卷，分訓詁、文字、聲韻、音義四類，著錄歷代小學著述，其中卷五訓詁三、卷六訓詁四載有清儒《爾雅》著述，然僅著錄姜兆錫《爾雅補注》、翟灝《爾雅補郭》、戴震《爾雅文字考》、任基振《爾雅注疏箋補》、邵晉涵《爾雅正義》、吳玉搢《別雅》等六部，並於翟書後按語謂有周春《爾雅補注》，除此七部外，餘付闕如，未爲足也。

2. **周祖謨　《續雅學考擬目》**，收入《問學集》中，知仁出版社。

胡元玉撰《雅學考》一書，敘列宋以前《雅》學著述凡三十二種，宋以下，概付闕如，學者憾其未備。周祖謨爲刻其書，故有《續雅學考擬目》之作。周氏此編，分校勘、輯佚、補正、文字、音訓、節略、疏證、補箋、考釋、釋例等十類著錄，計收清儒著述凡四十八種。本文第四、五章「清代《爾

〔註 13〕錢大昕《經籍纂詁・序》。

〔註 14〕王念孫《説文解字注・序》。

〔註 15〕盧文弨《爾雅漢注・序》。

〔註 16〕同註 4。

〔註 17〕林尹《訓詁學概要》，第一章〈緒論〉，第三節〈訓詁的用途〉。

雅》著述考之分類」，即略依其例而擴之。

3. **黃季剛　《爾雅略說》**，收入《黃侃論學雜著》中，漢京文化事業公司。

此編分論《爾雅》名義、論《爾雅》撰人、論《爾雅》與經傳百家多相同、論經儒備習《爾雅》、論《爾雅》注家、論宋人《爾雅》之學、論清儒《爾雅》之學、論治《爾雅》之資糧等八節論述。其中論清人《爾雅》之學一節，敘錄清代諸家《爾雅》之學，並一一評論其得失，計論述阮元《爾雅注疏校勘記》等十七部專著，意在評論，而不在備目。

4. **胡樸安　《中國訓詁學史》**，商務印書館《中國文化史叢書》。

胡氏《訓詁學史》第一章「《爾雅》派之訓詁」中，「《爾雅》之注本」一節，計論述董桂新《爾雅古注今存》等十部清儒著述，而《廣雅》以後之群《雅》一節，則論述吳玉搢《別雅》等二十種擬《雅》之作。計三十種，一一論述其體例、內容、得失等，而清儒一般訓詁理論，則散見各章之中。

5. **齊佩瑢　《訓詁學概論》**，漢京文化事業公司。

齊書論述清代《爾雅》學者，在第四章「訓詁的淵源流派」第十六節「訓詁學的復興」中。以評論邵晉涵《正義》、郝懿行《義疏》之體例、內容、得失爲主，其它清代《爾雅》要籍，則列書目而無評論，計列臧庸《爾雅漢注》等四十一種。

6. **林明波　《清代雅學考》**，在《慶祝高郵高仲華先生六秩誕辰論文集》中，有自印本。

是書共分〈爾雅類〉、〈小雅類〉、〈廣雅類〉、〈方言類〉、〈釋名類〉等五篇，專主於著述考略。其中第一篇〈爾雅類〉，分校勘、疏證、補正、文字、補箋、考釋、釋例、輯佚、音讀、雜纂、擬《雅》等十一類著錄，共收清儒《爾雅》著述一百三十種，各書略述其撰人始末、全書梗概、諸家評論、板本等，爲前此考清代《爾雅》著述最詳者。其分類依周祖謨《續雅學考擬目》而廣，本文第四、五章「清代《爾雅》著述考」，亦依其例而廣之。

7. **謝雲飛　《爾雅義訓釋例》**，《華岡叢書》。

是編有「《爾雅》之著述」一節，分注、疏、音、圖、校勘、輯佚、條例七類著錄歷代書目。其中收清儒者注二十七種、疏六種、校勘八種、輯佚八種、條例一種，凡五十種。

8. **胡楚生　《訓詁學大綱》**，蘭臺書局。

是編第十章「《爾雅》及其有關書籍」第三節「《爾雅》的疏釋」中，計分邢昺的《爾雅疏》、邵晉涵的《爾雅正義》、郝懿行的《爾雅義疏》、邵、郝二疏的比較四點論述，清儒其它著述，則亦闕如。

9. **雲維莉　〈爾雅正義與爾雅義疏之比較研究〉**，《南洋大學中國語文學報》第二期。

本文以邵、郝二書之比較爲主，由二氏傳略、著書緣起、內容、體例、得失評論諸端論述，爲較有系統之比較，然篇幅短小，或有未盡之處。

10. **張永言　〈論郝懿行的爾雅義疏〉**，《中國語文》第十一期。

是編就郝氏《義疏》之體例、內容、與邵氏之關係諸端論述，亦稍簡約。

11. **蔡謀芳　《爾雅義疏指例》**，國立臺灣師範大學國文研究所碩士論文，民國六十一年（1972年）。

是編以分析郝氏《義疏》之體例爲主，由總論篇義之例、文字處理之例、疏證之例三大端入手。分析《爾雅義疏》之體例、內容、訓詁方式等至爲詳審。

以上十一種論著，依其研究內容，大抵可歸爲三類：其一，以著述考爲主者，如《小學考》、《續雅學考擬目》、《清代雅學考》、《爾雅義疏釋例》四種；其二，以評論清儒諸書爲主者，如《爾雅略說》、《中國訓詁學史》二種；其三，以研究邵、郝二疏爲主者，如《訓詁學概論》、《訓詁學大綱》、〈爾雅正義與爾雅義疏之比較研究〉、〈論郝懿行的爾雅義疏〉、《爾雅義疏指例》五種。論諸家研究之成果，則在著述考方面，雖《小學考》所收，意不在清代，然經周祖謨、謝雲飛、林明波三家之搜錄，清代《爾雅》著述之目，已有十之七八矣；在評論清儒諸書方面，黃季剛、胡樸安二家雖非就著述考一一論述，然不遺其大，實有提綱挈領之功；在研究邵、郝二疏方面，幾乎諸家咸有論述，邵、郝二疏爲清代《爾雅》學之代表，近世諸家之研究，已收廓清之效矣。

然觀前述諸家之作，仍稍有不足：一曰，著述考猶有遺缺：清儒之著述，多僅存稿本、鈔本，或雖有刊本卻罕見者，林明波《清代雅學考》所收達一百三十種，雖後出轉精，然所遺者，亦復不少；二曰，忽略其它要籍：諸家研究清代《爾雅》學著作者，多僅留意邵、郝二疏，其實清儒其它考文字、補郭、正郭、校勘等之著述，亦頗爲可觀，而前人多忽略；三曰，論述略嫌簡約：以黃季剛《爾雅略說》、胡樸安《中國訓詁學史》而言，較能論及清儒其它著述，然所論述，多以各書特出之點爲主，或申釋、或批評，而整體研究則稍缺。前人之研究，既有此三不足，故未來研究清代《爾雅》學者，猶有可盡力之處：

一如著述之收錄：除取材於各原書外，各種公私藏書目錄題記，甚至別集筆記，凡有涉論，皆當取資，庶有書者，不因書亡而名沒不稱，清代《爾雅》著述，斯得統紀；再如加詳其它著述之研究：欲明瞭清代《爾雅》學之內容，除邵、郝二疏外，其它分類之著作，亦當有所取材，則清儒整體詁訓之研究，始不致挂漏；三如全面性之研究；清代《爾雅》學爲清代訓詁理論之基礎，而清儒研治《爾雅》，括有文字、聲韻、校勘、補正等等方式，若能一一詳究其內容，則不惟清代《爾雅》學可明，亦可爲未來研究訓詁理論、訓詁學史之基礎也。

第三節　本書研究之方法與內容

本文以「清代《爾雅》學」爲題，乃以清儒今存而得見之《爾雅》著作爲原始資料，再蒐集前人研究論述之資料，結合二者，加以研讀、整理、分析、歸納、比較。研究之方法，概有五端：第一資料蒐集：本文所蒐資料，約可別爲三類，一爲清儒《爾雅》著述、及與《爾雅》學相關之訓詁專著；二爲清代以前之《爾雅》著述，並及於經注傳箋、《小爾雅》、《釋名》、《廣雅》、《方言》等相關之訓詁著述；三爲清以後之訓詁學史、訓詁理論、文字聲韻專著及近人研究前代小學之相關論著；期於原始資料、前人論述資料皆無有漏失。第二資料分類：就蒐得之資料，依其時代、論述內容、及本文預計研究之範圍，一一歸類。第三資料考辨：就分類後之資料，考證其內容，如清代《爾雅》經分類後，即比較其同類資料之異同，詳究異類資料間之關係，考量諸說之得失，務使所據資料與內容皆正確無訛。第四資料分析：就考辨後之資料，分析其形式，詳考其內容、理出其條例，使清儒治《爾雅》之方式、內容及其發展、源流，正確呈現。第五評論得失：就清代《爾雅》學之重要資料，一一評論其得失，以定其學術地位，並歸納其特色。

依前述之研究方法，本文研究之內容計分十章及附錄二種，其大要如下：

第一章　緒論：敘述本文研究之動機與目的、前人研究成果與檢討、並提示本文研究之內容。

第二章　清以前之《爾雅》學：由流傳情形、著述考、得失評論三方面，歷敘漢、魏晉南北朝、隋、唐、宋以至元、明各朝之《爾雅》學。一則明瞭《爾雅》學之源流，二則比較清代《爾雅》學之業績。

第三章　清代《爾雅》學之背景：就此期學術流變、政治環境及前代《爾雅》學之不足三方面，以探討清儒治《爾雅》之背景，藉以瞭解清代《爾雅》學與時代之關係。

第四章　清代《爾雅》學著述考（上）：分校勘、輯佚、補正、文字、疏證、補箋等六類，著錄及介紹清儒著述之內容、體例、板本等，以見清代《爾雅》著述之狀況。

第五章　清代《爾雅》學著述考（下）：分釋例、考釋、音讀、雜著、擬《雅》、其它等六類，著錄及介紹清儒著述之內容、體例、板本等，以見清代《爾雅》著述之狀況。

第六章　清代《爾雅》要籍析論（上）：取各類著述中，具代表性者，介紹其著書大旨、體例、內容等，並評論其得失，以見清儒研治《爾雅》之一斑。本章計介紹補正類之周春《爾雅補注》、疏證類之邵晉涵《爾雅正義》、文字類之嚴元照《爾雅匡名》、校勘類之阮元《爾雅注疏校勘記》等四部。

第七章　清代《爾雅》要籍析論（下）：爲前章之繼續，介紹補箋類之胡承珙《爾雅古義》、疏證類之郝懿行《爾雅義疏》、輯佚類之黃奭《爾雅古義》。

第八章　清儒對《爾雅》作者時代及篇卷之考證：就清儒對本問題之考證，一一評述其得失，以瞭解清儒對《爾雅》作者及篇卷之意見。並略述清以前諸儒之意見，以資考訂。

第九章　清儒由《爾雅》發端之學：就清儒研究《爾雅》所開出之幾種學問作討論，計有互訓派之轉注、釋詞之學、名物考證之學、擬《雅》之學等四節。

第十章　結論：歸納清儒治《爾雅》之特色，再就本文之研究，作成果之檢討。

附錄一　「歷代《爾雅》著作表」：將本文著錄之歷代《爾雅》著作，依編號、書名、卷數、作者、時代、存佚、內容大要、板本、備考之序，製表以便檢索尋覽。

附錄二　「歷代《爾雅》藝文紀事繫年表」：將所考歷代《爾雅》藝文紀事，依編號、國號、帝號年號年數、西元、藝文紀事、備考之序，製表以便檢索尋覽，《爾雅》學之源流，或可約略而知。

第二章　清以前之《爾雅》學

《爾雅》之學，形成甚早，歷代迭有興衰，至清極盛。〔註 1〕欲探討清代《爾雅》學，不能不知其源流。《爾雅》始顯於隆漢，孝文時置《爾雅》博士，〔註 2〕平帝元始中，徵天下通《爾雅》者詣公車，各令記說於庭中，〔註 3〕日後漸受朝野重視，《雅》學大盛。魏晉南北朝時，注者十餘家，郭璞、孫炎、沈旋、施乾等相繼有作。唐·陸德明，會萃眾說，成《爾雅音義》，學者宗之。自唐而後，《雅》故漸疏，宋仁宗慶曆以降，學者侈談性理，不覈名實，漢學日荒，而《雅》學幾於墜廢。元、明二代，經訓榛蕪，《雅》學之傳，不絕如縷。殆乎清世，崇尚經學，通經必資詁訓，而《爾雅》一書，始復見重儒林，經師大儒，治之者眾。茲先略述漢以還《爾雅》學之概況，以見清代《爾雅》學之源流。至於漢以前，因牽涉甚廣，又文獻不足，僅於本文第八章「清儒於《爾雅》作者時代及篇卷之考證」中稍作討論。

第一節　漢　代

一、《爾雅》流傳情形

《雅》學初入西漢，並未興盛，止於文帝年間置《爾雅》博士。趙岐〈孟子題辭〉曰：

> 孝文皇帝欲廣遊學之路，《論語》、《孝經》、《孟子》、《爾雅》皆置博

〔註 1〕見第三章以下之敘述。
〔註 2〕見趙岐〈孟子題解〉。
〔註 3〕見《漢書・平帝本紀》。

士。後罷傳記博士，獨立《五經》而已。

劉歆〈移讓太常博士書〉亦云：

至孝文皇帝……天下眾書，往往頗出，皆諸子傳說，猶廣立於學官，為置博士。〔註 4〕

《爾雅》雖置博士，但並未受到推重，尋其原由，除學術本身之發展外，實與當時「博士」之性質大有關係。徐復觀曾歸納漢初博士之性格為三點：其一：設置博士的原來目的，在使其以知識參與政治，而不在發展學術。其二：博士在政治中無一定的職掌，亦無一定的員額。其三：因博士得以成立的文化背景，所以其人選多來自儒生。〔註 5〕當時之博士乃代表知識，並非代表知識來源之某一典籍，尤其是與《五經》不同之「諸子傳說」及「傳記」一類之典籍，故徐復觀曰：

實則孝文時，有的是以治「諸子傳說」出名，有的是以治「《論語》、《孟子》、《孝經》、《爾雅》」出名，因而得為博士，但並非為「諸子傳說」、「《論語》、《孟子》、《孝經》、《爾雅》」立博士。〔註 6〕

博士設置的目的既不在發展學術，所立博士又止代表個人之知識，於是文帝時雖立《爾雅》博士，而《爾雅》終未興盛。加以傳記博士旋即遭罷，獨立《五經》，於是世不尚治，〔註 7〕鮮有能《爾雅》者。

《爾雅》於此時流傳不廣，習者亦鮮，可由終軍辨《爾雅》而賜絹百匹事證之，《爾雅》卷十八〈釋獸〉「豹文鼮鼠」條郭《注》云：

鼠文彩如豹者，漢武帝時得此鼠，孝廉郎終軍知之，賜絹百匹。〔註 8〕

通《爾雅》而得賜，必是當時鮮能通者使然。由此可知《爾雅》此時不受重視之一斑。

〔註 4〕《漢書》卷三十六〈劉歆傳〉。

〔註 5〕見徐復觀《中國經學史的基礎》，〈西漢經學史（一）〉「博士性格的演變」。

〔註 6〕同註 5。

〔註 7〕揚雄《法言・學行篇》：「或曰書與經同，而世不尚治之，可乎？」按書謂諸傳記之書，經謂《五經》，文帝時《論語》、《孟子》、《孝經》、《爾雅》皆置博士，後罷傳記，列學科而已，故云「世不尚」。

〔註 8〕終軍辨《爾雅》事，《史記》、《漢書》之〈武帝紀〉、《漢書・終軍傳》皆不載。而《太平御覽》卷九百十一引《竇氏家傳》曰：「竇攸治《爾雅》，舉孝廉，為郎。世祖與百寮遊於靈臺，得鼠身如豹文，瑩有光輝，群臣莫有知者，惟攸對曰：『此名鼮鼠，事見《爾雅》。』乃賜絹百匹。」酈道元《水經・穀水注》、李善《文選・任昉薦士表注》，並引摯虞《三輔決錄注》，文亦相同。故辨《爾雅》受賜者，究為終軍或竇攸，是非迄今難定。

《爾雅》自西漢末年始顯於世，平帝時嘗徵天下通人教授詣京師。《漢書·平帝本紀》元始五年載此事曰：

徵天下通知逸經、古記、天文、曆算、鍾律、小學、史篇、方術、本草及以《五經》、《論語》、《孝經》、《爾雅》教授者，在所爲駕一封軺傳，遣詣京師，至者數千人。

《漢書·王莽傳》亦曰：

是歲（元始四年），莽奏起明堂、辟雍、靈臺，爲學者築舍萬區，作市、常滿倉，制度甚盛。立《樂經》、益博士員，經各五人，徵天下通一藝教授十一人以上，及有逸《禮》、古《書》、《毛詩》、《周官》、《爾雅》……通知其意者，皆詣公車，網羅天下異能之士，至者前後千數，皆令記說廷中，將令正乖謬，壹異說云。

西漢二百餘年，而《爾雅》始顯於平帝年，推動之力，斷非王莽一人可擔，其實《爾雅》之見重於世，概得力於今、古文之爭。

大略說來，秦末至西漢，可說是今文經學家的得勢期間，這由西漢所立經傳博士之數目便可見其一斑，〔註 9〕所謂今文十四博士之學是也。今文學家以《六經》爲孔子所作，孔子是政治家，《六經》即孔子政治學說，多微言大義。西漢末年，則有了今、古文之爭，大抵古文家以孔子爲史學家，《六經》爲孔子整理古史之定本。

古文家之重訓詁，乃因古文經中多古字古言，爲發揚古文經，故需先究訓詁，於是西漢末至東漢，一般人便以古文家與小學家爲一家，〔註 10〕古文字之字體筆意亦可供小學家研討之資。〔註 11〕於是兩漢古文家之著名者如張敞、桑欽、杜林、衛宏、徐巡、賈逵、許慎等都也是小學家，〔註 12〕由《說

〔註 9〕參王國維〈漢魏博士考〉。

〔註 10〕《後漢書·盧植傳》植上疏云：「古文科斗，近於爲實，而厭抑流俗，降在小學、中興以來，通儒達士班固、賈逵、鄭興父子並敦悅之。今《毛詩》、《左氏》、《周禮》各有傳記，其與《春秋》共相表裏，宜置博士，爲立學官。」即以爲通儒達士兼小學與古文。

〔註 11〕許慎《說文解字·敘》：「至孔子書《六經》，左丘明述《春秋傳》，皆以古文，厥誼可得而說。」

〔註 12〕張敞治《左傳》、桑欽治《古文尚書》、杜林治《古文尚書》見《後漢書》卷五十七。衛宏治《毛詩》、《古文尚書》見《後漢書》卷一○九下〈儒林傳〉。徐巡治《古文尚書》，賈逵兼通《古文尚書》、《毛詩》、《周官》、《左傳》、《國語》，見《後漢書》卷六十九。許慎治《書孔氏》、《詩毛氏》、《禮周官》、《春秋左氏》、《論語》、《孝經》，見《後漢書》卷一○九下〈儒林傳〉。

文解字》及其所引通人之說可考見其一斑。而今文家則少小學根據，許慎《說文・序》便曾指出：

今雖有尉律不課，小學不修，莫達其說久矣。……諸生競逐說字解經誼，稱秦之隸書爲倉頡時書云，父子相傳，何得改易。……若此甚眾，皆不合孔氏古文，謬於史籀。……不見通學，未嘗覩字例之條。……其迷誤不諭，豈不悖哉。

大概今、古二家之爭，原在別文字之古今，後因解說各異，家法遂別，固不僅在小學訓詁之講論與否而已，時稱此派爲「古學」，而「古學」乃古文字、訓詁、古史、古禮制等學之總名，別於今文家之「經學」。〔註13〕

古文經學家既以解說古字古言爲治古學之門徑，遂特別推重《爾雅》。《七略》云：

《書》者，古之號令，號令於眾，其言不立具，則聽受施行者弗曉，古文讀應爾雅。〔註14〕

《後漢書・賈逵傳》：

肅宗立，降意儒術，特好《古文尚書》、《左氏傳》。建初元年，詔逵入講北宮白虎觀、南宮雲臺。……逵數與帝言：「《古文尚書》與經傳《爾雅》詁訓相應」，詔令撰《歐陽、大小夏侯尚書古文》同異，逵集爲三卷，帝善之。

而終漢之世，注《爾雅》者，有犍爲文學、劉歆、樊光、李巡諸注等。〔註15〕另漢人傳注之可見者，如河間所上之〈樂記〉；毛公之《詩傳》，馬融之《書注》、《禮注》；杜子春、鄭興、鄭眾之《周官注》，賈逵之《左傳注》，以及鄭玄說經、許慎解字，都稟承《爾雅》，古訓是式，〔註16〕而鄭、許已明言「《爾雅》曰」云云。〔註17〕

〔註13〕如〈劉歆傳〉云：「父子俱好古」，又贊其「博物洽聞，通達古今」；〈揚雄傳〉贊雄「實好古而樂道」；〈杜鄴傳〉稱杜林「清靜好古」；《後漢書・杜林傳》：「河南・鄭興、東海・衛宏，皆長於古學」；〈賈逵傳〉：「雖爲古學」；許沖〈上說文表〉：「慎本從逵受古學」，段《注》云：「古學者，《古文尚書》、《詩毛詩》、《春秋左氏傳》，及倉頡古文、史籀大篆之學也。」

〔註14〕見《漢書・藝文志・六藝略》。

〔註15〕見本節（二）著述略目。

〔註16〕參齊佩瑢《訓詁學概論》，第四章「訓詁的淵源流派」，第十三節「實用的訓詁學」。

〔註17〕如《周禮・注》「天官・冢宰」下引《爾雅》曰：「冢，大也」；《說文・旡部》

綜上可知，兩漢經師，今文家重微言大義，古文家詳名物訓詁，分別門戶，相視若仇，自《雅》訓是式，古學於平帝時曾一度立於學官，元始五年，並下詔徵知《爾雅》等者，遣詣京師，因是諸儒解經都尊《雅》說。《爾雅》大顯於世，蔚爲大國，經師據以明古訓，辭人資以獵取英華，使《爾雅》成爲訓詁之圭臬。

二、著述略目

1. 犍為文學《爾雅注》　三卷　佚

《隋書・經籍志》:「《爾雅》三卷，漢中散大夫樊光注。」注云:「梁有漢・劉歆、犍爲文學、中黃門李巡《爾雅》各三卷，亡。」

陸德明《經典釋文・敘錄》:「《爾雅犍爲文學注》三卷，一云犍爲郡文學卒史臣舍人，漢武帝待詔，缺中卷。」

清・姚振忠《漢書藝文志拾補》亦載，〔註18〕今佚。

漢人爲經傳作《注》，今所知者，殆以此編爲最古，文字與今本《爾雅》多有出入，白文與《注》，邢昺《疏》皆未采，而見之陸氏《釋文》者即達四十二條，〔註19〕故馬國翰輯本〈序〉云：

> 《七錄》有《犍爲文學爾雅注》三卷，《釋文》云闕中卷，故自〈釋宮〉至〈釋水〉，不及引舍人《注》。而《齊民要術》、《水經注》、《太平御覽》諸書所引，猶是摭拾成卷。今仍釐爲三卷，以補陸氏之闕。舍人在漢武時，釋經之最古者，本多異字，尤可與後改者參校，而得《爾雅》之初義焉。〔註20〕

以時代久遠，故零文隻字，彌足珍貴，治《爾雅》者，莫不視爲珍寶。輯本有四：馬國翰《玉函山房輯佚書》，輯一九三條；黃奭《逸書考》，輯二三三條；王謨《漢魏遺書鈔》，輯一六八條；張澍《蜀典》，輯二四二條。〔註21〕

又本編撰人，眾說紛紜，錢大昕《隋書考異》以爲姓「舍」名「人」；孫怡谷《讀書脞錄續編》謂此人姓「郭」，名不可考；丁杰謂此人姓「郭」名「舍人」；

引《爾雅》:「痯，薄也。」皆其例。

〔註18〕據中央圖書館編印《中國歷代藝文總志》(經部)。

〔註19〕據朱彝尊《經義考》所計。

〔註20〕見《玉函山房輯佚書》。

〔註21〕據林明波《唐以前小學書之分類與考證》所計引，下同。

〔註22〕張澍更謂此「郭舍人」即〈東方朔傳〉之幸倡「郭舍人」。姚振宗《漢書藝文志拾補》、王謨《漢魏遺書鈔》、翁方綱《經義考補正》、胡元玉《雅學考》，及今人劉師培《左盦集》、黃季剛〈論爾雅注家〉，〔註23〕余嘉錫《四庫提要辨證》、楊樹達〈注爾雅臣舍人說〉〔註24〕等皆有考訂。今林明波《唐以前小學書之分類與考證》一書有折衷之論，學者自行參酌，此不贅敘。

「舍人」之辨雖多，要皆以爲漢注無誤，至康有爲《新學僞經考》謂《爾雅》爲劉歆所僞造，又別爲之注。且云：

> 犍爲文學，無有姓名，亦歆所託，則徐敖傳《毛詩》、庸生傳《古書》之故態。

實厚誣古人，不足辨也。〔註25〕

2. **劉歆《爾雅注》** 三卷 佚

《隋書・經籍志》：「《爾雅》三卷。」注云：「漢・中散大夫樊光注。梁有漢・劉歆、犍爲文學、中黃門李巡《爾雅》各三卷，亡。」

陸德明《經典釋文・敘錄》：「《爾雅》劉歆《注》三卷」注曰：「與李巡《注》正同，疑非歆《注》。」

清・姚振忠《漢書藝文志拾補》亦載此書，今佚。輯本有：馬國翰《玉函山房輯佚書》七條、黃奭《逸書考》並李巡《注》輯爲一卷。

《釋文》於此書有「疑非歆《注》」之語，康有爲《新學僞經考》又淆亂於後，〔註26〕遂啓後人之疑。按元帝元始中，徵天下通知鍾律、小學、及以《論語》、《孝經》、《爾雅》教授者詣京師，其時劉歆爲羲和，典領其事，時所徵通小學者以百數，揚雄取其有用者，以作《訓纂篇》。通鍾律者亦百餘，劉歆條奏以爲《鍾律書》，並見《漢書・藝文志・律曆》。其深於《爾雅》者，不知若干人，歆又以爲是書之注，雖無明文，其事固可想見也。《西京雜記》所載郭威事〔註27〕亦即注此書時之所記，「疑非歆《注》」當非事實。

〔註22〕見《經義考》引。

〔註23〕見《黃侃論學雜著・爾雅略說》。

〔註24〕見《積微居小學述林》。

〔註25〕康有爲「劉歆僞經」之誤，錢穆《兩漢經學今古文平議》一書中辨之甚詳。

〔註26〕《僞經考》：「《經典釋文・序錄》稱《注》有犍爲文學、劉歆、樊光、李巡、孫炎五家，然則歆既僞撰（《爾雅》），又自注之，自歆以前，未嘗有。」

〔註27〕《西京雜記》云：「郭威，字文偉，茂陵人也，好讀書，以謂《爾雅》周公所制，而《爾雅》有『張仲孝友』，張仲，宣王時人，非周公之制明矣，余（歆自謂）嘗以問揚子雲……。」按郭威恐即元帝時以通知《爾雅》來徵者。

《釋文》所謂「與李巡正同」亦待商榷，蓋李說：「蝝爲蝗子」與劉說：「蝝，復陶也、蚍蜉也。」即不同，〔註 28〕故馬國翰輯本〈序〉曰：「考李氏本劉爲注，大恉不殊，其間亦不無少異。」邵晉涵《爾雅正義》亦云：「今散見諸書者，不盡同於李巡」，且二《注》皆佚，歆《注》輯出者甚少，未觀大體，亦不當輕言同異也。

3. **樊光《爾雅注》**　三卷　佚

《隋書·經籍志》：「《爾雅》三卷，漢·中散大夫樊光注。」

陸德明《經典釋文·敘錄》：「《爾雅》樊光《注》六卷，京兆人，後漢·中散大夫，沈旋疑非光《注》。」

《舊唐書·經籍志·小學類》：「《爾雅》六卷樊光注。」

《新唐書·藝文志·小學類》：「《爾雅》樊光《注》六卷。」

《釋文》所謂「沈旋疑非光《注》」者，以唐人《義疏》引有某氏注，與樊光爲一人與否，疑未能定也。馬國翰《玉函山房輯佚書》輯本〈序〉云：

> 孔氏《正義》、《釋文》、邢《疏》所引樊光，又或引作某氏，臧庸《拜經日記》云：「唐人義疏引某氏《爾雅注》，即樊光也」，其言確不可易。」

黃季剛《爾雅略說》同此論。今按《釋文》於某氏注，以姓名不詳而未著錄，止以二書多同，故設疑詞，然未嘗以某氏即樊光也。而某氏與樊光之說亦有異者，如《詩疏》引〈釋詁〉云：「亶，厚也」，某氏云：「《詩》云俾爾厚」，而《春秋疏》引樊光則云：「逢天重怒」，似此者，豈可遽定爲一人哉？馬、臧及黃季剛之言恐非也。〔註 29〕

〔註 28〕見《玉函山房輯佚書》。

〔註 29〕胡元玉《雅學考》辨之甚詳，《雅學考》曰：「盧、臧諸人，皆強以某氏爲樊光，其實非也。其驗有二：古人著書最審慎，即心疑其非，亦不敢臆改，故《釋文·敘錄》于樊光《注》雖云『沈旋疑非光《注》』，而《釋文》中所引，未嘗改稱某氏也。其不然一也。古人譔述體例最嚴，既改爲某氏，即不得復稱樊光。今自《詩疏》而外，如《禮記疏》、釋玄應《一切經音義》、宋·邢昺《爾雅疏》皆引某氏《注》，而樊光《注》又雜出互見，不一而足，其不然二也。某氏與樊光同者不過一二條，而樊光注葭蘆、菼薍、椐樻、科斗、活東、春鳸、鳽鶄七句，鼩鼠、騮白駁等處，乃與舍人、李巡、孫炎之《注》多同。古人注書多襲舊義，即如郭《注》全本李、孫者亦不少，安見偶與之同，即可指爲一人乎？且《詩疏》引〈釋詁〉云：『亶，厚也。』，某氏云：『《詩》云俾爾厚』，而《春秋疏》引樊光則云：『逢天亶怒』。是某氏《注》，亦不盡與樊同。安得執其一二同者，遽定爲一人哉？不然三也。

樊注輯本有二：馬國翰《玉函山房輯佚書》，並某氏之說輯爲一卷，凡一一五條；黃奭《逸書考》，輯七十八條。

4. **李巡《爾雅注》**　三卷　佚

《隋書・經籍志》:「梁有漢・劉歆、犍爲文學、中黃門李巡《爾雅》各三卷，亡。」

陸德明《經典釋文・敘錄》:「李巡《注》三卷，汝南人，後漢中黃門。」

《舊唐書・藝文志》:「《爾雅》李巡《注》三卷。」

《釋文・敘錄》又曰:「劉歆《注》三卷，與李巡正同」，諸家之解，詳見林明波《唐以前小學書之分類與考證》，及前文所述。又李巡《注》輯本有二：馬國翰《玉函山房輯佚書》，輯三一五條；黃奭《逸書考》，併劉歆《注》輯爲一卷共三〇六條。

三、平　議

郭璞《爾雅注・序》謂《爾雅》曰:「興於中古，隆於漢氏。」《爾雅》於漢代之盛行，除前文流傳情形所述外，以下二事益可證之：

（一）經師儒士備習《爾雅》傳注多稟《雅》訓

毛公作《詩詁訓傳》，爲古文家訓詁之最著者，後出轉精，較周爲詳。《正義》曰：

> 詁訓傳者，注解之別名，毛以《爾雅》之作，多爲釋《詩》，而篇有〈釋詁〉、〈釋訓〉，故依《爾雅》訓而爲《詩》立傳。傳者，傳通其義也。《爾雅》所釋，十有九篇，獨云詁、訓者，詁者，古也，古今異言，通之使人知也；訓者，道也，道物之貌以告人也。〈釋言〉則〈釋詁〉之別；〈釋親〉已下，皆指體而釋其別，亦是詁訓之義。故唯言詁、訓，是總眾篇之目。〔註30〕

所謂《爾雅》之作，多爲釋《詩》者，如〈釋詁〉:「關關、噰噰，音聲和也。」、

兩漢之世，最重《爾雅》。潛心經術者，靡不貫通。故景純之前，注者十餘。亦越于今，散亡幾盡。某氏姓字雖不可考，然《詩疏》皆列於郭前，則其人斷不在郭後。蓋其書原題僅著其姓，若《詩》、《禮》箋注之題鄭氏。傳寫者觸其私諱，因以金縢祝辭以某代發之例改之。相沿莫正，姓字遂湮，故援引者亦從而稱爲某氏聞。」由是觀之，諸家之言，當以胡氏謂樊光與某氏非一人，爲得其實也。

〔註30〕見孔穎達《毛詩正義・周南・關雎詁訓傳第一》疏。

「謔浪笑敖，戲謔也。」。〈釋言〉：「烝，塵也。戎，相也。飫，私也。孺，屬也。」數訓連見一起，此釋〈小雅・常棣〉之詩也。〈釋訓〉引〈淇澳〉之詩而釋之如：「如切如磋」、「如琢如磨」、「瑟兮僩兮」、「赫兮烜兮，有斐君子，終不可諼兮。」又引「既微且尰」、「是刈是濩」、「履武帝敏」、「張仲孝友」、「有客宿宿」、「有客信信」、「其虛其徐」、「猗嗟名兮」、「式微式微」、「徒御不驚」。〈釋天〉引「是類是禡」、「既伯既禱」、「乃立冢土」。〈釋畜〉引「既差我馬」，此皆引《詩》文而釋之，故據孔穎達此言，「毛詩詁訓傳」云者，無異言「毛詩爾雅傳」矣。〔註 31〕

又《漢書・藝文志》云：「書者，……。古文讀應爾雅。」今以司馬遷所引〈堯典〉一篇考之：如「協和萬邦」譯作「合和萬國」、「欽若昊天」作「敬順昊天」、「歷象日月星辰」作「數法日月星辰」、「宅嵎夷」作「居郁夷」、「寅賓日出」作「敬道日出」、「厥民析」作「其民析」、「允釐百工」作「信飭百官」、「庶績咸熙」作「眾工皆興」、「有能俾乂」作「有能使治者」……。〔註 32〕太史公受《書》孔安國，故其引《尚書》，而以訓詁代之，莫不合於《雅》訓。雖未明言，但必與《爾雅》相關。

又由今、古文之別觀之，漢儒說經，有古文、有今文，然皆有取於《爾雅》，何也？其實《爾雅》雖主今文，〔註 33〕亦不謬於古文，如《毛詩・漢廣》「江之永矣」，《韓詩》作「羕」，〈釋詁〉則云：「永、羕，長也」；《毛詩・皇矣》「貊其德音」，《韓詩》作「莫」，〈釋詁〉云：「貊、莫，定也」；《毛詩・大雅》「崧高維嶽」，《禮記・孔子閒居》引作「嵩」，〈釋詁〉云：「嵩，高也」，〈釋山〉則云：「山大而高，崧」；《毛詩》「遵彼汝墳」、《韓詩》作「濆」，〈釋丘〉云：「墳，大防」，〈釋水〉云：「汝有濆」。有今、古文異而兼釋者，有今、古文異而只釋今文或古文者，是《爾雅》通而今、古文訓說及文字之異亦可通。鄭玄先通今文，復受古學，雜揉古今，〔註 34〕其箋《詩》，多據《爾雅》以補毛，即指此言。

它如三家之《詩》，歐陽、大小夏侯之《書》；至馬融之《書》、《禮》，杜子春、鄭興、鄭眾之《周官》，賈逵之《左傳》，許慎之《解字》，所用訓詁，

〔註 31〕《爾雅》與毛《傳》之關係，可參國科會論文 60 年 H043 余培林著〈爾雅引毛傳考〉。

〔註 32〕見《史記・五帝本紀》。

〔註 33〕同註 16。

〔註 34〕見《漢書》本傳。

大抵同於《爾雅》，或乃引《爾雅》明文；〔註 35〕可知經儒多備習《爾雅》，而傳注多承《雅》訓，此又所以《爾雅》爲經義之總滙，而漢學之權輿也。

（二）《方言》《釋名》並皆《爾雅》學之支流

《方言》爲揚雄所作，《漢書》本傳稱其「以爲經莫大於《易》，故作《太玄》；傳莫大於《論語》，作《法言》；史篇莫善於《倉頡》，作《訓纂》。」常璩之《華陽國志》又續云：「典莫正於《爾雅》，作《方言》。」可見他自以《方言》擬之於《爾雅》。

今本《方言》共十三卷，分類略照《爾雅》，而分之未密，共載六百六十九事。若依《爾雅》之類別，則包括〈釋詁〉、〈釋言〉、〈釋人〉、〈釋衣〉、〈釋食〉、〈釋宮〉、〈釋器〉、〈釋兵〉、〈釋車〉、〈釋舟〉、〈釋水〉、〈釋土〉、〈釋草〉、〈釋獸〉、〈釋鳥〉、〈釋蟲〉等十六類，古今別國之方言，於此可得其大概。

雄既作《訓纂》以擬《倉頡》，復脫離章句訓詁，採集四方異語，欲於《爾雅》《五經》訓詁之外另豎一幟，此其著書之主要動機。雖例擬《爾雅》，而亦有不同，《方言》以通語釋殊語，《爾雅》則以今語釋古語，雖有不同，然與《爾雅》皆記載語言遷變之屬，是《方言》固《爾雅》類之訓詁書，而爲《雅》學之支流矣。

《釋名》爲劉熙所作，又名《逸雅》，歷代摹仿《爾雅》體例而編纂之訓詁專著，以「雅」爲名者甚多，其中成就較大、流通較廣之兩種，即《釋名》，及魏・張揖之《廣雅》。《釋名》仿《爾雅》體例，全書八卷，包括〈釋天〉、〈釋地〉、〈釋山〉、〈釋水〉、〈釋丘〉、〈釋道〉、〈釋州國〉、〈釋形體〉、〈釋姿容〉、〈釋長幼〉、〈釋親屬〉、〈釋言語〉、〈釋飲食〉、〈釋綵帛〉、〈釋首飾〉、〈釋衣服〉、〈釋宮室〉、〈釋牀帳〉、〈釋書契〉、〈釋典藝〉、〈釋用器〉、〈釋樂器〉、〈釋兵〉、〈釋車〉、〈釋船〉、〈釋疾病〉、〈釋喪制〉，共二十七篇。

《釋名》例仿《爾雅》，而其內容，實多已超軼《爾雅》之外，訓詁方式亦有不同，以音訓爲主。音訓之法，漢代傳記訓詁已廣爲運用，而熙實集其大成，與《方言》皆能補《爾雅》之缺，並與《爾雅》同屬，皆爲《雅》學支流。

訓詁盛於兩漢，《爾雅》爲群經總詁，遂備受推重。綜合本節所述，《爾雅》在漢代曾置博士、立學官；經師大儒據以說經解字，辭人文章賴以踵事增華，又注者亦多，雖皆亡佚，然後世輯出，多俾於《雅》學；《方言》、《釋

〔註 35〕如鄭注《周官》，參註 17。

名》之流又賴《雅》學而起。《經義叢鈔》且云：

> 漢儒家法，大略有三：一曰守師說……二曰通小學，漢儒課學童，必先諷籀書九千字，以得其旨意聲形，授《爾雅》十七篇，以究其詁訓轉借，三年而一經通，三十而《五經》立。〔註36〕

自學童即授《爾雅》，無怪乎《爾雅》之隆於漢代！

第二節　魏晉南北朝

一、《爾雅》流傳情形

漢以後，治《爾雅》者愈眾，郭璞《爾雅注・序》曰：

> 沈研鑽極，二九載矣。雖注者十餘，然猶未詳備。

漢注《爾雅》者舍人、劉歆、樊光、李巡，而郭璞所見十餘家，是漢以後治《爾雅》者，猶不減當年。故郭璞〈序〉又曰：

> 《爾雅》者，蓋興於中古，隆於漢氏，豹鼠既辨，其業亦顯，英儒贍聞之士，洪筆麗藻之客，靡不欽玩耽味，爲之義訓。

《雅》學既顯，則不但經師大儒咸以爲治，魏、晉以來，辭人墨客亦藉以多識草木鳥獸蟲魚之名，欽玩耽味之際，治《爾雅》者遂多。

郭璞以前，雖注者甚多，然魏、晉《爾雅》學之最大成就，仍屬郭璞之《爾雅注》，郭璞少好經術，博學高才，精古文奇字、陰陽曆算，《方言注・序》稱：「少玩《雅》訓，旁味方言」，《爾雅注・序》也說：「璞不揆擣昧，少而習焉，沈研鑽極，二九載矣。」功夫既深，對於舊注自多不滿。其《爾雅注》之理想與目的則如其序所言：

> 是以復綴集異聞，會粹舊說。考方國之語，采謠俗之志。錯綜樊、孫，博關群言，剟其瑕礫，搴其蕭稂。事有隱滯，爰據徵之，其所易了，闕而不論。別爲《音》《圖》，用祛未寤。

可見郭璞注《雅》，乃在薈萃舊說，取長補短，猶之乎後人之爲集解。

魏晉南北朝，治《爾雅》今可知者，郭氏前有魏・孫炎《爾雅注》、《爾雅音》，魏・劉邵之《爾雅注》，餘皆亡其名。後於郭氏者，則有梁・沈旋《集注爾雅》，陳・江漼《爾雅圖讚》、《爾雅音》，陳・施乾《爾雅音》，及陳・謝

〔註36〕引自《國學備纂》卷一〈經部〉。

嶠之《爾雅音》。亡其名者又不知凡幾。由數量觀之，不可謂少。

此時治者雖多，然已全數亡佚，唯郭《注》存於今，且唐・陸德明《爾雅音義》專據郭本，宋・邢昺《疏》亦就郭《注》疏明，黃季剛《爾雅略說》嘗謂其有五得：

> 一曰取證之豐，二曰說義之慎，三曰旁證方言，四曰多引今語，五曰闕疑不妄。

可見郭《注》能壓倒舊注，巋然獨存，自有其價値。以郭璞《爾雅注》爲魏晉南北朝《爾雅》學之代表，實不爲過。

二、著述略目

1. 魏・孫炎《爾雅注》 七卷　佚

《隋書・經籍志》：「《爾雅》七卷，孫炎注。」

陸德明《經典釋文・敘錄》：「《爾雅》孫炎《注》三卷。」

《舊唐書・經籍志・小學類》：「《爾雅》又六卷，孫炎注。」

《新唐書・藝文志・小學類》：「《爾雅》孫炎《注》六卷。」

鄭樵《通志・爾雅類》：「《爾雅》七卷，孫炎。」

《三國志・魏書・王肅傳》曰：「時安樂・孫叔然授學鄭玄之門人，稱東州大儒，徵爲秘書監，不就，作《爾雅注》。」郭璞《爾雅注・序》言：「錯綜樊、孫」，實則郭《注》多襲孫炎此書之舊，而不言所自。〔註37〕黃季剛《爾雅略說》稱此書：「叔然師承有自，訓義優洽，《爾雅》諸家中，斷居第一。」按諸家《爾雅》注，今可考見者，犍爲文學凡二百餘條、劉歆十餘條、樊光百餘條、李巡三百餘條、沈旋五十餘條，而叔然則在四百七十餘條以上，此乃其識見精卓，諸家喜用其說之故也。黃季剛之言良不誣也。

此書宋時猶存，邢《疏》、《通鑑音注》、《六書故》等書引其說，則其亡在宋以後矣。輯本有二：馬國翰《玉函山房輯佚書》輯四二八條、黃奭《逸書考》輯四六七條。

2. 魏・孫炎《爾雅音》 一卷　佚

《隋書・經籍志》：「梁有《爾雅音》二卷，孫炎、郭璞撰。」

〔註37〕如以「闓明發行」釋「愷悌，發也」；以「絜者，水多約絜」釋九河之「絜」；以「鉤盤者，水曲爲鉤流，盤桓不直前也」釋九河之「盤」；又釋蘆、薍爲二草，以鶪老爲一名，皆郭同孫之顯然可見者。

陸德明《經典釋文・敘錄》:「《爾雅》孫炎《注》三卷《音》一卷。」

按輯本有二:馬國翰《玉函山房輯佚書》輯九十一條、黃奭《逸書考》輯本與《注》合卷。

3. 魏・劉邵《爾雅注》　佚

《初學記》卷三「歲時部」引《爾雅》云:「蟋蟀,蛬。劉邵《注》云:『謂蜊蜻也』,孫炎云:『梁國謂之蛬』。」

清・姚振宗《補三國藝文志》云:「案〈魏志〉本傳稱邵所撰述凡百餘篇,不言有《爾雅注》。《釋文》及《隋、唐志》,亦俱不載。而《初學記》此條,首引《爾雅》本文,次引劉邵《注》,又次引孫炎、郭璞《注》,甚是分明,無可疑者。考郭景純〈序〉,言注者十餘家。邢《疏》舉郭璞之前注家有犍爲文學、劉歆、樊光、李巡、孫炎。又《五經正義》所援引某氏、謝氏、顧氏凡八家,惟亦未知誰是,然則劉邵之《注》,當在郭氏所采十餘家中。《初學記》所引,未必見其本書。」

按此書《隋志》、《唐志》、《釋文・敘錄》及劉邵本傳皆未載,它書亦未見援引,唯侯康及姚振宗之《補三國藝文志》據《初學記》所引著錄。孤證難據,姑著目於此,以俟來者之考。

4. 晉・郭璞《爾雅注》　五卷　存

《隋書・經籍志》:「《爾雅》五卷,郭璞注。」

《舊唐書・經籍志・小學類》:「《爾雅》三卷,郭璞注。」

《新唐書・藝文志・小學類》:「《爾雅》郭璞《注》三卷。」

陸德明《經典釋文・敘錄》:「《爾雅》郭璞《注》三卷。」

《宋史・藝文志・小學類》:「《爾雅》三卷郭璞《注》。」

郭璞《注・序》,言其「沈研鑽極,二九載矣」,乃「綴集異聞,會粹舊說,考方國之語,采謠俗之志。錯綜樊、孫,博關群言。剟其瑕礫,搴其蕭稂。事有隱滯,援據徵之。其所易了,闕而不論。」此文即其注經之發凡。《釋文・敘錄》曰:「先儒於《爾雅》多億必之說,乖蓋闕之義。惟郭景純洽聞強識,詳悉古今,作《爾雅注》,爲世所重,今依郭本爲正。」自郭璞《注》行,而其後諸家,幾于悉廢。陸氏《音義》既專據郭本,邢昺《疏》亦專就郭《注》發明,於是郭《注》獨存於今。

郭《注》所以巋然獨存者,黃季剛評其得有五:一曰取證之豐、二曰說義之慎、三曰旁證方言、四曰多引今語、五曰闕疑不妄。陸氏據之,邢《疏》

繼之，降及清代、《雅》學大盛，環繞郭《注》而作者，邵晉涵《爾雅正義》、郝懿行《爾雅義疏》為最；翟灝作《爾雅補郭》、潘衍桐作《爾雅正郭》、戴鎣作《爾雅郭注補正》，或補其未備，或正其訛誤；而王樹枏則據《釋文》、唐人諸書，以校補郭《注》，作《爾雅郭注佚存訂補》，更據《釋文》，作《爾雅訂經》，以還郭氏之舊；文字校勘，則有龍啓瑞《爾雅經注集證》、惠棟《爾雅注疏校本》、盧文弨《爾雅注疏校本》等；至補郭《注》、邢《疏》之未備者，則有姜兆錫之《爾雅補注》、周春之《爾雅補注》、劉玉麐之《爾雅補注》、俞樾之《爾雅平議》、尹桐陽之《爾雅義證》等。是郭《注》不獨為魏晉南北朝之《雅》學代表，對清代《爾雅》學之影響，亦至為深遠。

5. **晉・郭璞《爾雅圖》** 十卷 佚

《隋書・經籍志》:「《爾雅圖》十卷，郭璞撰。」

《舊唐書・經籍志》:「《爾雅圖》一卷，郭璞撰。」

《新唐書・藝文志》:「《爾雅》郭璞《注》一卷、又《圖》一卷。」

按《晉書・郭璞傳》云:「注釋《爾雅》，別為《音義》、《圖譜》傳於世」，《爾雅注・自序》亦云:「別為《音》、《圖》，用祛未寤」，此謂注解之外，別為《音》一卷、《圖讚》二卷。字形難識者，則審音以知之。物狀難辨者，則披圖以別之。用此《音》、《圖》，以祛除未曉寤者。書則亡佚已久，其詳不可得而聞。

6. **晉・郭璞《爾雅圖讚》** 二卷 佚

《隋書・經籍志》:「梁有《爾雅圖讚》二卷，郭璞撰，亡。」

陸德明《經典釋文・敘錄》:「《爾雅》郭璞《注》三卷，《音》一卷、《圖讚》二卷。」

按《文心雕龍・頌贊篇》云:「景純注《雅》，動植必讚，義兼美惡，亦猶頌之變耳。」其書亦久佚，由諸家輯本知《圖讚》皆四字韻語，如〈筆讚〉云:「上古結繩，易以書契，經緯天地，錯綜群藝，日用不知，功蓋萬世。」〈比目魚讚〉云:「比目之鱗，別號王餘，雖有二片，其實一魚，協不能密，離不能疏。」既以述物之德，亦兼寓箴規之意，而皆所以讚所作諸物之圖也。

輯本有三:馬國翰《玉函山房輯佚書》，輯五十五條；黃奭《逸書考》，輯六十五條；嚴可均《全上古三代秦漢三國六朝文》卷一百二十一，輯四十八條。馬國翰輯本〈序〉稱此書曰:「裒輯諸書，得贊五十有三，外有稱圖者二則。其贊皆韻語古奧，詞寓箴規。雒誦一過，猶想見江魚呑墨二九載，鑽極之功力焉。」

7. **晉・郭璞《爾雅音》**　一卷　佚

《隋書・經籍志》:「梁有《爾雅音》二卷，孫炎、郭璞注。」

陸德明《經典釋文・敘錄》:「《爾雅》郭璞《注》三卷、《音》一卷。」

《舊唐書・經籍志》:「《爾雅音義》一卷，郭璞注。」

《新唐書・藝文志》:「《爾雅》郭璞《注》一卷、又《音義》一卷。」

按新、舊《唐志》並作「音義」、《隋志》、《釋文》則作「音」，今依《隋志》爲準。鄭樵《通志》作「《爾雅音略》三卷」，書名、卷數皆異它書，不知何據。輯本有二：馬國翰《玉函山房輯佚書》，輯三五五條。黃奭《逸書考》，輯四七五條。

8. **梁・沈旋《集注爾雅》**　十卷　佚

《隋書・經籍志》:「《集注爾雅》十卷，梁・黃門郎沈旋注。」

陸德明《經典釋文・敘錄》:「梁有沈旋，約之子，集眾家之《注》。」

《舊唐書・經籍志》:「《集注爾雅》十卷，沈璇注。」

《新唐書・藝文志》:「《爾雅》沈璇《注》十卷。」

《梁書・沈約傳》曰：

> 旋，字士規，武康人。梁・尚書僕射沈約子，襲封建昌縣侯，歷中書侍郎、永嘉太守、司徒從事中郎、司徒右長史。免父喪，爲太子僕。復以母憂去官，蔬食辟穀。服除，猶絕粳粱。爲給事黃門侍郎撫軍長史，出爲超遠將軍、南康內史，在任清治，卒官，謚恭侯。有《集注爾雅》行世。

《隋志》、《舊唐書・經籍志》、《新唐書・藝文志》並載《集注爾雅》十卷，卷帙浩繁，乃集眾注而成，若何晏《集解》之類。謝啓昆《小學考》云：「沈氏旋《集注爾雅》，《隋志》十卷，佚。按士規之書，久已亡佚，不得與范寧之《穀梁傳》、何晏之《論語集解》並傳，良可惜也。」輯本有二：馬國翰《玉函山房輯佚書》，輯五十七條；黃奭《逸書考》，輯五十三條。

9. **陳・施乾《爾雅音》**　佚

陸德明《經典釋文・敘錄》:「陳・博士施乾、國子祭酒謝嶠、舍人顧野王竝撰《音》。」

按此書唯見《釋文・敘錄》，輯本有二：馬國翰《玉函山房輯佚書》，輯七十七條；黃奭《逸書考》亦七十七條。

10. 陳・謝嶠《爾雅音》 佚

陸德明《經典釋文・敘錄》:「陳・博士施乾、國子祭酒謝嶠、舍人顧野王竝撰《音》。」

《陳書・謝岐傳》曰:「岐，會稽山陰人也。弟嶠篤學，為世通儒。」書佚已久，輯本有二:馬國翰《玉函山房輯佚書》，輯一〇八條；黃奭《逸書考》同馬氏。

11. 陳・顧野王《爾雅音》 佚

陸德明《經典釋文・敘錄》:「陳・博士施乾、國子祭酒謝嶠、舍人顧野王竝撰《音》。」

黃季剛《爾雅略說》論《爾雅》注家曰:

> 《釋文》屢引顧舍人本，其文字多與郭異。近人所輯之外，日本傳來原本《玉篇》中，尚多有其說。如言部諈下引《爾雅》:「諈，諉累。郭璞曰:以事相屬累為諈也。」謐下引《爾雅》:「靜也、愼也。野王案:《韓詩》賀以謐我□，是。」詒下引《爾雅》:「詒，遺也。郭璞曰:謂相歸遺也。」誑下引《爾雅》:「侜張，誑也。郭璞曰:《書》曰，無或侜張為幻。幻惑欺誑人者。」誃下引《爾雅》:「誃，離也。」此類溢於百條，大抵顧氏多從郭璞。其中專引經注者，可校今本之文。稱野王案者，可以知顧氏之說。既略無詮論者，亦可考顧氏之《音》，眞珍籍也。

輯本有二:馬國翰《玉函山房輯佚書》，輯五十八條，黃奭《逸書考》同。

三、平　議

《爾雅》於漢代乃訓詁之圭臬，降及魏晉南北朝，一般經師及好古之士，大抵亦能克紹箕裘，踵事增華。雖群書多佚，而郭璞《注》及張揖《廣雅》足為表率，獨存於今。而注家兼為經字作音，則又啓訓詁之新途。然其時一般治《雅》學者，目的多止為識鳥獸草木之名，以博雅為宗，語言訓詁之價值反而忽略。是魏晉南北朝之《爾雅》學，瑕瑜互見，不可一概論也。今試評之於后，以見其得失:

(一) 治《爾雅》之目的，唯在博見多聞

《爾雅》為訓詁學之端緒，郝懿行《爾雅義疏》、宋翔鳳〈敘〉謂為「訓

詁之淵海，《五經》之梯航」，漢儒知之，遂以爲治古學之門徑，治今文之要道。林光朝《艾軒詩說》更謂：「《爾雅》，《六籍》之戶牖，學者之要津也。古人之學，必先通《爾雅》，則《六籍》百家之言，皆可以類求。」「博雅」當然也是《爾雅》的極重要特色，但當時一般人多誤解《爾雅》之意義，止以其爲多識博見之獺祭，如《晉書・蔡謨傳》：

> 謨初渡江，見蟛蜞大喜曰：蟹有八足，加以二螯，令烹之。既食，吐下委頓，方知非蟹。後詣謝尚而說之，尚曰：卿讀《爾雅》不熟，幾爲〈勸學〉死。〔註38〕

又《梁書・王筠傳》其自序曰：

> 《周官》、《儀禮》、《國語》、《爾雅》、《山海經》、《本草》，並再鈔，未嘗倩人假手，並躬自鈔錄。

讀《爾雅》蔚爲風尚，不熟者且遭譏評，無怪乎前於郭璞能「注者十餘」。〔註39〕而由蔡謨事又正可得知，此時一般治《爾雅》者，其目的在博雅多聞，觀王筠手鈔《爾雅》，而與《山海經》、《本草》同列，亦正此意也。

郭璞《注・序》謂漢、魏以來《雅》學曰：

> 誠九流之津涉，《六藝》之鈐鍵，學覽者之潭奧，摛翰者之華苑也。若乃可以博物不惑，多識於鳥獸草木之名者，莫近於《爾雅》。《爾雅》者，蓋興於中古，隆於漢氏，豹鼠既辨，其業亦顯，英儒贍聞之士，洪筆麗藻之客，靡不欽玩耽味，爲之義訓。

由郭璞之語，及前述諸人治《爾雅》之目的，便可見當時風尚之一般。《爾雅》固足資博覽，然若止以多識草木鳥獸爲博雅，欽玩耽味於洪筆麗藻之間，則其語言訓詁之貢獻，經學梯航之目的，便要遭到忽略了。錢曾《讀書敏求記》曰：

> 郭璞注《爾雅》三卷，六畜字本作嘼，後人借畜養字用之，故麋鹿虎豹育於山澤者，歸之〈釋獸〉。馬牛羊狗爲人所養者，歸之爲〈釋畜〉。若一概以獸例之，謬矣。讀《爾雅》宜熟精其義，勿但以終軍辨鼠爲能事。

〔註38〕翁方綱《經義考補正》引丁杰曰：「郭注《爾雅》蛸蠌曰：即蟛螖也，似蟹而小。陶宏景注《本草》曰：蟛蜞似蟹而小，似蟛螖而大。劉峻注《世說》曰：今蟛蜞小於蟹而大於蟛螖。三物狀甚相類，此則蔡謨誤蟛蜞爲蟹，謝尚又誤蟛螖爲蟛蜞。均未深考。」

〔註39〕郭璞《注・序》。

誠至論也。

（二）郭璞《注》及張揖《廣雅》足為表率

此時《雅》學足資稱道者，唯郭璞《爾雅》注及魏·張揖《廣雅》。璞去漢未遠，多見古本，注多可據，又用心幾二十年，注解方畢，精洽博賅，故郭《注》出，而前後諸家，遂告淹滅。《廣雅》則廣續《爾雅》之作，篇目一仍其舊，而補其未備，蓋亦支流之亞也。

郭璞前後，治《爾雅》者甚多，注者亦夥，而郭《注》出，舊注幾廢，齊佩瑢嘗歸納其特色爲七：一曰引方言以證《爾雅》、二曰引今語以廣《雅》、三曰明語言之通轉、四曰明語義之演變、五曰取證豐富、六曰態度謹慎、七曰正舊注之失，〔註40〕郭書與前後諸注輯本相較，即可看出其邁越他人之處。又在前述治《雅》以博聞爲目的之風尚下，郭《注》尤其能注意到《爾雅》之訓詁價值，注中所發明之「轉訓」、「反訓」便是其它訓詁家所未曾提者。而後代雖又迭爲補正，然宏綱大旨，終不出其範圍。是郭《注》能爲世所重，實非無因。

陸德明《釋文·敘錄》曰：

> 先儒多爲億必之說，乖蓋闕之義。惟郭景純洽聞強識，詳悉古今，作《爾雅注》，爲世所重，今依郭本爲正。

邢昺《爾雅疏》對郭《注》更推崇備至。〈疏序〉曰：

> 其爲注者，則有犍爲文學、劉歆、樊光、李巡、孫炎。雖各名家，猶未詳備。惟東晉郭景純，用心幾二十年，注解方畢。甚得《六經》之旨，頗詳百物之形。學者祖焉，最爲稱首。

今以郭《注》代表整個魏晉南北朝之《爾雅》學，並不爲過。

《廣雅》則魏·張揖所作，其書以廣《爾雅》而作，凡《爾雅》所不載，悉著於篇，故分別部居，篇目安排，一仍於《爾雅》。內容則有自《易》、《詩》、《書》、《三禮》、《三傳》經師之訓，《論語》、《孟子》、《鴻烈》、《法言》之注，《楚辭》、漢賦之解，《倉頡》、《訓纂》、《說文》之說，靡不兼收。因此周、秦、兩漢古義之存者，可據以證其得失。其散佚不傳者，可藉以窺其端緒，此書之爲功於訓詁，不可謂不大。

張揖著書之動機與目的，在其所撰〈上廣雅表〉云：「夫《爾雅》之爲書

〔註40〕《訓詁學概論》，第四章「訓詁的淵源流派」，第十五節「訓詁學的中衰」。

也，文約而義固；其陳道也，精研而無誤。眞《七經》之檢度，學問之階略，儒林之楷素也。若其包羅天地、綱紀人事、權揆制度，發百家之訓詁，未能悉備也。……竊以所識，擇撢群蓺。文同義異，音轉失讀，八方殊語，庶物易名，不在《爾雅》者，詳錄品覈，以著於篇。」足見張揖之《廣雅》，確係繼續《爾雅》而作，爲本期《爾雅》學之一大支流。

（三）為經字注音，啟訓詁之新途

《爾雅》一書之性質，乃是客觀的集輯語言文字上之材料，其興於箋注未行之前，待及兩漢，箋注既行，客觀集輯語彙，退居次要，所重者爲如何運用材料之訓詁方法。

中國最早標音讀之方式，有讀若、譬況二法，如許愼作《說文》，高誘注《淮南》、《呂覽》，何休注《公羊》與劉熙作《釋名》並皆用之。〔註41〕然此法不得其實，只得其彷彿，於是漢末訓注古書者如服虔、應劭之《漢書注》，魏・孫炎之《爾雅音》，都已知用反切注音。

迨乎魏晉南北朝，受佛經翻譯之影響，音義之學，獨盛一時，凡一字數音、聲隨義變、南北音異等音理，皆爲訓詁家所知曉，競爲經字釋音，爲箋注訓詁啓一新途，《爾雅》音注，於焉而生。魏、晉諸儒音注，今多亡佚，據《釋文》及諸家所錄，可知者有孫炎、郭璞、施乾、謝嶠、顧野王，沈旋《集注》並載其音，〔註42〕而未錄者又不知凡幾，可謂盛矣。對《爾雅》本身之了解，及訓詁方式之進步貢獻良多，又唐・陸德明《釋文》所載群經、諸子音義，前後五十餘家，不但爲訓詁音義之總匯，也是版本校勘之唯一憑藉。而《釋文》所以見重儒林，又厥爲魏晉南北朝音義之所賜也。

魏晉南北朝之《爾雅》學，承兩漢之箕裘，研究者亦眾，雖初以「博雅」爲目的，稍失《爾雅》之實，然郭《注》出，壓倒舊注，堪爲《雅》學正宗，宋後疏家，殆仍以郭《注》爲主。此時諸儒又能知音義之訓詁，啓《爾雅》研究之新途，亦爲本期《雅》學之一大成就。唯魏晉南北朝諸作，除郭《注》外，盡皆失傳，古注古義，不得而知，是一憾也。

〔註41〕高注《淮南》《呂覽》，有「急氣」、「緩氣」、「閉口」、「籠口」；何注公羊有「長言」、「短言」、「內言」、「外言」；《釋名》則是「舌腹」、「舌頭」、「合唇」、「開唇」。

〔註42〕馬氏輯本，輯錄五十七則，釋音者凡五十二則。又沈約有《四聲譜》之作，深於音學，旋承父學，於聲音之學，必有過人處。

第三節　隋　唐

一、《爾雅》流傳情形

隋、唐以下，《雅》故漸疏，可謂《爾雅》學之中衰時期。宋・陳傳良跋趙子良所刊《爾雅疏》，究其因云：

> 古者重小學，《爾雅》所爲作也。漢興，除秦之禁，置博士，列於學官。至今漢儒書行於世，如毛氏《詩訓》、許氏《說文》、揚氏《方言》之類，蓋皆有所本云。隋、唐以來，以科目取士，此書不課於舉子，由是浸廢。

唐以明經、進士二科取士，皆不課《爾雅》，習者自鮮。雖玄宗嘗令學館生徒習《爾雅》，〔註 43〕文宗太和七年並敕於國子監立《九經》及《爾雅》石經，〔註 44〕然以不見重儒林，終趨浸廢。

科舉不試《爾雅》，致誦習者寡。又隋、唐經學之特殊背景趨向，亦是導致《雅》學不興之原因。魏、晉以來，群經傳注，漸定於一，凡所取舍，皆以通行及立於學官者爲主，一般通人學者，除別爲新注外，集解及義疏之學很爲盛行，《釋文》所錄即有二、三十家，實開唐人義疏之前導。唐太宗以儒學紛歧、章句繁雜，遂詔孔穎達譔定《五經正義》，凡一百八十卷，各以一家傳注爲主。「正義」者，即以所用之注爲正也，既專主一家，遂唯有引申與曲傳，而無駁詰與疑難。此實當時風尚使然，及魏、晉相沿之習也。

風氣如此，則不唯《五經》專守一家，其餘群經傳記亦然，於是顏師古《五經》定本出，而後經典無異文；孔穎達《五經正義》出，而後經書無異說。《爾雅》自郭《注》出，壓倒舊注，隋、唐以下，一以郭《注》爲宗，雖郭《注》精洽博該，當之無愧，而唐以還受「正義之學」之影響，實不可忽視。隋、唐、五代，《爾雅》音、注、疏之作，所在多有，然世知有郭《注》，諸書又止於郭《注》之囿，唯引申曲傳，無駁詰疑難，於是諸書又廢，隋、唐《爾雅》學終乏新氣象。

〔註 43〕《新唐書・選舉志》載。

〔註 44〕《唐會要》卷六十六「東都國子監」：「文宗太和七年十二月，敕於國子監講論堂兩廊，創立《九經》并《孝經》、《論語》、《爾雅》，共一百五十九卷，《字樣》四十卷。」

二、著述略目

1. **隋・江漼《爾雅音》**　八卷　佚

《隋書・經籍志》:「《爾雅》音八卷，秘書學士江漼撰。」

《舊唐書・經籍志》:「《爾雅圖讚》二卷，江灌注。《爾雅音》六卷，江灌注。」

《新唐書・藝文志》:「《爾雅》江灌《圖讚》二卷，又《音》六卷。」

按《小學考》引張彥遠《歷代名畫記》云：

> 《爾雅圖》上、下兩卷，陳尚書令江灌，字德源。至武德中，爲隨州司馬。並著《爾雅讚》二卷、《音》六卷。

《新唐志》、《舊唐志》、翁方綱《經義考補正》、謝啓昆《小學考》據之，並作「江灌」。今按《陳書・江總傳》云：

> 總，濟陽考城人也……入隋，爲上開府。開皇十四年卒於江都。長子溢，字深源，陳太子中庶子。入隋，爲秦王文學。第七子漼，附馬都尉秘書郎，隋給事郎，直秘書省學士。

《隋志》謂江漼官「秘書學士」，與《陳書》所謂「直秘書省學士」正同；又《名畫記》謂江灌字德源，與《陳書》所載總長子溢，字深源者，字正相應。故今據《陳書》《隋志》作「漼」，「漼」蓋「灌」之訛也。又兩《唐志》、《名畫記》作六卷，今亦依《隋志》八卷，以時代較近也。

2. **隋・江漼《爾雅圖讚》**　二卷　佚

《舊唐書・經籍志》:「《爾雅圖讚》二卷，江灌作。」

《新唐書・藝文志》:「《爾雅》江灌《圖讚》二卷。」

按見江漼《爾雅音》條。又漼之二書，諸家未見徵引。

3. **唐・陸德明《爾雅音義》**　二卷　存

《宋史・藝文志》:「陸德明《爾雅音義》二卷。」

按此書爲《經典釋文》中之一種。以郭本爲正，而犍爲文學以下之注、孫炎以下之音，並加以甄采。黃季剛《爾雅略說》紬其義例爲二：一曰存舊說、二曰自下己意。今詳其體例，堪稱美善，雖尚有漏闕，待後來之補苴，要之治《爾雅》者，必以此爲藉矣。

4. **唐・裴瑜《爾雅注》**　五卷　佚

《宋史・藝文志》:「裴瑜《爾雅注》五卷。」

《中興書目》曰:「《爾雅注》五卷，唐・裴瑜撰。其序云:『依六書八體，撮諸家注未盡之意，勒成五卷，并音一卷』，今本無音。」

按裴《注》今未見，馬國翰《玉函山房輯佚書》，以《龍龕手鑑》中所引舊注爲裴瑜《注》，無所據也。

5. 唐・裴瑜《爾雅音》 佚

按此書胡元玉《雅學考》著錄，諸家未見稱述。

6. 唐・曹憲《爾雅音義》 二卷 佚

《舊唐書・經籍志》:「曹憲《爾雅音義》二卷。」

《新唐書・藝文志》:「《爾雅》曹憲《音義》二卷。」

《新唐書・儒學傳》曰:「曹憲，揚州江都人。仕隋爲秘書學士，聚徒教授凡數百人，公卿多從之遊，於小學家尤邃。自漢・杜林、衛宏以後，古文亡絕，至憲復興。煬帝令與諸儒譔《桂苑珠叢》，規正文字。又注《廣雅》，學者推其該，藏於秘書。……（貞觀中）以弘文館學士召，不至。」

按兩《唐志》並作二卷，《小學考》作三卷，今依兩《唐志》二卷，以時代較近也。

7. 五代・毋昭裔《爾雅音略》 三卷 佚

晁公武《郡齋讀書志》:「《爾雅》舊有釋智騫及陸朗《釋文》，昭裔以一字有兩音或三音，後生疑於呼讀，乃釋其文義最明者爲定。」

吳任臣《十國春秋》曰:「昭裔，河中龍門人。孟知詳鎮西川，辟掌書記，尋擢御史中丞，後主拜中書侍郎同平章事，改門下侍郎進左僕射，以太子太師致仕。所著有《爾雅音略》三卷。」

按清・顧櫰三《補五代史藝文志》並載。

8. 五代・孫炎《爾雅疏》 十卷 佚

《宋史・藝文志》:「孫炎《爾雅疏》十卷。」

邢昺《疏・序》曰:「其爲義疏者，俗間有孫炎、高璉，淺近俗儒，不經師匠。」

按此孫炎，字與爵里皆不可考，蓋爲五代時人也，周廣業跋吳騫輯本曰:「魏徵注《類禮》，本之孫炎，時無所避，故直名之。俗間孫炎，如在唐會昌後，則炎亦廟諱，不應相犯，若謂武宗以前，則貞觀、顯慶、開成皆尙文之世，其書何以不見采錄？而《唐志》無名，然則五代時人無疑矣。」

9.高璉《爾雅疏》 七卷 佚

《宋史・藝文志》:「高璉《爾雅疏》七卷。」

晁公武《郡齋讀書志》:「舊有孫炎、高璉《疏》。」

陳振孫《直齋書錄解題》:「爲義疏者，惟俗間有孫炎、高璉，皆淺近。」

按：諸家皆與孫炎并稱，然爵里姓名亦不詳，不知唐或五代人。

10. **釋智騫《爾雅音義》**　佚

王應麟《玉海》曰:「釋智騫譔《爾雅音義》，景德二年四月吳鉉言其多誤，命杜鎬、孫奭詳定。」

晁公武《郡齋讀書志》:「《爾雅》舊有釋智騫及陸朗《釋文》……。」

按諸家未見稱引，亦不知唐或五代人也。

三、平　議

（一）囿於舊注誦習者寡，《爾雅》學日衰

此期著作，現可考見其目者，寥寥可數。雖音、注、疏俱全，然除《釋文》外并皆亡佚。推其因除經學趨向一統之環境影響外，諸作固亦囿於舊注，而乏善可陳也。邢昺《爾雅疏・敘》便謂孫炎、高璉《疏》曰:「俗間有孫炎、高璉，皆淺近俗儒，不經師匠。」而隋、唐諸作，當時他書鮮見徵引，後世輯者亦少，因諸家所言，固無新義也。

隋、唐二代其實亦非完全漠視《雅》學，曹憲《爾雅音義》即以學者推崇而入於祕書，《新唐書・曹憲傳》曰：

> （隋）煬帝令諸儒譔《桂苑珠叢》，規正文字。又注《爾雅》，學者推其該博，藏於秘書。

而《唐書・選舉志》載有生徒習《爾雅》事：

> （學館生徒）學書，日紙一幅。間習實務策，讀《國語》、《說文》、《字林》、《三蒼》、《爾雅》。

且文宗時《爾雅》與《九經》并刻石經於國子監。然《爾雅》無關利祿，誦習者寡，終唐之世，又無鉅著出。入宋，侈談心性，《雅》學益微，而其衰實始於隋、唐也。

（二）《爾雅釋文》為訓詁音義之總匯

《釋文・爾雅音義》二卷，爲此期首要鉅著。其〈敘錄〉條例曰：

> （《爾雅》）之作，本釋《五經》，既解者不同，故亦略存其異。

是存舊說之例也，如釋詁之詁，舉樊、李別本；林蒸之蒸，舉一本異文；元

胎之胎，載叔然異音；圖漠之漠，則取舍人別解。此皆存舊說也。又曰：

> （《爾雅》）本釋墳典，字讀須逐《五經》，而近代學徒，好生異見，改音易字，皆采雜書。唯止信其所聞，不復考其本末；且六文八體，各有其義，豈必飛禽即須安鳥；水族便應著魚，蟲屬要作蟲旁，草類皆從兩屮；如此之類，實不可依。今並校量，不從流俗。

此又自下己意，不盡從舊說之例也。

齊佩瑢嘗論其著書條例，今約其言，概有下列數端：一曰經注兼音；二曰摘字為音；三曰斟酌舊音；四曰存古之譬況反語；五曰舊音如用借字，則取其易識者為之；六曰兩音兼通并出其文，涇渭朱紫亦悉為刊正；七曰辨字體之正借；八曰古字別體，悉加音注；九曰後人讀《爾雅》，好生異見，則校對裁量，不從流俗；十曰辨南北方言之差別；十一曰諸經字體，乖替者多，則并校量。以此觀之，陸氏之意不外一在訂舊音之利病、二在辨俗字之是非，它不但是訓詁音義之總匯，亦是校勘板本之唯一憑藉。黃季剛評其書曰：「詳陸書體例，可謂閎美，雖尚有漏闕，待後來之補苴，要之治《爾雅》者，必以此為先導矣。」實非虛言也。

第四節　宋　代

一、《爾雅》流傳情形

陳傅良跋《爾雅疏》論宋代《爾雅》學曰：

> 國初諸儒獨追古，依郭《注》為之疏，《爾雅》稍稍行。比於熙豐《三經》，學者非《字說》不學，凡先儒注疏皆罷絀，而《爾雅》益廢。

唐有《五經正義》行世，至宋太宗時又增刻《七經》，《宋史・李至傳》：

> 淳化五年，兼判國子監，至上言：《五經》書疏已板行，惟《二傳》、《二禮》、《孝經》、《論語》、《爾雅》七經疏未備，豈副仁君垂訓之意……吳淑、舒雅、杜鎬檢正譌謬，至與李沆總領而裁處之。

《爾雅注疏》之纂修則由邢昺領其事，〔註 45〕眞宗咸平三年撰畢，咸平四年

〔註 45〕〈邢昺傳〉：「咸平二年，始置翰林侍講學士，以昺為之，受詔與杜鎬、舒雅、孫奭、李慕清等校定《周禮》、《儀禮》、《公羊、穀梁春秋傳》、《孝經》、《論語》、《爾雅義疏》。」

並與諸經摹印頒行天下。〔註 46〕此外宋初對陸德明《釋文》亦極重視，眞宗時曾命杜鎬詳校板本，仁宗時並於國子監摹印頒行，〔註 47〕《釋文》以音義訓詁爲主，加上《爾雅義疏》之頒行，《爾雅》賴此，得行於世。

神宗熙寧年間，科舉考試，改帖經爲墨義，即以經義取士，以策論爲題，令其筆答。時王安石頒《三經新義》於學官，作爲策論墨義之準繩。《新義》與漢、唐注疏全異，多空衍義理，橫發議論，學子爲迎合時尚，亦多廢舊疏，翕然風從。說經如此，小學亦然，安石《字說》，緣詞生訓，蔑古逞奇，學者以仕途之故，非《字說》不學，凡先儒注疏皆罷絀，而正統之《爾雅》益發。陳傅良跋《爾雅疏》曰：

> 余憶爲兒時，入鄉校，有以《爾雅》問題者，余用能辨鼠豹，不識蟛蜞爲對，其事至淺，諸老先生往生驚嘆以爲博也。

足見習者亦鮮，嗣後王雱《爾雅》注、陸佃《新義》、羅願《爾雅翼》等，猶不脫《字說》惡習，方向已偏，《爾雅》學至此，較唐又遜一疇。此外，慶曆以降，義理學興，學者侈談性理，異說間作，不覈名實，漢學日荒，而《爾雅》學幾於墜廢。

兩宋治《爾雅》者，邢昺、王雱、陸佃、鄭樵、羅願爲著，而究以邢《疏》最爲可取，宋以後治《爾雅》者莫不資之。唯自南宋以來，于邢《疏》每有異同之論，清・邵晉涵及錢大昭攻擊最烈。邵晉涵《爾雅正義・序》曰：

> 邢氏《疏》成於宋初，多掇《毛詩正義》，掩爲己說，間采《尚書》、《禮記正義》，復多闕略；南宋人已不滿其書，後取列諸經之疏，聊取備數而已。

錢大昭《爾雅釋文補・自序》曰：

> 北宋邢叔明專疏郭景純《注》，墨守東晉人一家之言，識已拘而鮮通。其爲書也，又不過鈔撮孔氏經疏、陸氏《釋文》，是學亦未能過人矣。

而《四庫提要》則持論較允：

> 昺《疏》亦多能引證，如《尸子・廣澤篇、仁意篇》，皆非今人所及

〔註 46〕《玉海》卷四十三「讎正《五經》」：「咸平四年九月丁亥，翰林侍講學士邢昺等，及直講崔偓佺等表上重校定《周禮》……《爾雅》七經義疏凡一百六十五卷、十月九日命摹印頒行。」

〔註 47〕《玉海》卷四十四「小學」：「景德二年四月丁酉，吳鉉言國學板本《爾雅釋文》多誤，命杜鎬、孫奭詳定。」又「天聖四年五月戊戌，國子監摹印陸德明《音義》頒行。」

覿。其犍為文學、樊光、李巡之《注》見於《釋文》者，雖多所遺漏，然疏家之體，惟明本注，注所未及，不復旁搜，此亦唐以來之通弊，不能獨責於昺。

對邢《疏》雖是有毀有譽，但仍不無可取處，如補郭之未備，引舊籍以證郭，都可為郭《注》之功臣。黃季剛《爾雅略說》謂邢《疏》有三善，一者補郭《注》之闕、二者知聲義之通、三者達詞言之例。以此觀之，雖清儒有時亦遜矣。

邢《疏・序》曰：「今既奉勅校定，考按其事，必以經籍為宗；理義所銓，則以景純為主。」此其作疏之主旨也。自邢《疏》列於學官，考郭《注》者不得不依于此，遂與《釋文》同為不可廢之書，而為宋代《爾雅》學之代表。

二、著述略目

1. **邢昺《爾雅疏》** 十卷 存

《宋史・藝文志》：「邢昺《爾雅疏》十卷。」

晁公武《郡齋讀書志》：「舊有孫炎、高璉《疏》，皇朝以其淺略，命邢昺、杜鎬等別著此書。」

陳振孫《直齋書錄解題》：「《爾雅疏》十卷，邢昺等撰，其敘云：『為《注》者劉歆、樊光、李巡、孫炎雖各名家，猶未詳備，惟郭景純最為稱首，其為《義疏》者，俗間有孫炎、高璉，皆淺近，今奉敕校定，以景純為主。』共其事者，杜鎬而下八人。」

按同修者共八人：杜鎬、舒雅、李維、孫奭、李慕清、王煥、崔偓佺、劉士元。

2. **孫奭《爾雅釋文》** 一卷 佚

《小學考》：「孫奭《爾雅釋文》，《山東通志》一卷。」

按《玉海》卷四十四「小學」：「（眞宗）景德二年四月丁酉，吳鉉言國板本《爾雅釋文》多誤，命杜鎬、孫奭詳定。」則孫氏恐是校陸氏《爾雅釋文》，非自著《爾雅釋文》。且孫氏與邢昺、杜鎬諸人同時，又共《七經》義疏事，孫氏若有《釋文》，諸家必當稱述援引，今除《山東通志》著錄，餘未見涉論，孤證難據，《山東通志》所載恐是訛誤。

3. **王雱《爾雅》注** 一卷 佚

焦竑《國史經籍志》：「《爾雅注》一卷，王雱。」

《宋史・王安石傳》曰：「安石撫州臨川人，子雱字元澤，性敏甚，未冠已著書數萬言，舉進士，除太子中允，崇政殿說書，神宗數留與語……卒時年纔三十三。」

項安世〈王雱爾雅跋〉曰：「予讀元澤《爾雅》，爲之永歎，曰：嗚呼！以王氏父子之學之苦，即其比物引類之博，分章析句之工，其用力也久，其用功也精，以此名家，自足垂視。視楊子雲、許叔重何至多遜。

王氏書久佚，其詳不可復考，安石之學，好出新解，雱之書恐亦《字說》之象類。項安世之譽，溢辭也。

4. **陸佃《爾雅新義》**　二十卷　存

《宋史・藝文志》：「陸佃《爾雅新義》二十卷。」

按是書久未見，《四庫》亦未錄，前此全祖望曾見之，全氏《經史問答》曰：「問：陶山陸氏《埤雅》，亦新經宗派之一也，聞其尚有《爾雅新義》，又有《禮象》，大抵當與《埤雅》出入否？答曰：《爾雅新義》，僕曾見之，惜未鈔，今旁求不可得矣。」至乾隆中，丁杰得景宋鈔，其書始傳於世。〔註48〕

5. **陸佃《爾雅貫義》**　佚

焦竑《國史經籍志》：「《爾雅貫義》，陸佃。」

是書日後未見，疑即《新義》一書誤分爲二，或焦竑偶誤也。

6. **鄭樵《爾雅》注**　三卷　存

《宋史・藝文志》：「鄭樵《爾雅》注三卷。」

按鄭注《爾雅》、《四庫提要》最爲稱道，謂爲《爾雅》家之善本，唯後世多非之，謂《四庫》過譽。要之邢《疏》之外，鄭《注》於宋世《爾雅》家中，可稱佳書也。

7. **潘翼《爾雅釋》**　佚

《小學考》曰：「翼字雄飛，青田人，建炎中徙居樂清，王十朋之師也。」

按《經義考》著錄，今未見。

8. **羅願《爾雅翼》**　三十二卷　存

《四庫》著錄。黃季剛《爾雅略說》曰：「自邢叔明以後，戴東原之前，治《爾雅》學者，惟四家略可稱道：一王雱、二陸佃、三鄭樵、四羅願。」今考四書之中，王書久佚、陸書多傅會之說、鄭書雖稱佳作，然其注之善者，多爲常義，又多因襲。獨羅氏此書，《四庫》稱其考據精博、體制謹嚴，在

〔註48〕見翁方綱《經義考補正》。

陸佃《埤雅》之上。是書援據載籍極多，可謂浩博，然猶有不脫王安石《字說》之惡習者，如以鶉爲淳，以鳩爲九之類是。

9. **洪焱祖《爾雅翼音釋》** 三十二卷 存

焦竑《國史經籍志》:「《爾雅翼音註》三十二卷，洪焱祖。」

按此書原附《爾雅翼》後，洪氏跋曰:「(《爾雅翼》) 板逸不存，郡守自齋先生，北譙·朱公霽屬學官訪求墨本，節費重刊，且以難字頗多，初學未能遽曉，俾焱祖詳加音釋，附於各卷之末。又舊本出於筆吏之手，頗有訛舛，謹爲正之，所不知者闕。」是音釋校正爲其著書大恉也。

10. **王柏《爾雅六義》** 佚

明·王圻《續文獻通考·小學考》:「《爾雅六義》，王柏著。」

是書未見。《宋史》本傳又載柏所著《大爾雅》，疑與王圻所見爲一書。又焦竑《經籍志》載有程端蒙著《大爾雅》，《宋志》、焦竑、王圻，未知孰是？

11. **無名氏《互注爾雅貫類》** 一卷 佚

《宋史·藝文志》:「《互注爾雅貫類》一卷，不知作者。」

按《玉海》曰:「不知作者，取字同者類之。」今書未見。

12. **無名氏《爾雅音訓》** 二卷 佚

鄭樵《通志·爾雅類》:「音訓二卷。」

按《崇文總目》:「不著譔人名氏，以孫炎、郭璞二家音訓爲尙，狹頗增益之。」

13. **無名氏《爾雅兼義》** 十卷 佚

鄭樵《通志·爾雅類》:「《爾雅兼義》十卷。」

焦竑《國史經籍志》:「《爾雅兼義》十卷。」

14. **無名氏《爾雅發題》** 一卷

鄭樵《通志·爾雅類》:「《爾雅發題》一卷。」

焦竑《國史經籍志》:「《爾雅發題》一卷。」

三、平　議

(一) 慶曆以前圍繞《釋文》、邢《疏》，無甚新說

宋初《爾雅》諸事，多圍繞《釋文》、邢《疏》而行，如《玉海》卷四十三:「(太祖) 開寶五年，判監陳鄂與姜融等四人校《孝經》、《論語》、《爾雅釋文》上之。」是《釋文》入宋之首校也。太宗淳化五年則詔增刻《七經義

疏》，事見〈李至傳〉。〔註49〕《爾雅》則邢昺主事，按〈邢昺傳〉：

> 咸平二年，始置翰林侍講學士，以昺爲之。受詔與杜鎬、舒雅、孫奭、李慕清、崔偓佺等校定《周禮》、《儀禮》、《公羊、穀梁春秋傳》、《孝經》、《論語》、《爾雅義疏》。

《玉海》卷四十三又載曰：

> 咸平四年九月丁亥，翰林侍講學士邢昺等，及直講崔偓佺等表上重校定《周禮》、《儀禮》、《公羊》、《穀梁傳》、《孝經》、《論語》、《爾雅》七經義疏，凡一百六十一卷，賜宴國子監、昺加一階，餘遷秩。十月九日命摹印頒行。

是邢《疏》於咸平二、三年完成，四年即又重校，並已摹印頒行，立於學官矣。眞宗景德年間又校《爾雅釋文》，依《玉海》卷四十四：「景德二年四月丁酉，吳鉉言國學板本《爾雅釋文》多誤，命杜鎬、孫奭詳定。」又「（仁宗）天聖四年五月戊戌，國子監請摹印陸德明《爾雅音義》二卷頒行。」是《釋文》之受重視，亦不亞於邢《疏》也。

綜上觀之，宋初之《雅》學，實依《釋文》、邢《疏》爲主。實則《釋文》、邢《疏》多篤守郭《注》而作也，《釋文・敘錄》：

> 先儒多爲億必之說，乖蓋闕之意，唯郭景純洽聞強識，詳悉古今，《爾雅》注爲世所重，今依郭本爲正。

邢《疏・序》曰：

> 東晉・郭景純用心幾二十年，註解方畢，甚得《六經》之旨，頗詳百物之形，學者祖焉，最爲稱首……既奉勅校定，考案其事，必以經籍爲宗，理義所詮，則以景純爲主。

於郭《注》推崇備至，又咸以爲正。則宋初《雅》學雖主《釋文》、邢《疏》，使《雅》學定於一尊，而實仍郭《注》之舊述，於新說則闕也。兩宋稍有可取者如王雱、陸佃，皆慶曆後出，而鄭樵、羅願，則又南宋事矣。

（二）後期多加新義，求變可取，妄解難容

宋初學風，篤守古義，不尚新奇。馬端臨《文獻通考・選舉考》，嘗載「賈邊舍舊注立新奇而落榜」事：

> （眞宗）景德二年，親試舉人，得進士李迪等二百四十餘人……先

〔註49〕見本節（一）「《爾雅》流傳情形」引。

是，迪與賈邊皆有聲場屋。及禮部奏名，而兩人皆不與。考官取其文觀之，迪賦落韻、邊論當仁不讓於師，以師爲眾，與注疏異。特奏，令就御試。參知政事王旦議：落韻者，失於不詳審耳；捨注疏而立異，不可輒許，恐士子從今放蕩無所準的。遂取迪而黜邊。

王旦作試官，題「當仁不讓於師」，不取賈邊解師爲「眾」之說，可見宋初篤實之風，猶漢、唐注疏之遺也。

時過不久而風氣漸變，《困學紀聞・經說》云：

自漢儒至於慶曆間，談經者守訓故而不鑿。《七經小傳》出而稍尚新奇矣。至《三經義》行，視漢儒之學若土梗。

是宋學至慶曆間乃一大變。劉敞撰《七經小傳》，是編乃其雜論經義之語，好以己意改經，〔註50〕是首變先儒淳樸之風者。安石《三經新義》，則訓詁多用其《字說》，牽合穿鑿，不下於敞。自此以後，宋儒論經、訓詁多尚新奇，不遵古義，而風氣遂變矣。

今觀慶曆後之《爾雅》學即可瞭然，以著作論即有《新義》、《貫義》、《爾雅翼》、《爾雅釋》、《貫類》、《兼義》、《發題》等視之可知其求變之名。夫求變誠是，然若變而未能達訓詁之理，則亦徒生妄解之弊而已。今以王、陸、羅、鄭四家言，雱爲安石之子，《三經新義》即已多出其手，〔註51〕家學好爲新解，《爾雅注》固亦不能免。陸佃說經，尤純乎傅會，〈釋詁〉首條注云：「初，氣之始；哉，事之始，亦物之始；首，體之始；基，堂之始；祖，親之始，元，善之始，亦體之始，胎，形之始；俶，于人爲叔，於天爲始；落，於花爲落，於實爲始；權，量之始；輿，車之始。」此等純乎望文生義。陸氏書名《新義》，而展卷以觀，不禁令人大噱。

鄭樵《注》，《四庫》謂爲善本，然考其〈自序〉及〈後序〉，便攻擊《爾雅》之昧於情理，不達物情；其「一言本一義，饘自饘，餬自餬，不得謂餬爲饘」之說法固是，然亦示其不知同義詞之來源不同，而訓詁中之義訓，某些止言其相當，自不得謂《爾雅》以數十言而總一義之爲昧於言理也。羅願《爾雅翼》，引證誠爲浩博。然其自序曰：「因《爾雅》爲資，略其訓詁、山

〔註50〕如謂《尚書》「愿而恭」當作「愿而荼」；「此厥不聽」當作「此厥不德」；謂《毛詩》「烝也無戎」當作「烝也無戍」；《周禮》「誅以馭其過」當作「誅以馭其禍」；「士田賈田」當作「工田賈田」……皆改易經字以就己說。

〔註51〕蔡絛《鐵圍山叢談》：「王元澤奉詔爲《三經義》時，王丞相介甫爲之提舉，《詩》《書》蓋多出元澤及諸門弟子手。」

川星辰、研究動植，不為因循」，如此則雖援據載籍極多，而治《爾雅》者，亦止能等之於陸佃《埤雅》之流，他如以鳩為九、以鶉為淳，不脫安石《字說》惡習，是尤不足以當訓詁矣。

宋儒不以排議經典為非，遂勇於撥棄傳注，風氣已成。陸游曰：

> 唐及國初，學者不敢議孔安國、鄭康成，況聖人乎！自慶曆後，諸儒發明經旨，非前人所及；然排〈繫辭〉、毀《周禮》、疑《孟子》，譏《書》之〈胤征〉、〈顧命〉，黜《詩》之〈序〉，不難於議經，況傳注乎！〔註52〕

議經毀傳、標新立異，遂至空衍義理、橫發議論。司馬光曰：

> 新進後生，口傳耳剽，讀《易》未識卦爻，已謂〈十翼〉非孔子之言；讀《禮》未知篇數，已謂《周官》為戰國之書；讀《詩》未盡〈周南〉、〈召南〉，已謂毛、鄭為章句之學；讀《春秋》未知十二公，已謂《三傳》可束之高閣。〔註53〕

經說如此，而訓詁者，說形、說音、說義，以語言釋語言尤易望文生訓，妄出新解。慶曆以降，訓詁多出己意，學風如此，故不足為奇，然不足取也。惟兩宋諸儒大抵崇義理而疏考證，王、陸、羅、鄭諸人能繼邢《疏》之後，致力《雅》學，雖後世多有不滿，而實亦有不能盡棄者也。

第五節　元　明

一、《爾雅》流傳情形

元、明二代，經訓榛蕪，《爾雅》學之傳，不絕如縷。宋以來，學者多侈談性理，於名物考證、格物窮理之學，直視為存心養性之累。明．李化龍跋羅願《爾雅翼》即嘆曰：

> 自宋儒有玩物喪志之說，學者遂以心性為藏拙之府。閉目而坐，抗手而談曰：「吾保吾徑寸足矣，何事誇多鬥靡為則。」曷不以周、孔觀之，周、孔作《爾雅》，草木鳥獸蟲魚，一跂一啄可臚覆也。哀公曰：「寡人欲學小辨以觀於政，其可乎？」孔子曰：「《爾雅》以觀於

〔註52〕陸游《老學庵筆記》。
〔註53〕司馬光《傳家集．論風俗箚子》。

> 古，亦足以辨言矣。」夫誠博物足以溺心，又何周、孔之諄諄也，將無以遠稽博觀，皆足以發天明，而周世用故耶。乃至以格物窮理之學，爲存心養性之累，則學道者，必且如鍊士、如定僧，不立文字，不通古今。

學者但求存心養性，不務名物訓詁，則不傳者，又不獨《爾雅》之學而已矣。

元、明之不務訓詁，科舉牢籠亦是一因。元、明科舉之經義，本於宋·熙寧王安石所立墨義之法。宋之墨義，以《三經新義》爲本，立法之不善，安石已自悔之。陳師道《後山叢談》云：

> 王荊公改科舉，暮年乃覺其失曰：欲變學究爲秀才，不謂變秀才爲學究也。蓋舉子專誦王氏章句而不解義。

既以《新義》爲正，學者遂專攻之，致經說皆成穿鑿破碎，無用之空言。元人不知盡改，又株守宋儒經說而忽略注疏訓詁，故於古音古義多所牴牾，熊朋來《五經說》、劉瑾《詩傳通釋》、陳師凱《書蔡傳旁通》等，並此之流。而明人更不能悟「秀才變學究」之理，遂有胡廣《五經大全》之修，並頒行天下，而其所因者，則又雜取元人之作飣飣成編，〔註54〕較之《三經新義》又妄過百倍，宜乎顧炎武所謂「八股行而古學廢，《大全》出而經說亡」。〔註55〕而士人自元以來，皆爲如此科舉牢籠所限，訓詁名物之學，由是益不堪問矣。

《爾雅》在元、明爲絕學，《明史·危素傳》：「至正元年，用大臣薦授經筵檢討，及注《爾雅》成，賜金及宮人，不受。」素注《爾雅》受賜，似順帝極右《爾雅》之文，實則傳習寡少故也。考元、明二代《爾雅》著作，今可知者寥寥可數，元唯陳櫟、胡炳文二家，而櫟所作乃節《爾雅翼》而成，殊無用處。明亦唯羅日褧、危素、薛敬之、郎奎金、譚吉璁、朱銓數家，而至今存者，止譚氏一本。元、明二代解經多株守宋學、宋·劉敞、王安石諸儒，其先皆嘗潛心注疏，故能辨其得失；朱子論疏，稱《周禮》最好，《詩》、《禮》次之，《書》、《易》爲下，〔註56〕非於舊疏功力甚深，何能如此論斷。知宋儒雖撥棄古義，然學有根柢，猶能自成一家也。若元人則株守宋儒之書，

〔註54〕據《四庫提要》考定：《周易大全》割裂董楷、董眞卿、胡一桂、胡炳文四書；《書傳大全》勦襲陳櫟、陳師凱；《禮記大全》采諸儒之説凡四家，而以陳浩《集説》爲主。

〔註55〕顧炎武《日知錄》卷十八「論《書傳會選》」。按《書傳會選》，明翰林學士劉三吾等奉敕撰。

〔註56〕《朱子語類》。

甚且有節宋本成書如櫟者，所得已鮮；而明人又株守元人之書，於宋儒益少研究，無怪元、明諸作多不存於今，譚吉璁《爾雅廣義》雖存，且卷帙浩繁，然無益於《雅》學，則又與淹沒無異矣。

二、著述略目

1. **元・陳櫟《爾雅翼節本》**　佚

《經義考》、清・錢大昕《補元史藝文志》竝著錄。

《四庫提要・爾雅翼提要》:「後陳櫟刪削其書，別爲節本，謂其好處可以廣人之識見者，儘多可恨處，牽引失其精當者不少，內引三百篇之詩處多不是云云。按櫟著作傳於今者有《尚書集傳纂疏》、《歷朝通略》、《定宇集》三書，核所聞見，曾不能望願之項背，遽糾其失，似不自量。至願書成於淳熙元年甲午，朱子《詩集傳》作於淳熙四年丁酉，在願書後三年。而櫟乃執續出新說繩願所引據之古義，尤屬拘墟。今願書流傳不朽，而櫟之節本片字無存，則其曲肆詆諆，無人肎信而傳之，略可見矣。」

2. **元・胡炳文《爾雅韻語》**　佚

《經義考》、清・倪燦、盧文弨《補遼金元藝文志》、錢大昕《補元史藝文志》、《千頃堂書目》竝載。

《小學考》:「《元儒考略》曰：胡炳文字仲虎，婺源人。元初爲信州書院山長，再調蘭溪州學正。炳文以《易》名家……所著又有《易春秋集解》、《禮書纂述》、《大學指掌圖》、《四書辨疑》、《五經會義》、《爾雅韻語》、《雲峯筆記》等聿。東南學者因其所自號，稱雲峯先生，卒諡文通。《元史》入〈儒學傳〉。」

3. **遼・李元昊《爾雅譯》**　佚

按清・黃任恆《補遼史藝文志》著錄，今未見。姑置於此。

4. **明・羅日褧《爾雅餘》**　八卷　佚

按《明志》載八卷，今未見。

5. **明・危素《爾雅略義》**　十九卷　佚

《明志》載。按《明史・危素傳》:「至正元年，用大臣薦授經筵檢討，及注《爾雅》成，賜金及宮人，不受。」

《小學考》:「張萱《疑耀》曰：元至正初，檢討危素節略郭、邢二家注疏進御鈔本。」

6. 明・薛敬之《爾雅便音》 佚

《千頃堂書目》載。

《明史・儒林傳》:「薛敬之字顯思,渭南人。憲宗初以歲貢生入國學,成化末選應州知州,課績爲天下第一。弘治九年遷金華同知致仕,所著有《爾雅便音》。」

7. 明・郎奎金《爾雅糾譌》 佚

按周祖謨《續雅學考擬目》載。

8. 明・譚吉璁《爾雅廣義》 五十一卷 存

《經義考》載。《小學考》:「顧炎武曰:舟石勤於讀經,叩其書齋插架,《十三經注疏》手施朱墨,始終無一誤句。我行天下僅見此人。」

9. 明・譚吉璁《爾雅綱目》 一百二十卷 佚

按《浙江通志・書目》載。見《小學考》。

10. 明・朱銓《爾雅貫珠》 存

按日本《東京大學東洋文化研究所漢籍分類目錄》頁 91 載。

三、平 議

(一)元、明尊朱學而未達朱學之旨

朱熹集宋學之大成,但仍不廢名物考證之學。《晦庵文集・語孟集義序》曰:

> 漢、魏諸儒,正音讀、通訓詁、考制度、辨名物,其功博矣。

可見他並不以宋詆漢。尤重傳注之訓詁。《論語訓蒙口義・序》云:

> 本之注疏以通其訓詁,參之《釋文》以正其音讀,然後會之於諸老先生之說,以發其精微。

《語類》則云:

> 祖宗以來,學者但守注疏,其後便論道;如二蘇直是要論道,但注疏如何棄得。

又可知朱子一反蘇、歐妄談義理之惡習,主張先言訓詁而後始論道,更不主張取奇蹈空,故《語類》又云:「某尋常解經,只要依訓詁說字。」是朱子治學,能兼取漢、宋,深得毛、孔傳經之旨,亦能存心養性,口說論道。

元、明諸儒則多不達此旨,唯要論道,而不知音句。宋儒之書已多空衍,元、明又墨守宋儒之書,注疏之訓詁已束之高閣,況注疏外之訓詁如《爾雅》

學者。《爾雅》學之積衰，至此遂極。夫朱子能遵古義，故從朱學者，如黃震、許謙、金履詳、王應麟諸儒，〔註 57〕便有根柢。而元、明一般士子，持格物窮理、玩物喪志之說，藉口而自恕，尊朱子而未得朱學之旨，訓詁之大業，便隨著學風，受到一時之卑棄。

（二）不尊經訓，科舉淺陋，實學遂廢

《爾雅》與諸經關係密切，元、明二代不尊經，亦不尊經訓，更遑論《爾雅》之學。宋以來之科舉考試，流弊滋生，安石已有悔意。而元本不重儒，科舉不常行；明則不尊經，科舉法甚陋。顧炎武《日知錄》卷十六「擬題」條，論科舉之病曰：

> 今日科場之病，莫甚乎擬題。且以經文言之，初場試所習本經義四道；而本經之中，場屋可出之題不過數十。富家巨族，延請名士，館於家塾，將此數十條，各譔一篇，計篇酬價，令其子弟記誦熟習，入場命題，十符八九，即以所記之文抄謄上卷，較之風簷結構，難易迥殊。

士子唯知記誦，便能有聲場屋，於是無人願究實學。顧炎武又云：

> 讀《論》惟取一篇，披《莊》不過盈尺，因陋就寡，赴速邀時。昔人所須十年而成者，以一年畢之；昔人所待一年而習者，以一月畢之。成於勦襲得於假倩，卒而問其所讀之經，有茫然不知爲何經者。故愚以爲八股之害，等於焚書，而敗壞人才，有甚於咸陽之郊所坑者但四百六十餘人也。

士子讀經尚欲偷取巧合，而小學訓詁，非積年無功，故宋、元、明以來，《爾雅》之學，江河日下，良有以也。《爾雅》學之復興，惟有待之清儒了。

〔註 57〕黃震字東發，宋・慈谿人，清介自守，宗朱子學，著有《古今紀要》、《黃氏日抄》等書，傳見《宋史》卷四三八〈儒林傳〉。許謙字益之，元・金華人，受業金履祥，著有《讀書叢說》、《詩集傳名物鈔》、《白雲集》諸書，傳見《元史》卷一八九〈儒林傳〉。金履祥字吉甫，元・蘭谿人，著有《大學疏義》、《尚書表注》、《論語集注考證》、《中庸標註》等書，傳見《元史》一八九〈儒林傳〉。王應麟字伯厚，宋・慶元人，學問該博，著有《詩考》、《詩地理考》、《漢書藝文志考證》、《困學紀聞》、《小學紺珠》、《玉海》等二十餘種，傳見《宋史》卷四三八。按王氏《困學紀聞》，均箚記考證之文、凡〈說經〉八卷、〈天道〉、〈地理〉、〈諸子〉二卷，〈考史〉六卷、〈評詩文〉三卷、〈雜識〉一卷，爲清初考證學之源。

第三章　清代《爾雅》學之背景

清代學術思想自有其特色，它與當時環境背景息息相關。清代考證之學特盛，舉世嚮風，而小學《爾雅》研究，成績之豐，邁越前代，亦非偶然。考其背景，乃一受清代學術政治之影響，二則有感前代《爾雅》學研究之不足，茲分別論述如下。

第一節　清代學術政治之影響

本節所述，一爲學術思潮之流變、二爲政治環境之影響。《爾雅》學爲小學之一環，小學爲樸學之一環，樸學之興起，與明末及清代之學術政治遷變又息息相關。此三者，層層相因，必一一貫串，而後清代《爾雅》學之背景能明。茲分述如下：

一、學術思潮之流變

（一）儒學之變遷

清代學術與宋、明儒學傳統之關係，自來有二種不同之看法：一以清學爲理學之反動，梁啓超與胡適之主之；二以清學爲理學之延續，錢穆及余英時闡發最明。

梁啓超《清代學術概論》曰：

> 清代思潮果何物耶，簡單言之，則對於宋、明理學之一大反動，而以復古爲其職志者也。

又曰：

> 吾言：清學之出發點，在對於宋、明理學一大反動。夫宋、明理學何爲而招反動耶，學派上之「主智」與「主義」、「唯物」與「唯心」「實驗」與「冥證」每迭爲循環，大抵甲派至全盛時必有流弊，有流弊斯有反動，而乙派與之代興，乙派之由盛而弊而反動亦然……而明、清之交則其嬗代之跡之尤易見者也。

明代自王陽明致良知之說興，學者漸蔑視讀誦之功，又加以講學之風徧天下，爭騰口說，所言皆在昭昭靈靈之境，淺嘗之士，殊難以言心得。故其末流，學者漸養成束書不觀，游談無根之習氣；空疏之輩摭拾性理爛語，陳陳相因，益無發明。明季學風，墮落益甚，學者猖狂自肆，如狂禪一派，一至於「滿街皆是聖人，酒色財氣，不礙菩提路」之現象，不獨學術空疏，即崇踐履者亦寡矣。黃宗羲有言：「明人講學，襲語錄糟粕，不以《六經》爲根柢。束書而從事於游談，更滋流弊。」顧炎武曰：「今之學者，偶有所窺，則欲盡廢先儒之說而駕其上。不學，則借『一貫』之言，以文其陋；無行，則逃之性命之鄉，以使人不可詰。」（《日知錄》十八）陸隴其曰：「王氏之學徧天下，幾以聖人復起；而古先聖賢下學上達之遺法，滅裂無餘。學術壞而風俗隨之，其弊也，至於蕩軼禮法，蔑視倫常，天下之人，恣睢橫肆，不復自安於視矩繩墨之內，而百病交作。至於啓、禎之際，風俗愈壞，禮義掃地，以至於不可收拾。其所從來，非一日矣。」（《三魚堂文集・學術辨上》）凡此皆清學者攻擊明學之語也，然亦從可略知當時之學風矣。夫有明末之空疏，始有清初之敦實；有明末之蔑視讀書，始有清初之提倡經術；有明末之輕忽踐履，始有清初之注重躬行：在在皆明學反動之結果也。故清代學術之成立，在消極方面言之，明季之學風，實爲其重大之背境也。此梁啓超所以主清學爲理學反動之由也。其後胡適之亦主此說：

> 五百多年（1050～1600）的理學，到後來只落得一邊是支離破碎的迂儒，一邊是模糊空虛的玄談。到了十七世紀的初年，理學的流弊更明顯了。五百年的談玄說理，不能挽救政治的腐敗，盜賊的橫行，外族的侵略。於是有反理學的運動起來。〔註1〕

亦以爲清代學術，消極方面表現爲反玄學之運動，積極方面，則發展爲經學考據。論清學爲理學之反動者，即以梁、胡二人爲代表。

若錢穆則以爲，清代學術仍延續著宋、明理學之傳統，尤其晚明諸遺老，

〔註 1〕〈幾個反理學的思想家〉，《胡適文存》第三集・卷一。

仍盪漾於理學餘波之中：

> 言漢學淵源者必溯諸晚明諸遺老。然其時如夏峯、梨洲、二曲、船山、桴亭、亭林、蒿菴、習齋，一世魁碩，靡不寢饋於宋學。繼此而降，如恕谷、望溪、穆堂、謝山乃至愼修諸人，皆於宋學有甚深契詣，而於時已及乾隆，漢學之名始稍稍起。而漢學諸家之高下淺深，亦往往視其宋學之高下淺深以爲判。〔註2〕

所重乃在宋學之延續性。

余英時承錢穆之說，然又特重於宋、明理學之內在問題，即所謂「尊德性」與「道問學」之遷變：

> 王陽明爲了替他的良知說找歷史的根據而重定《大學》古本，因而與儒家原始經典發生了糾纏。一涉及經典整理，偏重「道問學」一派的儒者便有了用武之地。宋、明以來儒學中不絕如綫的智識主義遂因此而得了發展的機會。羅整菴「取證於經典」的主張尚不過是反智識主義高漲的風氣下一個微弱的智識主義的呼聲。要貫澈這種主張却絕不是一朝一夕所能奏功。這不但需要多數人繼續不斷的努力，而且首先必須有一個濃厚的智識主義的思想空氣。這兩個基本條件都要到清代才具備。〔註3〕

概而言之，「道問學」即所謂智識主義；「尊德性」即所謂反智識主義，宋、明理學，大抵即此二者之對立。到了清代，余英時以爲清初儒學之新動向，即是「道問學」之興起：

> 明代的儒學已逐漸轉向「道問學」的途徑。在這一轉變中，以前被輕視的「聞見之知」現在開始受到了重視。到了清代，這一趨勢變得更爲明顯了。清初三大儒顧亭林、黄梨洲、王船山都強調「道問學」的重要性。

至於明末清初，儒家由「尊德性」轉入「道問學」之階段，其主要之內在綫索，即是明・羅整庵所謂之義理必須取證於經典。羅氏曰：

> 程子言：性即理也；象山言：心即理也。至當歸一，精義無二。此是則彼非；彼是則此非。安可不明辨之？昔吾夫子贊《易》，言性屢矣。曰：乾道變化，各正性命。曰：成之者性。曰：聖人作《易》，

〔註2〕《中國近三百年學術史》第一章〈引論〉。

〔註3〕〈從宋明儒學的發展論清代思想史〉，《歷史與思想》。下同。

以順性命之理。曰：窮理盡性，以至於命。但詳味此數言，性即理也，明矣！於心，亦屢言之。曰：聖人以此洗心。曰：易其心而後語。曰：能說諸心。夫心而曰洗、曰《易》、曰說，洗心而曰以此。試詳味此數語，謂心即理也，其可通乎？且孟子嘗言，理義之悅我心，猶芻豢之悅我口。尤爲明白易見。故學而不取證於經書，一切師心自用，未有不自誤者也。〔註4〕

義理之是非取決於經典，正是宋、明理學「尊德性」與「道問學」兩派爭執不決下，儒學發展之必然歸趨，亦是清學之所由來，故《四庫全書總目提要》曰：

明之中葉，以博洽著稱者楊愼……次則焦竑，亦喜考證……惟以智崛起崇禎中，考據精核，逈出其上。風氣既開，國初顧炎武、閻若璩、朱彝尊沿波而起。始一掃懸揣之空談。〔註5〕

清初顧炎武、閻若璩、朱彝尊、黃宗羲、王夫之等，皆強調「道問學」之重要性，「經學即理學」遂逐漸形成新的研究傳統，開出清代考據之學。

綜合上述二說，後者乃對前者之修正，其區別，具體而言，梁、胡之說在強調清學之創新意義，錢、余之說則注重宋學在清代之延續性，一說外緣因素，一說內在理路，並非壁壘，只是解釋之差異。由學術發展之轉變觀之，清學固可視爲宋學之反動，然學術思想之演變，不可能隨改朝換代而突然消失，清儒之考據學自亦有其宋、明遠源可尋。馮友蘭《中國哲學史》「清代道學之繼續」一章，曾討論漢學與宋學之關係：

所謂漢學家，若講及所謂義理之學，仍是宋、明道學家之繼續者。漢學家之貢獻，在於對於宋、明道學之問題，能予以較不同的解答；對於宋、明道學家所依經典，能予以較不同的解釋。然即此較不同的解釋，明末清初之道學家，已略提出漢學家所講義理之學，乃照此方向，繼續發展者。由此言之，漢學家之義理之學，表面上雖爲反道學，而實則係一部分道學之繼續發展也。

馮說頗可以爲前二說之折衷。不論清學是對理學之反動，抑或是「道問學」之繼續，其所開展出之學術思想與成果，皆與前代逈異，而經典考證之學，即是明末清初學術思想轉變下之產物也。

〔註4〕《困知記》卷二。

〔註5〕〈子部・雜家類三〉，「方以智《通雅》」條。

（二）樸學之興起

自顧炎武攻擊晚明之空疏，而以「經學即理學」之言號召，於是清代學風，日趨樸實。清初之閻若璩、胡渭、毛奇齡、萬斯大、王夫之諸人，皆以平生之全力，一意於經。惟其時門徑初闢，方法未精，成績雖多，而精核者較少。降及乾嘉，風氣已開，考據之學，風靡一世，當時號稱漢學，以別於宋學。

其時漢學，大抵有吳、皖二派，吳派始於惠棟，承其學者，有江聲、余蕭客、江藩等；皖派以戴震爲首，承其學者，有段玉裁、王念孫、王引之等。清學以皖派爲正統，其治學方法，可得而言者，一曰求實，留心常人易滑眼一過之處，以發現問題，所謂讀書得間是矣。二曰虛己，經仔細考察之後，獲有疑竇，不以一時主觀之感想，輕下判斷。必先空明其心，惟取客觀的資料以研究之。三曰立說，研究非散漫無紀也，先立一假定之說以爲標準，即所謂「大膽假設」也。四曰搜證，既立一說，絕不遽信爲定論，乃廣集證據，務求按諸同類之事實而皆合，即所謂「小心求證」也。五曰斷案，六曰推論，經數番歸納研究之後，「揆之本文而協，驗之他卷而通，雖舊說所無，可以心知其意。……凡其散見於經傳者，皆可比例而知，觸類長之。」（王引之《經傳釋詞．自序》）即此可以得正確之斷案，又可以推論於同類之事項而無閡也。

梁啓超《清代學術概論》，述正統派之特色如下：

一、凡立一義，必憑證據，無證據而以臆度者，在所必擯。

二、選擇證據，以古爲尚。以漢、唐證據難宋、明，不以宋、明證據難漢、唐，據漢、魏可以難唐，據漢可以難魏、晉，據先秦、西漢可以難東漢，以經證經，可以難一切傳記。

三、孤證不爲定說，其無反證者姑存之，得有續證則漸信之。遇有力之反證則棄之。

四、隱匿證據或曲解證據，皆認爲不德。

五、最喜羅列事項之同類者，爲比較的研究，而求得其公則。

六、凡采用舊說，必明引之，勦說認爲大不德。

七、所見不合，則相辯詰，雖弟子駁難本師，亦所不避。受之者從不以爲忤。

八、辯詰以本問題爲範圍，詞旨務篤實溫厚，雖不肯枉自己意見，同時仍尊重別人意見。有盛氣凌轢，或支離牽涉，或影射譏笑者，認爲不德。

九、喜專治一業，爲「窄而深」的研究。

十、文體貴樸實簡絜，最忌「言有枝葉」。

當時學者以此種學風相矜尚，自命曰「樸學」。樸學之範圍大於經學，以經學爲中心，及於小學、史學、天文、地理、金石、校勘、目錄、板本等等，一皆以此種研究精神治之，後世即以「樸學」之名，代表清儒博雅考訂之學。

樸學之興，於舊學整理上貢獻甚大。就經學而言，清代學者以經師見稱，舉凡《易》、《書》、《詩》、《三禮》、《三傳》、《爾雅》、《論語》、《孝經》等諸經之研究，至爲用力，《皇清經解》、《皇清經解續編》，所收作者百五十七家，書三百八十九種，二千七百二十七卷，而未收入及續出者尚不在其列，實空前之盛業也。

校勘與輯佚方面，清代學者之好古，盡人皆知矣。然其貢獻初不在其能提倡尊古，而在其能整理古書與發現古書。整理古書之方法即校勘，發現古書之成績即輯佚也。清儒於校勘用力最勤者，如盧文弨之《群書拾補》、王念孫之《讀書雜志》、黃丕烈之《士禮居叢書》及《士禮居題跋》、盧見曾之《雅雨堂叢書》、蔣光煦之《斠補隅錄》、《別下齋叢書》、阮元之《十三經注疏校勘記》等，皆當時校勘之最善者也。其已佚之書，清儒尤發憤輯之，單輯一種者，多不可勝數。嘉、道以後，專以此爲業者，有黃奭《漢學堂叢書》、馬國翰《玉函山房輯佚書》，搜輯甚眾，靡足珍貴。

史學方面，有舊史之改作與補作者，改作者如周濟之《晉略》、謝啓昆之《西魏書》、陳鱣之《續唐書》、邵晉涵之《宋史》、邵遠平之《元史類編》、魏源之《新元史》等；補作者如孫星衍之《史記天官書補目》、錢大昭之《後漢書補表》、侯康之《補三國藝文志》、洪亮吉《東晉疆域志》、汪士鐸《南北史補志》、錢大昕《唐書史臣表》等等。又有關於舊史之校勘與注釋者，如王念孫《讀史記雜志》、惠棟《後漢書補注》、杭世駿《三國志補注》、錢大昕《二十一史考異》、王鳴盛《十七史商榷》、趙翼《二十二史箚記》等等，不遑備載。舊史之改補、校勘、注釋，材料之收集與編次，皆極困難，而清儒之成績居然有若斯之多，不能不謂爲史界之盛事也。

它如方志學、地理學、傳記譜牒學、曆算學、樂曲學、目錄學、板本學、金石學等等，亦皆樸學之囿，清儒之成就亦邁越前人。梁啓超《中國近三百年學術史》一書中，有清代學者整理舊學之總成績四節；蕭一山《清代通史》第三編第十四章總述清代學者之重要貢獻，皆有詳細論述，清儒著作，亦近備目，可參看之。又文字、聲韻、訓詁之學，清儒成就更大，小學之特盛，對清代《爾雅》學之發展，尤有助益，特置下文論述之。

夫樸學之成就在整理舊學，而其精神則重在考據方法，益加縝密，而其基礎則在小學，《爾雅》爲小學之重鎭，則是清代《爾雅》學之發展，與樸學之風潮又密不可分矣。

（三）小學特盛

以《說文》、《廣韻》、《爾雅》爲中心之我國文字、聲韻、訓詁學，發展到清代，有前所未見之盛。其先即是先導大師如顧炎武等之倡導，顧氏有見於宋、明以來，以明心見性之空談，代修己治人之實學，於是指斥空談之誤，首倡「舍經學無理學」之說。又主張「讀經自考文始，考文自知音始。」〔註 6〕以爲欲研究古書義理，非先知音韻、解文字、明訓詁不可。故積三十年之久，撰成《音學五書》，計《音論》三卷、《詩本音》十卷、《易音》三卷、《唐韻正》二十卷、《古音表》二卷，開有清三百年間研究文字聲韻、訓詁之風氣。

清代文字學以《說文》爲中心，最負盛名者爲段、桂、王、朱四家。段玉裁《說文解字注》三十卷，擇從善本，校勘許書，更訂俗字，考正舊次，辨明原文。對許書之立文分部，屬辭說解，引經稱古，剖析說明，至爲精審。並詳考訓詁得失，訂定古韻分部，使《說文》一書不僅爲字學寶典，亦且爲聲韻、訓詁學之重要依據。於四家中，成就最鉅。桂馥有《說文義證》五十卷，博引它書以證許舊，每字羅列群說，令讀者細索自得，爲材料最豐富之注解。王筠著《說文釋例》二十卷、《說文句讀》三十卷。《釋例》就《說文》一書，參以各家之說，條分縷析，分別標舉，爲之疏通證明，對六書系統尤其有科學之分析。《句讀》一書，隨文順釋許書，〈自序〉謂不同於段注者五：一曰刪篆、二曰一貫、三曰反經、四曰正《雅》、五曰特識，爲段氏後又一佳注。朱駿聲著《說文通訓定聲》十八卷，全書以韻編排，取《說文》之字，分爲一一三七母，編成十八部。與段、桂、王三氏之作，迥異其趣。

清代聲韻學之成就，可分古韻學、古聲學、切韻學三方面說明。古韻之學，顧炎武分古韻爲十部。江永作《古韻標準》，分爲十三部。其後段玉裁《六書音韻表》十七部、戴震《聲韻考》二十五部、孔廣森十八部、王念孫《古韻譜》二十一部、《合韻譜》二十二部、江有誥《音學十書》二十一部。諸家之考古韻，

〔註 6〕《音學五書·答李子德》。

後出轉精，民國以後，章太炎分爲二十三部、黃季剛分爲二十八部，大抵根據江、戴、段、王之古韻分部，補苴整理而成，清儒之功不可沒矣。

清代古聲之學，不如古韻學之精，成就較高者，惟錢大昕一人，《十駕齋養新錄》卷五謂「古無輕脣音」、「舌音類隔之說不可信」，民國以後，章太炎有「古音娘、日二母歸泥說」，曾運乾有「喻四古歸定」之說，又有「喻三古歸匣」之說。於是黃季剛博綜前賢之說，比較而得古聲十九紐之發明，探原追本，錢氏實居首功。清代切韻之學，則以陳澧《切韻考》爲絕作，陳氏爲第一個悟到利用反切以探求中古聲韻學統的人，方法十分科學，黃季剛以中古音有四十一聲類，即是采用陳氏四十聲類之說而分明類爲明、微兩類而成。

清儒文字學、聲韻學之重要業蹟，已略如上述。若訓詁之學，則與文字、聲韻，互爲表裏，關係密切，清儒之治訓詁者，多能明於此理。如段玉裁曰：「形在而聲在焉，形、聲在而義在焉。」〔註 7〕又曰：「義存於形，有形以範之，而字義有一定。」〔註8〕訓詁學以求字義爲主，而字義却依字形爲依歸，可見不明形體，就不能瞭解字之本義。對一字之本義瞭解以後，始能瞭解古書，才能避免籠統不分之弊病。清儒於訓詁與聲韻之關係，尤其能明，如戴震序段玉裁《六書音韻表》云：

> 許叔重之論叚借曰：本無其字，依聲託事。夫《六經》字多叚借，音聲失而假借之意何以得？故訓音聲，相爲表裏。

王念孫《廣雅疏證・自序》云：

> 竊以訓詁之旨，本於聲音，故有聲同字異，聲近義同，雖或類聚羣分，實亦同條共貫，譬如振裘必提其領，舉網必挈其綱。故曰：本立而道生。知天下之至賾，而不可亂也。此之不寤，則有字別爲音，音別爲義，或望文虛造，或違古義。或墨守成訓而尟會通，易簡之理既失，而大道多歧矣。

王引之《經義述聞・自序》云：

> 詁訓之旨，存乎聲音，字之聲同聲近者，經傳往往假借，學者以聲求義，破其假借之字，而讀以本字，則渙然冰釋。

由戴震及王氏父子之言，聲韻之重要及其與訓詁關係之密切，已可瞭然矣。

凡言訓詁之學，必求之於《爾雅》，而治《爾雅》必求之於文字、聲韻。

〔註 7〕「詞」篆下《注》。

〔註 8〕《說文解字・序》「假借」下注。

段玉裁序嚴元照《爾雅匡名》曰：

> 夫訓詁者，《周官》所謂轉注是也。《說文解字》與經傳《爾雅》訓詁有不能同者，由六書之有叚借也。經傳字多叚借，而《爾雅》仍之，《說文解字》字無叚借。蓋六書有義有音有形，有義而後有音，有音而後有形。《周官》屬瞽史，諭書名，聽聲音，固有音韻之書矣。《爾雅》者，言義之書也。當漢時，無不知三代之音者，亦無不讀《爾雅》者。學士大夫，又有《蒼頡》《凡將》《訓纂》諸篇爲字形之書，童而習之，三者備矣。三者既備，而《說文解字》何以作也？許氏以爲沿流不若討源，乃取《周官》指事、象形、形聲、會意列部五百四十，創爲說形之書。形在是而聲與義亦在，是讀者見其形，可以得其聲與義。蓋自古小學之書，義例未有善於此者。顧以形爲主，則義必依形。字有叚借之用，則義不必依形，此《說文解字》於經傳《爾雅》鉏鋙不合，觸處皆是之故。

又曰：

> 舍《說文解字》，則未有能知叚借者。經傳《爾雅》所叚借，有不知本字爲何字者，求之許書，往往在焉。是非經無以知權其觸處鉏鋙者，其毫未有鉏鋙者也。許書專言本字本義，而其義之可以申引轉徙，佀異而同，佀遠而近者，抑同音而即可相代者，無不可以書中求之。然則其讀之也宜何如？一曰以《說文》校《說文》。何謂以《說文》校《說文》也？《說文解字》中，字多非許舊，則自爲鉏鋙，即以《說文》正之，而後指事、象形、形聲、會意之說可明也。二曰以《說文》釋《爾雅》。何謂以《說文》釋《爾雅》也？以《說文》之本字本義，定《爾雅》之泛濫無厓涘者，而後叚借之說可明也。五者明而轉注舉矣。蓋《爾雅》不可改從《說文》，猶《說文》不可改從《爾雅》也。

嚴氏《匡名》，乃以《說文》校《爾雅》之書，段氏之言，即以此爲論。然由段〈序〉亦可知，治《爾雅》者，當求於形、音、義三者之備，而後能通訓詁。清・高郵王念孫、王引之父子所以能集訓詁小學之大成，即此理也。清儒其它治訓詁者，成就亦著，如顧炎武之《詩本音》、惠棟之《九經古義》、戴震之《毛鄭詩考證》、《孟子字義疏證》、《方言疏證》，江聲之《尚書集注音疏》、王念孫之《廣雅疏證》、杭世駿之《續方言》、畢沅之《釋名疏證》、胡承珙之《小爾雅義證》等等，皆有遠超前人之成就。而在《爾雅》方面，著述之多，成果之豐富，又為清代訓詁學之冠。由前述清代小學研究風氣觀之，可知清代《爾雅》學不得不盛矣。

二、政治環境之影響

小學為清代樸學之一環，在清代成為一種專門之學。梁啓超先生嘗謂我國自秦以後，確能成為時代思潮者，則漢之經學、隋唐之佛學、宋明之理學、清之考證學，四者而已。〔註 9〕清代考證學，當其盛也，舉世嚮風，遂引領出清儒諸多之學問。此種學術思潮、方法、成就之轉變，除前文所述，學術本身之流變外，政治環境之影響，亦極重要。一切學術思想之成立，皆有其環境背景，決非無故而生。清廷以異族入主中國，猜忌漢人，故思以政治控制學術，情況複雜，非片言隻字所能道。故僅舉講學之禁、文字之獄、君主之提倡三端，略述如下。

（一）講學之禁

清人以滿族入主中國，時不免存疑忌之心，對於智識階級猜忌尤甚。聚眾講學，形同煽惑，易犯清廷之忌。明末自東林講學以後，學風甚盛，頗向氣節，故南京之破，民兵四起，無不以復明排滿為運動之標幟。然終以兵少餉絀，不久旋敗。義士文人，每藏匿山林，不肯出仕，而士子亦復沿東林之舊，有幾社、復社諸名目。雖以講學為名，實則亡國之恨，常借以發抒。

至順治十七年，清廷遂下令嚴禁士子妄立社名，糾眾盟會，其投刺往來，亦不許用同社同盟字樣，違者治罪。〔註 10〕自禁令一頒，而專制積威之下，遂無復有集會講習之舉。清初學者如孫奇逢、李顒、黃宗羲及東林、姚江之餘緒，雖亦間有講學之事，然不過小規模之集合，共師友之問難而已。蓋與明季講學之風，已大不相同。自是以後，乃漸由學術團體，一變而為私人研究，而有志學術者，至不得不致力讀書，以尚友古人。清初大儒，因此多治實學，而清代樸學之隆盛，講學之禁令實與有力焉。

（二）文字之獄

清初逸民，多抱種族思想，志在匡復明室，黃宗羲、王夫之、顧炎武、孫

〔註 9〕《中國近三百年學術史》，二「清代學術變遷與政治的影響」（上）。

〔註 10〕參蕭一山《清代通史》，卷上第三篇「一統期之政略與三藩之亂」，第十五章「順治時代之政況」。

奇逢諸人，既以赴義中蹶，知事不可爲，乃歸藏於山林之間，著書言論，嘗慨然有故國之思。清廷思此輩當以恩禮羅致之，故對於博學隱逸之士，多所徵聘。然稍有骨格者，則仍以氣節相尚，每不屑就，甚且以死拒之。清爲防微杜漸計，前者既有講學之禁，又恐學者之著書言論，以傳播其排滿復明之思想，於是頻興文字之獄，藉以立威。故凡著作中稍有指斥清廷者，皆動興大獄。其最顯著者：如康熙朝莊廷鑨之《明史》獄，戴名世之《南山集》獄；雍正朝曾靜、呂留良之獄；〔註11〕乾隆朝胡中藻之獄、徐述夔之獄等。〔註12〕至其意之不關排滿，而誹議朝政者，亦皆不免焉。殘酷毒恨，牽連動數十百人，其箝制言論，束縛士林，實無以復加。重以舉發者可以弋獲功名，於是漸開告密之門，而學者益惴惴不自保。匪特不敢抗議朝政，即稍涉時忌之學術，亦不敢講習之。英挺之士，其聰明才智既無所發抒，不得已乃鑽研於章句訓詁之中，以爲自遣藏身之具。於是詮釋文義，考究名物，於世無患，與人亦無爭焉。夫講學之禁，特足以變移明季之學風而已，此則直接促成清代考證之學者也。

（三）君主之提倡

康熙六十年，提倡學術，不遺餘力。而乾隆承其遺風，亦頗以稽古右文自命。是以搜集遺書，編纂巨籍，上好下效，舉世嚮風。如康熙時有御纂之《周易折中》、欽定之《書經傳說彙纂》、《詩經傳說彙纂》、《春秋傳說彙纂》等書；其時編纂者則有《康熙字典》、《佩文韻府》、《淵鑑類函》、《全唐詩》、《歷代詩餘》等等。其中康熙四十五年成書之《古今圖書集成》，都一萬卷，貫串古今，爲典範之大觀，洵爲康熙右文之一大盛事也。乾隆時，則又有御纂之《周易述義》、《詩義折中》、《春秋直解》等。其時編纂者又有《明史》、《續文獻通考》、《續通典》、《皇朝文獻通考》、《大清會典》、《大清一統志》、《石渠寶笈》等等，較康熙時又倍多焉。而乾隆時，學術間之最大事，莫過於《四庫全書》之編纂，網羅之人才、收集之古籍、編成之卷數等等皆前所未有，爲乾隆一朝文事之最盛者也。君主提倡於上，而其時大臣，如秦蕙田、盧文弨、阮元等等，也多經學考證之大師，其時學者頗爲社會尊崇，故亦多自甘於編摩之業。夫學者在社會上占優越之地位，而其生活又有餘裕，則學

〔註11〕參蕭一山《清代通史》，卷上第六篇「康雍時代之武功及政教」，第二十九章「雍正之內治」。

〔註12〕參蕭一山《清代通史》，卷中第一篇「乾隆之鼎盛及嘉慶之中衰」，第一章「鼎盛時期之政治」。

術乃能昌明，清代學術之精於前代，此亦一因也。

第二節　前代《爾雅》學之不足

清以前《爾雅》學之不足者有三：一曰著作不豐：由歷代史志及一般目錄觀之，《爾雅》有關著作，較之其它經籍之研究，略顯榛蕪。二曰舊著凋殘：清以前之《爾雅》著作，或時代久遠，或古義奧秘，或權威如郭《注》、邢《疏》者出，致使舊著凋殘散佚，存者不多。三曰體系不全：前代著作，或注、或疏、或音、或義，多各自爲書，文字、聲韻、訓詁亦不發達，故缺乏完整全面之研究。此三不足，即清儒所承繼而又極待開展者，茲分述如下：

一、著作不豐

清以前之《爾雅》著作，今可考者，如前章所述，漢代有犍爲文學《注》、劉歆《注》、樊光《注》、李巡《注》四家。魏、晉南北朝有魏・孫炎《爾雅注》、《爾雅音》，魏・劉邵《爾雅注》，晉・郭璞《爾雅注》、《爾雅音》、《爾雅圖》及《圖讚》，梁・沈旋《集注爾雅》；陳・施乾、謝嶠、顧野王《爾雅音》，凡七家十一種。隋、唐二代，有隋・江灌《爾雅音》、《爾雅圖讚》；唐・陸德明《爾雅音義》，唐・裴瑜《爾雅注》、《爾雅音》，唐・曹憲《爾雅音義》。五代則有毋昭裔《爾雅音略》，孫炎《爾雅疏》，而高璉《爾雅疏》、釋智騫《爾雅音義》亦此期之作；隋、唐、五代凡八家十種。宋代有邢昺《爾雅疏》，孫奭《爾雅釋文》，王雱《爾雅注》，陸佃《爾雅新義》、《貫義》，鄭樵《爾雅注》，潘翼《爾雅釋》，羅願《爾雅翼》，洪焱祖《爾雅翼音釋》，王柏《爾雅六義》，及無名氏之《互助爾雅貫類》、《爾雅音訓》、《爾雅兼義》、《爾雅發題》，凡十三家十四種。元、明二代則有元・陳櫟《爾雅翼節本》，元・胡炳文《爾雅韻語》；遼・李元昊《爾雅譯》；明・羅日褧《爾雅餘》，明・危素《爾雅略義》，明・薛敬之《爾雅便音》，明・郎奎金《爾雅糾譌》，明・譚吉璁《爾雅廣義》、《爾雅綱目》，明・朱銓《爾雅貫珠》，凡九家十種。

由漢至明，可考知之《爾雅》著作凡四十一家、四十九種，雖佚者不知凡幾，然較之其它經籍之研究，確是略顯榛蕪。且其中郭《注》、《釋文》、邢《疏》三者出，即壓倒其它諸作，諸家既一以郭《注》、邢《疏》爲正，遂無有超越之新作，亦是清以前著作不豐之因也。要之，漢爲《爾雅》初盛之期，今可考者僅四家，雖郭璞謂注者十餘家，然亦十餘而已。魏晉南北朝則諸多作者，僅郭璞一家可觀。唐世號稱學術興盛，治《爾雅》者却鮮。宋代邢《疏》差勝，然定於一尊，續治者遂少。元、明二代則《爾雅》學廢墜，不遑復論。由漢至明，《爾雅》著作竟不及清代一朝之多，〔註13〕則清以前《爾雅》著作果是榛蕪不足矣。

二、舊著凋殘

清以前《爾雅》著作已不甚足，而又存者少亡者多，所亡者不乏精審博洽之作也。如漢·犍爲文學《注》，此釋經之最古者，由清代輯本觀之，文多異於今本，足啓後人，而得《爾雅》之初義，惜全本已佚，最早之《爾雅》著述，遂難窺其全貌。魏·孫炎受學鄭玄之門，稱東州大儒，其《爾雅注》，義訓優洽可知，後世輯佚達四百七十餘條，遠勝其它舊注，此固其識見精卓，諸家喜稱引其說故也。郭璞《爾雅注》，即多襲孫《注》之舊，而不言所自，〔註14〕今孫《注》久佚，良可惜也。梁·沈旋有《集注爾雅》，《隋志》、兩《唐志》並載十卷，卷帙浩繁，《釋文·敘錄》謂「集眾家注而成」，殆即何晏《論語集解》之類。郭璞注《爾雅》謂「注者十餘」，沈氏《集注》，必多錄焉，而沈氏《集注》既佚，漢、魏舊注遂無由傳矣。此外如魏·孫炎《爾雅音》，黃季剛謂反語條例，至孫氏始成，其音多爲六朝、唐人所用，李登、呂靜始得因以爲韻書，〔註15〕而亦不傳。郭璞《爾雅圖》，邢昺《疏》云：「字形難識者，則審音以知之。物狀難辨者，則披圖以別之，用此音圖，以祛除未曉寤者。」郭璞注《爾雅》，原以圖譜輔之，觀者以圖輔注，可無惑於名物，其

〔註13〕見本文第四、五章「清代《爾雅》著述考」。

〔註14〕參黃侃《爾雅略説》論《爾雅》注家，或本文第二章注釋三十七。

〔註15〕黃季剛「論《爾雅》注家」云：「顏之推《家訓》曰：『孫叔然創《爾雅音義》，是漢末人獨知反語。』據此，是反語爲叔然所創，而以施之《爾雅》。然他書所引漢人音，如應劭、服虔等《漢書音義》，已有反語，宜不始于叔然。而顏氏獨爲此言者，蓋反語條例，至叔然始成立。魏世大行，雖以高貴鄉公不解反語，而亦不能不承用。今觀孫音存在者，其反切上一字，多爲六朝、唐人諸作音家所同。如喉牙音，用五、羊、虛、許、香、古、吾、户、九、牛、況、於、居、語、苦、巨、餘、于、輕、丘、胡、魚、火等字。舌音用大、都、知、徒、他、丁、直、豬、之、人、力、昌、勑、汝等字。齒音用七、子、仕、莊、徂、辭、慈、思等字。脣音用方、房、敷、亡、芳、蒲、匹、苻、甫、備等字。後之作音者，未之有改也。意叔然必有反語條例，李登、呂靜始得因以爲韻書。然則叔然非但《爾雅》之素臣，抑亦音學之作者已。」

後失傳，郭《注》遂有後人不解者，誠又《雅》學之憾。

其它舊著，據輯本及諸家稱述，亦有可觀者，然或亡於郭璞前後，或亡於隋、唐，殘佚甚早，揆其因，殆有三端：一則郭璞作注時，〈自序〉謂：「錯綜樊、孫，博關群言，剟其瑕礫，搴其蕭稂。事有隱滯，援據徵之，其所易瞭，闕而不論。」郭璞雖錯綜樊、孫舊注，然不言所自，殆後世依郭本為正，諸家舊注遂湮而無考。又郭璞作《注》，雖博關群言，然其於諸家說，自有取舍，所謂「剟其瑕礫，搴其蕭稂。」其取者既無明言，而其舍者，後世固益無由知矣。二則《釋文》、邢《疏》繼郭《注》後，為《爾雅》學之宗，學者咸以為正，餘則廢置。漢、魏舊著因郭《注》久出，已鮮存世，後治者又取便《釋文》、邢《疏》，於是諸家漸廢。三則隋、唐以來，《爾雅》無關利祿，誦習者寡。宋以降，義理之學又興，訓詁名物，無人問津，《爾雅》舊著，終致殘缺殆盡。由此觀之，《爾雅》舊著之凋殘，不始於隋、唐以降，晉．郭璞前後已多所亡失。除諸家一以郭《注》、《釋文》、邢《疏》為主外，歷來各期之學術背景亦是一因。《爾雅》舊著之漸湮，予後治學者諸多不便，何嘗不是歷代《爾雅》學之憾也！

三、體系不全

《爾雅》自魏、晉以下，漸為學者所不道，而宋以降，小學日微，俗師專己，仍陋踵譌，《爾雅》古義遂日就瞢昧。晉．郭璞《注》雖稱善焉，而間有一二缺失。故《爾雅》經注，皆有待後人努力補苴者。以文字論：《爾雅》一書，其正文往往為後儒所亂，如「台、朕、陽為予我之予，賚、畀、卜為賜予之予，而云台、朕、賚、畀、卜、陽，予也。孔、魄、延、虛、無為間哉為言之間，而云孔、魄、哉、延、虛、無、之、言，間也。豫為厭足之厭，射為厭倦之厭，而為豫、射，厭也。」〔註16〕即郭《注》亦多為妄人刪去者，如〈釋山〉：「霍山為南嶽」，郭《注》云：「霍山今在廬江灊縣西南，潛水出焉，別名天柱山。漢武帝以衡山遼曠，因讖緯皆以霍山為南嶽，故移其於此。今其彼土俗人，皆呼之為南嶽。南嶽本自以兩山為名，非從近來也。而學者多以霍山不得為南嶽，又云漢武帝來始乃名之。即如此言，漢武帝在《爾雅》前乎？斯不然矣。」凡一百又七字，《左傳．昭四年．正義》即引此文，而今本但云：「即天柱山，潛水所出也。」餘悉刪去。且郭之本意，為辨衡山亦名

〔註16〕見周春《爾雅補注》王鳴盛〈序〉。

霍山，而廬江之霍山，不得爲南嶽。今一經刊削，則與郭本意違，如此者甚野。雖《爾雅》經文及郭《注》，歷代傳刻不絕，然世所傳本，文字異同，不免訛舛，郭《注》又多脫落，故古義寖晦。清以前治《爾雅》者，鮮及於此，非墨守郭《注》即望文生義，《爾雅》文字遂譌舛日多。

以諸家舊著論：漢人治《爾雅》若舍人、劉歆、樊光、李巡之《注》，遺文佚句，散見群籍。梁有沈旋《集注》，聚眾家說；陳有施、謝、顧三家《音》。後人徵引所及，皆可與郭《注》用相發明，異者且可博其旨趣，用俟辨章。然清以前多以郭《注》爲正，鮮治舊說，論《爾雅》者，終墨守一家之言而已。以郭《注》論：郭《注》雖體崇矜審，然義有幽隱，或云未詳。邢《疏》雖有所補，然僅簡、肇、逐、求、卒、麇、宧、徒駭、太史、胡蘇十事，〔註 17〕餘仍厥如。郭璞《注》言未詳未聞者，翟灝《爾雅補郭》謂有百四十二科，僅此一端，前人已未能足之矣。以《爾雅》所載生物名實論：草木蟲魚鳥獸之名，古今異稱，前人雖治，而語多皮傅，甚且望文生義，如陸佃《新義》釋〈釋鳥〉「佳其夫不」曰：「鵻，一宿可期焉，一，妻道也，夫或不然。」「夫不」爲鳥名，陸釋以人事，不但純乎傅會，且令人大噱，而其失，則在不能目驗也。

清以前《爾雅》研究之不能全備，其要尤在不明音理。《爾雅》爲言義之書，多同類相從，同音相假者，故治《爾雅》之法，首在明聲義之通。清以前郭璞最明此理，黃季剛《爾雅略說》謂郭《注》之功績一在通故言，一在證今語。所謂通故言，如〈釋詁〉「隕、磒，落也。」《注》曰：「磒猶隕也，方俗語有輕重耳。」「賚、畀、卜，予也。」《注》曰：「賚、卜、畀，皆賜與也，與猶予也，因通其名耳。」〈釋親〉「夫之兄爲兄公」，《注》曰：「今俗呼兄鍾，語之轉耳。」〈釋器〉「不律謂之筆」，《注》曰：「蜀人呼筆爲不律也，語之變轉。」此皆依據音理，通古今之異言者也。證今語者，如〈釋詁〉「嗟、咨，䁖也。」《注》曰：「今河北人云䁖歎，音兔罝。」此以兔罝之音，悟其爲《爾雅》之䁖也；〈釋言〉「恀、怙，恃也。」《注》曰：「今江東呼母爲恀，音是。」此以是之音悟其爲《爾雅》之恀也；〈釋言〉「逮，遝也。」《注》曰：「今荆楚人皆云遝，音沓。」此以沓音悟爲《爾雅》之遝也；〈釋水〉「潬，沙出。」《注》曰：「今江東呼水中沙堆爲潬，音但。」〈釋草〉「莕，接余。」《注》曰：「江東食之，亦呼爲莕，音杏。」〈釋畜〉「未成雞僆」，《注》曰：「江東呼少雞曰僆，音練。」此由但、杏、練之音，悟爲潬、莕、僆之字。

〔註 17〕據翟灝《爾雅補郭・自識》。

郭氏若非於音理知之甚深，豈可如前述諸例之綜合古今，知其部類哉！

郭《注》以後，邢《疏》間亦得通，如〈釋詁〉「哉，始也。」《疏》曰：「哉者，古文作才，《說文》云：『才，草木之初也。』以聲近借爲哉始之哉。」；〈釋詁〉「怡，樂也。」《疏》曰：「怡者，和樂也，〈小雅・節南山〉云：『既夷既懌』，怡、夷音義同。」亦能由聲得其通借，特不能全備耳。治《爾雅》而不明音理，則遑論校正文字、補郭未詳、辨別物類，而《爾雅》古義猶不能論矣。郭璞以下，此風莫紹，《爾雅》研究遂不能全備矣。

第四章　清代《爾雅》著述考（上）

凡　例

一、計收清儒《爾雅》著述一百六十八部。

二、凡撰人卒於宣統三年以前，或成書於宣統三年以前者，咸爲著錄。無考者，權錄其中，來日再考。

三、所收著述區分爲十二類：

校勘　校讎眾本，正其譌誤者。

輯佚　輯諸書中所引之古注舊音者。

補正　補郭《注》邢《疏》之未備，兼正其誤者。

文字　以《說文》等爲本，正《爾雅》之俗字者。

疏證　疏證經注者。

補箋　讀前人書，補其未詳，條記之者。

釋例　釋經文之例者。

考釋　專考釋名物者。

音讀　注音者。

雜著　雜論《雅》學者。

擬《雅》　掇拾古訓，例仿《爾雅》，而以「雅」名者。

其它　其書未見，無法歸類者。

四、各類諸書，略依成書先後，作者年代排列，無考者附各類末。

五、各類諸書，或記其內容梗概，或記其序跋、板本等，略依聞見詳略而詳略。未備者，可與本文附錄一「歷代《爾雅》著述表」互參。

六、參考書目：

《四庫全書總目提要》

《清史稿・藝文志》

《皇朝文獻通考・經籍考》

《續皇朝文獻通考・經籍考》

《書目答問》

《書目答問補正》

《販書偶記》

《販書偶記續編》

《小學考》

周祖謨《續雅學考擬目》

林明波《清代雅學考》

彭國棟《重修清史藝文志》

《中國歷代藝文總志》

《日本尊經閣文庫漢籍分類目錄》

《日本內閣文庫漢籍分類目錄》

七、第五章凡例準此。

八、凡例所未備，隨文發之。

第一節　校　勘

1. **乾隆敕撰《殿本爾雅注疏考證》**

按乾隆四年，刻《十三經注疏》四百一十六卷，各經皆附考證，即此本也。作者未詳。彭元瑞《爾雅石經考文提要》所稱「武英殿本考證」、嚴可均《爾雅唐石經校文》所稱「官本考證」，皆係此書。

2. **惠棟《爾雅注疏校本》**　十一卷

按是編見阮元《爾雅注疏校勘記》「引據各本目錄」。阮氏曰：「元和・惠棟校本，多以《說文》、《釋文》、《唐石經》等訂俗本之訛。」

3. **盧文弨《爾雅注疏校本》**　十一卷

亦見阮元《爾雅注疏校勘記》「引據各本目錄」。阮氏曰：「餘姚・盧文弨校本，以《釋文》及眾家本參校。」

4. **盧文弨《爾雅音義考證》**　三卷

亦見阮元《爾雅注疏校勘記》「引據各本目錄」。爲校定陸氏書而作者。有抱經堂本。

5. **盧文弨《爾雅釋文考證》**

按見黃奭《爾雅古義》所見書目中，疑即前書。

6. **張宗泰《爾雅注疏本正誤》**　五卷

按是編以眾本參校，正《爾雅注疏》本之誤。書凡五卷：第一正經文之誤、第二正注文之誤、第三正疏文之誤、第四、第五正音釋之誤。有徐乃昌《積學齋叢書》本。

7. **彭元瑞《爾雅石經考文提要》**　一卷

按在彭氏《石經考文提要》第十二篇。計七十則。馮登府《石經補考・自敘》云：「乾隆五十八年，詔刊《十三經》於太學，即長洲・蔣衡所書。勘定立石，依《開成石經》，參以各善本，多所訂正。彭元瑞曾撰《考文提要》十三卷，以證校正所自。」。內容如〈釋丘〉下：「當途梧丘，監本作堂途，武英殿本《考證》云：『邢昺《疏》當道有丘』，然則堂係傳寫之譌也。今以《唐石經》、鄭樵注本、至善堂《九經》本。」

8. **阮元《爾雅注疏校勘記》**　三卷

按阮元〈校勘記序〉曰：「顧邢《疏》列學官已久，士所共習。而經、注、疏三者，皆譌舛日多。俗間多用汲古閣本，近年蘇州翻板尤劣。元搜訪舊本，於《唐石經》外，得明・吳元恭仿宋刻《爾雅》經注三卷……皆極可貴，授武進監生臧庸，取以正俗本之失，條其異同，纖悉畢備。元復定其是非，爲《爾雅注疏校勘記》六卷，上、中、下三卷各分上、下。後之讀是經者，於此不無津梁之益。」是《校勘記》出臧庸搜錄者爲多。

又按阮氏《十三經注疏校勘記》，初時單行，今所見嘉慶二十年南昌府學刻《十三經》，始附各經之末。南昌府學刻板時，阮氏嘗序曰：「別據《校勘記》，擇其說附載於每卷之末。」故今所見《校勘記》並非足本。

按今見南昌本《十三經注疏》附。

9. **浦鏜《爾雅注疏正誤》**　三卷

按見阮元《爾雅注疏校勘記》「引據各本目錄」。阮氏曰：「據毛本及他書徵引之文，以意參校，其所改正之字，多未可信。」

10. **臧庸《宋本爾雅考證》**

按周祖謨〈重印雅學考跋〉:「見《古書叢刊》重刊吳元恭本《爾雅》中，論南宋雪牕書院《爾雅》與明本之優劣。」

11. **嚴可均《爾雅唐石經校文》**

按在嚴氏《唐石經校文》第九卷中。以石經爲主，參稽眾本，校其異同，定通行本之譌誤。如「忥謚，毛本初刻作謚，刓改作諡，不體，說詳《周禮校文》。」、「當途梧丘，監本、毛本當誤作堂，郲云當道有丘名梧丘。」其言大抵類此。

12. **馮登府《爾雅石經補考》**

按是編在馮氏《石經補考》中，〈自序〉曰:「《唐石經》至今尚存，最爲完備，然亦有補刻之譌，我高宗純皇帝，於乾隆五十八年，詔刊《十三經》於太學，即長洲・蔣衡所書。勘定立石，依《開成石經》，參以各善本，多所訂正。彭尚書元瑞，曾撰《考文提要》十三卷，以證校正所自。當時因急於告竣，未及盡改。迨我仁宗睿皇帝嘉慶八年，尚書奏請重修，於是復命廷臣磨改，以期盡善，故前後搨本不同。茲從改定石本，以各石經洎宋本，考證明閩、監、毛本之譌。間采《提要》及阮宮保元《十三經校勘記》，以覈其異同。其間爲板刻相沿之誤，或虛字增損，無關義理者，從略焉。」

按馮氏所考如〈釋丘〉下:「堂途梧丘，《石經》堂作當。案《唐石經》及邢《疏》作當，監本作堂。」并皆要言不繁，惟僅二十事而已。

按有《學海堂經解》本。

13. **馮登府《爾雅唐石經考異》**

馮氏《石經考異》凡四編，一曰《漢石經考異》，二曰《魏石經考異》、三曰《蜀石經考異》、四曰《唐石經考異》。《爾雅唐石經考異》，即《唐石經考異》十一篇中之一篇。《唐石經考異・自序》曰:「顧氏亭林曾客西安，親撫石本，校正其誤字，及文異義同者。乾隆五十六年奉詔刊立石經，多以《唐石經》以正監本。佗如錢竹汀、王西莊、翁覃溪諸先生，亦以顧先生所刊未盡，畧有訂定，未見成書。爰搜羅附益，會爲此卷。」是馮氏此編乃參稽眾本，定顧氏以爲誤字之未誤者，凡十四事。

按有《皇清經解》本。

14. **許光清《爾雅南昌本校勘記訂補》**

按《南昌本校勘記》，即嘉慶二十年盧宣旬所刻《十三經》中所附之阮元

《校勘記》，非足本，故許氏訂補之。

15. **龍啟瑞《爾雅經注集證》**　三卷

是編於《爾雅》經文、注文之訛誤，凡阮氏《校勘記》、郝氏《義疏》、與臧庸說之未盡與謬誤者，並博引群書以證之。書之體例，首列經注之文，次列各家之說，再次爲己說，凡所辨正，共七十五則。

按有《續皇清經解》本。

16. **劉光蕡《爾雅注疏校勘札記》**

按是編就阮元《校勘記》，並兼採諸家之說，爲札記六百七十五條。周祖謨《續雅學考擬目》著錄，有光緒二十年陝甘味經刊書處刊本。

17. **王樹枏《爾雅郭注佚存訂補》**　二十卷

按是編據陸氏《釋文》、唐人各書，校補郭《注》。周祖謨《續雅學考擬目》載有文莫室刊本。

18. **張照《爾雅注疏考證》**　十一卷

按是編在日本「內閣文庫」。乾隆六十年刊。

第二節　輯　佚

1. **余蕭客《爾雅古注》**　三卷

是編爲余氏《古經解鉤沈》之一，所輯計〈釋詁〉五十七則、〈釋言〉五十八則、〈釋訓〉四十四則、〈釋親〉五則、〈釋宮〉四十則、〈釋器〉三十九則、〈釋樂〉十三則、〈釋天〉七十則、〈釋地〉二十四則、〈釋丘〉十六則、〈釋山〉十二則、〈釋水〉三十二則、〈釋草〉五十二則、〈釋木〉三十一則、〈釋蟲〉二十六則、〈釋魚〉十五則、〈釋鳥〉三十七則、〈釋獸〉十七則、〈釋畜〉十七則。皆自群書中，輯錄《爾雅》古注佚文，依經文次第條錄，並注出處。書成於乾隆二十七年，首開清儒輯《雅》之風。

2. **王謨《爾雅犍為文學注》**　一卷

是編據《毛詩疏》、《禮記疏》、《左傳疏》、《公羊疏》、《齊民要術》、《水經注》、陸璣《詩疏》、《文選注》、邢《疏》、《釋文》中輯錄一六八條。在王氏《漢魏遺書鈔》中。

3. **王謨《郭璞爾雅圖讚》**　一卷

按黃奭《爾雅古義》所見書目著錄。亦在《漢魏遺書鈔》中。

4. **劉玉麐《爾雅古注》**

按是編未見刻本，黃奭《爾雅古義》所見書目著錄。

劉氏《爾雅校議》云：「乾隆庚戌五月，范生承英自富川寄來《爾雅注疏》，乞爲讎校。余曩集孫、李舊注之暇，並搜輯宏農逸注。」又趙撝叔〈附記〉云：「《爾雅古注》未見刻本。」

5. **臧庸《爾雅漢注》** 三卷

盧文弨〈序〉云：「(《爾雅》) 其爲注者：漢有犍爲文學、樊光、李巡，魏有孫炎，爲反切之學所自始，是皆說《爾雅》者所必宗也。今唯晉‧郭璞《注》盛行，而他皆失傳……在東（臧庸）篤好古義，徧加搜輯，彙成三卷，庶乎遺言之不盡墜也。」

是編首列經文、次列各家之說，並注出處。輯李、孫諸人之說，以補郭氏之未逮，兼正郭氏。有問經堂本，在《百部叢書集成》初編之中。

6. **嚴可均《郭璞爾雅圖讚》** 一卷

嚴氏〈自序〉云：「郭璞《爾雅注》五卷、《音》二卷、《圖》十卷、《圖讚》二卷，今本《注》三卷，又有宋版《圖》六卷，不著名氏，疑即郭璞撰……惟《圖讚》久亡，余蕭客《古經解鉤沈》、邵晉涵《爾雅正義》僅徵數事。張溥《百三家集》，蒐獲頗多，與《山海經》雜厠，絕不區分。今從《藝文類聚》、《初學記》、《太平御覽》鈔出四十八首，皆注明出處，依《爾雅》正文先後編次之。」

按郭璞別有《山海經圖讚》，書已早亡，前此輯家多混《爾雅》與《山海經圖讚》，嚴氏則抉擇至精，如犀贊據郭《注》與《山海經》互易；太室、騰蛇二讚，據〈中山經〉迻入。校讎之密，實有功郭氏。是編有葉德輝《觀古堂彙刻書》本，嚴氏《全晉文》亦收。

7. **嚴可均《爾雅一切注音》** 十卷

是編首列經文，次列各家注音，後列郭《注》。各家音注，皆從群書輯出；經文亦參稽眾本，遇有歧異、注於各條之下。有《木犀軒叢書》本。

8. **陳鱣《爾雅集解》** 三卷

是編摭拾舊注、舊音，各注出處，以存漢、魏訓詁。《小學考》著錄，未見。

9. **吳騫《孫氏爾雅正義拾遺》** 一卷

是編所輯乃唐、宋間之孫炎《爾雅義疏》，有《拜經樓叢書》本。

10. **董桂新《爾雅古注今存總考》**　二十卷　一卷

按見胡樸安《中國訓詁學史》引。是編以《爾雅》一書，漢、晉、唐、宋，以「注」名者，有郭舍人、樊光、劉歆、李巡、孫炎、郭璞、斐瑜、鄭樵八家，唯郭、鄭之書行、舍人諸儒，多在璞前，雖其注已佚，然時見於他書所引，因取《釋文》、《十三經注疏》、《史記》、《漢書》、《水經》、《文選》等書中所引，與前人類部諸書，略及裴氏之《注》，兼錄郭、鄭之說而成。胡樸安氏以爲唯於諸儒之說，互有異同之處，未加按語，然合各注彙爲一篇，視馬國翰之輯佚，又便於應用。

11. **張澍《爾雅犍為文學注》**　一卷

是編在張氏所撰《蜀典》中，據《荀子注》，《一切經音義》、《史記索隱》、《御覽》、《說文繫傳》、《六書故》、《開元占經》，與王祖謨輯本諸書，輯錄二四三條。

12. **黃奭《爾雅古義》**　十二卷

黃氏《爾雅古義・總序》云：「予爲小紅豆山人門下再傳弟子，小紅豆山人作《十三經古義》，以《孟子》《孝經》《爾雅》未成書，先出《九經古義》問世，《四庫全書》已著錄。……余先生（蕭客）有《注雅別鈔》，鄭堂先生（江藩）有《爾雅正字》，皆爲補小紅豆山人《爾雅古義》而設。若胡氏承珙，雖有《爾雅古義》，貌同而心異，蓋不在漢學師承內也。予力小任重，誠不敢受鄭堂先生付託。久思作《爾雅古義》，欲探驪珠，必先獺祭，因就陸德明《釋文・敘錄》十家舊注，纘其已墜之緒，成此未竟之志，爲書十二卷。」

按是編凡十二卷、卷一輯犍爲文學《注》、卷二樊光《注》、卷三李巡《注》、卷四孫炎音《注》、卷五郭璞《音》、卷六郭璞《圖讚》、卷七沈旋《集注》、卷八施乾《音》、卷九謝嶠《音》、卷十顧野王《音》、卷十一、十二爲眾家《注》，凡不詳姓名者彙此，各篇另有〈小序〉，卷末附〈漢學師承譜〉。有黃氏《逸書考》本。

13. **馬國翰《爾雅古注古音十三種》**　十三卷

按是編在馬氏《玉函山房輯佚書》中。匡源〈玉函山房輯佚書序〉云：「《玉函山房輯佚書》，凡五百八十餘種，爲卷六百有奇，吾鄉馬竹吾先生之所輯也。先生憫今世學者不見古籍，乃徧校唐以前諸儒撰述，其名氏、篇第列於史志及他書可考者，廣引博徵，自群經注疏音義、及史傳類書，片辭隻字，罔弗搜輯。分經、史、諸子為三編，又各因所得多少為卷，作〈敘錄〉以冠於篇。六百卷內，惟〈經編〉為稍全。〈史編〉則所得僅八卷，〈子編〉自儒家、農家外俱無目。顚倒舛錯，漫無條理。蓋當時隨編隨刊，書未成而先生卒，故體例未能畫一也。」

按馬氏《玉函山房輯佚書・爾雅》之部，計輯有犍為文學《注》上、中、下三卷、劉歆《注》一卷、樊光《注》一卷、李巡《注》上、中、下三卷、孫炎《注》上、中、下三卷、孫炎《音》一卷、郭璞《音義》一卷、郭璞《圖讚》一卷、沈旋《集注》一卷、施乾《音》一卷、謝嶠《音》一卷、顧野王《音》一卷、裴瑜《注》一卷。

14. **葉蕙心《爾雅古注斠》** 三卷

按蕙心，李祖望之妻。是編亦輯佚之書。

15. **陶方琦《爾雅古注斠補》** 一卷

按補葉氏之書，見《重修清史藝文志》。

16. **朱孔璋《爾雅漢注》**

按是編未見。林明波云：「有鈔本，藏北京人文科學研究所。」

第三節　補　正

1. **姜兆錫《爾雅補注》** 六卷

按是編一名《爾雅參議》。《四庫提要》云：「《爾雅補注》六卷，國朝・姜兆錫撰。見注多以後世文義，推測古人之訓詁。如〈釋詁〉在，終也，則注曰：凡物有定在，亦有終竟之意，今人云不知所在，亦云不知所終。又好以意斷制，如〈釋訓〉子子孫孫三十二句，則注曰：每語皆以三字約舉其義，與經書小序略相似，而又皆以韻叶之，此等文疑先賢卜氏受《詩》於聖人而因之也云云，蓋因〈詩序〉首句之文而推求及於子夏。然考《周易・象傳》，全為此體，王逸注《楚辭・抽思》諸篇，亦用此體，是又安足為出自子夏之證乎？」

是編徵引群書，以證《雅》訓，補郭《注》邢《疏》之所未備。有雍正三年鄂爾泰〈序〉，則是時書已完成，雖有好以後世文義意斷如《四庫提要》所云者，然清儒之治《爾雅》者，姜氏實為前導。有雍正十年姜氏《九經補注》本。

2. 余蕭客《注雅別鈔》

按是編專政陸佃《新義》、《埤雅》、及羅願《爾雅翼》之誤，兼及蔡卞《毛詩名物解》。江藩《漢學師承記》云：「（蕭客）年二十二，以《注雅別鈔》就正松厓先生，先生曰：陸佃、蔡卞乃安石新學，人人知其非，不足辨。羅願非有宋大儒，亦不必辨。子讀書撰著，當務其大者遠者。先生聞之矍然，遂執贄受業稱弟子焉……生平著述甚多，《爾雅釋》、《注雅別鈔》，悔其少作，不以示人。」

按余氏不以示人，今亦未見。

3. 周春《爾雅補注》　四卷

按是編就鄭氏《注》，旁及諸家之說，彙爲一編，補郭《注》之未詳，正邢《疏》之已誤。周氏〈自識〉云：「幼時讀《爾雅》，惟知景純。後見夾漈《注》，多補前人所未備，復好之，郭博而鄭精，是書無餘蘊矣。因旁及諸家之說，彙爲一編，頗以管見參之，聊備遺忘並祛未寤云爾。」

書前有齊召南、王鳴盛二〈序〉，葉德輝刻入《觀古堂彙刻書》中，亦有〈序〉一篇。

4. 翟灝《爾雅補郭》　二卷

翟氏〈自識〉云：「郭氏注《爾雅》未詳未聞者，百四十二科。邢氏《疏》補其言十，餘仍闕如。今據譾識，參眾家，一一備說如左，俟超覽君子擇焉。」

是編分上、下二卷，凡郭《注》之未詳未聞，而邢《疏》亦未及之者，皆參眾說以證之。卷上凡六十五條、卷下六十七條。書成於周春之後，葉德輝曰：「翟書淺略，周勝於翟」。有《皇清經解續刊》本。

5. 戴鎣《爾雅郭注補正》　三卷

《販書偶記》云：「乾隆間刊，每卷皆分三卷，合計九卷，光緒二十一年重刊。」今未見。

6. 任基振《爾雅注疏箋補》

按是編見《戴東原集》，今未見。戴〈序〉曰：「丙戌春（乾隆三十一年），任君領從，以所治《爾雅》示余，余讀而善之。今又越七載，任君官於京師，猶孜孜是學不已。更出其定本，屬余撰〈序〉。夫今人讀書，尚未識字，輒目故訓之學，不足爲其究也。文字之解能通，妄謂通其語言。語言之鮮能通，妄謂通其心志，而曰傳合不謬，吾不敢知也。任君勤於治經，蓋深病夫後儒鑿穿之說，歧惑學者，欲使本諸《爾雅》以正故訓，故以是學先焉。書中考索精詳，辨據明晢，則讀其書者，固自知之。」

7. **劉玉麐《爾雅補注殘本》** 一卷

劉嶽雲〈序〉云：「又徐先生（玉麐字）博通經籍，與叔祖丹徒公爲問學交。金壇・段若膺先生，嘗貽書丹徒公，言其著述有《爾雅補注》，……先生考據之精，大略可睹矣。視翟灝《爾雅補郭》、戴鎣《郭注補正》，有過之而無不及。」是編共錄六十三條，有《助順堂叢書》本，在《百部叢書集成》初編之中。

8. **劉玉麐《爾雅校議》** 二卷

按是編即前《補注》，劉氏〈自識〉云：「乾隆庚戌（五十五年）五月，范生承英自富川寄來《爾雅注疏》，乞爲讎校。余曩集孫、李舊注之暇，并搜輯宏農《逸注》。有所考證，輒援筆錄於監本上方，積歲已三易本矣。近邵編修《爾雅正義》出，與余頗多符合處。今擇其所未及者，爲生書之。生仍當取邵氏《正義》反覆潛玩，以擴見聞，則獲益良多矣。」

劉氏校本，後爲趙撝叔所得，趙又抄出劉批，名曰「校議」，錢唐・汪大鈞又刻入《食舊堂叢書》中。

9. **俞樾《爾雅平議》** 二卷

按在俞氏《群經平議》之中。引前人之說以補郭《注》邢《疏》之未備，兼正其誤。旁徵博引，凡一〇九則，首列經文、次列郭《注》邢《疏》、次下案語。

10. **潘衍桐《爾雅正郭》** 三卷

按是編引前人之說，正郭《注》之失。潘氏〈自序〉曰：「昔阮相國有言：《爾雅注》郭氏後出，不必精審。而從前古注，近日寶應・劉氏、武進・臧氏，采輯成書。又言《爾雅注》義，亦嘗有志。官轍尟暇，力所未逮。衍桐持此數語，尋繹郭《注》……往歲戊子（光緒十四年），簡命視學兩浙。校閱暇日，整理舊案。庚寅（光緒十六年）孟秋，分課詁經精舍諸生，即以「《爾雅》正郭」爲題。訪諸博雅通人，參加舊說，附以私見。諸生所引，間亦搴采。通得二百四十一條，仍舊爲上、中、下三卷，題《爾雅正郭》，以別翟教授「補郭」之名。蓋補者補其略，正者正其失也。」

是書首列經文，下列郭《注》，下列「正曰」申其說，凡所補正，共二四二則。

11. 王樹枬《爾雅郭注釋》　二十卷

按林明波氏曰：「有光緒十六年刊本，待訪。」

12. 尹桐陽《爾雅義證》　二卷

《販書偶記》：「無印書年月，約宣統間石印本」，今未見。

第四節　文　字

1. 沈廷芳《爾雅注疏正字》

按是編未見傳本。見黃奭《爾雅古義》所見書目。

2. 戴震《爾雅文字考》　一卷

按是編未見傳本。見《小學考》。戴氏〈自序〉云：「儒者治經，宜自《爾雅》始。取而讀之，殫心於茲十年。是書舊注之散見者六家：犍爲文學、劉歆、樊光、李巡、鄭康成、孫炎，皆缺逸難以輯綴。而世所傳郭《注》，復刪節不全，邢氏《疏》尤多疏漏。夫援《爾雅》以釋《詩》《書》，據《詩》《書》以證《爾雅》，由是旁及先秦以上，凡古籍之存者，綜覈條貫。而又本之六書，音聲確然，於訓詁之原，庶幾可以於是學。余未之能也，偶有所記，懼過而旋忘，錄之成帙，爲題曰若干卷《爾雅文字考》，亦聊以自課而已。若考訂得失，折中前古，於《爾雅》萬七百九十一言，合之群經傳記，靡所扞格，姑俟之異日。」段玉裁校刊《戴震集》謂此書「或成或未成」。江藩《漢學師承記》則曰：「據段著《戴氏年譜》，已成書而未刊。」

3. 江藩《爾雅小箋》　三卷

按是編分上、中、下三卷，卷下又別分上、下，以《說文》爲指歸，定《爾雅》文字。〈自序〉云：「予少習此經，乾隆四十三年，年十八矣。不揣譾陋，爲《爾雅正字》一書。承艮庭先師之學，以《說文》爲指歸。《說文》所無之字，或考定正文，或旁通假借，不敢妄改字畫。張美和「手可斷，筆不亂」，豈欺我哉！王西沚光祿見之，深爲嘆賞，謂予曰：『聞邵晉涵太史作《疏》有年矣，子俟其書出，再加訂正，未晚也。』弱冠復千里饑驅，未遑卒業。嘉慶二十五年，年六十矣，……因檢舊稿，重加刪定……今據古本，釐爲三卷，易名《小箋》。」則是編爲江氏少年之作，成書於乾隆四十三年，始名《爾雅正字》。至嘉慶二十五年，又刪改一次，更爲此名。

4. 錢坫《爾雅古義》　二卷

是編參稽群書，正《爾雅》之俗字，共一百六十五則。在《皇清經解續編》中。

5. **孫星衍《爾雅正俗字考》**

按是編見錢坫《爾雅釋地四篇注》，孫星衍〈序〉。今未見。

6. **嚴元照《爾雅匡名》** 二十卷

嚴氏〈自序〉云：「歲在辛酉，讀《禮》之暇，整比校語，寫成稿本，命之曰《爾雅匡名》。名，文字也，匡之爲言正也，吾於《爾雅》爲之正其文字而已矣。《爾雅》之文字正，而後可以治經。《爾雅》者，經之匯也。治經而不治《爾雅》，如射之無的也。」

徐養源〈敘〉云：「吾友歸安・嚴九能氏，於此書治之有年。近箸一書，名曰《爾雅匡名》。其言曰：『名，文字也，匡之爲言正也，吾於《爾雅》爲之正其文字而已矣』，哉旨言乎！是讀《爾雅》而得其要領者歟。其正文字之道大要有三：一曰證偏旁之離合，二曰存古本之異同，三曰糾俗刻之舛誤。」

按是編以《說文》、《釋文》、石經校《爾雅》，並參稽眾說，辨經字之正俗。書前有嚴氏〈自序〉、徐養源〈序〉、段玉裁〈序〉、勞經原〈跋〉及李宗蓮之〈附識〉。《皇清經解續編》收錄。

7. **王樹枬《郭氏爾雅訂經》** 二十五卷

周祖謨《續雅學考擬目》：「據《釋文》以還郭本之舊，經字以《說文》爲正。自刊本。」

第五節 疏 證

1. **邵晉涵《爾雅正義》** 二十卷

按是編以宋・邢昺《義疏》蕪淺，遂別爲《正義》一書，以郭景純爲宗，而兼采舍人、樊光、劉、李、孫諸家。〈自序〉云：「晉涵少蒙義方，獲受《雅》訓。長涉諸經，益知《爾雅》爲《五經》錧鎋。而世所傳本，文字異同，不免訛舛，郭《注》亦多脫落，俗說流行，古義寖晦。爰據《唐石經》暨宋槧本，及諸書所徵引者，審定經文，增校郭《註》……同者宜得其會通，異者可博其旨趣。今以郭氏爲主，無妨兼採諸家。分疏於下，用俟辯章。」

其書依《爾雅》十九篇，篇各一卷，〈釋詁〉文多，又分上、下，凡二十卷。不拘守疏不破注之例，故與郭《注》時有異同，於經訓多所發明，凡三四易稿始定。有《皇清經解》本。

2. **郝懿行《爾雅義疏》**　二十卷

宋翔鳳〈序〉云：「乾隆間，邵二雲學士作《爾雅正義》，翟晴江進士作《爾雅補郭》，然後郭《注》未詳未聞之說，皆可疏通證明。而猶未至旁皇周浹，窮流極遠也。迨嘉慶間，棲霞·郝戶部蘭皐先生之《爾雅義疏》，最後成書，其時南北學者，知求於古字古言，於是通貫融會，諧聲、轉注、假借，引端竟委，觸類旁通，豁然盡見。且薈萃古今，一字之異，一字之徧，罔不搜羅。分別是非，必及根源，鮮逞胸肊。蓋此書之大成，陵唐轢宋，追秦、漢而明周、孔者也。」

按郝氏此書，與邵晉涵《正義》齊名；邵詳言名物制度，郝詳於聲音訓詁，均爲不刊之作。是編爲《郝氏遺書》，故未嘗撰序。有《郝氏遺書》本。

3. **王念孫《爾雅郝注刊誤》**　一卷

按是編爲羅振玉所刊。羅〈序〉云：「從貴陽·陳松山、黃門·許得義疏寫本，首尾朱墨爛然，凡句乙處用朱筆。又凡一字有未安、一字有譌脫，亦以朱筆訂正。以跡觀之，皆出石渠先生（念孫）手。間有一二爲文簡書其尤未安處，則石渠先生加墨籤，每條皆出『念孫案』字，凡百十又三則。」羅氏遂將此編中刊正郝《疏》諸籤，錄爲一卷，曰《郝注刊誤》。凡一一三則。

4. **沈錫祚《爾雅義疏校補》**

按《清史藝文志》錄，校補郝書。

5. **錢繹《爾雅疏證》**　十九卷

按此編《書目答問》著錄。未刊。

6. **王闓運《爾雅集解》**　十九卷

按是編引經注以證《雅》訓。書凡五冊，在《王湘綺全集》中。

第六節　補　箋

1. **錢大昭《爾雅釋文補》**　三卷

周祖謨《續雅學考擬目》：「補正前人，摘字爲注，例仿陸氏」。

按未見。

2. **胡承珙《爾雅古義》** 二卷

按是編引諸書以證《雅》訓。有求是堂刊本、《墨莊遺書》本。

3. **繆楷《爾雅稗疏 》** 四卷

按疏正前人之說。有《南菁書院》本。

4. **徐孚吉《爾雅詁》** 二卷

按是編取各家之注，訂誤補遺。〈自序〉云：「欲治《爾雅》則古訓不可晦也。孔子曰：《爾雅》以觀於古。然則足以考古者，莫近於《爾雅》也。孚吉不才，不能通知古訓。思舞勺時，家君授以小學之書，凡文字之通假，音訓之轉注，方國謠俗，古今語言之異同，必爲之究其根源乃止……遂取各家舊注，訂誤補遺，爲《爾雅詁》二卷。」凡六十六事，有《南菁書院叢書》本。

5. **吳浩《爾雅疑義》**

按見黃奭《爾雅古義》所見書目。吳氏《十三經疑義》之一。

6. **朱亦棟《爾雅札記》**

按在朱氏《十三經札記》中。

7. **李雩《讀疋筆記》** 三卷

按見《販書偶記》。

8. **王時亨《祓心堂讀疋孔見》**

按見《販書偶記》。

9. **王仁俊《爾雅日記》**

按周祖謨《續雅學考擬目》：「《學古堂日記》中，有吳縣・王仁俊、常熟・蔣元慶、長洲・陸錦燧、吳縣・董瑞椿四家。」

10. **蔣元慶《爾雅日記》**

按同前。

11. **陸錦燧《爾雅日記》**

按同前。

12. **董瑞椿《爾雅日記》**

按同前。

13. **王頌清《讀爾雅日記》** 一卷

按見《清史藝文志》。

第五章　清代《爾雅》著述考（下）

第一節　釋　例

1. **陳玉樹《爾雅釋例》**　五卷

　按是編釋經文之例，共計四十五例。胡樸安氏《中國訓詁學史》略本其說，歸爲八例：（一）文同訓異、（二）文異訓同、（三）訓同義異、（四）訓異義同、（五）相反爲訓、（六）同字爲訓、（七）同聲爲訓、（八）展轉相訓。有南京高師排印本。

第二節　考　釋

1. **沈彤《釋骨》**　一卷

　《按果堂全集》本。《清史志》著錄。

2. **程瑤田《釋宮小記》**　一卷

　按是記凡九篇：一曰〈棟梁本義述上〉、二曰〈棟梁本義述下〉、三曰〈當阿義述〉、四曰〈棟宇楣阿榮檐霤辨〉、五曰〈中霤義述〉、六曰〈臣入君門述〉、七曰〈答許積卿論棟橈書〉、八曰〈夾兩階戺圖說〉、九曰〈堂階等級庶人亦有廉地之別議〉。有《皇清經解》本。

3. **程瑤田《釋草小記》**　一卷

　按《清史志》、《續四庫》著錄。

4. **程瑤田《釋蟲小記》**　一卷

按《清史志》、《續四庫》著錄。

5. **程瑤田《九穀考》**　四卷

按本編凡四卷，共釋粱、黍、稻、稷、麥、大豆、小豆、麻、苽九穀及釋植穉種稑稼穡，釋銖法起於黍稟，黍稷稻粱四穀記，辨論黍稷二穀記，答秦序唐觀察言南方無黍書，與吳殿暘舍人書諸端。在《皇清經解》中。

6. **段玉裁《釋拜》**　一卷

按見《販書偶記》。有乾隆間刊本。

7. **任大椿《釋繒》**　一卷

按《清史志》、《續四庫》錄。《皇清經解》收。

8. **錢坫《爾雅釋地四篇注》**

按是編爲〈釋地〉、〈釋丘〉、〈釋山〉、〈釋水〉四篇之注。書前有錢氏〈自序〉，孫星衍〈前序〉、〈後序〉。所注計〈釋地〉六十七則、〈釋丘〉四十一則、〈釋山〉三十六則、〈釋水〉五十四則。《續皇清經解》收。

9. **王念孫《釋大》**　八卷

按《販書偶記》、《續四庫》錄；《清史志》作一卷。在《王氏遺書》中。

10. **洪亮吉《釋舟》**　一卷

按《四部叢刊》本《洪北江遺書》中。

11. **洪亮吉《釋歲》**　一卷

按同前。

12. **宋翔鳳《釋服》**　二卷

按林明波氏曰：「《浮溪精舍叢書》道光間自刊本」。

13. **朱駿聲《釋廟》**　一卷

按《清史志》。

14. **朱駿聲《釋車》**　一卷

按《清史志》。

15. **朱駿聲《釋帛》**　一卷

按《清史志》。

16. **朱駿聲《釋色》**　一卷

按《清史志》。

17. **朱駿聲《釋詞》**　一卷

按《清史志》。

18. **朱駿聲《釋農具》**　一卷

按《清史志》。

按朱氏諸卷均未見。

19. **劉寶楠《釋穀》**　四卷

按在《續皇清經解》中。劉氏家刊本。

20. **鄭珍《親屬記》**

按林明波氏：「光緒十二年貴州・陳氏刊本、廣雅書局本。」

21. **俞樾《說俞》**　一卷

按《曲園叢書》中。

22. **王俊俊《爾雅釋草釋木統箋》**　二卷

按《販書偶記》:「底稿本，即第十三、十四等卷，有光緒十四年〈自序〉。紅格、版心下刊青藝閣三字。」

23. **吳倬信《釋親廣義》**　二十五卷

按《販書偶記》錄。

24. **錢繹《釋大》**　一卷

按《許學考》卷二十一，錢氏《說文讀若考》下有〈自序〉。

25. **錢繹《釋小》**　一卷

按同前。

26. **孫馮翼《釋人注》**　一卷

按《續四庫》錄。

27. **宋綿初《釋服》**　二卷

按《販書偶記》、《續四庫》錄。

28. **黃鑫舟《釋祀》**　一卷

按《清史志》錄。

29. **于鬯《爾雅釋親宗族考》**　二卷

按《清史志》錄。

30. **觀頮道人《爾雅歲陽考》**　一卷

按《清史志》錄。

31. **高潤生《爾雅穀名考》**　八卷

按《續四庫》錄。

32. **紹緯《廣釋親》**　一卷

按《販書偶記續編》。

33. **葉德輝《釋人疏證》**

按《續四庫》錄，在《觀古堂彙刻書》中。

34. **莊綬甲《釋書名》**

按見胡樸安《中國訓詁學史》，胡氏云有《拾遺補闕齋遺書》本。未見。

35. **成蓉鏡《釋飯鬻》**

按釋飯鬻之類及異名。見胡樸安《中國訓詁學史》，有南菁書院本。

36. **成蓉鏡《釋餅餌》**

按釋餅餌之異名，如餻、飴、餢等。餘見前條。

37. **成蓉鏡《釋祭名》**

按釋祭之異名，如郊、享、旅、類等。餘見前條。

第三節　音　讀

1. **無名氏《爾雅直音》**　二卷

按是編採直音之法，於經字旁注易識同音之字，謂之直音。如哉旁注「裁」，肇旁注「兆」之類。

王祖源〈重刻爾雅直音敘〉云：「《爾雅》首明訓詁，備詳名物象數，爲小學必讀之書，今人多以其難讀而置之。童子就學，不諳反切，往往以方音求之，音讀並譌。乾隆時，始有直音之刻，以便初學。頃得秦中刻本，頗多舛誤。有改舊本正文者……有臆改正文者……有漏音者……有誤音者……有本非難字，不必音而音者……爰重雕之，以課家塾，雖不敢謂無一舛誤，然視原本則略加審正矣。」今所見《天壤閣叢書》本，即王氏重刻之本也。

2. **周春《爾雅直音正誤》**

按正《爾雅直音》音注之訛者。有《周松靄遺書》本。

3. **龍啟瑞《爾雅音釋》**　一卷

按此編在龍氏《爾雅經注集證》之後。

4. **孫偘《爾雅直音》**　二卷

按林明波氏：「有原刊本」。

5. **無名氏《爾雅音注》**

按《販書偶記》:「同治辛未新刊，亦園藏版」。

6. **孫經世《爾雅音疏》**　六卷

按見《許學考》:「為注《爾雅》者，不知諧聲假借之用，因析而疏之也，見《福建省志》。」

7. **楊國楨《爾雅音訓前附輯說》**

按林明波氏:「此編有十一經音訓，光緒・崇文書局刊本。」

8. **袁俊等《爾雅音訓》**

按與《孝經音訓》合刊。

第四節　雜　著

1. **王仁俊《爾雅》學**

按《販書偶記》錄。

2. **姚正文《爾雅啟蒙》**　十二卷

按《販書偶記》:「歸安・姚承輿咸豐壬子刊《爾雅啓蒙》。」

3. **李拔式《爾雅啟蒙》**　十二卷

按見林明波氏《清代雅學考》。今未見。

4. **李拔式《爾雅蒙求》**　二卷

按《販書偶記》錄。有原刊本，道光五年重刊本。未見。

5. **項朝虆《爾雅提要》**　三卷

按林明波氏:「有手鈔本，藏江蘇國學圖書館。」

6. **朱士端《爾雅考略》**　一卷

按《販書偶記》錄，有底稿本。

7. **胡元玉《雅學考》**　一卷

胡氏〈自序〉:「（雅學）迄於今日，惟餘郭《注》。近儒講求實學，裒輯前代遺書，《爾雅》舊注，固已蒐羅略備。然而《釋文・序錄》記樊光之名，或強易其稱為某氏。《周禮正義》載康成之《注》，或竟指所注為緯文。如斯之類，踳駮殊甚。又如江灌曹憲所撰《音圖》，或訛為道群之書，或斥為《廣雅》之誤。儻不亟為釐正，致失先哲之苦心，斯亦後起者之罪也。爰考宋以前《雅》學諸書，譔稽群言，申以愚管，敘次為五種。」

胡氏所錄共三十二家，分注、序篇、音、圖讚、音義五種，意在辨稽舊說，不在備目。書成後五年，又作〈袪惑〉一篇於後，辨舊說之訛。有北京大學・周祖謨重印本。

8. **晉・郭璞注、清・曾燠圖《爾雅音圖》** 三卷
   按是編藏日本尊經閣文庫。有光緒刻版。
9. **周樽《爾雅讀本》** 四卷
   按是編藏日本內閣文庫。清・乾隆五十八年刊。

第五節　擬《雅》

1. **吳玉搢《別雅》** 五卷
   按是編取字體之假借通用者，依韻編次，各注出處，爲之辨證。如卷一「穹桑，空桑也。」《呂覽》：伊尹生於穹桑。《春秋緯》：少昊邑於穹桑，即空桑也。《字彙補》云：「今雲南縣名浪穹，土音爲浪空，蓋穹空二字音近，故或通用。」所言大抵類此，足以通古籍之異同，疏後學之疑滯，猶可考見漢、魏以前聲音文字之概。《四庫全書》錄。
2. **洪亮吉《比雅》** 十九卷
   按是編徵引經史注疏，依類編次，意在增補《爾雅》之缺漏，以作及門之指歸，故悉遵《爾雅》體例，並以《比雅》名篇。此書爲未定之稿，隨手輯錄，故卷中多分類未符及前後互見之語。有《粵雅堂叢書》本。
3. **朱駿聲《說雅》** 一卷
   按是編附朱氏《說文通訓定聲》後。依《爾雅》十九篇之次，取《說文》九三五三字字義之相近者，依類貫串成書，並說字義。書前朱氏云：「循《爾雅》之條理，貫許書之說解，五百四十目記之以形，十八部緯之以聲，十九篇經之以意與事，參互錯綜，神恉益顯。其在轉注、假借，亦可旁通云。」
4. **魏源《蒙雅》** 一卷
   按是編取通行之字，仿《爾雅》之例，作四字韻語，供童蒙初學。計分〈天篇〉、〈地篇〉、〈人篇〉、〈物篇〉、〈事篇〉、〈詁天〉、〈詁地〉、〈詁人〉、〈詁物〉、〈詁事〉、〈八卦〉、〈干支〉諸篇，《清史志》、《續四庫》錄。今未見。
5. **汪曰楨《湖雅》** 九卷
   按林明波氏：「〈方言類〉，有光緒六年刊本」。《販書偶記》錄。

6. **史夢蘭《疊雅》**　十三卷

按是編以經典群籍中之疊字，依《爾雅》之例，略依類記之，故名《疊雅》。此書專收疊字，凡諸《雅》所已載者，旁搜以參其異同，諸《雅》所未載者，博采以考其源委。字異而義同，則彙歸一部，文異而解異，則別為一條，此其例之大概。共收四百六十條，可謂集疊字之大成。《販書偶記》、《清史志》錄。

7. **丁壽昌《別雅校正》**

按是編校勘吳玉搢《別雅》。《清史志》錄。

8. **許瀚《別雅訂》**　五卷

按亦校訂補正吳氏《別雅》。有《滂熹齋叢書》本。《續四庫》、《清史志》錄。

9. **無名氏《別雅類》**　五卷

按林明波《清代雅學考》：「據北京人文科學研究所藏書目有清刊本。」

10. **王初桐《西域爾雅》**　一卷

王氏〈自序〉：「《經義考》引《宋志》有《羌爾雅》，《遂初堂書目》有《蕃爾雅》、《蜀爾雅》，其書皆軼不傳。惟《翻譯名義》一編，刊本猶存，且散見於佛經，採錄於西部稿，此西方梵語之可考者也。今之新疆，若準、若回、若蒙古、若布魯特、若帕爾西、若哈薩克、若溫都斯坦、若克什米爾、若哈拉替良、若郭罕、若西番、若藏，其方言廋詞，大抵皆前人記載所不及。茲從《西域同文記》、《西域圖識》、《西域聞見錄》等書，撮合成編，仍依《爾雅》十九篇之例，名《西域爾雅》。」

按是編撮合諸部譯語，例依《爾雅》，排比而成，亦揚雄《方言》之類也。林明波氏：「有民國十八年江蘇國學圖書館印本、鈔本。」

11. **夏味堂《拾雅》**　六卷

按是編依《爾雅》部居，摭錄前《雅》詁言，補《爾雅》、《小爾雅》、《廣雅》、《方言》、《釋名》之所未備。書凡六卷，卷一〈拾雅釋〉，拾《爾雅》已釋之所未備也。卷二〈拾廣雅〉，拾《廣雅》已釋之所未備也。卷三至六〈拾遺釋〉，拾《爾雅》、《小爾雅》、《方言》、《廣雅》之所未釋。按有嘉慶己卯夏氏遂園刊本。《販書偶記》錄。

12. **夏紀堂《拾雅注》**　二十卷

按味堂《拾雅》各篇直書而下，未明摭錄所據，其弟紀堂遂為之注。而但明《拾雅》諸字所據，未就文字聲音言其所以，是一憾也。按與《拾雅》合刊。《續四庫》、《清史志》、《販書偶記》錄。

13. **魏茂林《駢雅訓纂》** 十六卷

按有道光十五年有不爲齋刊本，《後知不足齋叢書》光緒刊本。《續四庫》、《清史志》、《販書偶記》錄。

14. **魏茂林《讀駢雅識語》** 一卷

按有後知不足齋刊本。《販書偶記》錄。

15. **陳榮袞《幼稚》** 九卷

按是編爲啓蒙而作，共分〈釋體〉、〈草〉、〈木〉、〈蟲魚〉、〈鳥獸〉、〈器〉、〈宮〉、〈服〉、〈飲食〉、〈天〉、〈地〉、〈人〉、〈官〉、〈算〉、〈大義〉十五類。例仿《爾雅》，釋古今名物。每類之後，各附七言歌若干首，以便記誦。又陳氏廣東人，故間用粵語，七言歌則皆粵語。《販書偶記》錄。有光緒・羊城崇蘭僊館刊本。

16. **程先甲《選雅》** 二十卷

按選即《文選》之選，以《爾雅》十九篇之體例，搜輯《文選》之李《注》，依類記之。《文選》李善《注》，網羅極富，唐以前訓詁，大抵存焉。程氏此書，分類比附，皆有條例，可以補諸書者甚多。有光緒二十八年程氏千一齋刊本。

17. **李調元《釋雅》** 十卷

按林明波氏云：「有《涵海》原刊本」。

18. **劉燦《支雅》** 二卷

按是編依《爾雅》體例，而不用其篇目。分〈釋詞〉、〈釋人〉、〈釋官〉、〈釋學〉、〈釋禮〉、〈釋兵〉、〈釋舟〉、〈釋車〉、〈釋歲〉、〈釋物〉十目。〈釋詞〉一篇分發詞、頓詞、專詞、別詞、單詞等三十六類，每類搜四至八字不等。三十六類詞之分，雖無所師承，亦可爲語詞之資。《販書偶記》錄。有道光六年刊本。

19. **王初桐《演雅》** 四十三卷

按《販書偶記續編》錄。原名「五雅蛾術」。

20. **觀頮道人《小演雅》** 一卷

按林明波氏云：「有誦芬堂活字本」。

21. **楊浚《小演雅》**

按附別錄、附錄、續錄。有光緒四年刊本。

22. **陳肇波《屭雅》**　四卷

按《販書偶記》錄。有道光十六年刊本。

23. **譚之琥《鈐雅》**　十六卷

按《販書偶記》錄。有乾隆元年刊本。

24. **吳采《韻雅》**　六卷

按林明波氏：「有嘉慶二十年刊本」。

25. **俞樾《韻雅》**　一卷

按《清史志》錄。有《曲園叢書》本。

26. **楊瓊《肄雅釋詞》**　二卷

按《販書偶記》錄。

27. **汪榮寶《新爾雅》**　二卷

按《販書偶記續編》錄。

28. **楊柳官《梵雅》**　一卷

按《販書偶記續編》錄。

第六節　其　它

1. **劉曾騄《爾雅約解》**　九卷

按《重修清史藝文志》錄。

2. **黃世榮《爾雅釋言集解後案》**　一卷

按《重修清史藝文志》錄。

3. **匯庵《爾雅宗經匯說》**

按《販書偶記續編》錄。

4. **王樹枬《爾雅說詩》**　二十二卷

按《販書偶記》錄。

5. **饒炯《爾雅例說》**

按《販書偶記》錄。疑是釋例，書未見，姑置於此。

6. **王廷燮《爾雅節訓》**　一卷

按《販書偶記續編》錄。

7. **無名氏《爾雅易讀》**　一卷

按《販書偶記續編》錄。

8. **翁方綱《爾雅坿記》** 一卷

按《販書偶記續編》錄。

9. **朱百度《爾雅釋經殘篇》** 一卷

按《重修清史藝文志》錄。

10. **余蕭客《爾雅釋》**

按江藩《漢學師承記》:「(余蕭客)生平著述甚多,《爾雅釋》、《注雅別鈔》,悔其少作,不以示人。」

11. **顧澍《爾雅會編》** 一卷 附音註難字辨考

按《販書偶記續編》錄。

12. **顧澍《爾雅會編旁音》** 二卷

按《販書偶記續編》錄。疑爲音讀之類,然不知「會編」者何。

13. **李曾白《爾雅舊注考證》** 二卷

按《販書偶記》錄。

第六章　清代《爾雅》要籍析論（上）

清儒《爾雅》著作百六十八種，取善者而治，可一探清代《爾雅》學之堂奧。本章及第七章所述，「補正類」取周春《爾雅補注》，周書補郭《注》未詳、正邢《疏》之誤，王鳴盛〈序〉謂：「小學中不可少之作」，葉德輝刻其書，〈序〉謂：「勝於翟、戴二家」；「疏證類」取邵晉涵《爾雅正義》、郝懿行《爾雅義疏》二種，俱清儒治《爾雅》之代表。「文字類」取嚴元照《爾雅匡名》一種，以《說文》校《爾雅》，辨經注疏文之正俗，辨字最多，體例最密，段玉裁〈序〉謂：「博觀約取，一一精畫。」「校勘類」取阮元《爾雅注疏校勘記》一種，薈萃善本，詳采諸說，最爲鉅著。「補箋類」取胡承珙《爾雅古義》一種，凡《爾雅》古義不見於今者，皆旁搜博引以證明，洵爲善本。「輯佚類」取黃奭《爾雅古義》一種，與馬國翰輯本，互有多寡，各篇另有〈小序〉，特取其敘諸家源統，詳於馬氏也。凡六類七種，上所以取摭之由。文中論述，則據時代先後，依傳略、著書大旨、體例、得失評論諸端考辨，諸書又依其特色，或詳或略，不一而足。

吾人治《爾雅》，當以邵、郝二《疏》爲主，再以上述諸書，合而觀之，補邵、郝之所不及，久之眾義匯通，自孳新解。此諸書上啓乾隆，晚至光緒，則清儒歷治《爾雅》之塗轍，又不難盡窺矣。「補正類」翟灝《爾雅補郭》、劉玉麐《爾雅校議》、戴鎣《爾雅郭注補正》；「文字類」錢坫《爾雅古義》、江藩《爾雅小箋》；「校勘類」彭元瑞《爾雅石經考文提要》、馮登府《爾雅唐石經考異》、嚴可均《爾雅唐石經校文》、龍啓瑞《爾雅經注集證》；「補箋類」徐孚吉《爾雅詁》；「輯佚類」余蕭客《爾雅古注》、臧庸《爾雅漢注》、馬國翰《玉函山房輯佚書・爾雅輯本》。亦皆稱善，不必爲諸家之後。其餘考釋、釋例、音讀、雜著、擬《雅》之屬，必有精者，皆篇幅所限，惟俟之來日。

第一節　周春《爾雅補注》

一、周氏傳略

周春，字芚兮，號松靄，晚稱黍谷居士，浙江海寧人。家富藏書，不下萬餘卷。少與其兄同塾，皆勤讀，朝經暮史，自爲師友。乾隆十九年舉進士，官廣西岑溪縣知縣。岑溪地素荒陋，即至，立書院學規以訓士，士風丕變。在任二年，革陋規，幾微不以擾民，有古循吏風，揉邪哺窮，人樂其政。以丁憂去官，岑溪人構祠祀焉。

其室齋，凝塵滿室，終歲不掃。插架環列，臥起其中者三十年，四部七略，靡不瀏覽。究心字母，遂徧觀《釋藏》六百餘函。於韻學著《十三經音略》十三卷，專考經音，以陸氏《釋文》爲權輿，參以《玉篇》、《廣韻》、《五經文字》諸書音，字必審音，音必歸母，謹嚴細密，絲毫不假。於《爾雅》則有《爾雅補注》四卷，以郭《注》、鄭《注》爲主，旁及諸家之說，彙爲一編，補經注疏而行。

另者有《中文孝經》一卷、《小學餘論》二卷、《佛爾雅》八卷、《代北姓譜》二卷、《遼金元姓譜》一卷、《遼詩話》一卷、《選材錄》一卷、《杜詩雙聲疊韻譜括略》八卷、《大悲咒音義》一卷、《曇花館小稿》一卷。

傳見《清史稿》卷四百八十一〈列傳〉二百六十八〈儒林〉二；《清史列傳》卷六十八〈儒林傳〉；《清代樸學大師列傳・皖派經學家列傳第六》；事蹟又見朱緒曾《讀書志》、《海昌勝覽》下。

二、著書大旨

（一）申明鄭《注》

宋代《爾雅》之學，以邢《疏》爲第一。邢《疏》之後，則首推鄭樵之《爾雅注》。莆田之書，《四庫》謂爲善本，後世多不以爲然，清儒尤少注意。其實鄭《注》雖有穿鑿，然旁搜別采，在宋亦不失爲佳作。唯南宋諸儒大抵崇義理而疏考證，每恥言訓詁，故鄭《注》束之高閣久矣。至清代周春則讚賞有加，《補注》卷一周氏〈自識〉曰：

> 幼時讀《爾雅》惟知景純，後見夾漈《注》，多補前人所未備，復好之。郭博而鄭精，是書無餘蘊矣。因旁及諸家之說，彙爲一編，頗以管見參之，聊備遺忘，并袪未寤云爾。

可見周氏對鄭《注》之推崇，而《補注》一書遂頗取於鄭《注》。

周氏補注雖以郭《注》、鄭《注》爲主，却能不囿於二家。今查稽全書，有采鄭《注》說者，有疏通鄭《注》者，亦有正鄭《注》之誤者，其中正鄭《注》所誤之條，尤多於采摭疏通鄭《注》之條，可見周氏此書確能精審於考證，不以己之所好論斷是非，而雖多正鄭《注》，亦能不失其申明鄭《注》之旨。

（二）不廢宋學

周氏《補注》一書，旁搜別采，援引極富。尤以不廢宋代陸、鄭、羅三家，尤可注意。《爾雅》漢立博士，唐入試科。至宋除邢《疏》外，有鄭樵《爾雅注》、羅願《爾雅翼》、陸佃《爾雅新義》、《埤雅》鼎足一時，諸家雖有妄加新義之處，而補郭《注》之未詳，正邢《疏》之已誤，實亦有不可盡棄者也。〔註1〕乃至清世注疏諸家，多未稱引，甚或多加鄙視，此恐非陸、鄭、羅諸家之過，而是漢、宋門戶不同之見也。

清初學風，猶有宋學之遺，康、雍以來，朝廷多提倡宋學，〔註2〕而民間則「反宋學」氣勢日盛，標出漢學名目與之抗衡，至乾隆朝，四庫館開而漢學派殆占全勝，其甚者，墨守漢學，非漢儒之說一字不錄，〔註3〕門戶之別益顯。周氏是書，則折衷一是，不以晚近而廢之，宋代諸家得其實者，不爲輕棄；妄解舛誤者，亦不稍寬怠。〔註4〕其集思廣益之心，實異於當世專己守殘之見，誠可資以觀於古也。

周氏是書，廣采陸、鄭、羅三家之說，與郭《注》、邢《疏》合爲補注之大體。其所以能不廢宋學，不立門戶，要有三因。一以《補注》成書較早，漢學之幟，猶未大張，故得兼容並包；二以周氏時代較前，清儒《爾雅》之

〔註1〕參本文第二章「清以前之《爾雅》學」第四節「宋代」。

〔註2〕參梁啓超《中國近三百年學術史》，(三)「清代學術變遷與政治的影響（中）」。

〔註3〕如江聲、王鳴盛、孫星衍等，參梁啓超《中國近三百年學術史》「十三清代學者整理舊學之總成績（一）」。

〔註4〕見本節下文三「周書之內容」。

學，尚未極致，故宋以來《雅》學成就，猶足資藉；三以周氏素好鄭樵《雅注》，故撰爲《補注》之時，自不能廢之。於是不廢宋學，遂爲周氏是書一大特點。

（三）補經注疏

《爾雅》自宋、元以來，古義日就瞢昧。雖有《釋文》、邢《疏》行於世，而諸儒每多不滿。《釋文》於它經，每引眾家之讀，並及異義，而於《爾雅》，惟存音切，諸儒之說，略不及之。邢氏《疏》則有但剿取他經《正義》爲之者，如〈釋天〉一段，全襲《禮記‧月令疏》。〈五嶽〉一段，全襲〈大雅‧崧高疏〉，此類不可枚舉。而《爾雅》一經，流傳久遠，其正文往往爲後儒所亂，〔註 5〕俗師專己，仍陋踵謬，亟須清儒一一勘正。

周氏此編，則補經注疏而行，已具《義疏》之體。其於注，不但能補其缺，又能正其誤。而於邢《疏》漏略處，裨益尤多，且於經文亦多補正。綜觀全書，周氏是編之旨，實爲《爾雅》經注疏之整理，雖名「補注」，而其所從事，又不特補注而已。王鳴盛作〈序〉美之，薦名「廣疏」，周氏因王氏之言而易名，尤可見周氏爲是編之旨。

三、《爾雅補注》之內容

周氏《爾雅補注》就鄭樵《注》，旁及諸家之說，彙爲一編，補郭《注》之未詳，正邢《疏》之已誤。書凡四卷，計九百條。是編援引豐富，博采群言，雖名「補注」，其實是「實浮於名」。今詳析如下，以見其內容體制：

（一）有補經文之闕者

〈釋詁〉上：「肩，克也。」

《爾雅補注》卷一周氏云：「《詩‧正義》云：『〈釋詁〉曰肩，克也。』直以肩爲克耳。《傳》言『仔肩，克也』，則二字共訓爲克，猶權輿之爲始。《箋》亦曰『仔肩，任也』，雖所訓不同，亦二字共義。按此肩上當脫一仔字。」

〔註 5〕王鳴盛序《爾雅補注》：「小學之失傳者久矣。《爾雅》一經，多可恨者，其正文往往爲後儒所亂。如：台、朕、陽爲予我之予，賚、畀、卜爲賜予之予，而云台、朕、賚、畀、卜、陽，予也。孔、魄、延、虛、無爲間哉爲言之間，而云孔、魄、哉、延、虛、無、之、言，間也。豫爲厭足之厭，射爲厭倦之厭，而爲豫、射、厭，也。此類皆正文爲後儒所亂者。」

按《詩・周頌・敬之》云：「佛時仔肩，克也」；毛《傳》：「仔肩，克也」；鄭《箋》：「仔肩，任也」，皆二字連文爲訓，故周氏謂脫一「仔」字。又：

〈釋天〉：「春爲發生，夏爲常嬴，秋爲收成，冬爲安寧，四時和爲通正。謂之景風。甘雨時降，萬物以嘉，謂之醴泉。」

《爾雅補注》卷二周氏云：「謂之景風，鄭云：『據下文敵體』，則此上容有二句亡焉。」

周氏以經文「謂之景風」下爲「甘雨時降，萬物以嘉，謂之醴泉」，文句體式不一，故以爲脫二句經文，惟不知所亡者何。

（二）有補郭《注》邢《疏》之未備者

周氏《爾雅補注》，於清儒《爾雅》著述中，爲補正之類，補正者，以補郭《注》邢《疏》之未備，兼正其誤者爲主，故周氏是編不乏此例。如：

〈釋詁〉下：「噊、幾、烖、殆，危也。」

郭《注》：「幾猶殆也。噊、烖未詳。」

《爾雅補注》卷一周氏云：「烖即菑，故訓危。郭未詳，何也。」

按烖者，與灾、災同，災訓害，與危義近，經典多通作菑，菑、災聲同也。《爾雅・釋地》云：「田一歲曰菑」，郭《注》：「今江東呼初耕地反草爲菑」，孫炎《注》：「菑音災，始災殺其草木也。」是災、菑音義同，故周氏以烖即菑，補郭《注》之未備。又：

〈釋草〉：「薜，庾草。」

郭《注》：「未詳。」

《爾雅補注》卷三周氏云：「薜，庾草；郭未詳。鄭云：『藤生蔓，細弱可爲菜茹，兼作牙藥。』」

按此條邢《疏》，亦未之考，唯鄭樵有《注》，故周氏采之以補。又：

〈釋宮〉：「一達謂之道路，二達謂之歧旁，三達謂之劇旁，四達謂之逵，五達謂之康，六達謂之莊，七達謂之劇驂，八達謂之崇期，九達謂之逵。」

《爾雅補注》卷二周氏云：「《初學記》引《注》云：『旁出歧多故曰劇；康，樂也；莊，盛也；言交道康樂，繁盛崇多也，多道會期在此。』按此蓋孫氏《注》而《疏》采之不全。」

按邢《疏》所采之孫《注》爲：「孫炎云：旁出歧多故曰劇；康，樂也；莊，盛也。」周氏引《初學記》以補之。凡郭、邢之未備者，周氏所補大抵類此。

（三）有補鄭《注》之未備者

周氏是編，援引諸家，以鄭樵《爾雅注》爲主。究中有補鄭《注》未備者，有采鄭《注》說者，亦有正鄭《注》之誤者。補其未備者如：

〈釋詁〉下：「毗、劉、暴，樂也。」

鄭《注》：「暴樂，樂即爍也。毗未詳。」

《爾雅補注》卷一周氏云：「鄭云：『暴樂，樂即爍也。毗未詳』。按毛《傳》：劉，爆爍而希也。則毗亦當以一文爲一義。而郭、鄭均未之詳。」

按毗劉、暴樂蓋古方俗之語，猶言剝落也。《詩・大雅・桑柔》：「捋采其劉」，毛《傳》：「劉，爆爍而希也」，皆獨取劉字爲義。若毗，則方言云：「毗，廢也」，廢與暴樂義近。是毗劉可連文爲義，亦可單文爲義。周氏之意蓋此也。又如：

〈釋草〉：「粢，稷。眾，秫。」

鄭《注》：「粟之糯曰粱，黍之糯曰秫。」

《爾雅補注》卷三周氏云：「鄭云：『粟之糯曰粱，黍之糯曰秫。』按粱亦可曰秫，黍亦可曰粟。」

鄭《注》別而言之，周氏則廣其義以補。

（四）有正郭《注》之誤者

周書雖多補注，其實於眾家之說，能補亦能正，其中正郭《注》之誤者，如：

〈釋天〉：「錯革鳥曰旟。」

郭《注》：「此謂合剝鳥皮毛，置之竿頭，即《禮記》云：載鴻及鳴鳶。」

《爾雅補注》卷二周氏云：「錯革鳥曰旟，李巡云：『以革爲之置於旐端』，郭云：『此謂合剝鳥皮毛置之竿頭，即《禮記》云載鴻及鳴鳶。』鄭云：『錯雜以五采也。革，急也，畫急疾之鳥於縿，蓋鷹隼之屬。』鄭說本孫炎。陳氏祥道云：『太常而下五旗皆畫』，則旟畫鳥隼信矣。郭璞所釋即《禮記》載鴻及鳴鳶，其說非是。」

按此釋旟之制。郭《注》本李巡，皆不言畫。李巡之意，蓋以《爾雅》止云錯革不言畫，故云以革爲之置於旐端，此即郭義所本，但旐端與竿頭異耳。今按《說文》：「錯革畫鳥其上，所以進士眾，旟眾也。」孫炎曰：「錯，置也；革，急也；畫急疾之鳥於縿也。」竝有畫意，周氏本之。又《太平御覽》卷三百四十引《爾雅》舊注云：「刻爲革鳥置竿首也」，故參考諸家之說，當以孫炎爲長。又：

〈釋蟲〉：「鼁，蟼。」

郭《注》：「蛙類。」

又〈釋魚〉：「在水者黽。」

郭《注》：「耿黽也，似青蛙。」

郭璞以耿黽即鼁蟼，周氏非之。

《爾雅補注》卷四：「黽一名蛙，康成以爲螻蟈，即蝦蟆青花者，俗呼田雞，即〈釋蟲〉鼁，蟼也。明是兩種，《注疏》誤。」

按郝懿行《爾雅義疏》「鼁蟼」疏曰：「《說文》蟼，蝦蟆也。《急就篇》云：水蟲科斗鼃蝦蟆。顏師古《注》：蛙一名螻蟈，色青，小形而長股；蝦蟆一名鼁，大腹而短脚。今按：蝦蟆居陸，蛙居水，此是蟼非蛙也，郭《注》失之。〈釋魚〉云：在水者黽。郭《注》耿黽也。耿黽、鼁蟼，聲雖相轉，而非一物也。」知鼁蟼即蝦蟆，耿黽爲蛙，二者非一物，而郭璞以蛙爲蝦蟆，誤矣。周、郝二人所言甚是。

（五）有正邢《疏》之誤者

周氏是編，亦有正邢《疏》之說者，如：

〈釋詁〉上：「艐，至也。」

邢《疏》：「艐讀爲屆。」

《爾雅補注》卷一周氏云：「艐《釋文》音宗，不讀爲屆。《疏》因《注》引宋曰屆，而正文無屆字，遂讀艐爲屆，復云艐古屆字。鄭從之，然終屬牽合。按《說文》云：『艐，船著不行也』。此亦有至義，則讀爲宗當無不可矣。」

按艐者，《說文》云：「船著不行也」，方言云：「艐，至也」，《史記・司馬相如傳》云：「蹋以艐路兮」，徐廣注本《爾雅》作「艐，至也」，著、至義近。孫炎則曰：「艐古屆字」，郭《注》本孫炎，注竟作屆，邢《疏》不查，遂讀艐爲屆。艐字之音，龍啓瑞《爾雅經注集證》辨之甚詳，龍氏曰：

按《說文》：艐，船著不行也，从舟・嵏聲，子紅切。音與《釋文》

引顧子公反（宗）相近，郭本孫炎竟音爲居，亦誤也。艐、屆蓋古今字，義相似而音實不同。孔廣森氏謂艐格連文，即〈商頌〉所謂鬷假無言也。按《中庸》引此作奏假，假音格，艐與奏爲雙聲，益知子公切之爲正矣。

子公切即《釋文》所音之「宗」，周氏所言正確矣。又：

〈釋蟲〉:「蠀，螬蠀。蝤蠀，蝎。」

邢《疏》:「蠀螬也，螬蠀也，蝤蠀也，蛣蝠也，桑蠹也，蝎也。一蟲而六名。」

《爾雅補注》卷四周氏云:「此說誤。凡物之蠹，皆可名蝎，亦名蛣蝠，此一物也。桑蠹一名蝎，此又一物也。至螬蠀則又逈乎不同，乃溼穢中化生物，多足而臭，並不潔白。《疏》特因蝎之名偶同而誤合之。此是三物，何得云一物六名耶？」

按此邢《疏》之誤也，郝懿行《爾雅義疏》亦曾細考，並加目驗，郝曰：

《正義》引孫炎曰:「螬蠀謂之蠀螬，關東謂之蝤蠀，梁益之間謂之蝎』，義本方言。但據孫炎及《本草》，則蠀螬名螬、蝤蠀名蝎，分明不誤。蝤、螬、蠀三字俱聲轉，螬蠀倒言之即蝤蠀，故司馬彪注《莊子・至樂篇》，螬蠀作螬蠀，云螬蠀蝎也。是螬蠀即蝤蠀，二名溷淆，益本之《方言》而誤也。今螬蠀青黃色，身短足長，背有毛筋，從夏入秋，蛻爲蟬。蝤蠀白色，身長足短，口黑無毛，至春羽化爲天牛，陳藏器說如此。今驗二物判然逈別，以爲一物，非矣。

三物判別，則是邢《疏》之誤。周氏所言甚是。

（六）有正鄭《注》之誤者

周氏素好鄭樵《爾雅注》，故《補注》一書，援引最富，然亦多諟正之處，尤可見周氏著述態度之公允，凡所補缺正誤，皆可謂有功鄭《注》者也。如：

〈釋詁〉下:「關關、噰噰，音聲和也。」

鄭《注》:「據二文一義者，皆在〈釋訓〉部，恐誤在此。」

《爾雅補注》卷一周氏云:「按上文晧晧、皇皇、藐藐、穆穆，下連一文一義者，亦在〈釋言〉部，此又因上文而連及之，非誤也。」

又：

〈釋言〉:「硈，鞏也。」

鄭《注》:「苦八切。」

《爾雅補注》卷一周氏云：「硈，《疏》從《釋文》音苦角切，即確乎其不可拔之確字。《說文》別有硈，苦八切，石堅也。義雖小異，其字則同。鄭音苦八切，誤。」

又：

〈釋魚〉：「鱀，是鱁。」

鄭《注》：「樵疑即鱁鮧也。」

《爾雅補注》卷四周氏云：「按鱀魚身有黑文，能發痘疹毒。鱁鮧即鹽藏魚腸。鄭誤。」

按鱁與鱁鮧爲二物，鄭誤。

（七）有正陸佃、羅願之誤者

周氏《補注》，采陸佃、羅願之說者多，而亦有兼正其誤者。正陸佃者如：

〈釋鳥〉：「雉絕有力，奮。」

陸佃《埤雅》：「《爾雅》雞、雉皆曰絕有力奮。雞、雉皆不能遠飛，故名。」

《爾雅補注》卷四周氏云：「按羊亦曰奮，又何也？陸氏得無穿鑿耶？」

按奮者，《說文》云：「翬也」，翬，大飛也。《淮南子・時則篇》云：「鳴鳩奮其羽」，高誘《注》：「奮迅其羽，直刺上飛也。」雞屬謂絕有力奮，羊屬亦同，按〈釋畜〉：「羊：牡，羒；牝，牂。夏羊：牡，羭；牝，羖。……絕有力，奮。」然則飛走之屬，凡有力者，通謂之奮。陸氏果穿鑿也。

正羅願者如：

〈釋器〉：「象謂之鵠，角謂之鷽，犀謂之剒，木謂之剫，玉謂之鵰。」

羅願《爾雅翼》：「〈釋器〉象謂之鵠，角謂之鷽，犀謂鵲，玉謂雕，取四鳥之名，不知其故。」

《爾雅補注》卷二周氏云：「按鷽从角，剒从刀，玉从佳，惟鵠亦音斛，並非从鳥，鄂州・羅願何以穿鑿若此？況尚有木謂之剫一句耶！」

按鵠者，治象牙也。《釋文》云：「白也，本亦作觷」，《廣雅》作觡云：「治象牙也」。是鵠乃假借之字，本不从鳥。鷽者，《說文》云：「治角也」。剒者，陸德明作斮云：「本或作厝。按《說文》云：「厝，厲石也」。剫者，《說文》云：「判也，判分也」，蓋判木事。雕則琱之假借，《說文》：「琱，治玉也」。諸字皆治石、治玉、治木之事，本字無有从鳥爲鳥名者，羅鄂州果失考證矣。

（八）有援引諸家之說者

周氏《補注》，於經典注疏、《爾雅》舊注、字書韻書等說解精確者，竝有援引。試舉例如下：

〈釋言〉：「爽，差也。爽，忒也。」

《爾雅補注》卷一周氏云：「《孝經正義》云：『〈釋言〉爽，差也；爽，忒也，轉互爲訓，故忒得爲差。』」

此引《孝經正義》也。又：

〈釋言〉：「畯，農夫也。」

《爾雅補注》卷一周氏云：「《周禮疏》云：『田畯，農夫也，以其教農夫，故曰農夫。』」

此引《周禮疏》也。又：

〈釋言〉：「窕，閒也。」

《爾雅注疏》卷一周氏云：「窕，犍爲文學作跳，《注》云：『跳者躍之閒。』」

此引犍爲文學《注》。又：

〈釋訓〉：「俅俅，服也。」

《爾雅補注》卷一周氏云：「俅，《疏》云『急迫也』。鄭云『及也，念及窮迫也。』」

此采邢《疏》、鄭《注》也。又：

〈釋地〉：「東方有比目魚焉……中有枳首蛇焉。」

《爾雅補注》卷二周氏云：「鄂州云：枳首蛇者，歧頭，一頭無目無口，俱能行。《爾雅》以爲中央之異氣。東南多有者，不獨在中央也。」

按枳首蛇，即所謂兩頭蛇，鄂州以爲東南多有，不獨中央，周氏采之。此引羅願說者。又：

〈釋草〉：「蔲，王蕣。」

《爾雅補注》卷三周氏云：「鄭云：蔲椶櫚也，葩未吐時，割去須而取之曰椶，魚瀹而食之甚美。南方又有虎散、桄榔、冬葉、蒲葵、椰子、檳榔、多羅等，與椶櫚同類。」

按椶櫚今作棕櫚，郭《注》邢《疏》俱無，周氏故采鄭說以補。又：

〈釋獸〉：「貍、狐、貒、貈醜，其足，蹯；其跡，厹。」

《爾雅補注》卷四周氏云：「農師云：狐善疑，貍善擬，貍、狐、貒、貉其性一，而貍又伏獸，好擬度，故其跡皆凥而不速。」

此引陸佃之說也。

（九）有疏通證明舊注者

舊注不誤，而意稍費解，或猶有可說者，《補注》則疏通證明之。如：

〈釋詁〉上：「尸，寀也。寀、寮，官也。」

「尸，寀也。」郭《注》：「謂寀地。」

「寀、寮，官也。」郭《注》：「官地爲寀，同官爲寮。」

鄭《注》：「舊注謂寀地，非。此即寮寀之寀，故亦從寀，而下文又申云。」

鄭《注》以郭《注》爲非，周氏則折衷其意：

《爾雅補注》卷一：「鄭意以寮寀必有所主，故訓尸，而寮寀復訓官也。郭竟以寀爲寀地，稍費解。然寀地之寀，本因官地爲名，其義亦可兼通。大夫有寀地者爲寀，而同爲大夫者爲寮也。」

郭《注》別而省言之，鄭《注》合而注之，二者之言皆是，周氏遂疏通郭、鄭二《注》，尸寀之解遂不復有疑，而後出轉精。又：

〈釋天〉：「是禷是禡，師祭也。」

禷、禡皆師祭之名，禡又或爲貉，諸家所釋稍紛亂，不知異同，周氏亦折衷疏通：

《爾雅補注》卷二：「《周禮注》云：『鄭司農讀貉爲禡。杜子春讀貉爲百爾所思之百』。或爲禡。《疏》云：『書亦爲禡者，《毛詩》《爾雅》皆爲此字』。《疏》又云：『《爾雅》云是禷是禡，故知貉爲師祭也』。鄭云：『其神黃帝者』。〈王制〉云：『天子將出類乎上帝』。《注》云：『帝謂五德之帝，是黃帝以德配類。』按此則禷即類，類與禡，禡與貉同一祭也。」

按禡《周禮》作貉，貉又或爲貊，古今之異也。禷、禡、貉皆指天子出征之祭也，諸家皆別解，未言三者爲一，故周氏折衷疏通諸家之言，謂其同也。後人觀之，遂不易淆亂。

（十）有自下詮釋者

周氏《補注》亦有出於己意，自下詮釋者。如：

〈釋地〉：「東方之美者，有醫無閭之珣玗琪焉。東南之美者，有會稽之竹箭焉。南方之美者，有梁山之犀象焉。西南之美者，有華山之金石焉。西方之美者，有霍山之多珠玉焉。西北之美者，有崑崙虛之璆琳琅玕焉。北方之美者，有幽都之筋角焉。東北之美者，有斥山之文皮焉。中有岱岳，與其五穀魚鹽生焉。」

周氏疑此經文爲後儒所竄亂，考之曰：

「東方之美者一節，與《周禮・職方》各山鎭多不符。如以梁山爲南，霍山爲西，岱嶽爲中之屬，多不正言其方，尤不可解。〈序〉謂此書乃叔孫通、梁文所附，今以此節考之，蓋叔孫氏爲齊・菑川人，因妄以其國岱嶽爲中，而并易其四方之位。如此，則其妄不待辨而自明矣。」

又：

〈釋草〉:「瓠棲，瓣。」

《爾雅補注》卷三周氏云:「瓠匏今俗呼藥瓶葫蘆，以貯物，不可食。又有一種長頸者，亦名葫蘆，又名扁蒲，乃瓜類，可食，中亦有子。」

又：

〈釋鳥〉:「鶉子，鴆。」

《爾雅補注》卷四周氏云:「鶉子，鴆，鴆或誤作鴿，又鷻音團，《說文》雕也，與鶉迴別。」

四、《爾雅補注》之得

《爾雅補注》王鳴盛〈序〉曰:「取莆田・鄭氏說，又旁焉及它書，預是有益者。其援引也富，其詮敘也確，信乎小學中不可少之作也。」可謂推崇備至。今詳審是編，概有三得:一曰能不立門戶、二曰能精審詳盡、三曰能申補鄭《注》。試論之如下：

（一）能不立門戶

周氏是編，兼采眾說，搜羅極富，凡所援引計有:《文選注》、《史記注》、《淮南子注》、《三國志注》、《水經注》、《本草》、《初學記》、《酉陽雜俎》、《太平御覽》、《方言》、《白虎通》、《小爾雅》、《玉篇》、《說文》、《廣韻》、《釋文》、犍爲文學《注》、樊光《注》、李巡《注》、郭《注》、邢《疏》、鄭樵《注》、羅願《爾雅翼》、陸佃《埤雅》、《詩正義》、《書正義》、《左傳正義》、《禮記正義》、《孝經正義》、《易正義》、《周禮注》、《周禮疏》、《公羊疏》、程敏政說、晁公武說、朱子說、顧亭林說、姜兆錫說等。

由其援引，可見其未有漢、宋門戶之別，於宋代鄭樵、羅願、陸佃三家之說，采摭尤多，異於清世不重宋學之偏見。而雖多取宋學，於郭《注》、邢《疏》之善者，亦不吝於讚賞，如：

〈釋草〉:「芣苢，馬舄；馬舄，車前。」

邢《疏》:「藥草也，別三名。郭云:『今車前草，大葉，長穗，好生道邊，江東呼為蝦蟇衣。』《詩‧周南》云:『采采芣苢』。陸璣《疏》云『馬舄，一名車前，一名當道，喜在牛跡中生，故曰車前、當道也，今藥中車前子是也。……』王肅引《周書‧王會》云:『芣苢如李，出於西戎。』王基駁云:『〈王會〉所記雜物奇獸，皆四夷遠國，土地異物，以為貢贄，非〈周南〉婦人所得采。』是芣苢為馬舄之草，非西戎之木也。」

周氏《補注》卷三曰:「馬舄之草非西戎之木，疏論極好。」是於邢《疏》非妄加攻擊而已。而於鄭《注》，亦非一味采用，本節三「《爾雅補注》之內容」已有論及，現更舉一例以明之：

〈釋草〉:「菤耳，苓耳。」

《爾雅補注》卷三:「菤耳，鄭云:『菤音捲，舊說蒼耳。』非也。此即卷菜，葉如連錢，細蔓被地，若蒼耳，但堪入藥，不可食。」

周氏是書，多取鄭《注》，且周氏素好鄭樵《雅注》，然論證之中，卻能不囿於鄭《注》，足見其態度之公允，比之清世疏家，於宋學一字不提者，收穫遂多，不立門戶，兼采眾家，確是周書之得。

（二）能精審詳盡

清儒《爾雅》著述補正類中，翟灝《爾雅補郭》、劉玉麐《爾雅補注殘本》、潘衍桐《爾雅正郭》及周氏是編皆稱善焉。其中翟灝《補郭》凡一三二條，劉氏《補注殘本》凡六十三條，潘氏《正郭》凡二四二條。若周氏《爾雅補注》則四卷共達九百條之多，旁搜廣采，疏通證明，實詳盡於它書，為補正一類中之僅見。

是編不唯詳盡，於考證亦能精審。本節三「《爾雅補注》之內容」中舉例已多，今再舉一例以見其考證之精：

〈釋草〉:「粢，稷。」

> 邢《疏》:「粢者,稷也,〈曲禮〉云:『稷曰明粢』是也。」
>
> 《爾雅補注》卷三周氏云:「《禮記正義》云:『隋・秘書監王劭,勘晉、宋古本,皆無『稷曰明粢』一句,立八疑十二證,以無此一句爲是。』然黍、稷爲五穀之主,是粢盛之貴,黍既別有異號,稷何因獨無美名?《爾雅》又以粢爲稷,此又云稷曰明粢,正與《爾雅》相合。按粢乃穀之總稱,《周禮小宗伯》六粢是也,以稷爲五穀之長,故得稱粢。」

按《禮記・曲禮》下有「稷曰明粢」一句,隋・王劭以爲此句多衍當刪。今考《儀禮・士虞禮》「明齊溲酒」,鄭《注》云:「或曰明齊當爲明視,謂兔腊也。今文曰明粢,粢稷也。」鄭言「明粢」者,以〈曲禮〉有「明粢」之文,故注《儀禮》遂云如此。又《詩・小雅・楚茨》:「我黍與與,我稷翼翼,以爲酒食,以享以祀」,則黍、稷爲五穀之主,是粢盛之貴也。又《周禮・小宗伯》:「辨六粢之名物與其用,使六宮之人共奉之」,六粢者,鄭《注》:「黍、稷、稻、梁、麥、苽也」,稷爲五穀之長,稱粢者此也。綜此觀之,〈曲禮〉「稷曰明粢」當非衍文,且與《爾雅》「粢,稷」正合。王劭既背《爾雅》之說,又不見鄭注〈曲禮〉、〈士虞禮〉之言,於是妄生同異,改亂經籍,不足辨也。

周氏之考,則能證之《爾雅》、《周禮》、鄭《注》。今再求之《儀禮・士虞禮》,《詩・小雅・楚茨》,則周氏所言益明,不但能確證《爾雅》「粢,稷」之意,且能證〈曲禮〉「稷曰明粢」不爲衍文,又能使諸經合觀,疏通其意,是周氏《補注》一書,不但能加詳於它書,於考證亦能精審也。

(三)能申補鄭《注》

南宋・鄭樵,素好考證倫類之學,禮樂、文字、天文、地理、蟲魚、草木之學皆有論辨。所注《爾雅》,《四庫》最尊,謂爲善本。此外則貶多於褒,宋以來,亦少有討論援引者。其實鄭氏精於考證,平生皆致力於斯,所注《爾雅》,雖不能上追郭《注》,下比清代諸疏,然亦不能盡廢不觀,以其亦有一家之言也。周氏最明於此理,故《補注》一書,有采鄭氏說者,有正鄭《注》之誤者,有申釋鄭《注》者,可謂鄭《注》之知音。本節三「《爾雅補注》之內容」已有申論,此再舉三例,如:

> 〈釋草〉:「藒,綬。」
>
> 《爾雅補注》卷三:「鄭云:『藒疑赤孫施草也』。按《昆蟲草木略》,酢漿草南人曰孫施,去銅鍮垢。所謂赤孫施,當即此草之赤色者。」

鄭《注》以「虉」為赤孫施，周氏引《昆蟲草木略》，謂孫施即酢漿草，「虉」即赤色之酢漿也。又：

〈釋草〉：「臺，夫須。」

《爾雅補注》卷三：「臺，鄭云：即雲臺菜。而兼采陸璣舊說。按《蔬譜》，臺菜即油菜子，可榨油，東陽人謂之芸臺。」

鄭以臺為雲臺菜，周氏《補注》謂雲臺即油菜子。又：

〈釋蟲〉：「皇螽，蠜。草螽，負蠜。蜤螽，蜙蝑。蟿螽，螇蚸。土螽，蠰谿。」

《爾雅補注》卷四：「鄭云：『皇螽，蝗也，草螽亦謂之蚱蜢，蜙蝑即一種大蚱蜢，股長而鳴甚響，蠰螇似蝗而小，多生園中。』按蜙蝑似即今北方之叫咕咕也，聲似蟋蟀而加清越，草蟲似即今南方之絡緯也，以股擊翅，聲如紡絲而響。螇蚸、絡緯中元有一種即《山堂肆考》所謂織絹娘，其形細長，飛翅作聲者是也，故蔡邕誤指為蟋蟀。蠰螇亦有尖頭、圓頭之別，不能鳴，今俗呼蚱蜢。」

於鄭《注》諸蟲，又多補矣。

按鄭氏長於草木蟲魚之學，清疏有未詳未聞者，多未能取之鄭《注》，今觀鄭《注》，實有能補《雅》學者，周氏於清代著述中，能獨具慧眼，多取於鄭《注》，不但使鄭《注》益明，亦使《補注》一書更趨精當。

五、《爾雅補注》之失

周氏《爾雅補注》，亦有未臻精當之處，一曰隨手札記略無條例，二曰間有稍欠證據之說、三曰間有考證失當之處。

（一）隨手札記，略無條例

周氏《爾雅補注》，卷首有齊召南、王鳴盛二〈序〉，周氏則未嘗作序，唯有簡短「識語」曰：「幼時讀《爾雅》，惟知景純。後見夾漈《注》，多補前人所未備，復好之。郭博而鄭精，是書無餘蘊矣。因旁及諸家之說，彙為一編，頗以管見參之，聊備遺忘，並祛未寤云爾。」僅此數語，難窺周氏著書之條例，而周氏亦未嘗自言也。

今綜觀全書，四卷凡九百條，皆隨經文而發之，而經文不附焉，可見其乃隨手札記之體，故略無條例可循。而考證、疏語亦無一定格式，後人觀之，遂稍覺淆亂，乃是編之失也。

又周氏是書，補經注疏而行，雖無「義疏」之名，實已稍有義疏之體。王鳴盛〈序〉嘗謂：「此書之美，補注二字未足以盡之。以是名書，是爲實浮於名。夫自有《十三經注疏》，而後之用力於經者，言疏足以見注，言注不足以包疏。爲寄語芼兮，鄙意竊以『廣疏』易此名，可乎？」周氏遂因王氏之言，易名「廣疏」。黃奭《爾雅所見書目》，即以「廣疏」之名著錄。惟是編雖有義疏之體式，且易名「廣疏」，然以其略於條例，遂不如邵晉涵、郝懿行二疏之整齊，而未能達周浹之境，是又一憾也。

（二）間有稍欠證據之說

周氏所釋，有理亦可通，然稍欠佐證之處。如：

〈釋詁〉：「勝、肩、戡、劉、殺，克也。」

《爾雅補注》卷一：「《詩正義》云：『〈釋詁〉曰肩，克也。』直以肩爲克耳。《傳》言：『仔肩，克也』。則二字共訓爲克，猶權輿之爲始。《箋》亦曰：『仔肩，任也』。雖所訓不同，亦二字共義。按此肩上當脫一仔字。」

按周氏以《詩・周頌・敬之》，毛《傳》、鄭《箋》俱仔肩二字連文爲訓，遂謂經文脫一仔字。其實單文亦可通，故《說文》云：「仔，克也」，明仔、肩俱訓克也。毛《傳》、鄭《箋》連文爲訓者，以《詩》本連文也，非必如權輿之爲始也。自邢《疏》至清・邵、郝二《疏》，亦未有云脫仔字者。且清世校勘諸書，如彭元瑞《爾雅石經考文提要》，馮登府《爾雅石經補考》，臧庸《宋本爾雅考證》，乃至阮元《爾雅注疏校勘記》等，未聞有校勘眾本而得仔字者。故周氏謂肩上脫一仔字，恐嫌武斷而無據。又若：

〈釋地〉：「東方之美者，有醫無閭之珣玗琪焉。東南之美者，有會稽之竹箭焉。南方之美者，有梁山之犀象焉。西南之美者，有華山之金石焉。西方之美者，有霍山之多珠玉焉。西北之美者，有崑崙之璆琳琅玕焉。北方之美者，有幽都之筋角焉。東北之美者，有斥山之文皮焉。中有岱岳，與其五穀魚鹽生焉。」

《爾雅補注》卷二：「東方之美者一節，與《周禮・職方》各山鎮多不符，如以梁山爲南，霍山爲西，岱嶽爲中之屬，多不正言其方尤不可解。〈序〉謂此書乃叔孫通、梁文所附，今以此節考之，蓋叔孫氏爲齊・菑川人，因妄以其國岱嶽爲中，而并易其四方之位，如此則其妄不待辨而自明矣。」

《周禮・職方》:「正南曰荊州，其山鎮曰衡山」，《爾雅・釋地》以南山爲梁山，周氏以爲不符。按鄭注〈職方〉:「衡山在湘南」，此本《漢書・地理志》之文。《淮南子・墜形篇》則本《爾雅》作梁山，高誘《注》云:「梁山在會稽、長沙湘南」。則是高誘據〈職方〉，而以梁山即衡山，會稽二字衍也。邵晉涵《爾雅正義》曰:「《淮南・主術訓》:橋直植立而不動。高誘《注》:橋桔槔上衡也。《太平御覽》引《符子》云:合衡官橋而量之，折十橋衡謂之橋。橋亦謂之梁，是衡與梁義相通也。衡與橫通、強梁語轉作強橫，是衡與梁聲相近也。」衡、梁義通音近，高誘又以梁山即衡山，是皆衡山即梁山之明證也。

又岱嶽爲中者，《風俗通》云:「泰山山之尊者，一曰岱宗；岱，始也；宗，長也；萬物之始，陰陽交代，故爲五嶽之長，王者受命，恆封禪之。」泰山又名岱山，故郭《注》:「言泰山有魚鹽之饒」，爲五嶽之長，故咸以爲中土之稱。然五穀魚鹽之饒，非必泰山所獨有，故《爾雅》言「中有岱嶽」，實概舉中土而言耳，未必即以岱爲中土之中也。如此，則叔孫氏亦未必定易其四方之位矣。

《周禮・職方》與《爾雅・釋地》之四方之位，容有未符，實則輿地名稱之遷變，隨時而異，況千載後之視古！又〈職方〉多不正言諸山之方，異於《爾雅》，洽見諸本互有詳略耳，何必定以〈職方〉是而《爾雅》非。是周氏《補注》之言，殆未深考矣。

（三）間有考證失當之處

《補注》之所考證，亦有臆說無據，考證失當者，如:

> 〈釋天〉:「春爲發生，夏爲長嬴，秋爲收成，冬爲安寧。四時和爲通正，謂之景風。甘雨時降，萬物以嘉，謂之醴泉。」
>
> 《爾雅補注》卷二:「謂之景風，鄭云:『據下文敵體，則此上客有二句亡焉。』」

周氏據鄭《注》，謂「謂之景風」下有「甘雨時降，萬物以嘉」二句，故上亦當有二句，以成敵體。按《文選》卷五六陸佐公〈新漏刻銘〉:「察四氣之盈虛，課六歷之疎密」，善《注》云:「《爾雅・釋天》，春爲發生，夏爲常嬴，秋爲收藏，冬爲安寧，四氣和爲通正。」又《論衡・是應篇》，「春爲發生，夏爲長嬴，秋爲收成，冬爲安寧，四氣和爲景星。」又邢《疏》引《尸子・

仁意篇》:「四氣和爲通正」。《尸子》、《論衡》、《文選注》所引「四時」皆作「四氣」，按〈釋天〉此段上云:「春爲青陽，夏爲朱明，秋爲白藏，各爲玄英，四氣和謂之玉燭。」則此處「四氣和爲通正」，猶上文「四氣和謂之玉燭」也。阮元《爾雅注疏校勘記》，即據《尸子》、《論衡》、《文選注》改「四時」爲「四氣」。則「謂之景風」當不與下文「謂之醴泉」一段爲敵體，反與上文「四氣和謂之玉燭」相類，周氏所據誤矣。又若:

〈釋器〉:「槮謂之涔。」

《爾雅補注》卷二:「《詩釋文》槮，舊《詩傳》及《爾雅》並作米旁參，郭景純改《爾雅》從《小爾雅》作木旁，孔氏曰:『槮字諸家本作米邊，積柴之意也』。然則槮用木不用米，當從木爲正。」

按舍人《注》、李巡《注》並云:「以米投水中養魚爲涔也」。〔註 6〕郝懿行《義疏》云:「今萊陽人編楚爲萵苣，沈之水底，投米其中，俟魚入食，舉而取之，是即《爾雅》所謂糝也。」則糝者，投米於柴器中以取魚也，義重於投米。後有重積柴義者，如孫炎曰:「積柴養魚曰槮」，遂改糝爲槮，此郭《注》之所本也。實則積柴而不投米，如何養魚？是當以投米義爲重，作糝爲是。又阮元《爾雅注疏校勘記》，謂單疏本作「罧」。而《廣韻》五十二「沁罧」下引《爾雅》作「槮」。按「罧」《說文》:「積柴水中以聚魚也」，《淮南子・說林篇》云:「罧者扣舟」，高誘《注》:「罧者，以柴積水中以取魚，魚聞擊舟聲，藏柴下，壅而取之。」然則《說文》「罧」義本於《淮南》，唯積柴扣舟而不投米，與涔糝義異，亦非《爾雅》之義，《爾雅》自以作糝爲是。周氏所言作「槮」，誤矣。

六、《爾雅補注》之影響及評價

周氏《爾雅補注》，除卷首「略識」數語外，別無「敘跋」與「例言」，成書年月未見明文。唯書前有齊召南、王鳴盛二〈序〉，齊氏〈序〉作於乾隆二十五年（1760 年），是其時固已成書矣。其成書在翟灝《爾雅補郭》、潘衍桐《爾雅正郭》之前，甚且在邵晉涵《爾雅正義》、郝懿行《爾雅義疏》之前，成書甚早，影響後來諸作遂深。

在體式上，《補注》一書，補經注、疏而行，於《注》，不但補其缺，又

〔註 6〕見馬國翰《玉函山房輯佚書》。

能正其誤。而於邢《疏》漏略處，亦多裨益。則其所補，又不特《注》而已。是雖無「義疏」之名，實己稍具「義疏」之體。其時邢氏《疏》已行之有年，清世《爾雅》著述猶未有「疏」體之作，迨邵、郝二《疏》出，《雅》學遂至旁皇周浹，而周氏是編成於其前，是可謂導夫先路，功不可沒者矣。

於內容，則周氏是編爲補正之類，清世補正類之作，以翟灝《補郭》、劉玉麐《補注》、潘衍桐《正郭》及周氏《補注》爲最善，諸作皆短書小冊，翟書一三二條、潘書二四二條，劉書則僅六三條，唯周氏《補注》達九百條之眾，雖學貴精不貴多，然旁搜別采，亦必有精善之處。且周書最早，後來取之於前者遂多，影響實大矣。

是編有齊、王二人作〈序〉美之。齊召南〈序〉曰：

> 周君松靄爲《補注》四卷，旁搜廣采，疏通證明，又多出於夾漈（鄭樵）之外。即群書釋經，有當者以轉注，是書其有功於郭《注》也。蓋亦若《爾雅》後有張揖能廣之，陸佃能埤之，羅願能翼之，可以愧夫名爲治經，實則束書不觀，游談無根者。

王鳴盛〈序〉則曰：

> 取莆田・鄭氏說，又旁焉及它書，預是有益者，悉鈔內焉。其援引也富，其詮敘也確，信乎小學中不可少之作也。

葉德輝氏刻此書時亦有〈序〉一篇，嘗謂：「余喜其援據精詳，雖不如邵、郝二《疏》之整齊，要勝於翟、戴二家之淺略，是亦可以傳矣。」胡樸安《中國訓詁學史》則曰：

> 葉德輝謂其雖不如邵、郝二《疏》之整齊，要勝於翟、戴二家之淺陋，以周書與翟書相較，葉說非是。

按周書乃隨手札記，故略無條例，又本非義疏之體，不如邵、郝二《疏》之整齊，誠是也。以周書與翟書相較，則互有菁華，翟書誠非如葉氏所謂淺略，周書亦多有勝翟之處，實未可一概論也。

此外周書猶有一特色，即於漢、宋之學不立門戶。葉德輝氏曰：「先生是書，折衷一是，不以晚近而廢之。是其集思廣益之心，異於專己守殘之見。昔臧在東先生庸，錄漢人郭舍人、李巡以下佚注，爲《爾雅漢注》一書。先生則取之於宋學，後治《爾雅》之學者，通其郵則誠可以觀於古矣。」故是編雖有得有失，然綜合諸家之論，誠《雅》學中不可多得之作矣。

第二節　邵晉涵《爾雅正義》

一、邵氏傳略

邵晉涵字二雲，一字與桐，餘姚人。以〈禹貢〉三江，其南江從餘姚入海，遂自號南江。清高宗乾隆八年（1743 年）生，仁宗嘉慶元年（1796 年）卒，年五十四。乾隆三十年舉於鄉，典試者錢大昕，得邵氏文，謂非老宿不辦，及來謁，年才逾冠，叩其學，淵源無涯涘。三十六年會試第一成進士。三十八年，會《四庫》館開，與周永年、戴震、余集等入館編修。五十六年，擢侍講學士，充文淵閣直閣事日講起居注官。

邵氏至性過人，執親喪，哀毀骨立。與人交，始終如一，未嘗以博雅自矜。惟以非義干者，不待語竟，即拂衣起，人以是嚴憚之。少多病，左目微盲，清羸如不勝衣，而獨善讀書，數行俱下，寒暑舟車未嘗頃刻輟業。於四庫七略無不研究，而尤能推極本原，實事求是。《四庫》館時，總裁問以某事，答曰：「在某冊第幾葉中」，不失一字，咸以爲神。

長於史學，與戴東原同在《四庫》館，士大夫言經學推戴氏，言史學推邵氏。見《永樂大典》采薛居正《五代史》，乃薈萃編次，得十之八九，復采《冊府元龜》、《太平御覽》諸書，以補其缺。並參考《通鑑長編》諸史及宋人說部、碑碣，辨證條繫，悉符原書一百五十卷之數。書成，呈御覽，館臣請仿劉昫《舊唐書》之例，列於《二十三史》，刊布學宮，詔從之。由是薛《史》與歐陽《史》並傳矣。嘗謂《宋史》自南渡後多謬，慶元之間，褒貶失實，不如東都有王稱《事略》也。欲先輯《南都事略》，使條貫粗具，詞簡事增，又欲爲趙宋一代之志，俱未卒業。其後畢沅爲《續宋元通鑑》，囑邵氏刪補考定，故其緒餘稍見於審正《續通鑑》中。

於學無所不窺。在安徽時，依朱筠督學幕，筠謂之曰：「經訓之義荒久矣，《雅》疏尤蕪陋不治，以君子奧博，宜與郭景純氏先後發明，庶幾嘉惠來學。」於是殫思十年，成《爾雅正義》二十卷，取景純爲宗，而兼采舍人、樊光、李巡、孫炎諸家之《注》，有未詳者，摭它書補之，凡三四易稿始定。自是承學之士，多舍邢而從邵，服其卓識。他著尚有《孟子述義》、《穀梁正義》、《韓詩內傳考》、《猶軒日記》、《方輿金石編目》。而傳者獨《爾雅正義》、《皇朝謚述錄》、《南江詩文集》數種。《爾雅正義》今世傳本有：乾隆戊申餘姚．邵氏家塾本、乾隆己巳重校刊本、《皇清經解》補刊本三種。

本傳及事蹟見：《清史稿》卷四百八十一〈列傳〉二百六十八〈儒林〉二、《清史列傳》卷六十八〈儒林傳〉下及《國朝學案小識》、《清儒學案小傳》、《文獻徵存錄》（二）、《清代樸學大師列傳》、《儒林集傳錄存》、《詞林輯略》、《初月樓聞見錄》、《國朝詩人徵略初編》、《昭代名人尺牘小傳》、《國朝耆獻類徵初編》二十三、《清朝先正事略》、《碑傳集》（三）、《清代七百名人傳》（三）等。

二、《爾雅正義》之體例

《爾雅正義》依《爾雅》十九篇，篇各一卷，〈釋詁〉文多，卷分上、下，凡二十卷。各條皆首列經文，後列郭《注》；並先疏經文，後疏郭《注》。稿初成於乾隆四十年（1775 年），至乾隆五十三年（1788 年）、付之剞劂。邵氏〈自序〉曰：「邢氏《疏》成於宋初，多掇拾《毛詩正義》、掩爲己說，間採《尚書》、《禮記正義》，復多闕略，南宋人已不滿其書，後取列諸經之《疏》，聊取備數而已。」是於邢昺《疏》多所不滿，遂有《正義》之作。至其著述之例，則序中嘗自言之，今綜其言，概有六端：一曰校補經注譌脫、二曰兼采諸家古注、三曰考補郭《注》未詳、四曰博引證明經注、五曰發明古音古義、六曰辨別物類名實。黃季剛《爾雅略說》曾經歸納爲校文、博義、補郭、證經、明聲、辨物六端〔註 7〕即據邵〈序〉而分也。

（一）校補經注譌脫

《正義・序》曰：「世所傳本，文字異同，不免舛訛，郭《注》亦多脫落，俗說流行，古義寖晦。爰據《唐石經》暨宋刊本，及諸書所徵引者，審定經文，增校郭《注》。」是所謂校補經注譌脫也。如：

〈釋言〉：「煽，熾也。熾，盛也。」

郭《注》：「互相訓。煽義見《詩》」

《正義》卷三：「煽《說文》作傓，熾盛也。煽訓爲熾，熾又訓盛，義相成也。〈小雅・十月之交〉云：『艷妻煽方處』，《漢書・谷永傳》引《魯詩》云：『閻妻扇方處』。《列子・黃帝篇》：『扇赫百里』。是傓爲本字，扇爲省字，煽或體字也。」

此據《說文》及諸書徵引，定經文煽爲或體，當爲傓。又：

〔註 7〕見《黃侃論學雜著・爾雅略說》。

〈釋訓〉:「存存、萌萌,在也。」

郭《注》:「萌萌,未見所出。」

《正義》卷四:「〈釋詁〉云:『在,存也』。《易・繫辭傳》云:『成性存存』。《後漢書・杜篤傳》云:『不若近而存存也』。萌萌當作蕄蕄,《說文》云:『蕄,存也』。《玉篇》引《爾雅》作蕄蕄,省作悶悶。《文子・上禮篇》:『其政悶悶,其民淳淳』。《淮南子》引《老子》亦作悶悶。」

此亦據《說文》及諸書,定萌萌爲蕄蕄。又:

〈釋草〉:「莩,麻母。」

郭《注》:「苴麻盛子者。」

《正義》卷十四:「《說文》作芓麻母。今從陸本作莩,監本誤作莩。」

此據陸本定經文爲莩,並正監本之譌。於郭《注》則如:

〈釋宮〉:「垝謂之坫。」

郭《注》:「在堂隅。坫,端也。」

《正義》卷六:「郭云堂隅,猶鄭云堂角。《說文》云:『坫,屏也。』亦言其屏翳也。墆者,《釋文》云:『高貌也,或作端,本或作端。』案坫爲堂角,與端義相近,作端者是也。」

按《釋文》云「本或作某」者,它本作某也。《正義》據《釋文》所載它本,定郭《注》「坫墆」爲「坫端」。又:

〈釋草〉:「芨,堇草。」

郭《注》:「即烏頭也,江東呼爲堇,音靳。」

《正義》卷十四:「監本脫『音靳』二字,今從宋本增補。」

此則補郭《注》之脫也。

《爾雅》經注,歷代傳刻,文字遂有異同、脫落,加以俗說流行,即不免訛舛。邵氏既爲《正義》,便首正文字,文字正而後義能申,故《正義》首例即是校補經注譌脫。

(二)兼采諸家古注

《正義・序》曰:「漢人治《爾雅》,若舍人、劉歆、樊光、李巡、孫炎之《注》,遺文佚句,散見群籍。梁有沈旋《集注》,陳有顧野王《音義》,唐有裴瑜《注》,徵引所及,僅存數語,或與郭訓符合,或與郭義乖違,同者宜得其會通,異者可博其旨趣,今以郭《注》爲主,無妨兼采諸家,分疏於下,用俟辨章。」意即所謂兼采諸家古注也。如：

〈釋言〉：「蠲，明也。茅，明也。」

郭《注》：「蠲，清明貌。《左傳》曰：前茅慮無。」

《正義》卷三：「《左氏・襄十四年傳》云：『惠公蠲其大德』，杜《注》：『蠲，明也』。舊《疏》引樊光云：『蠲除垢穢，使令清明』。茅者，《左傳・疏》引舍人云：『茅昧之明也』。明者，《昭五年傳》云：『明而未融』。《淮南・原道訓》：『新而未朗』，高《注》：『朗，明也』。《左傳・疏》引樊光云：『《詩》云：高朗令終』。」

此引樊光、舍人之《注》也。又：

〈釋天〉：「二月爲如，三月爲寎，四月爲余。」

《正義》卷九：「如、寎義未詳，《釋文》云：『寎本或作窉』。余者，《詩・疏》引李巡云：『四月萬物皆生枝布葉，故曰余，余，舒也。』孫炎云：『物之枝葉發舒』，《釋文》云：『孫本作舒』。」

按此條郭璞無注，《正義》引李巡、孫炎補之。又：

〈釋天〉云：「有鈴曰旂。」

郭《注》：「縣鈴於竿頭，畫蛟龍於旒。」

《正義》卷九：「《公羊・疏》引李巡云：『有鈴，以鈴著旐端。』孫炎云：『鈴在旂上，旂者畫龍』是郭《注》所本也。」

此引李巡、孫炎之《注》，以爲郭《注》之本，並得其會通。

黃季剛《爾雅略說》一文，嘗評郭《注》有襲舊而不明舉之失，蓋郭《注》多同於孫炎，而今本稱引孫炎者，不過數處，又或加以駁詰，一似孫炎《注》皆無足取者，其視鄭注《周禮》，韋昭注《國語》，凡有發正，皆明白言之者，有間矣。若邵氏《正義》，則徵引所及，皆不敢沒其名，於郭璞所注，並尋其本，是能兼采諸家，又能會通郭《注》者也。

（三）考補郭《注》未詳

《正義・序》曰：「郭《注》體崇矜愼，義有幽隱，或云未詳，今考齊、魯、韓《詩》，馬融、鄭康成之《易注》《書注》，以及諸經舊說，會萃群書，尚存梗槩，取證《雅》訓、辭意瞭然。其跡涉疑似，仍闕而不論，確有據者，補所未備。」郭《注》稱未詳未聞者，據翟灝云，概有百四十二科，〔註8〕《正

〔註 8〕翟灝《爾雅補郭・自識》。

義》於郭《注》之缺，多有所補。如：

〈釋樂〉:「宮謂之重，商謂之敏，角謂之經，徵謂之迭，羽謂之柳。」

郭《注》:「皆五音之別名，其義未詳。」

《正義》卷八：「郭又云其義未詳，蓋不取劉歆之說。案劉歆所釋：宮，中也、商，章也諸義，《漢書．律曆志》取之。《白虎通義》云：『角者躍也，陽氣動躍。徵者止也，陽氣止。商者張也，陰氣開張，陽氣始降也。羽者紆也，陰氣在上，陽氣在下。宮者容也、含也，含容四時者也。』與劉氏所釋之義，大指相通。宮、商、角、徵、羽既各有其義，則先儒所釋重敏經迭柳之義，亦不容廢矣。」

按《玉海》載徐景安《樂書》引劉歆云：「宮者，中也、君也，爲四音之綱，其聲重厚，如君之德，而爲重。商者，章也、臣也，其聲敏疾，如臣之節，而爲敏。角者，觸也、民也，其聲圓長，經貫清濁，如民之象，而爲經。徵者，祉也、事也，其聲抑揚遞續，其音如事之續，而爲迭。羽者，宇也、物也，其聲低平掩映，自下而高，五音備成，如物之聚，而爲柳也。」邵氏謂郭《注》不取，《正義》則以爲義不容廢，故取而補之。又：

〈釋草〉:「藱，百足。」

郭《注》:「未詳。」

《正義》卷十四：「《說文》以藱爲山韭，此云百足，蓋異種而同名也。」

按《說文》作韯，不作藱，此字從艸從水，疑後人所加。翟灝《補郭》云：「今所呼地蜈蚣草也」。《正義》據《說文》而補之。又：

〈釋魚〉:「鮤，鱴。」

郭《注》:「未詳。」

《正義》卷十七：「《廣雅》云：『魾，鮤。』《釋文》引《埤蒼》云：『鮤鱴，魾也。』則與上文魾字連屬，然魾自爲魴，不聞魴名鮤鱴也。《廣韻》以鱴爲鰻，更無所據。全祖望云：『即鰣魚也，粵諺曰：三鮤不上銅鼓灘，謂粵鰣不過潯州也。』案鮤與鰣古音相通，鰣音近鱴，全說爲得之。今鰣魚似魴而長，色白，味腴，肉多細刺，與郭氏釋當魱之形狀相合，是當魱即鰣魚之大者矣。」

按《正義》於郭《注》未詳者，多能取諸群書以補。然亦有郭云未詳，《正義》亦闕者，即所謂跡涉疑似，闕而不論者也。猶可見其態度之嚴謹。

（四）博引證明經注

《正義・序》曰：「郭氏多引《詩》文爲證，陋儒不察，遂謂《爾雅》專用釋《詩》，今據《易》、《書》、《周禮》、《儀禮》、《春秋三傳》，《大小戴記》，與夫周、秦諸子，漢人撰著之書，遐稽約取，用與郭《注》相證明。」郭氏多取《詩》以證經，或嫌簡略，《正義》遂博取傳注，互相證明，不唯疏注，亦且證經。如：

〈釋詁〉：「楨、翰、儀，榦也。」

郭《注》：「《詩》曰：維周之翰，儀表亦體榦也。」

《正義》卷二：「維周之翰，〈大雅・崧高〉文。又〈文王〉云：『維周之楨』。〈小雅・桑扈〉云：『之屏之翰』，皆言榦也。儀所以行禮，《左氏・成十三年傳》云：『禮，身之榦也』，《三十年傳》云：『禮，國之榦也』。」

又：

〈釋樂〉：「徒吹謂之和，徒歌謂之謠。」

郭《注》：「《詩》曰：我歌且謠。」

《正義》卷八：「〈魏風・園有桃〉文，《毛傳》：『曲和樂曰歌，徒歌曰謠。』《釋文》引《韓詩薛君章句》云：『有章句曰歌，無章句曰謠。』《左傳・疏》云：『言無樂而空歌，其聲逍遙然也。』」

又：

〈釋草〉：「白華，野菅。」

郭《注》：「菅，茅屬。《詩》曰：白華菅兮。」

《正義》卷十四：「《說文》云：『菅，茅也。』此別其名也。《詩・疏》引舍人云：『白華一名野菅』，〈既夕禮〉云：『菅筲三，其實皆瀹』，是菅可爲筲，故〈喪禮〉，黍、稷、麥皆淹以盛漬之也。菅草雜生野田，而根可入藥，故〈左氏・成九年傳〉云：『無棄菅蒯，又可漚以爲索。』故〈陳風・東門之池〉云：『可以漚菅』，《疏》引陸機《疏》云：『菅，似茅而滑澤，無毛根，下五寸中有白粉者，柔韌宜爲索漚。』乃尤善矣。」

又如：

〈釋獸〉：「麠：牡，麌。」

郭《注》：「《詩》曰：『麀庇麌麌。』鄭康成解即謂此也，但重言耳。」

《正義》卷十九：「《詩・小雅・吉日》文，鄭《箋》云：『麕牡曰麌麌，復麌言多也。』是麌麌爲重言也。《說文》作麌麌，嚔嚔鹿群，口相聚貌。與鄭《箋》異。《詩・疏》引郭氏《音義》云：『麕或作麐，或作麎』。」

按《正義》於郭《注》引《詩》文者，或標其出處，或援引載籍以證，概如上述諸例。此外郭《注》亦有引《易》、《書》、《周禮》、《禮記》、《公羊》、《左傳》、《穀梁》等經傳者，《正義》亦皆疏之，例如疏《詩》。其意即在與郭《注》相證明，逕而證經也。

（五）發明古音古義

《正義・序》曰：「聲音遞轉，文字日孳，聲近之字，義存乎聲，自隸體變更，韻書割裂，古音漸失，因致古義漸湮。今取聲近之字，旁推交通，申明其說。」《爾雅》用字，多聲近通借，知其音義相通之故，則知《爾雅》用字之由。邵氏《正義》多能明古音通假之理。如：

〈釋詁〉：「亹亹、蠠沒，勉也。」

《正義》卷一：「《說文》云：『勉，彊也。』。亹亹、蠠沒以聲轉爲義也，〈繫辭傳〉云：『成天下之亹亹者』，鄭《注》：『亹亹，沒沒也。』〈禮器〉云：『君子達亹亹焉』，鄭《注》：『亹亹，勉勉也。』〈周語〉云：『亹亹怵惕』，韋昭《注》：『亹亹，勉勉也。』〈大雅・棫樸〉云：『勉勉我王』，《荀子》引作『亹亹我王』。蠠沒轉爲沒沒，又轉爲勿勿，〈曾子立事篇〉云：『君子終身守此勿勿也』，盧辯《注》：『勿勿猶勉勉也』，……又轉作密勿，〈小雅・十日之交〉云：『黽勉從事』，《漢書・劉向傳》作『密勿從事』……是皆聲之轉也。」

按亹亹、蠠沒、沒沒、勿勿、密勿皆勉也，聲轉爲義也。又：

〈釋言〉：「悈、褊，急也。」

《正義》卷三：「《說文》云：『忍，褊也。』悈、急以聲相近爲義也。古音悈、戒、棘、革、亟、急通用。〈檜風〉云：『棘人欒欒兮』，《讀詩記》引崔靈恩《集注》作『悈人』。〈小雅・六月〉：『我是用急』，《鹽鐵論》引作『我是用戒』。〈大雅・文王有聲〉云：『匪棘其欲』，〈禮器〉引作『匪革其猶』。〈檀弓〉云：『夫子之疾革矣』，《文選注》引《倉頡篇》云：『革，戒也。』《淮南・覽冥訓》：『安之不極』，高誘云：『慖，急也』。」

按此引諸載籍，證悈、戒、棘、革、慖、急通用，悈即急也。又：

〈釋言〉：「蓋，割，裂也。」

《正義》卷三：「裂，《說文》作𠛱，分解也。割，剝也；剝，列也。〈君奭〉云：『割申勸文王之德』。鄭注〈緇衣〉云：『割之言蓋也』。蓋、割雙聲，義存乎聲。《公羊・二十七年傳》云：『昧雉彼視』，何休《注》：『昧，割也』，昧、蓋聲之轉也。」

按蓋、割雙聲，故義相通也。又：

〈釋草〉：「蓧，蓨。」

《正義》卷十四：「蓧與蓨古通用，《史記・周勃世家》：『封爲條侯』，〈表〉作蓨侯。《漢書・地理志》：『信都國脩縣，脩音條』，《括地志》作蓨是也。下文云：『苗，蓨。』《玉篇》以蓧、苗、蓨三字轉相訓，是苗即是蓧也，苗、蓧古音相近，《易》云：『其欲逐逐』，《漢書・敘傳》作『其欲攸攸』是也。」

按邵氏發明聲音之例者，概如上述，發明古音古義，乃是《正義》重要體例之一也。

（六）辨別物類名實

《正義・序》曰：「草木蟲魚鳥獸之名，古今異稱，後人輯爲專書，語多皮傅。今就灼知副實者，詳其形狀之殊，辨其沿襲之誤，未得實驗者，擇從舊說，以近古爲徵，不敢爲億必之說。」《爾雅》多載草木蟲魚鳥獸之名，治《爾雅》者，不得不辨其名實，《正義》於此，用力甚勤。如：

〈釋木〉：「槄，山榎。」

郭《注》：「今之山楸。」

《正義》卷十五：「《詩疏》引李巡云：『山榎一名槄』。孫炎曰：『《詩》云：有條有梅。條，槄也。』孫炎本〈秦風・毛傳〉爲義也。《釋文》云：『榎，舍人本作檟，古通用，亦作夏』。〈學記〉云：『夏楚二物』，鄭《注》：『夏，槄也。』《詩疏》引陸璣《疏》云：『槄，今山秋也，亦如下田楸耳。皮葉白，色亦白，材理堅，宜爲車板，能溼，又可爲棺木，宜陽。共北山多有之。』案今山秋，南方山中有之，其材理稹堅，陸璣以爲耐溼者是也。」

按槄即榎、榎即山秋，《正義》證之於今，而得其名實。又：

〈釋魚〉:「鱧，大鮦；小者鮵。」

郭《注》:「今青州呼小鱺爲鮵。」

《正義》卷十七:「此釋鱧魚大小之異名也。大者名鱧，小者名鮵。今鱧魚之大者，狀類蝮蛇，腹背有鬣，連尾、無歧，形與常見之鱧有異。郭引時諺，以鱺即鱧也，今人於鱧之小者，亦呼爲鮦魚。」

又：

〈釋獸〉:「鼬鼠」。

郭《注》:「今鼬似鼦，赤黃色、大尾、啖鼠，江東呼爲鼪。」

《正義》卷十九:「此後以所謂鼠狼也，《說文》云:『鼬如鼠，赤黃而大，食鼠者。』今鼠狼能捕鼠及禽畜，祝雞者患之，或追截其尾。」

按邵氏灼知者，或陳今名，或狀其形性。未經實驗者，則取古說爲釋。如：

〈釋畜〉:「騊駼馬」。

郭《注》:「《山海經》云:『北海有獸，狀如馬，名騊駼。色青。』」

《正義》卷二十:「《逸周書・王會篇》云:『禺氏騊駼』。《說文》云:『騊駼，北野之良馬也。』《釋文》引《瑞應圖》云:『幽隱之獸也，有明王在位即至。』案騊駼自爲良馬，故周成王時以爲貢。漢有騊駼廄，亦取義於良馬，不必如《瑞應圖》所言也。」

三、《爾雅正義》與郭《注》之關係

邵氏《正義》爲義疏之體，當是疏補經注而行。然邵氏於郭《注》，却能不拘疏不破注之例，亦且時有異同。《皇朝續文獻通考》即云：

> 晉涵以宋・邢昺《爾雅義疏》蕪淺，遂別爲《正義》一書，而兼采舍人、樊光、劉、李、孫諸家，不拘守疏不破注之例，故與郭《注》時有異同，於經訓多所發明。

郭璞《爾雅注》，爲今存《雅》注完書之最善者，然亦非絕無缺失，黃季剛曾謂郭《注》有襲舊而不明舉，不得其義而望文作訓二失，〔註9〕邵氏是編既不滿邢《疏》而起，於郭《注》遂能考其未考、補其未備。尋繹全編，其與郭《注》之關係，厥有四端：一曰申釋郭《注》、二曰補充郭《注》、三曰匡正郭《注》、四曰竝列異說。

〔註 9〕見《黃侃論學雜著・爾雅略說》。

（一）申釋郭《注》

郭《注》雖亦有失，然古書廢墜，此注要爲近古，是以後世疏家，仍據郭《注》爲主。邵氏《正義》亦主在於申釋郭《注》，此例極夥。如：

〈釋詁〉:「隕、磒、湮、下、降、墜、摽、蘦，落也。」

郭《注》:「隕猶磒也，方俗語有輕重耳。湮，沈落也。摽、蘦見《詩》。」

《正義》卷一:「郭以隕即爲磒，因方俗語有輕重，分爲二字耳。《左氏・文十八年傳》云:『不隕其名』，隕，墜也。《列子・周穆王篇》:『王若磒虛焉』，張湛《注》:『磒，墜也』，是其義同也。湮爲水落，故云沈落也。摽蘦見《詩》者，〈召南〉云:『摽有梅』，毛《傳》:『摽，落也』，盛極則隋落者梅也。〈鄭風・野有蔓草〉云:『零露漙兮』。〈豳風・東山〉云:『零雨其濛』。」

此邵氏據郭《注》而申釋之也，或引傳注，或引《詩》，皆所以申釋也。又：

〈釋訓〉:「丁丁、嚶嚶，相切直也。」

郭《注》:「丁丁，斫木聲。嚶嚶，兩鳥鳴，以喻朋友切磋相正。」

《正義》卷四:「毛《傳》:『丁丁，伐木聲。』郭《注》本《毛傳》。《傳》又云:『嚶嚶，驚懼也。』《疏》引王肅云:『鳥聞伐木，驚而相命嚶嚶然以興，朋友切切節節。』，郭不從者，以友朋自有切直之義，不必只在驚懼也，故從鄭《箋》作兩鳥鳴，知爲兩鳥者，以一鳥則不得有相切之義。《詩》又云:『嚶其鳴矣』，則爲一鳥之鳴，所以求友也。」

按《詩・小雅・伐木》:「伐木丁丁，鳥鳴嚶嚶。」鄭《箋》云:「丁丁、嚶嚶，相切直也，言昔日未居位，在農之時，與友生於山巖伐木，爲勤苦之事，猶以道德相切正也。嚶嚶兩鳥聲也，其鳴之志，似於有友道然，故連言之。」《正義》據鄭《箋》以釋郭《注》，並尋郭《注》所從也。

（二）補充郭《注》

翟灝《爾雅補郭》，嘗謂郭《注》未詳未聞者，百四十二科，黃季剛則謂有百八十餘條。《正義》於此，補充特多。如：

〈釋詁〉:「靖、惟、漠、圖、詢、度、咨、諏、究、如、慮、謨、猷、肇、基、訪，謀也。」

郭《注》:「……如、肇所未詳」。

《正義》卷一:「如通作茹，〈周頌・臣工〉云:『來咨來茹』、〈邶風・

柏舟〉云：『不可以茹』，鄭《箋》俱云：『茹，度也。』度即爲謀，故〈釋言〉又云：『茹，度也。』……肇者，〈大雅・江漢〉云：『肇敏戎公』，毛《傳》：『肇，謀也。』」

按此郭《注》於如、肇二字無注，《正義》據毛《傳》鄭《箋》補之。又：

〈釋天〉：「夏曰復胙。」

郭《注》：「未見義所出」

《正義》卷九：「《詩》鄭《箋》及何休《公羊注》引《爾雅》俱無此句，徐彥《疏》云：『諸家《爾雅》悉無此言，郭本有之。』賈公彥云：『復昨者，復昨日之胙祭。』楊士勛云：『謂之復昨者，復前日之禮也。』《釋文》云：『昨本又作祚，亦作胙，福也。胙，祭肉也。』義竝同。」

按此句唯郭本有之，而郭氏未詳其義，《正義》據賈公彥、楊士勛、《釋文》補之也。又：

〈釋地〉：「陵莫大於加陵」。

郭《注》「今所在未聞。」

《正義》卷十：「《風俗通義》云：『《國語》周單子會晉厲公於加陵，《爾雅》曰陵莫大於加陵，言其獨高厲也，陵有天性自然者。』案今《國語》無此文。《淮南・人間訓》亦云：『晉厲公之合諸侯於嘉陵』。加、柯聲相近，加陵即柯陵也。《春秋・成十七年》同盟於柯陵，杜《注》：『柯陵，鄭西地。』〈周語〉云：『柯陵之會』，韋《注》：『柯陵，鄭西地名。』」

按上三例，郭《注》明言未詳未聞者。郭《注》有引《詩》《書》等經傳爲注者，《正義》亦皆補之，或尋出處、或疏釋其義。如：

〈釋言〉：「猷、肯，可也。」

郭《注》：「《詩》曰：『猷來無棄。』」

《正義》卷三：「〈魏風・陟岵〉文」。

此尋出處也。又：

〈釋木〉：「柏，椈。」

郭《注》：「《禮記》曰：『鬯臼以椈』。」

《正義》卷十五：「〈雜記〉云：『鬯臼以鞠，杵以梧。』鄭《注》：『所以搗鬱也，椈，柏也。』孔《疏》云：『以柏爲臼，以桐爲杵，擣鬱圕，柏香桐潔白，於神爲宜』。」

此又引鄭《注》、孔《疏》以釋之。皆所以補充郭《注》也。

（三）匡正郭《注》

《正義》亦有不采郭《注》，而舉它證以匡正之者。如：

〈釋草〉:「戎叔謂之荏菽。」

郭《注》「即胡豆也。」

《正義》卷十四:「《詩疏》引舍人、樊光、李巡皆云:『今以爲胡豆』，是郭《注》所本也。又引郭氏云:『《春秋》齊侯來獻戎捷，《穀梁傳》曰戎菽也，《管子》亦云：北伐山戎，出冬蔥及戎菽布之天下，今之胡豆是也。』案《詩疏》所引郭說，蓋郭氏音義之文，郭所引《春秋》，莊三十一年文也。《逸周書・王會篇》云:『山戎菽』。徐邈《穀梁傳注》亦云:『今之胡豆』，與郭《注》同。然荏叔爲后稷所樹，不應至桓公始布天下，孫炎原本鄭《箋》，以爲大豆者是也。」

按《詩・大雅・生民》云:「蓺之荏菽」，毛《傳》云:「荏菽，戎菽也。」鄭《箋》:「戎菽，大豆也。」《疏》引孫炎云:「大豆也」。《正義》據鄭《箋》、孫炎以戎菽爲大豆，並正郭《注》。又：

〈釋草〉:「菺蘵，豕首。」

郭《注》:「《本草》曰:『彘顱，一名蟾蜍蘭。』今江東呼豨首，可以燭蠶蛹。」

《正義》卷十五:「《本草》云:『天名精，一名麥句薑、一名蝦蟇藍、一名豕首。《別錄》云：一名彘顱、一名蟾蜍蘭。《圖經》云：天名精生平原川澤，今江湖間皆有之，夏秋抽條，頗如薄苛，花紫白色，葉如菘葉而小，故南人謂之地崧；香氣似蘭，故名蟾蜍蘭；狀如藍，故名蝦蟇藍；其味甘辛，故名麥句薑；一名豕首，《爾雅》所謂菺蘵，豕首也。江東人用此燭蠶蛹，五月采。』案郭氏以麥句薑爲即下文之蘧麥，蓋別據《廣雅》，不盡從《本草》，以今驗之，《本草》爲覈。」

按《正義》引《本草》，以豕首、天名精、麥句薑、蝦蟇藍、彘顱、蟾蜍蘭、地崧，皆一物也。郭《注》引《本草》，不取麥句薑之名，而於〈釋草〉下文:「大菊，蘧麥。」《注》云:「一名麥句薑」，蓋別據《廣雅》也。《正義》以今驗之，謂當以《本草》爲實，郭據《廣雅》則非也。

邵氏《正義》以郭《注》爲主，然不以郭《注》爲囿，甚且有直指其誤而匡正之者，《皇朝續文獻通考》謂其不拘守疏不破注之例，殆即此也。

（四）竝列異說

說解不同，而義皆可通，或未知孰是者，《正義》皆竝列之，〈序〉所謂不敢爲臆必之說也。如：

〈釋樂〉：「大鐘謂之鏞」。

郭《注》：「《書》曰：『笙鏞以間』亦名鎛。」

《正義》卷八：「《說文》云：『鎛，大鐘錞于之屬，所以應鐘磬也，堵以二金，樂則鼓鎛應之。』許氏以鎛、鏞爲二器，與郭異。」

郭氏以鏞即鎛，許慎以鎛爲大鐘之屬，異於鏞。未知孰是？又：

〈釋樂〉：「大簫謂之言」。

郭《注》：「編二十三管，長尺四寸。」

《正義》卷八：「《通卦驗》云：『簫長尺四寸』，《注》云：『簫管形象鳥翼，鳥爲火，火成數七，生數二，二七一十四，簫之長由此。』《廣雅》云：『簫大者二十四管』。《北堂書鈔》引《三禮圖》云：『簫長尺四寸，二十四彄。』諸家皆云簫二十四管，郭云二十三管，別有所據也。」

按郭《注》二十三管，《正義》存《通卦驗・注》、《廣雅》、《三禮圖》二十四管之說。又：

〈釋水〉：「濫泉正出。正出，涌出也。」

郭《注》：「《公羊傳》曰『直出』，直猶正也。」

《正義》卷十三：「昭五年《傳》云：『濆泉者何？直泉也；直泉者何？涌泉也。』徐彥《疏》謂此泉直上而出。郭意以直訓爲正，直上之濆泉，即濫泉也。《釋名》亦云：『水直上出曰涌泉、濆泉』。並是也。」

按直上、正上皆是，故竝存之也。

由上舉諸例可知，《正義》於郭《注》有申釋、補充、匡正、竝列異說四種關係。《正義》以前，疏釋郭《注》者，以邢昺《疏》爲主，列於學官之後，研習郭《注》者，不得不依於邢《疏》。然清世學者，於邢昺之《疏》，多所不滿，錢大昭《爾雅釋文補・自序》即曰：「北宋・邢叔明，專疏郭景純《注》，墨守東晉人一家之言，識已拘而鮮通，其爲書也，又不過鈔撮孔氏經疏，陸氏《釋文》，是學亦未能過人矣。」所訐者，即其堅守郭《注》也。《正義》

既起於不滿邢《疏》，遂能兼取諸家，兼及佚書、古義，於郭《注》遂有取有正，態度實較邢《疏》嚴謹。

四、《爾雅正義》之得

有清一代，用力《爾雅》，蔚然成巨帙者，一爲郝懿行之《爾雅義疏》，一即邵氏之《正義》。邵氏以宋・邢昺《義疏》蕪淺，乃據《唐石經》、宋刊本，及諸書所徵引者，審訂經文，增校郭《注》，仿唐人《正義》，別爲是編。其書以郭《注》爲本，兼采漢、魏舊注，其郭《注》未詳者，考諸齊、魯、韓《詩》，與馬融、鄭康成之《詩注》《易注》，以及諸經舊說，確鑿有據者，補所未備，凡三四易稿始定。以爲〈釋地〉九府之梁山，即今衡山；〈釋草〉虃，菟奚，即今款東；同時學者，皆以爲確，而體制亦頗矜慎。

後世學者，以邵、郝相較，多謂邵不如郝，其實郝氏《義疏》，成於嘉、道之間，上距《正義》三四十年，邵氏所開校文、博義、補郭、證經、明聲、辨物諸例，多爲郝氏所承，先創者難爲功，紹述之易爲力，斷謂郝勝於邵，則非也。今既論邵氏之《正義》，則當宜以邵氏之時爲準，分別觀之，始不厚誣古人。據此以觀《正義》，則其書蓋有五善焉：一曰能考補證明郭《注》未備、二曰能明乎字借聲轉之用、三曰詳於名物制度之考證、四曰不拘守疏不破注之例、五曰開規模法度啓闢後學。

（一）能考補證明郭《注》未備

所謂郭《注》之未備者，蓋有三端：其一爲郭氏自云未詳未聞者，即翟灝《爾雅補郭》所指百四十二科。其二爲郭《注》所謂「皆見《詩》《書》」、「見《詩》」、「《詩》曰某某」、「《書》曰某某」……未加申釋之類。其三爲郭氏所注，略嫌簡約，後人觀《注》，或不能得其義者。此三類，邵氏《正義》皆一一援引考證，或補其注、或申其說，黃季剛《爾雅略說》，嘗讚《正義》之補郭曰：「特爲謹慎，勝於翟晴江之爲。」〔註10〕實是能有功於郭《注》者也。本節二《爾雅正義》之體例、三《正義》與郭《注》之關係，已多有論述，今再舉四例以明之：

〈釋草〉：「蒚，小葉。」

郭《注》：「未聞。」

〔註10〕「翟晴江之爲」者，指翟灝之《爾雅補郭》。

《正義》卷十四：「《釋文》云：『葿，本作菆。』《說文》云：『菆，麻蒸也。』《管子・地員篇》謂：『麻之細者如蒸』。細即小也，菆為小葉之麻，所以別於山麻也。」

按「葿」，郭氏未聞，《正義》補謂即小葉之麻也。此補郭《注》直云未詳未聞者也。又：

〈釋言〉：「弇，同也。」

郭《注》：「《詩》曰：『奄有龜蒙。』」

《正義》卷三：「〈魯頌・閟宮〉文。鄭《箋》：『奄，覆也。』《說文》以奄為大有餘也，故又為同也。」

按此郭《注》唯引《詩》文以證，未加疏釋，《正義》則注出處，並以鄭《箋》、《說文》補之。又：

〈釋言〉：「聘，問也。」

郭《注》：「見《穀梁傳》。」

《正義》：「隱九年，天王使南季來聘，《傳》云：『聘，問也。』《周官・大宗伯》云：『聘曰問』。〈曲禮〉云：『諸侯使大夫問於諸侯曰聘』。」

此處郭氏只注「見《穀梁傳》」，《正義》則引《穀梁傳》文補之，並引〈大宗伯〉、〈曲禮〉證之。按上二例即補郭《注》中，唯注經傳之文，未加申釋之類者也。又：

〈釋宮〉：「橛謂之闑。」

郭《注》：「門閫。」

《正義》卷六：「《說文》云：『梱，門橛也』。〈繫傳〉云：『謂門兩旁挾門短限』。今人亦謂門限，可以施其兩旁，謂之檐限。古者多乘車，故門限必去之也。古者君命將出師曰：閫以外者，將軍制之，是也。捆，猶欵也；欵，扣也；謂人物出入，多觸扣之也。」

按郭《注》「門閫」，《正義》則釋門閫之義，得名之由，施用之法，並陳今名以補之也。此即《正義》申補郭《注》之類也。

（二）能明乎字借聲轉之用

訓詁之旨當以聲音為樞紐，王念孫《廣雅疏證・自序》嘗云：「竊以詁訓之旨本於聲音，故有聲同字異，聲近義同，雖或類聚群分，實亦同條共貫。譬如振裘必提其領，舉網必挈其綱，故曰本立而道生，知天下之至嘖而不可亂也。」訓詁之本爲聲，而音、義之關係不外「聲同字異，聲近義同」二大類，能把握此樞紐，則至嘖不亂易簡之理，即可豁然貫通。《爾雅》用字多假借，亦不外「聲同字異、聲近義同」二類，訓釋者能明聲音，便可達《爾雅》用字之旨。邵氏此編，即以發明古音、古義爲著書之一例，究中不乏能釋前人之疑者。如：

〈釋地〉:「南方之美者，有梁山之犀象焉。」

郭《注》:「犀牛皮角、象牙骨。」

《周禮・職方》梁山作「衡山」，故世疑《爾雅》，《正義》則以聲音考之：

《正義》卷十:「《爾雅》作梁山者，《淮南・主術訓》:『橋直植立而不動』，高誘《注》:『橋桔槔上衡也』。《太平御覽》引《符子》云：『合衡官橋而量之，折十橋』，衡謂之橋，橋亦謂之梁，是衡與梁義相通也。衡與横通，強梁語轉作強横，是衡與梁聲相近也。鄭康成《周禮注》云:『衡山在湘南』，高誘《淮南注》云:『梁山在會稽長沙湘南』，會稽二字承上文而衍，云在長沙湘南，是梁山即衡山之明證矣。」

按《正義》以前，治《爾雅》者，不知《周禮》作「衡山」、《爾雅》作「梁山」之故。如前節所述，周春之《爾雅補注》，猶不能解，並謂爲叔孫通所改易，殊無確證。至邵氏《正義》，始以聲求義，謂衡、梁義通，衡、梁聲近，梁山即衡山，《爾雅》此條遂大明於世，而此人亦咸以爲確也。又如：

〈釋草〉:「蓧，蓨。」

郭《注》:「未詳。」

《正義》卷十四:「蓧與蓨古通用，《史記・周勃世家》:『封爲條侯』，〈表〉作「蓨侯」。《漢書・地理志》:信都國脩縣，脩音條。《括地志》作蓨是也。下文云:『苖，蓨』，《玉篇》以蓧、苖、蓨三字轉相訓，是苖即蓧也，苖、蓨古音相近，《易》云:『其欲逐逐』，《漢書・敘傳》作:『其欲攸攸』是也……。」

按〈釋草〉又云:「苖，蓨。」郭氏亦注「未詳」。《正義》於「蓧蓨」下，考得即羊蹄也，並以蓧、苖、蓨三字轉相訓，蓧、蓨古通，苖、蓨古音近，故苖、蓨亦羊蹄也。

清・乾隆末至嘉慶年間，爲聲韻學最發達之時期。當時學者、知求於古字古言，通貫融會，於是諧聲、轉注、假借，引端竟委，觸類旁通，豁然盡見。邵氏《正義》雖成於乾隆中葉，下距嘉慶三四十年，然已能知求聲音爲訓詁之樞紐，故治《爾雅》，多取聲近之字，旁推交通，申明其說。黃季剛《爾雅略說》，嘗謂《正義》之明聲：「略引其耑，而待郝氏抽其緒」，所言雖是，然郝懿行之《義疏》，大抵體制仍承《正義》而來，《正義》所開明聲之端緒，實功不可泯。而諸所引證，有確鑿不移者，又勝過後世，誠可謂《正義》之一大特色也。

（三）詳於名物制度之考證

《皇朝續文獻通考》云：「邵詳言名物制度，郝詳於聲音訓詁，均不刊之作也。」今觀《正義》於名物制度之考證，多能申釋補充經文及郭《注》，並力求詳審，不爲億必之說，於經訓實多所發明。茲舉三例以見其所詳。如：

〈釋親〉：「父爲考，母爲妣。」

《正義》卷五：「《白虎通・三綱六紀篇》：『父者矩也，以法度教子也。』。《說文》云：『父，矩也，家長率教者，从又舉杖。』『母，牧也，从女象褱子形，一曰象乳子也。』《釋名》云：『父，甫也，始生己也。』『母，冒也，含生己也。』古者父母、考妣，不以存歿而有異稱，此篇下文云：『父之考爲王父，父之妣爲王母』即其例也。方言云：『南楚瀑洭之間，謂婦妣曰母姼，稱婦考曰父姼』，郭氏彼《注》云：『古者通以考妣爲生存之稱』。〈冀州從事郭君碑〉云：『哀哀考妣，追惟賓靈，卜商號咷，喪子失名』，是父母生而稱考妣，漢人猶知《雅》訓，自漢以後，遂以爲存歿之殊稱矣。」

《正義》於此處釋父母之名，並證考妣非死時之稱，於漢以來名謂制度之異，所言甚詳。郭《注》於此條，亦引《禮記・曲禮》、《尚書康誥・酒誥・舜典》、《公羊傳》、《蒼頡篇》、《周禮》等，明父母、考妣非生死之異稱，《正義》竝一一疏釋補充，可謂精審，以文長，茲不贅引。又如：

〈釋器〉：「簡謂之畢。」

郭《注》：「今簡札也。」

《正義》卷七：「此釋書契所用也，簡謂之畢者，《說文》云：『簡，牒也』，《釋名》云：『簡，間也，編之篇篇有間也』，〈王制〉云：『太史典禮執簡記』，鄭《注》：『簡記，策書也』，《左氏・襄二十五年傳》云：『執簡而往謂簡記也』，〈學記〉云：『呻其佔畢』，鄭《注》：『吟誦其所視簡之文』。是畢爲簡也。」

此釋經文「簡謂之畢」之義也，《正義》此條下又疏郭《注》云：

「《釋名》云：『札，櫛也，編之如櫛，齒相比也。』是札即簡也。《儀禮·聘禮》云：『百名以上書於策，不及百名書於方』，鄭《注》：『策，簡也；方，版也』，《論衡·量知篇》云：『截竹爲筒，破以爲牒，加筆墨之跡乃成文字。斷木爲槧，析之爲板，力加刮削乃成奏牘，古者重方策，簡即策也』，《左傳疏》云：『簡札牒畢，同物而異名，單執一札謂之簡，連編諸簡謂之策，故於文策，或作冊，連其簡編之形，以其連簡爲策，故言策者簡也。』」

此又疏簡札、牒畢之義，並詳言其異同，使用之法。書契之制，經《正義》援引申釋，遂不混淆。又如：

〈釋木〉：「檴，落。」

郭《注》：「可以爲杯器素。」

《正義》卷十五：「檴一名落。〈小雅·大東〉云：『無浸穫薪』，鄭《箋》：『檴，落木名也。』案《說文》以檴爲樗字之或體，云：『樗，木也，以其皮裹松脂。』《詩疏》引陸璣《疏》云：『今椰榆也，其葉如榆，其皮堅韌，剝之長數尺，可爲絙索，又可爲甑帶，其材可爲杯器。』是檴之爲用多取其皮，陸《疏》與《說文》同。樗爲散木，雜於薪蘇，故《詩》連言檴薪。《詩疏》引某氏云：『可作杯圈，皮韌繞物不解』，案杯素，杯棬也。」

經文「檴，落。」郭《注》「可以爲杯器素」，以今視之，皆未知何物，《正義》於此則詳言「檴」「落」之字體、特性，後之治者，遂不覺迷，誠可謂詳矣。

（四）不拘守疏不破注之例

義疏之體，盛行於南北朝時代，乃是取諸家注解，疏釋經義之方式。至唐太宗時，以儒學多門，章句繁雜，詔修《五經正義》，而於高宗年，頒行天下，明經科舉，依此考試。所定《五經》，《易》用王弼、《書》用孔安國、《詩》用毛·鄭、《左傳》用杜預、《禮記》用鄭玄。其它古注，如鄭玄《易注》、服虔·賈逵《左傳注》，皆所不取。而依所準古注，一一疏釋，不敢有所出入，所撰疏體，即稱「正義」，故只有引申闡發，而無反駁之意見，後此遂有「疏不破注」之陋規，誠不免狹隘謬固。至邵氏之《爾雅正義》，則能破此陋規，不拘守疏不破注之例，而於郭《注》時有異同，視清以前《爾雅》疏家，遂有過之而能得經義之正。本節三之（三）「匡正郭《注》」、（四）「竝列異說」

已有申論，茲再舉二例以明之。

〈釋地〉:「秦有楊陓。」

郭《注》:「今在扶風汧縣西。」

《正義》卷十:「〈職方・雍州〉云:『其澤藪曰弦蒲』，鄭《注》:『弦蒲在汧』。《漢書・地理志》:『汧縣北有蒲谷鄉，弦中谷、雍州藪。』《風俗通義》:『弦蒲在汧縣北蒲谷亭』。《水經注》:『汧水出汧縣之蒲谷鄉，決爲弦蒲藪。』皆言〈職方〉之弦蒲也。郭意以〈職方〉之弦蒲，即《爾雅》之楊紆矣，然雍、冀二州同一澤藪而異其名，竊所未詳。」

按《正義》所引《漢志》、《風俗通》、《水經注》皆謂汧縣之藪即弦蒲，與〈職方・雍州〉鄭《注》合。郭氏謂弦蒲即楊陓，考《周禮・職方》:「冀州藪曰楊紆」，郭欲以〈職方〉之弦蒲當《爾雅》之楊陓，參差不合，其說非矣。故《正義》謂：雍、冀同藪而異名，竊所未詳，殆指其非也。又如：

〈釋鳥〉:「鴟鴞，鸋鴂。」

郭《注》:「鴟類。」

《正義》卷十八:「《詩疏》引舍人云:『鴟鴞，一名鸋鴂。』《文選注》引《韓詩傳》曰:『鴟鴞既取我子，無毀我室。鴟鴞、鸋鴂，鳥名也……。』《韓詩》所說鴟鴞即《荀子・勸學篇》所謂蒙鳩也。《詩疏》引陸璣《疏》云:『鴟鴞似黃雀而小，……幽州人謂之鸋鴂，或曰巧婦，或曰女匠，關東謂之工雀，或謂之過鸁，關西謂之桑飛，或謂之韤雀，或曰巧女。』陸《疏》所說異名，本於《方言》，以鴟鴞爲小鳥也，……諸家並以鴟鴞爲鳩屬，郭云鴟類，與諸家異。」

按諸家並以鴟鴞爲小鳥無異詞。〈釋鳥〉此條後載「狂，茅鴟」、「怪鴟」、「梟，鴟」等，郭《注》以「鴟鴞，鸋鴂」與此相涉，定爲鴟類，然其義不同，郭《注》蓋失之矣。《正義》雖無明言，然已不墨守郭《注》矣。《正義》於郭《注》，有匡正者，亦有竝列異說者，皆所謂不拘守疏不破注之例也。

（五）開規模法度啟闢後學

清以前之治《爾雅》者，皆取於邢昺《義疏》，自此疏列於學官，考郭《注》者，又不得不依于此。然自南宋以來，于邢《疏》每多不滿，清世《雅》學大盬，攻訐遂烈。如阮元《爾雅注疏校勘記・序》曰：

邢昺作《疏》，在唐以後，不得不粹唐人語爲之。

錢大昭《爾雅釋文補・序》曰：

專疏郭景純《注》，墨守東晉人一家之言，識已拘而鮮通，其爲書也，又不過鈔撮孔氏經疏、陸氏《釋文》。

《四庫提要》持論較允，然亦曰：

疏家之體，惟明本注，注所未及，不復旁搜，此亦唐以來之通弊。

據此，則邢《疏》之弊，在墨守郭《注》，鈔撮孔《疏》諸端，既鮮有新義，遂亦無規模法度以遺後世，此可謂清以前《雅》學之憾矣。

至邵氏《正義》之作，起於不滿邢《疏》，故能不拘於一限，於規模體制能擴而充之。其所開之規模法度，即其著書之體例，如本節二「《爾雅正義》之體例」所言，著書之首即是校補經注譌脫。夫《爾雅》歷代傳刻，文字異同，不免舛訛，經注既多脫落，古義遂至寖晦，故治《爾雅》宜先校文字。審定經文，增校郭《注》之後，經訓便不致謬誤。《正義》之校文字，據其〈序〉言，概依《唐石經》、宋槧本及諸書所徵引者爲據。邵氏此法一開，乾、嘉之際即有嚴元照氏著《爾雅匡名》一書，專考《爾雅》文字，〔註 11〕其書雖起於補邵，然資於《說文》、《釋文》、石經之法，則邵氏所開，治《爾雅》而先正文字，即有取於邵氏之書也。其時，又有阮元專校《爾雅》經、注、疏之文字，《唐石經》之外，又多取於宋、元善本，條其異同，纖悉畢備，誠可謂前修未密，後出轉精者也。其《校勘記・序》嘗曰：「近者翰林學士邵晉涵，改弦更張，別爲一疏，與邢並行，時出其上」，可見《正義》見重當世之一斑。

《正義》規模之二即是兼采諸家古注。自漢至唐之《爾雅》舊注，以郭《注》流行而並亡，然遺文佚句，散見群籍，其同於郭《注》者，可得其會通，而異於郭《注》者，亦可博其旨趣，用俟辨章，實不可盡廢。故《正義》一一竭力援引，於經訓多所發明，邢《疏》墨守郭《注》之弊，邵氏《正義》遂得而免也。清世治《爾雅》者，多能搜輯古注，庶乎遺言之不盡墜，故有專輯《爾雅》舊注者，如余蕭客《爾雅古注》，臧庸《爾雅漢注》、黃奭《爾雅古義》，馬國翰《玉函山房輯佚書》並稱善焉，餘如劉玉麐、陳鱣、葉蕙心、朱孔璋、王謨、張澍等並皆有輯，《爾雅》舊注至此遂浮出於世也。

《正義》又有二例，即考補郭《注》未詳，博引證明經注。此二者，邵氏之書特爲謹愼，凡郭《注》未詳未聞者，多能援引證明之，較雍正初姜兆

〔註 11〕見本章第三節「嚴元照《爾雅匡名》」。

錫之《爾雅補注》爲詳，黃季剛《爾雅略說》並謂勝於翟灝之《補郭》，是清世補郭之作，亦大抵不出於《正義》之規模矣。

發明古音古義、辨別物類名實方面，前者以邵氏成書乾隆中葉，其時聲韻、訓詁之學方興未艾，故《正義》於音、義之求，尚未旁皇周浹。然邵氏撰是編，已知以聲音爲訓詁之紐，故於聲近之字，多能旁推交通，申明其說。世人多謂郝懿行《爾雅義疏》勝於邵氏《正義》，其實《義疏》之規模亦承《正義》而來也。即以〈釋詁〉首條「哉，始也。」爲例，《正義》以哉、才、載三字通，《義疏》則指哉、才、載、栽、茲五字通，《義疏》後出轉精，確較《正義》爲詳，然不亦可見《義疏》之承《正義》耶？辨別物類名實方面，《正義》以前有周春《爾雅補注》體制稍大，然於辨物，則未盡周完。錢坫則有《爾雅釋地四篇注》，辨〈釋地〉、〈釋丘〉、〈釋山〉、〈釋水〉頗稱精善，然亦限此四篇，生物則缺。至《正義》出，凡名物制度、生物名實，並皆詳審考訂，《爾雅》所載制度，蟲魚鳥獸草木遂一一得其原本。其後清儒有致力於一名一物之考釋者極夥，如本文著述考所錄，皆可補《正義》之未備，於是《爾雅》物類制度之辨，便不復紛紜舛互。

除上述《正義》之校補經注譌脫，兼采諸家古注、考補郭《注》未詳、博引證明經注、發明古音古義、辨別物類名實諸體制規模，影響後世甚遠外，《正義》之內容亦多爲後治者所采，由郝懿行《義疏》幾將邵氏所說，囊括而席卷之，即可見《正義》內容對後儒之啓發。

邵氏《正義》之所以領導當世者，實出於其態度之嚴謹也。其〈上錢竹汀書〉曰：

> 近思撰《爾雅正義》，先取陸氏《釋文》，是正文字。繼取《九經》注疏，爲邢氏刪其剿襲、補其缺漏，次及於佚書、古義，周、秦諸子，暨許、顧、陸、丁、小學書。

又在〈與朱笥河學士書〉中說：

> 晉涵見聞淺隘，又立說必本前人，不敢臆決。

由此可看出，邵氏撰《正義》之謹嚴。體大思深，可謂郭《注》以來之僅見也。黃季剛《爾雅略說》謂：「清世說《爾雅》者如林，而規模法度，大抵不出邵氏之外。」實是邵氏《正義》至當之評。而其開規模法度啓闢後學，實又是對清代《爾雅》學最大之貢獻。

五、《爾雅正義》之失

清儒之治《爾雅》者，乾隆以前，以邵氏《正義》體制最爲宏濶，成就亦最大。其治《雅》之法度，影響後世深遠，已如前文所述。然以其體式最爲龐大，故漏略沾滯之處，或亦不能免，今觀其書，蓋有四失：一曰文字異同稍缺、二曰字借聲轉略簡、三曰辨物不陳今名、四曰間爲郭《注》護短，以下試申述之。

（一）文字異同稍缺

《正義・序》嘗言其文字校勘曰：「世所傳本，文字異同，不免舛訛，郭《注》亦多脱落，俗說流行，古義寖晦。爰據《唐石經》暨宋槧本，及諸書所徵引者，審定經文，增校郭《注》。」。《正義》準此校文，並多逕以所校得者爲論，故於俗本、異本之誤，及諸載籍所引文字異同，遂時有漏略。經注文字之考校，誠有未迨之功。如：

〈釋詁〉：「罄，盡也。」

郭《注》：「觳，今直語耳。忽然，盡貌。今江東呼厭極爲罄。餘皆見《詩》。」

《正義》卷一釋「罄」曰：「罄者，《說文》云：『罄，器中盡也。』……江東呼厭極爲罄，據時驗也。」

按陸氏《釋文》於罄下曰：「本或作慤」，是有它本作「慤」者。今按《說文》心部：「慤，𢡆也。从心，殸聲。」則慤字與盡義殊矣，它本爲誤，而邵氏未載。又郭《注》：「江東呼厭極爲罄」，厭極乃慤義，是郭《注》已不辨罄、慤之別矣，而《正義》亦未辨之，逕謂郭《注》所據爲時驗，實有迨考之失。若《正義》能盡考俗本慤字之誤，則郭《注》得以校正，俗本、異本文字之異同，亦可得糾矣。又如：

〈釋訓〉：「㤞㤞、惕惕，愛也。」

郭《注》：「《詩》云：『心焉惕惕』，《韓詩》以爲悅人，故言愛也。㤞㤞未詳。」《正義》卷四：「《說文》云：『㤞，愛也。』《釋文》引李巡云：『㤞㤞，和適之愛也。』」

按石經作「㤞」。「㤞」乃俗本之字，《正義》據俗本作「㤞」，並謂《說文》、《釋文》云云，今考《說文》、《釋文》，實皆「㤞」字，《說文》且無「㤞」字。則邵氏所據《說文》《釋文》，不知是何本也？而《正義》又未考石經，逕據俗本之「㡳」。是《正義》此條，實滲漏甚多，迨是失考於諸本文字異同之故也。又如：

〈釋鳥〉:「鴾，鵋䳢。」

郭《注》:「今江東呼鵂鶹爲鵋䳢」。

《正義》卷十八:「《釋文》云:『鵋䳢，本作忌欺。』」

按《說文》:「雒，忌欺也。」，段《注》:「今考《爾雅音義》，當作忌欺」。又嚴元照《爾雅匡名》云:「《一切經音義》三引皆作忌欺」。今按鵋䳢二字皆不見《說文》，則當據《釋文》所載它本作「忌欺」爲是。《正義》錄它本異文，然未加深考，不免失之。

由上舉三例，可知《正義》於校文之漏略，有未校得它本異文者，有校得異同而未考釋者，及直據俗本之誤者三類。幸而邵氏之後，有嚴元照氏，以《說文》、石經、《釋文》校正《爾雅》文字，爲補《正義》之缺，而作《爾雅匡名》一書，於《正義》未備之處，多有所正。其時又有阮元，多求於宋、元善本，及諸家已校之業績，作《爾雅注疏校勘記》。合此二者以觀，則《爾雅》文字之異同，盡可得究矣。

（二）字借聲轉略簡

邵氏《正義》，以發明古音古義爲其職志之一，然尋檢全編，猶有惟略引耑緒之疏者，宋翔鳳序《爾雅義疏》嘗謂《正義》:「猶未至於旁皇周浹，窮高極遠。」即此也。今舉《正義》數例，與成書於聲韻、訓詁最盛時之郝氏《爾雅義疏》相較，即可見其一斑。如：

〈釋詁〉:「遐，遠也。遠，遐也。」

郭《注》「遐亦遠也，轉相訓。」

《正義》卷一:「遐者，〈泰〉九二云:『不遐遺』。〈小雅・天保〉云:『降爾遐福』，……又俱訓遐者，《說文》遐作假云:『至也』，極其所至，亦爲遠也。」《義疏》卷一:「遐者，《詩・汝墳、棫樸傳》竝云:『遐，遠也』。通作瑕，『不瑕有害』毛《傳》:『瑕，遠也』，『遐不謂矣』，〈表記〉作『瑕不謂矣』，〈景北海碑陰〉云:『魂靈瑕顯』，亦以瑕爲遐也。又通作假，《集韻》云:『遐或作假』，〈楊統碑〉:『文懷假冥』，又『假爾莫不隕涕』，〈繁陽令楊君碑〉:『假爾僉服』，皆以假爲遐也。又〈㕓長田君碑〉，以遐爲遐，〈矦成碑〉以遐爲遐，是又假、假二字之變體也。假、假俱有遐音，又俱訓至，至與遠義相成，然則《爾雅》及經典之遐，亦假、徦之僭音矣。」

按《正義》以遐、假二字通，《義疏》則以遐、瑕、假、徦、遐、遐六字通，並謂《爾雅》之遐，乃取假、徦之音而來。此皆聲同義近、聲近義通之理。由此條可看出，《義疏》於聲韻、訓詁之理，精於《正義》，而《正義》於遐字之疏釋，實亦過簡。又如：

〈釋言〉：「曷，盍也。」

郭《注》：「盍，何不。」

《正義》卷三：「曷、盍聲近義同，《廣雅》云：『曷、盍，何也』。」

《義疏》卷二：「盍者，《廣雅》云：『何也』，《玉篇》云：『何不也』。通作蓋，〈檀弓〉云：『子蓋言子之志於公乎?』鄭《注》：『蓋皆當爲盍，盍，何不也。』今按蓋从盍聲，古字通用，故〈秦策〉云：『蓋可忽乎哉』，蓋即盍也。又通作闔，《管子・小稱篇》云：『闔不起爲寡人壽乎』、《莊子・天地篇》云：『夫子闔行邪』，《釋文》：『闔本亦作盍』。闔亦从盍得聲也。曷者，《說文》云：『何也』，《詩》內曷字，《箋》竝訓何。通作「害」，《詩》『害澣害否』、『不瑕有害』，《傳》《箋》竝云：『害，何也。』〈菀抑〉及〈長發〉，《傳》竝云：『曷，害也』，經典多以害爲曷，故《書》『時日曷喪』，《孟子》作『時日害喪』，《書・大誥》凡言曷，《漢書・翟方進傳》竝作害，《詩・葛覃》，《釋文》：『害與曷同』，《廣雅》云：『害、曷、盍，何也』。害、曷、盍俱一聲之轉。」

按《正義》僅謂曷、盍聲近義同，並未申釋。《義疏》則引諸經傳，以盍、蓋、闔、曷、害五字聲轉而義通，於經訓發明較多。《正義》之有簡略者，殆此類也。

黃季剛《爾雅略說》，謂《正義》：「其明聲，略引其耑，而待郝氏抽其緒。」，所言誠是，然郝氏生於乾、嘉古音學大昌之際，故憑藉較宏，自可轉精。若《正義》所引之耑，雖略嫌簡約，難辭其咎，却亦是不可廢置者也。

（三）辨物不陳今名

物類之名稱，因時因地，即有差異。《爾雅》多載草木蟲魚鳥獸之名，郭璞已多不能辨，況千年後之今日，故治《爾雅》物類者，辨其種性、形狀、古名之外，陳今名以曉人，當是疏釋者之要務。《正義》疏釋名物制度甚詳，然却多不陳今名者，此恐是目驗不足之所致。如：

〈釋草〉：「菉，王芻。」

郭《注》：「菉，蓐也。今呼鴟脚莎。」

《正義》卷十四：「《詩疏》引舍人云：『菉，一名王芻』，李巡云：『一物二名』。《說文》云：『菉，王芻』，又云：『藎艸也』。案《本草》則藎草即王芻矣，《太平御覽》引吳普《本草》云：『藎草一名黃草，以其可染黃也』，唐本云：『葉似竹而細薄，莖亦圓小。』」

按《爾雅》言：「菉，王芻。」郭《注》言「菉蓐」，《正義》引《說文》謂「藎草」，引《太平御覽》謂「黃草」，《正義》雖引唐本狀其形，然不陳今名，後人視之，恐亦易混。郝懿行《義疏》則曰：「此即今淡竹葉也」，淡竹葉爲清代時名，賴此即可瞭然矣。又如：

〈釋木〉：「栵，栭。」

郭《注》：「樹似槲樕而庳小，子如細栗，可食。今江東亦呼爲栭栗。」

《正義》卷十五疏郭《注》曰：「今栭栗有二三實做一棣者，是其子細也。《詩釋文》引舍人云：『江淮之間呼小栗爲栭栗』，郭《注》與舍人同。」

郭《注》以栭栗、細栗釋栵栭，《正義》以其性而疏郭《注》，亦不陳今名。按郝氏《義疏》曰：「郭云似槲樕者，今槲樹似櫟亦似栗而實小，細栗即今茅栗是也。」

於《正義》之辨物，黃季剛《爾雅略說》又嘗曰：「其辨物，則簡略過甚，又大抵不陳今名，然郝氏搜采，略多於邵，其所指今名，往往局於一隅，不足徧喻學者。」可見物類名實之辨別，乃專門之事，非深通於草木鳥獸蟲魚者，不能至當也。

（四）間為郭《注》護短

邵氏《正義》之說解，大致精當，惟偶有一二矛盾之處，如：

〈釋草〉：「菿薽，豕首。」

郭《注》：「《本草》曰：『彘顱，一名蟾蜍蘭。今江東呼豨首，可以燭蠶蛹。』」

《正義》卷十四：「《本草》云：『天名精，一名麥句薑，一名蝦蟇藍，一名豕首，《別錄》云：一名彘顱，一名蟾蜍蘭。《圖經》云：天名精生平原川澤，今江湖間皆有之，夏秋抽條，頗如薄荷，花紫白色，葉如菘葉而小，故南人謂之地菘；香氣似蘭，故名蟾蜍蘭；狀如藍，故名蝦蟇藍；其味甘辛，故名麥句薑；一名豕首，《爾雅》所謂蒳蘸豕首也；江東人用此𤏡蠶蛹，五月采。』案郭氏以麥句薑爲即下文之蘧麥，蓋別據《廣雅》，不盡從《本草》，以今驗之，《本草》爲覈。」

按《正義》據《本草》以「蒳蘸，豕首」即天名精，即麥句薑，即蝦蟇藍，即豕首，即彘顱，即蟾蜍蘭，皆一物也。郭《注》亦取《本草》，然却以麥句薑爲下文之大菊蘧麥：

〈釋草〉:「大菊，蘧麥。」

郭《注》:「一名麥句薑，即瞿麥。」

此處《正義》則疏之曰：

《正義》卷十四：「《說文》云：『大菊，蘧麥。』，《繫傳》云：『今謂之瞿麥，其小而華色深者俗謂石材，郭璞云：麥句薑，《本草》云：麥句薑、地松也，非。』案《繫傳》匡正郭《注》，以《本草》爲據也。《釋文》引《廣雅》云：『茈萎、麥句薑，蘧麥。』，則郭《注》本於《廣雅》，未可遽以爲非矣。」

按郭《注》於「蒳蘸，豕首」條，不取《本草》「麥句薑」之名，《正義》以爲當從《本草》，麥句薑即「蒳蘸，豕首」，並謂《本草》爲覈，則是以郭《注》爲非矣。至本條「大菊，蘧麥」下，郭《注》謂即「麥句薑」，《正義》態度一轉，謂郭《注》有據，未可爲非，則又是郭《注》而非《本草》矣。前後矛盾，令後視者莫衷一是。

考《正義》所以矛盾者，其一即辨物不能精審也。郭《注》蘧麥爲「瞿麥」，按《說文》段《注》於「蘧」字下曰：「〈釋草〉曰大菊，蘧麥；《本草》謂之瞿麥，一名巨句麥。」則是《本草》以蘧麥即瞿麥，即巨句麥。而「蒳蘸，豕首」乃麥句薑，麥自麥，薑自薑，其別至顯，郭《注》殆以巨句、麥句二名相亂，遂令薑、麥二種，異類同名矣。《正義》不知二者之別，又不察郭《注》混淆之由，遂至前後矛盾矣。

《正義》所以矛盾之二，即是於郭《注》猶有護短之嫌也。此處「蒳蘸，豕首」及「大菊，蘧麥」之混淆，初實源於郭《注》也，《正義》於前者，已能知《本草》爲覈，麥句薑實即「蒳蘸，豕首」也，故於郭《注》已有非之之意。然至「大菊，蘧麥」之條，見郭《注》明指爲麥句薑，遂逕爲說解，以爲有據，未可遽以爲非。除辨物不精外，實難脫爲郭《注》護短之嫌也。而徐鍇《繫傳》明指郭《注》之非，却遭《正義》之訐，尤屬不白之冤矣。

六、《爾雅正義》之影響及評價

邵氏《爾雅正義》之體例、內容，與郭《注》之關係，及其得失，已如本節前文所述，實可謂盡力之作矣。至其對後世之影響，厥爲其所開之規模法度，體制矜審，使後治者，得收事半功倍之效也。

如前文四之（五）「開規模法度啓闢後學」中所言，在校補經注譌脫方面，據石經、《釋文》，並求諸善本載籍，審定經文、增校郭《注》，其後遂有以《說文》校《爾雅》，專考文字之嚴元照《爾雅匡名》之作。在兼采諸家古注方面，能廣其義旨，不囿於一家之言，其後遂有專門輯佚舊注之作。在考補郭《注》未詳、博引證明經注方面，《正義》特爲有功，能於經訓多所發明，郭《注》未詳，亦多能補，後世補郭、證經之作，大抵不出《正義》之囿矣。在發明古音、古義方面，已能使聲韻之學與訓詁相結合，於字借聲轉之理，多已究之，後來音學大昌之際，古音學極盛，能詳究於古音之通，其規模精神，《正義》實已開啓。辨別物類名實方面，則雖《正義》有不陳今名之弊，又偶有儀毫失牆，然於大體固無害爾。清儒考釋一名一物者極夥，正所謂前修未密，後出轉精也。體例影響後世之外，《正義》疏釋之內容，亦皆精義，故郝氏《義疏》，多席而卷之，是郝書之成就，又多拜《正義》之賜也。凡此皆可見《正義》對後世之影響實極深遠，已非邢《疏》，舊注之可比擬者矣。

自《正義》成書以來，後世每有異同之論，今且錄諸家說于后，加以論斷焉。《皇朝續文獻通考》云：

> 晉涵以宋・邢昺《爾雅義疏》蕪淺，遂別爲《正義》一書，以郭景純爲宗，而兼采舍人、樊光、劉、李、孫諸家，不拘守疏不破注之例，故與郭《注》時有異同，於經訓多所發明，凡三四易藁始定。如以九府之梁山，即今衡山，〈釋草〉蘩菟蒵即今款冬，學者皆嘆爲絕識云。

嚴元照《爾雅匡名・自序》曰：

> 本朝儒者，務申古義，國初諸老開其端，至乾隆中而特盛，餘姚・邵氏，乃爲此經作《正義》，義例精，識解當，較邢叔明之書，過之不翅倍蓰，惜其於文字之異同，亦未能詳也。

阮元《爾雅注疏校勘記・序》曰：

> 邢昺作《疏》在唐以後，不得不綷唐人語爲之。近者翰林學士邵晉涵，改弦更張，別爲一疏，與邢並行，時出其上。

郝懿行《爾雅義疏・宋翔鳳序》曰：

> 乾隆間，邵二雲學士作《爾雅正義》，翟晴江進士作《爾雅補郭》，然後郭《注》未詳未聞之說，皆可疏通證明，而猶未至旁皇周浹，窮深極遠也。

民國以來，則有梁啓超《中國近三百年學術史》評之曰：

> 邵二雲是頭一位作新疏的人，這部《爾雅正義》在清學史中應該特筆記載……近人多謂郝優於邵，然郝自述所以異於邵者不過兩點，一則「於字借聲轉處詞繁不殺」，二則「釋草木蟲魚異舊說者皆由目驗」，然則所異也很微細了，……郝氏於發例絕無新發明，其內容亦襲邵氏之舊者十之六七，實不應別撰一書，《義疏》之作，剿說掠美，百辭莫辨，我主張公道，不能不取邵棄郝。

黃季剛《爾雅略說》曰：

> 清世說《爾雅》者如林，而規模法度，大抵不能出邵氏之外。雖篤守疏不破注之例，未能解去拘攣，然今所存《雅》注完書，推郭氏最善，堅守郭義，不較勝于信陸佃、鄭樵乎！惟書係創作，較後人百倍爲難，故其校文，於經於注，多所遺漏，不如嚴元照《爾雅匡名》、王樹枏《爾雅郭注補正》。其博義，於諸家注義，搜采不周，不如臧鏞堂《爾雅漢注》。其補郭，則特爲謹慎，勝於翟晴江之爲。其證經、明聲，略引其耑，而待郝氏抽其緒。其辨物，則簡略過甚，又大抵不陳今名。

胡樸安《中國訓詁學史》曰：

> 邵氏《正義》，爲糾正邢氏《義疏》而作，其援引審，一證於群籍，一考求於聲韻之遞轉，體制亦頗矜慎。漏略沾滯之處，或不能免，蓋邵氏本精於史學，其書又成於乾隆中業，當時聲韻、訓詁之學，尚未極盛，憑藉未宏，斯成業寡色。宋氏翔鳳謂邵氏之書，猶未至於旁皇周浹，窮深極遠者此也。

齊佩瑢《訓詁學概論》曰：

> 邵晉涵的《爾雅正義》先出，故稍遜於郝，……清儒治《爾雅》者有如雨後春筍，分門別類，各有專精，然其規模法度，大抵不出邵氏的範圍，惜仍墨守疏不破注之例，堅遵郭義，未能脫去舊日枷鎖，旁推交通聲近之字於郭《注》之外，故終不及郝氏也。

綜合以上諸家所述，有就《爾雅正義》體制內容立論者：或謂其不拘守疏不破注之例；或謂其於經訓多所發明；或謂其考證，有學者嘆爲絕識者；或謂其義例精、識解當；或謂其於郭《注》可疏通證明；或謂其篤守疏不破注之例；或謂其校文有遺漏；或謂其諸家注義，搜采不周；或謂其補郭特慎；或謂證經明聲，略引其耑；或謂其辨物簡略；或謂其援引審，體制矜慎。亦有就《爾雅正義》與舊疏之比較立論者：或謂其較邢《疏》過之；或謂其與邢並行，時出其上。亦有就其對《爾雅》學之貢獻立論者：或謂其是頭一位作新疏者，應特筆記載；或謂其開規模法度，後人不能出其囿。亦有就其與清儒比較立論者：或謂其不如嚴元照《匡名》；或謂其不如王樹柟《郭注補正》；或謂其不如臧庸《漢注》；或謂其勝於翟灝《補郭》；或謂其不如郝懿行《義疏》；或謂其未至周浹旁皇；或謂其成書較早，憑藉未宏，成業寡色。諸家之論，有毀有譽，乃因其立論之立場有異也。然緣此亦可見《爾雅正義》乃是有得有失，如本節前文所述者，實未可一概論也。

然諸家評論中，亦有有待商榷者。如於郭《注》，或謂其能不拘守疏不破注之例，或謂其堅遵郭義，未能脫去舊注枷鎖，恰如壁壘之分明。其實所論諸家，皆未能深入《正義》也，《正義》於郭《注》之關係，本節前文已有論述，蓋有申釋、補充、匡正、竝列異說四類也，據此則不當遽謂其堅遵郭義，疏不破注。然《正義》於郭《注》，亦偶有護短之處，前文《正義》之失中，已有申論，如此則是郭《注》枷鎖，《正義》亦未能盡脫也。以愚觀之，《正義》於所謂「疏不破注」之例，實是瑕瑜互見，有得有失，然大抵則不失精審，若評論，則不當如諸家之壁壘也。

又如諸家之論，有取與後書相較，而定其勝負者。邵、郝二書之比較，本章後文旋有論述。於此則以爲，不當以後人紹繼轉精之書，而否定前人創作之著，如此則稍有厚誣古人之嫌，而於《正義》之論，恐亦略失公正。愚以爲，開創有開創之功，推廓有推廓之美，若邵氏《正義》一書，當以黃季剛所謂：「清世說《爾雅》者如林，而規模法度，大抵不出邵氏之外。」爲至當之評，《正義》之得失、貢獻、精神，厥已寓於其中矣。

第三節　嚴元照《爾雅匡名》

一、嚴氏傳略

嚴元照字九能，一字修能，浙江歸安人。清高宗乾隆四十七年（1782

年）生，仁宗嘉慶二十二年（1817 年）卒。〔註 12〕父樹萼，性喜聚書，至數萬卷。元照既幼慧，又承家學，四歲能作大書，八齡據案作諸體書，求者盈戶外。〔註 13〕十齡於屏風上作四體書，擅其藝者莫能及，〔註 14〕時稱奇童。少長補諸生，朱珪、阮元深賞之。

嚴氏尤精熟《爾雅》《說文解字》，曰：「《說文》古文家學，《爾雅》今文家學。以《說文・敘》稱《易》孟氏、《書》孔氏、《詩》毛氏、《禮周官》、《春秋左氏》、《論語》、《孝經》皆古文，而引《詩》亦涉三家，《春秋》亦稱《公羊》，敘皆不載者，則固古文書多不立學官，故特著之。三家《詩》，《公羊春秋》人所共習，故不著。孟氏《易》久立學官，乃亦著之者，所以別於梁邱、施、京三家也」。〔註 15〕又謂：「《爾雅》有音義異而并訓者，台、朕、賚爲予我之予，賚、畀、卜爲賜予之予之類是。有音同義異而并訓者，棲、遲、憩、休、苦乃止息之息，呬、齂、呬乃氣息之息之類是也。古人之於字訓，不因音讀而區別也。〈釋詁〉篇，首訓始，末訓死，兩端具矣。篇內次第，亦各以類相從。〈釋言〉篇有一字而兼兩義，或字異而義同，或義訓相遞嬗而下，或字義皆異而音同，率弃置一所。劉熙〈釋言語〉篇，其字義必反覆相對，似亦深悉此旨。〔註 16〕

所著有《娛親雅言》六卷及《悔庵學文》八卷、《柯家山館詩集》六卷、《詞集》三卷，收入《湖州叢書》中。又作《爾雅匡名》二十卷，自暢其說，大恉以《說文》校《爾雅》，辨經字之正俗，旁羅異文佚訓，鉤稽而疏證之。稿成於嘉慶六年（1801 年），書之剞劂，則嘉慶二十五年（1820 年）仁和・勞經原爲之。卷首有嚴氏〈自序〉、徐養原〈敘〉、段玉裁〈敘〉，與自撰「例言」八則；卷末有勞經原〈跋〉、李宗蓮〈附識〉。有嘉慶二十五年仁和・勞氏刻本、廣雅書局光緒十六年刻本、《皇清經解續編》本、《湖州叢書》本。

嚴氏絕意仕進，人以爲碌碌，己亦不樂人知，意泊如也。既而以所居囂

〔註 12〕姜亮夫《歷代名人年里碑傳總表》作乾隆三十八年（1773 年）生。按《清史列傳・儒林傳》曰：「嘉慶二十二年（1817 年）卒，年三十五。」錢林《文獻徵存錄》曰：「卒年僅三十餘」。姜氏所據《碑傳集補》並未載生年，未知何據。今依《清史列傳》、《文獻徵存錄》，則生年在乾隆四十七年（1782 年）。

〔註 13〕見《鑑水止齋集》，許宗彥所撰傳。

〔註 14〕見錢林《文獻徵存錄》「嚴元照」條。

〔註 15〕同註 14。

〔註 16〕同註 14。

隘，徙德清。〔註 17〕卒年僅三十五。本傳及事蹟見《清史稿列傳》卷四百八十二〈列傳〉二百六十九〈儒林〉三、《清史列傳》卷六十九〈儒林傳〉下、《清儒學案小傳》、《文獻徵存錄》（二）、《清代樸學大師列傳》、《國朝書畫家筆錄》、《皇清書史》（二）、《碑傳集補》（四）、《國朝耆獻類徵初編》。

二、著書大旨

《爾雅匡名》二十卷。書前有嚴氏〈自序〉一篇，略言其著書大旨，今約其言而審其書，概有四端焉：一曰正《爾雅》文字以治經、二曰傳經傳通假之訓詁、三曰詳諸家文字之異同、四曰補邵氏《正義》之未備。試論之如下：

（一）正《爾雅》文字以治經

嚴氏是編，命之曰《爾雅匡名》。名者，文字也，匡之爲言正也，其意甚顯，蓋正《爾雅》之文字也。〈自序〉曰：

> 生年過二十，始得（《爾雅》）《注疏》合刻之本，讀之，苦其文字多誤，思有以正之。乃據《釋文》《石經》，盡祛俗本之陋，以爲得之矣。反復久之，知《釋文》所載諸家之異同，尚多漏略，而瑕瑜並陳，漫無折衷。學既無以定一是之歸，間有是非，又往往不能合乎古。予於是博稽載籍，自漢迄宋，凡有徵引此經，錄而存之，以備甄別。復進而求之許祭酒《說文解字》之書，以究其離合。前輩之緒言，同學之講說，有可以裨益此經者，單詞片言，戢舂掌錄，罔有遺佚，整比校語，寫成稿本，命之曰《爾雅匡名》。

知正《爾雅》之文字，乃是是編首要之旨。至其正《爾雅》文字之目的，則在治經。〈序〉曰：

> 吾於《爾雅》，爲之正其文字而已矣。《爾雅》之文字正，而後可以治經。《爾雅》者，經之匯也。治經而不治《爾雅》，如射之無的也，未有能通者也。是以孔子之告魯哀公曰：《爾雅》以觀於古，可以辨言矣。辨言者，治經之要道也。

嚴氏以《爾雅》者，經義之總匯，《爾雅》之文字正，而後可以治經。故著《爾雅匡名》，以正《爾雅》文字爲治經首要目的。

〔註 17〕見《爾雅匡名》嚴氏〈自序〉。

（二）傳經傳通假之訓詁

夫《說文》釋字，以本字本義爲主，《爾雅》釋字，則以義之相通者爲主。文字之義，多申引轉徙，佀異而同、佀遠而近，甚或同音則即可相代。經傳文字，最多假借，又以書寫流傳，時代既久，字體不定、字義不明，若不知通假之理，則文字詁訓遂至泛濫無厓涘，穿鑿之弊乃隨之而生焉。嚴氏〈序〉嘗曰：

> 嘗考漢儒之詁訓，大半出於《爾雅》。而《毛詩》之《傳》《箋》，用《雅》訓者尤多。然而毛、鄭所讀之《爾雅》，視晉、唐人之所讀者，蓋大不同矣。吾讀《毛詩傳箋》，往往有不見於《爾雅》，而循其形聲以求其義，焯然知即今本之某字者。然而唐人之爲《義疏》者，忽然而弗省，則其叚借貫通之故，久已失其傳矣。

經傳《爾雅》之文字，一字或有數讀，一義或有數字，加以時代久遠，若不明通假之列，則孰爲流俗所增，孰爲本文遺脫，遂不可得而究。至若古本之與俗刻，更非一致。俗刻由校刻之疏，古本異同則字有古、今，音有楚、夏，師讀相承，遂至錯互，明乎通假，始可得稽也。嚴氏既正《爾雅》文字以爲治經，又見假借貫通之故，久失其傳，字不得正，遂博稽載籍，究通假之理。以文字通假正《爾雅》文字，正《爾雅》文字以治經。則訓詁之道可傳，《六經》之文得正矣。

（三）詳諸家文字之異同

《爾雅匡名》既以正文字爲主，則諸家載籍及俗本、異本，所引文字之異同，必當采擷甄錄，互相證發，以評其是非。嚴氏〈自序〉曰：

> 自宋以降，小學日微。《爾雅》一經，爲學者所不道，是以說經之儒，新義肊說，日煩月滋。脫略詁訓，成書甚易，書益多而經義益汩，則不讀《爾雅》之弊也。晦冥既深，久而復，本朝儒者，務申古義。國初諸老開其端，至乾隆中而特盛。餘姚．邵氏，乃爲此經作《正義》，義例精，識解當，較邢叔明之書，過之不啻倍蓰，惜其於文字之異同，亦未能詳也，吾是以作此書以補之。

故嚴氏是編，於諸家所引文字之異同，悉行甄錄，辨其離合。書中所采各異本，至雪窗書院本爲止。北宋以前諸書引《爾雅》有異同者，隨所見采錄，至《太平御覽》止。所引用諸家，則有：郭璞、陸德明、邢昺、陸佃、鄭樵、顧炎武、臧琳、惠棟、盧文弨、江聲、王鳴盛、錢大昕、戴震、程瑤田、段玉裁、畢沅、邵晉涵、錢大昭、錢坫、孫星衍等家。而唐人所引《爾雅》，不見於《釋文》《石經》者，則附錄於卷末爲〈逸文〉一卷，以資考訂。於文字異同之考訂，實用力至勤。

（四）補邵氏《正義》之未備

前文所引嚴〈序〉，已明是編乃補邵晉涵《爾雅正義》而作。而嚴書卷末有嘉慶二十五年（1820 年）勞經原〈跋〉，載嚴書此旨益明。勞〈跋〉曰：

> 亡友悔盦先生，工詩古文，精六書故訓之學。早年著《娛親雅言》，見稱於耆宿，既乃成《爾雅匡名》二十卷，丙子（1816 年）冬，手藁本示余曰：「《爾雅》近邵氏撰《正義》，注解精當，而於俗本之誤，及載籍所引文字異同，闕焉不錄。因著此書以補其未逮」，是亦讀《爾雅》之所資也。

邵氏《正義》爲義疏之體，不專釋文字，故俗本、異本、諸家載籍文字之異同，確有未逮之功。今嚴氏著《匡名》，專考文字以補之，《爾雅》文字遂得以大明。

三、《爾雅匡名》正文字之道

嚴氏於是編卷首，有自撰之「例言」八則：

其一曰：經文全錄，字體悉依《釋文》，《釋文》所不出者，用《石經》。

其二曰：《釋文》所稱舍人、樊、李諸家同異，《說文》《字林》同異，以及本或作△字，亦作△之類，悉行甄錄，辨其離合。所載音切異同不錄，惟有本文之字，必無此音，實係字異，而陸氏不及詳覈者，則錄而申明之。

其三曰：此書大恉以《說文》校《爾雅》，而《說文》不載之字，亦有本有而傳寫佚脫者，亦有雖不見於《說文》，而實出經師之手，斷難庰爲俗作者，不可專據今本《說文》而遽改《爾雅》也。元照但云《說文》無此字，而不敢直至當作△者，意取愼重，不欲逞臆見耳。有見於它書所引，爲得其正者，則明定之。

其四曰：唐人所引《爾雅》，不見於《釋文》《石經》者，未必盡塙，亦未必盡誣，裒聚所見，附錄卷末爲〈逸文〉一卷，以資考訂。

其五曰：書中所采各本異同，至雪窗書院本爲止，明人所刻單注本，如吳元恭、鍾人傑、郎奎金，本朝如王朝㝢所刻皆佳，而不備載者，懼煩也。

今世通行注疏合刻者，一明監本、一汲古閣本，文字謬舛，不可枚舉，今不載者，亦懼煩也。

其六曰：此經自景純之後，在兩宋唯陸、鄭兩《注》尚有流傳，先儒箸述，說及此經者甚尠。今所采錄諸家之說，皆同時耆舊朋好，其在康熙朝，唯武進・臧先生琳一人而已。又有箸書專釋此經，而不及采者兩家，一則丹陽・姜氏（兆錫）之《參議》、一則仁和・翟氏（灝）之《補郭》，此二書者，所言不能無誤，元照不欲訾毀前修以自衒，故寧從略焉。

其七曰：北宋以前諸書引《爾雅》有異同者，隨所見采擷箸錄，以評其是非，至《太平御覽》而止，惜所見之書皆非舊本，必多展轉傳譌，失其本眞者，此則限於聞見，不暇盡心，所望同志為糺正之耳。

其八曰：此書於諸家之說，固不敢襲為己有，亦有實自己出闇合它人，審其年月在元照之前，則寧讓之。得自朋好口授者，亦不敢沒其姓氏。

按「匡名」者，正文字也。今據嚴氏自例，並尋檢全編，得其正文字之道，大要有四：一曰以《說文》校文字之正譌、二曰以《釋文》存古本之異同、三曰以《石經》糾俗刻之舛誤、四曰以通借為正字之關鍵。《說文》、《釋文》、《石經》蓋其所本也。

（一）以《說文》校文字之正譌

《爾雅》字體文理之譌，有本字、借字之別，正字、誤字之分，皆或文字通假，或流俗所改，或俗刻之疏所致。《爾雅》者，說義之書，字多假借，有不知本字本義為何者。《說文》者，則說形之書，專言本字本義，而其義之可以申引轉徙者，無不可以書中求之。《爾雅》多假借，或至泛濫無厓涘，故以《說文》之本字本義釋之，而後《爾雅》之本字、借字，正字、誤字可得而明校。嚴氏正字之道，便首以《說文》釋《爾雅》，如：

〈釋詁〉：「格，至也。」

《爾雅匡名》卷一：「《釋文》云『格字或作佫』，案《說文・彳部》無佫字，格亦借用，當作徦。《說文・彳部》徦，至也，從彳・叚聲。又通作假，《說文・人部》假，非眞也；一曰至也。」

案此以格為借字，徦為正字矣。嚴氏並舉數例為證曰：「《詩・大雅・雲漢》：昭假無贏。《傳》假，至；《正義》曰「假，至」〈釋詁〉文。又〈烝民〉：昭假于下。《箋》假，至也；《正義》曰「假，至」〈釋詁〉文。又〈周頌・噫嘻〉：既昭假爾。《正義》曰「假，至」〈釋詁〉文，彼假作格音義同。又〈魯頌・

泮水〉：昭假烈祖。《傳》假，至也。又〈商頌・元鳥〉：四海來假。《箋》假，至也，《正義》曰「假，至」〈釋詁〉文，彼作格音義同。〈王制〉：歸假於祖禰。《注》假，至也，《正義》曰〈釋詁〉文。〈祭統〉：公假於大廟。《注》假，至也，《正義》曰「假，至也」〈釋詁〉文。〈孔子閒居〉：昭假遲遲。《注》假，至也，《正義》曰「假，至」〈釋詁〉文。」《傳》《注》《正義》皆以假爲至，求之《說文》，則格、假皆借字，假爲正字矣。又：

〈釋言〉：「宣、徇，徧也。」

《爾雅匡名》卷二：「徇，《釋文》云『本又作侚，樊本作㣴。』《一切經音義》引作㣴。案《說文・彳部》㣴，行示也，從彳・勻聲，《司馬法》斬以㣴。㣴隸變從旨爲徇，漢、魏人俗書彳、亻偏旁相亂，故徇又爲侚。侚《說文》訓疾，非此義。」

案《釋文》存古本作侚，求之《說文》，侚爲疾義，不爲徧義，是徇爲正矣。又：

〈釋器〉：「璧大六寸謂之宣。」

《爾雅匡名》卷六：「《釋文》云『宣本或作瑄』，臧氏琳曰『案《漢書・郊祀志》有司奉瑄玉，孟康《注》用《爾雅》作瑄。《藝文類聚》引亦瑄』。考《說文・玉部》無瑄字，有珣字，云『醫無閭之珣玗璂，〈周書〉所謂夷玉也，从玉・旬聲，一曰玉器，讀若宣。』知《爾雅》此宣字本當作珣，許云一曰玉器者，以與珣玗璂字同義異，故讀若宣。大徐《新附》瑄字，蓋不知即珣字也。」

案《汗簡》引《石經》旬作宣字，形本相近，故致混用。求之《說文》，則宣當爲珣，以形似而爲瑄也。又：

〈釋天〉：「素錦綢杠」。

《爾雅匡名》卷八：「《說文・韋部》『韜，劍衣也，从韋・舀聲。』此其本字。今作綢者，經師增益之字，周聲與舀聲同也，與《說文》系部綢繆字雖同，而實不相涉。」

案此釋旌旂之制，謂以白錦纏旂，當用韜字。故郭璞《注》曰：「以白地錦韜旗之竿」，即用韜字。又：

〈釋地〉：「西南之美者，有華山之金石焉。」

《爾雅匡名》卷九：「華當作崋，《說文・山部》『崋山在宏農崋陰，从山・蕐省聲。』案《說文》蕐从𠂔从雩，又雩从𠂹・亏聲，本屬二文，隸變作華，溷雩蕚而一之，并嶪山之嶪亦爲華矣。」

按《說文》既有嶪山之字，則不當用華字，當作嶪。

上舉五例，有偏旁之離合而誤者，有形近而混者，有音同而誤者，亦有隸變而混者，凡此皆可於《說文》尋得本字本義，嚴氏之用《說文》釋《爾雅》者，大抵類此。

（二）以《釋文》存古本之異同

存古本之異同，則以陸德明《經典釋文》爲主。《釋文》於異字異義，載之甚詳。其稱樊光作某、孫炎作某者，它家之異者也。其稱本亦作某者，即諸本而傳寫互異者也。其稱字亦作某者，則專就字論，雖說無此本，而字有此體，亦並載之。於六義之恉，多資考證。再求之《說文》本字本義，則諸家諸本用字之是非，便可得究。如：

〈釋言〉：「諈諉，累也。」

《釋文》：「本又作纍，劣僞反，字又作絫。」

《爾雅匡名》卷二：「《釋文》云『累，本又作纍，字又作絫。』案《說文》云『諈諉、累也』，累字係傳譌，《說文》無累字。段氏玉裁曰『兩宋刊本、趙氏、葉氏兩影鈔宋本及《類篇》，皆作纍。』案古本當作絫，古重累、波累字皆作絫，絫之隸變作累，纍者大索也，淺人絫、纍不能分別，故譌爲纍耳。」

《釋文》云本又作纍者，有它本作纍；云字又作絫者，諸本無而字體有之。按《說文》絫：「增也，从厽系．厽亦聲」，段《注》：「增者益也，凡增益謂之積絫。絫之隸變作累，累行而絫廢。古書時見絫字，乃不識爲今之累字。」《說文》無累有絫，故累當爲絫。纍則大索，非積絫，作纍之本誤矣。嚴氏《匡名》於《釋文》得諸本之異，於《說文》則得本字本義，字遂得而正。又若：

〈釋親〉：「父之晜弟，先生爲世父，後生爲叔父。」

《釋文》：「晜，音昆，本亦作昆。」

《爾雅匡名》卷四：「《釋文》云晜本亦作昆，案《說文》弟部『翼，周人謂兄曰翼，从弟从眔』，隸變从日。經典相承借昆。」

按翼爲正字，罤爲隸變，《釋文》所載昆，則借字也。又：

〈釋木〉：「下句曰朻」。

《釋文》：「本又作樛」。

《爾雅匡名》卷十四：「《釋文》云朻本又作樛。案《說文》樛『下句曰樛，从木・翏聲。』朻『高木也，从木・丩聲。』二字音同，朻屬通借。」

按樛爲下句，《釋文》所存它本作樛爲是。《爾雅》作朻爲借字也。又：

〈釋蟲〉：「果蠃，蒲盧。」

《釋文》：「果，本又作蜾，又作蝸。」

《爾雅匡名》卷十五：「《釋文》云果本又作蜾，又作蝸。案《說文・虫部》：『蠣蠃蒲盧，細要土蠭也，从虫・蠣聲，或从果作蜾。』今作果者，又蜾之省。」

是果本作蠣、蠣或作蜾，果則省也。《釋文》所載它本爲正。

按《爾雅》文字既多通借，諸家諸本用字，遂亦多通假，皆賴《釋文》而存於今。嚴氏正字，必當有取於古本及它家以爲相正，便即首賴《釋文》。《釋文》所存古本文字之異同，有可正《爾雅》者，亦有爲借字者，再按之《說文》，則《爾雅》用字之正、借，便可瞭然。

（三）以《石經》糾俗刻之舛誤

嚴氏正字，除以《說文》、《釋文》爲主外，並多證之《石經》。《爾雅》自邢《疏》列爲學官，已歷多時，士所共習，而經、注、疏三者皆譌舛日多，俗間所刻如明・閩本、汲古閣本又多承譌襲謬，幸《開成石經》尚存，可以參校是正。嚴氏即多取於《石經》，一則糾俗刻之舛誤，二則正《爾雅》之文字，並皆有功。如：

〈釋詁〉：「豫、射，厭也。」

《爾雅匡名》卷一：「厭，《石經》單疏本皆作猒。案《說文》『猒，飽也，从日从肰，或从㠯作猒。』厭訓笮，與猒義異，當从《石經》。」

按厭，《說文》訓笮。竹部曰：笮者，迫也，蓋壓迫義也。故豫、射當爲猒不爲厭。又厭之本義笮，與壓義近，與猒飽義則遠，而各書皆假厭爲猒足、猒飽字，猒字失其正，而厭之本義又罕知之矣。又：

〈釋訓〉：「浮浮，蒸也。」

《爾雅匡名》卷三：「《石經》作烝。案《說文・火部》『烝，火氣上行也，从火・丞聲。』經典通用蒸。」

按浮浮烝，謂火氣上行，若蒸，則《說文・艸部》：「蒸，析麻中幹也」，不爲火氣上行之意。是烝正字，蒸借字，《石經》是也。又：

〈釋草〉:「椴，木堇。櫬，木堇。」

《爾雅匡名》卷十三:「《釋文》云堇本或作槿。《石經》單疏本作槿。《禮記正義》、《文選注》、《詩正義》、《一切經音義》引作槿。案《說文》『堇，黏土也，从土从黃省。』非艸名也。此堇字當从艸作蓳，後人誤認廿爲艸頭，遂去其艸。經典傳譌相承已久。古艸木偏旁互相通借，故蓳又作槿，《說文・木部》無槿字。」

按本字爲蓳，《石經》作槿，通借而義同，俗本作堇則非矣。又:

〈釋鳥〉:「鷣肌，繫鶧。」

《爾雅匡名》卷十七:「《石經》作密英。案鳥部無鷣、鶧二字，《注》云『〈釋蟲〉已有此疑誤，重出。』《正義》云『郭疑爲重出』，則郭本不从鳥。」

按《正義》所云極是，然亦賴《石經》而得證，《石經》作密英是也。又:

〈釋獸〉:「虪，黑虎。」

《爾雅匡名》卷十八:「《石經》單疏本作虪，《廣韻・一屋》引亦作虪。案《說文》作虪，从虎・儵聲。今作虪省文。」

按今本爲省文虪，《石經》不省作虪是也。

《石經》肇始於漢，歷代相承，遂多殘泐。惟《唐石經》至今尚存，最爲完備。嚴氏是編依《開成石經》，並參以各善本，再按之《說文》，於《爾雅》借字、俗字可得而明，於誤字亦多所訂正。而於俗刻如閩本、汲古閣本之舛誤，亦可得糾。今考《爾雅石經》者，可再參清彭元瑞之《爾雅石經考文提要》、馮登府之《爾雅石經補考》、《爾雅唐石經考異》、嚴可均之《爾雅唐石經校文》，則《爾雅》經文之正譌，可得而稽也。

（四）以通借為正字之關鍵

嚴氏正文字之依據。如前文所言，一爲《說文》、二爲《釋文》、三爲《石經》，嚴氏合此三者以讀《爾雅》，而《爾雅》之文字正矣。而其合此三者之要尤在明通借之例。蓋《說文》職在解字，分別部居，一字只有一義。《爾雅》意在說義，一字或有數讀、一義或數字。明乎通借之例，則孰爲同類相從，孰爲同音相假，可得而審也。自李陽冰以來，治《說文》者意爲增竄，多失其舊。經傳所有而《說文》無者，不皆俗體。明乎通借之例，則孰爲流俗增加，孰爲《說文》遺脫，可得而究也。至若古本之與俗刻，更非一致。俗刻由校刻之疏，古本異同則字有古、今，音有楚、夏，遂至錯互。明乎通借之例，則佀異實同者，可得而稽也。

嚴氏以明通借爲正字之關鍵，前文（一）（二）（三）點所述之例中，已多有明通借者，茲再舉數例爲證。如：

〈釋詁〉:「纂，繼也。」

《爾雅匡名》卷一:「纂，《一切經音義》三引皆作纘。《詩・豳風・七月》載纘武功，《傳》纘，繼，《正義》曰纘繼〈釋詁〉文。又〈大雅・大明〉纘女維莘，《傳》纘，繼也，《正義》曰纘繼〈釋詁〉文。又〈崧高〉王纘之事，《箋》纘，繼，《正義》曰纘繼〈釋詁〉文。案《說文・系部》『纘，繼也，从系・贊聲。』纂非此意，音近通借耳。」

按《說文》纂:「佀組而赤，从系・算聲」，非繼之意，段《注》曰:「〈釋詁〉曰纂，繼也，此謂纂即纘之假借也。」纂、纘蓋音近通借也。

〈釋言〉:「疐，跲也。」

《爾雅匡名》卷二:「《釋文》云『疐《說文》云礙足不行。與躓同。』臧氏琳曰:《說文》躓，跲也，从足・質聲。《詩》曰載躓其尾；又跲，躓也，从足・合聲。則此當作躓，以聲近假借作疐，其義不同。」

按躓亦聲近借爲疐。又

〈釋宮〉:「二達謂之歧旁」。

《爾雅匡名》卷五:「《釋文》云『歧樊本作技』，案《說文・止部》無歧字、土旁無技字，當作跂。《說文》『跂，足多指也，从足・支聲。』古字足、止偏旁通借，故又作歧。」

按此則以偏旁通用而假也。又:

〈釋蟲〉:「蟠，鼠負。」

《爾雅匡名》卷十五:「《釋文》云『負本亦作蝜，又作婦，亦作蟦。』案蝜、婦皆俗字，婦、負古通用。《史記》有武負、許負。如淳《漢書注》云『古謂老大母爲阿負』，小顏引《列女傳》魏曲沃負爲證。《爾雅》作負，《說文》作婦，古今之異耳。」

按此則證古今字之通用也。

按嚴氏於《匡名・自序》，嘗嘆假借貫通之故，久已失傳，故亟思復之。夫《爾雅》經文之字，有不與經典合者，轉寫多歧故也。有不與《說文解字》合者，《說文》於形得義，皆本字本義，《爾雅》釋義，則假借特多，其用本字本義少也，此必治《爾雅》者深思而得其意。嚴氏明於此理，故得以本字本義，定通借之泛濫無厓者，而後假借之說可明，而《爾雅》文字亦得而匡正也。

四、《爾雅匡名》之得

嚴氏是編〈自序〉嘗曰：「吾於《爾雅》為之正其文字而已矣」，讀《爾雅》而能正其字，是讀《爾雅》而得其要領者也。今按是編，其得概有三端：一曰能以《說文》校釋《爾雅》、二曰能明乎文字之通借、三曰能不囿於《石經》《釋文》。

（一）能以《說文》校釋《爾雅》

嚴氏匡正《爾雅》文字，首賴乎《說文》，故卷首「例言」明其旨曰：「此書大恉以《說文》校《爾雅》」。何以正《爾雅》文字？必求之於《說文》，段玉裁氏嘗論之甚詳。《爾雅匡名・段序》曰：

> 舍《說文解字》，則未有能知假借者。經傳《爾雅》所假借，有不知本字為何字者，求之許書，往往在焉。是非經無以知權其觸處鉏鋙者，其毫未有鉏鋙者也。許書專言本字本義，而其義之可以申引轉徙，侶異而同，侶遠而近者，抑同音而即可相代者，無不可以書中求之。然則其讀之也宜如何，一曰以《說文》校《說文》。何謂以《說文》校《說文》也，《說文解字》中，字多非許舊，則自為鉏鋙，即以《說文》正之，而後指事、象形、形聲、會意之說可明也。二曰以《說文》釋《爾雅》。何謂以《說文》釋《爾雅》也，以《說文》之本字本義，定《爾雅》之泛濫無厓涘者，而後假借之說可明也。

夫《爾雅》多為假借，《說文》則必本字本義。而聲音文字隨時而變，古之假借，怡然理順，今人則未必通其義，讀《爾雅》經傳，遂有鉏鋙。加以《爾雅》歷代傳刻，增竄踵譌，勢所難免，凡此皆須《說文》與《爾雅》互相證發也。段氏之法則一以《說文》校《說文》、二以《說文》釋《爾雅》，如此本義知，而借字亦可瞭然於今也。嚴氏是編，即是段氏之意，全編皆能求之《說文》，並取古本及它書相正，誠可謂得其法者也。其取《說文》為證之例，前文已列舉甚多，此則不贅敘，學者自行參看，即可得是編之善處。

（二）能明乎文字之通借

所謂《說文解字》與經傳《爾雅》多鉏鋙不合者，其關鍵即在文字之通借也。《爾雅》釋義，多非用本字者，亦在通借也。故能於音、於形、於義、於古今字異、偏旁離合諸端，證之爲通借者，便能明於《爾雅》之用字。前文段玉裁所謂以《說文》校《說文》，以《說文》釋《爾雅》，皆所以明其通借也。今嚴氏《匡名》能知以《說文》是賴，亦所以明通借也。本節三之（四）「以通借爲正字之關鍵」，於此已論之甚詳，今再舉一例，以見嚴書之得：

〈釋詁〉:「敕，勞也。」

《爾雅匡名》卷一:「《釋文》云敕本又作飭。元照案當作勑。《說文・力部》勑，勞也。从力・來聲。後人誤讀恥力反，與敕同音，又因形近遂相承用。敕、飭音同，故又譌爲飭。」

按敕，《說文》云誡也，教誡訓敕，而轉爲勞苦，義亦可通。然《說文》勑：勞也，始爲正字。勑本音賚，而誤讀以爲敕，勑、敕又形近，遂通以敕爲勞也。考之經典，敕、勅、勑三字相亂，勑誤讀爲敕，敕本从攴而誤爲力，《廣韻》因之而云：敕今相承用勑，又云勅與敕同。《玉篇》亦云：敕今作勑。今據《說文》及嚴氏所考，則勑爲敕之誤久矣。

（三）能不囿於《石經》《釋文》

《石經》之存者，以唐《開成石經》最爲完備，其所讎校，皆依當日行本，若謂其是正文字，必有合於古，則未必，然賴是而經文不再至訛缺，則其功實未可泯。唯歷代相承，亦有補刻之譌，遂又不能盡信。嚴氏《匡名》即是能取之《石經》，又不囿於《石經》者。而不但能不囿，且又能正之，如：

〈釋言〉:「窕，肆也。」

《爾雅匡名》卷二:「窕，《石經》作宨，从宀。案《左傳》襄二十六年『楚師輕窕』，《釋文》从穴，《石經》亦从宀。考之《說文》《玉篇》《五經文字》，宀部皆無宨字，《廣韻・二十九篠》亦無之。《群經音辨・穴部》窕，輕也，引「楚師輕窕」。至《集韻》始分窕、宨爲二，窕・徒了切，引《說文》㴱・肆極也，一曰閑也。宨・土了切，引《爾雅》肆也。此恐爲《石經》所誤。《爾雅》訓窕爲肆，《說文》引窕爲㴱，肆極也，其義正同，安得別有从宀之宨乎？」

按窕爲正字，宨爲誤刻，今本皆已正之。又：

〈釋鳥〉:「舒鴈，鵝。」

> 《爾雅匡名》卷十七：「《說文・鳥部》『鴈，鵝也，从鳥从人・厂聲』又佳部『雁，鳥也，从佳从人・厂聲，讀若鴈。』此鴈字，依《石經》、雪窗本、寫監本、毛本从佳作雁，非也。」

皆是正《石經》文字，是能不囿於《石經》也。嚴氏《匡名》之於《釋文》亦如是，凡《釋文》所載文字異同，有穿鑿舛誤者，亦一一正之。如：

> 〈釋言〉：「俞、盒，然也。」
>
> 陸氏《釋文》云：「盒，古荅字，一本作荅。」
>
> 《爾雅匡名》卷二：「《說文・艸部》『荅，小卡也，从艸・合聲。』義亦不相近，疑本作對，對荅聲相近，故借用之。後人造从田从合之字，又或易荅之艸頭為竹，皆俗體不可遵用。陸以盒為古荅字，尤為無稽。」

按《說文》對：「譍無方也」，又从士作對，對荅聲相轉，故以荅為對，俱訓應也。盒為俗造之字，《說文》無，非古之荅字也。又：

> 〈釋獸〉：「犀，似豕。」
>
> 陸氏《釋文》云：「犀，俗作犀，非。」
>
> 《爾雅匡名》卷十八：「案《說文・㸚部》『犀，南徼外㸚，一角在鼻、一角在頂，似豕，从㸚・尾聲。』又尸部『犀，犀遲也，从尸・辛聲。』二字迥異，然古文自通用，故遲之籀文从辛作遲也。今陸本作犀，乃犀之通借字，乃竟以犀為俗作而非之，毋乃繆乎！」

按犀非似豕之犀明甚，陸氏以正字為非，果穿鑿也。

嚴氏《匡名》於《石經》《釋文》，能用亦能正，是其一得也。

五、《爾雅匡名》之失

《爾雅匡名》段玉裁〈序〉嘗評是編之失曰：「歸安・嚴子九能，述《爾雅匡名》二十卷，博觀約取，一一精畫。蓋唯能窺見其大者，故於細者較易易耳。」今審是編，其失有二：一曰懼煩而失善本、二曰：有疏於考證者。

（一）懼煩而失善本

《匡名》嚴氏〈例言〉，嘗敘其於板本取舍之由曰：「書中所采各本異同，至雪囱書院本而止。明人所刻單注本，如吳元恭、鍾人傑、郎奎金，本朝如王朝宸所刻，皆佳而不備載者，懼煩也。今世通行注疏合刻者，一明監本、一汲古閣本，文字謬舛，不可枝舉，今不載者，亦懼煩也。」，是於善本、劣本所不采者，惟憚煩耳。

今考明·吳元恭刊本，誠可謂善。此本蓋明嘉靖十七年七月吳元恭校刊，有後序，每葉十六行、每行十七字，卷首標目同《唐石經》。阮元《校勘記》所據者即此本，並稱其：「間有一二小誤，絕無私意竄改處，不附《釋文》，而郭《注》中之某音某，完然無闕，爲經注本之最善者。」〔註18〕明刻之中，又有一陳本爲善。陳本者，明·陳深《十三經解詁》本也，多與吳本能印合，阮氏《校勘記》，即間參用。嚴氏於善本不取，甚難解也。

若明監本，亦不似嚴氏所言之差。此本蓋萬曆二十一年曾朝節、周應賓刊，吳士玉、黃錦等重修。字數與閩本同，阮氏謂較閩本爲善，誤字亦較毛本爲少，〔註19〕是亦可資改訂者也，不能盡廢。

明·郎奎金本、鍾人傑本、閩本、汲古閣毛本，皆隨意增竄，錯誤極多，誠是劣本。然劣本雖譌舛者多，却亦間有是處，若能披沙揀金，亦可資考訂，即是譌字，亦可定其是非。阮元之校勘《爾雅》經注，即能校之諸本，而得爲津梁。若夫善本，更宜纖悉畢備，劣本猶收，況善本耶！何可以懼煩而失之？嚴氏懼煩而不能諸本相較，誠可謂《匡名》之疏也。

（二）有疏於考證者

段玉裁氏謂《匡名》「於細者較易易耳」，按之《匡名》，確是有一二疏於詳考之處。今試舉三例，以見其一斑。如：

〈釋言〉：「華，皇也。」

《爾雅匡名》卷二：「《正義》云『今本作皇，華也。《釋文》先華後皇。《石經》作華，皇也。《說文》云：𩠞，華榮也，讀若皇。《爾雅》曰：𩠞，華也。𩠞或作葟。案《說文》多取互訓，以華訓葟，不必定爲《爾雅》原文也。』盧學士曰『《釋文》華，胡瓜反；皇，胡光反。案皇字易識，〈釋詁〉首見，陸不爲作音，於此復何疑惑而音之乎？因注引〈釋草〉曰：葟，華榮，故爲葟字作音耳，傳寫脫去艸頭，遂以皇字爲正文，謂在華字之下，其實非也。郭《注》於〈釋草〉引此文作皇，華也，是其明證。』元照案，盧說是也，當以《說文》所引，及〈釋草〉注所引爲正。邵氏多取互訓之說，非所論於

〔註18〕見阮元《爾雅注疏校勘記》「引據各本目錄」吳本條下。

〔註19〕同註18。

引經也。皇當作葟。」

按嚴氏所引《正義》爲邵晉涵《爾雅正義》，盧學士說爲盧文弨《爾雅音義考證》。今按當以華皇爲是，嚴氏是論，厥有二失：

其一：邵氏《正義》據《釋文》《石經》作華皇，是也。然引《說文》：「雞，華榮也，讀若皇，《爾雅》曰：雞，華也。」謂《說文》多取互訓作皇華，則非也。蓋《說文》所引《爾雅》，乃〈釋草〉之文，〈釋草〉：「葟、華，榮。」，此《說文》所引也，本非訓華皇也。此邵氏之失也。嚴氏不以邵氏作華皇爲是，然亦不能知《說文》所引爲〈釋草〉文，非〈釋言〉文，遂逕以《說文》所引作皇華，此其誤者一也。

其二：〈釋草〉：「葟、華，榮。」、郭《注》：「〈釋言〉云華，皇也」。考諸今本，郭《注》皆作華皇，邵氏《正義》、郝氏《義疏》、臧庸《爾雅漢注》等皆已明辨。盧文弨謂郭《注》〈釋草〉爲皇華，蓋盧氏誤引耳。嚴氏承盧氏之誤，亦以郭《注》〈釋草〉爲證，此其誤者二也。

邵氏《正義》知爲華皇，唯不明《說文》所引之處，遂謂《說文》多互訓，不必爲《爾雅》文，稍嫌穿鑿。嚴氏不知邵氏之眞誤處，而只謂其「非所論於引經」，恰如隔靴搔癢，是考而不得其所矣。於盧文弨說，亦是襲而未考。故嚴氏華皇之論，承邵、盧之誤，而又誤中有誤，確是其疏於考證之處也。

〈釋詁〉：「毖、神、溢，愼也。」

《爾雅匡名》卷一：「《書·大誥》天閟毖我成功所，《傳》閟，愼也。《正義》曰閟愼〈釋詁〉文。《詩·魯頌·閟宮》閟宮有侐，《箋》閟，神也，《正義》引〈釋詁〉云閟與毖字義音同。《玉篇》引《詩》作秘宮。《說文·示部》秘，神也；又〈比部〉毖，愼也；又〈門部〉閟，閉門也。是秘、毖皆正文，閟爲通借，三字皆从必聲。」

按《文選·魯靈光殿賦》張載《注》曰：「《詩》秘宮有侐，紫微至尊宮，斥京師也」，引《詩》作秘宮者，當是此注，非《玉篇》，嚴氏不知何據？又：

〈釋言〉：「祺，祥也。」

《爾雅匡名》卷二：「《正義》『當作禎，祥也；〈周頌·維清傳〉禎，祥也。』元照案〈周頌〉維周之祺，《釋文》曰之祺音其祥也，《爾雅》同。徐云本又作禎音貞，與崔同本。《毛傳》祺，祥也，《正義》曰：祺，祥，〈釋言〉文。舍人曰：祺福之祥。某氏曰：《詩》云維周之祺，今本誤作禎，據山井鼎《考文》校正。定本《集注》祺字作禎，蓋《詩》作禎者，崔靈恩《集注》如此，而定本從之，陸不遵用，自《毛詩》《石經》寫作禎，相承不改，遂改竄孔《疏》，以致舛誤難讀。」

按邵氏據《詩・維清傳》，以爲祺當作禎。嚴氏據山井鼎《考文》，謂作禎者係靈恩本，陸、孔皆不遵用，《石經》始依崔本。然考《說文》:「禎，祥也」，同於《爾雅》，則崔亦有所本矣。

上舉三例，或承前人之誤，或疏於考證，皆可謂《匡名》之失。段玉裁氏謂《匡名》「於細者較易易耳」，殆即此類也。

六、《爾雅匡名》之影響及評價

清儒之治文字者，若段玉裁、王筠，并主以《說文》校《爾雅》，段氏《匡名・序》曰:「何謂以《說文》釋《爾雅》也，以《說文》之本字本義，定《爾雅》之泛濫無厓涘者，而後假借之說可明，五者明而轉注舉矣。」王筠《說文句讀》則云:「《爾雅》者，小學專書，以此爲古，所收之字，亦視群經爲多，景純居東晉，傳注誤會，而據譌文，不有《說文》，何所據以正之？」段氏之意，以《說文》校《爾雅》，則轉注、假借明；王氏之言，則以《爾雅》古注，悉皆散佚，後人補苴掇拾，終不能復，唯據《說文》，始可正譌。若嚴氏《爾雅匡名》即深明此恉，誠是治《爾雅》而得其要領者也。

嚴氏《匡名》之前，有戴震《爾雅文字考》、錢坫《爾雅古義》能取之《說文》。東原生平之書，或成或未成，學者苦不易得，據《爾雅文字考》之序言，乃「偶有所記，懼過而旋忘，錄之成袟」，殆爲札記之屬；錢精於《說文》之學，《爾雅古義》搜輯群書，爲古義之證，可爲參考，然其書通計不過百餘條，略嫌簡約。又有孫星衍《爾雅正俗字考》、沈廷芳《爾雅注疏正字》，然皆未見傳本，不知善否？後於《匡名》所出者，則有江藩《爾雅小箋》稱善，以《說文》爲指歸，或考定正文、或旁通假借。原作於乾隆四十三年（1778 年）江氏年十八之時，始名「正字」。王鳴盛與言邵晉涵已在爲《爾雅》作疏，勸江俟其書出，再加訂正，故未成書。至嘉慶二十五年，又刪改一過，更名「小箋」，然亦未刊，學者未見，至其刊行，已是光緒十九年事矣。若嚴氏《爾雅匡名》，則於清儒《爾雅》文字類著述中，體例最齊，內容最富，又成於阮元《校勘記》之前，段玉裁〈序〉嘗謂:「近日阮芸臺中丞，爲《爾雅校勘記》，不識見九能是書否也？」據嚴氏諸傳，及錢林《文獻徵存錄》，嚴氏補諸生時，深得朱珪、阮元之賞，則嚴氏書成，阮當及見之，於經文正字，誠有補矣。

勞經原〈跋〉謂此書乃「讀《爾雅》之所資」，徐養原〈序〉則謂爲「讀《爾雅》而得其要領者」所言甚是。徐氏並讚其「采摭群言，構會甄擇，經疏史注，有涉於此者，悉舉而臚陳之，俾互相證發，不煩言而自解。簡而當，博而不支，無肊說，無虛詞，《爾雅》得此，洵爲善本，景純、元朗不得專美於前矣。」若段玉裁評此書，則較公允：「歸安・嚴子九能，述《爾雅匡名》二十卷，博觀約取，一一精畫。蓋唯能窺見其大者，故於細者較易易耳。」嚴氏是編，誠有得有失，如本節前文所述，然後世有正《爾雅》文字者，則必當有取於《匡名》，否則亦所謂「懼煩而失善本」者矣。

第四節　阮元《爾雅注疏校勘記》

一、阮氏傳略

阮元字伯元、號芸臺，江蘇・儀徵人，高宗乾隆二十九年（1764 年）生，宣宗道光二十九年（1849 年）卒。乾隆五十一年舉人，五十四年進士，選庶吉事，授翰林院編修。逾年大考，高宗親擢第一，超擢少詹事。召對，上喜曰：「不意朕八旬外復得一人。」五十八年，督山東學政；嘉慶四年，署浙江巡撫；十一年詔撫福建，以病辭；十二年署戶部侍郎、授兵部侍郎；二十二年調兩廣總督；道光六年調雲貴總督；十二年協辦大學士；十五年拜體仁閣大學士；十八年以老病致仕，加太子太保；二十六年晉太傅；二十九年卒。諡文達，入祀鄉賢祠、浙江名宦祠。

阮氏生平持躬清慎，爲政務崇大體。督學時，士有一藝之長，無不獎勵，能解經義及古今體詩者，必擢置於前。入翰林時，創編國史《儒林》、《文苑傳》，至爲浙江巡撫時，始手成之。集《四庫》未收書一百七十二種，撰《提要》進御，補中秘之闕。嘉慶四年，偕大學士朱珪典會試，一時樸學高才搜羅殆盡。歷官所至，振興文教。於浙江立詁經精舍，祀許愼、鄭康成，選高才肄業；在粵立學海堂亦如之，並延覽通儒，造士有家法，人才蔚起。主持風會者五十餘年，士林尊爲山斗。蓋其一生，以座師朱文正公爲楷模，故其經術、政事與文正相類云。

阮氏論學之旨，在實事求是。自經史小學以及金石詩文，鉅細無所不包，而尤以發明大義爲主。所著《性命古訓》、《論語孟子論》、《仁論》、《曾子十篇注》推闡古聖賢訓世之意，務在切於日用，使人可身體力行。其餘說各經之義，載於自著《揅經室集》，不可枚舉。撰《十三經注疏校勘記》、《經籍纂詁》傳布海內，爲學者所取資。又有《疇人傳》、《淮海英靈》、《鐘鼎款識》、《山左金石志》、《兩浙輶軒錄》等，並爲考古者所重。即隨筆紀錄如《廣陵詩事》、《小滄浪》、《筆談》等書、亦皆有關掌故。聚書富，故刊刻尤多，《皇清經解》、《十三經注疏》、《文選樓叢書》並是。

所著《爾雅注疏校勘記》，爲其《十三經注疏校勘記》之一，上、中、下三卷各分上、下，凡六卷。取宋、元善本，如明・吳元恭仿宋刻《爾雅經注》三卷、元槧雪牕書院《爾雅經注》三卷、宋槧《爾雅邢疏》及《唐石經》等，以正俗本之失，條其異同，定其是非。纖悉畢備，爲治《爾雅》者之津梁。

本傳事蹟見《清史稿列傳》一百五十一、《清史列傳・大臣傳續編》卷三十六。及《清儒學案小傳》、《續碑傳集》、《清代七百名人傳》、《清代樸學大師列傳》、《清朝先正事略》、《初月樓聞見錄》、《清代疇人傳》、《國朝耆獻類徵初編》等。

二、著書大旨

是編阮氏〈自序〉曰：

> 顧邢書列學官已久，士所共習，而經、注、疏三者，皆譌舛日多，俗間多用汲古閣本，近年蘇州翻版尤劣，元搜訪舊本，於《唐石經》外，得明・吳元恭仿宋刻《爾雅經注》三卷、元槧雪牕書院《爾雅經注》三卷、宋槧《爾雅邢疏》末附合經注者十卷，皆極可貴，授武進・監生臧庸，取以正俗本之失，條其異同，纖悉必備，元復定其是非，爲《爾雅注疏校刊記》六卷，後之讀是經者，於此不無津梁之益。

由此序言可知，阮氏所以著書者，概有四端：一曰經、注、疏文譌舛日多、二曰搜輯善本以正俗刻、三曰采摭諸家以觀異同、四曰條其異同以定是非。

（一）經、注、疏文譌舛日多

嚴元照《爾雅匡名・自序》嘗曰：

> 生年過二十，始得《注》《疏》合刻之本，讀之，苦其文字多誤，思

> 有以正之，乃據《釋文》《石經》，盡袪俗本之陋，以爲得之矣。反復久之，知《釋文》所載諸家之異同，尚多漏略，而瑕瑜並陳，漫無折衷，學既無定一是之歸，閒有是非，又往往不能合乎古。

可見清以前《爾雅》經、注、疏文之舛譌者，已多滯礙難讀。其所以如此者，一則時爲之也，戴震《爾雅文字考・序》曰：

> 古故訓之書，其傳者莫先於《爾雅》，《六藝》之賴是以明也，所以通古今之異言，然後諷誦乎章句，以求適於至道。劉歆、班固論《尚書古文經》曰：古文讀應爾雅，解古今語而可知。蓋士生三古之後，時之相去千百年之久，視乎地之相隔千里之遠無以異。昔之婦孺聞而輒曉者，更經學大師轉相講授，而仍留疑義，則時爲之也。

《爾雅》所錄皆當時故訓，婦孺輒曉，然時隔千年，語言之遷變，遂有不可解者，而文字又未有一定，故諸家所釋，即漫無折衷。二則以俗刻之有優劣也，俗間所刻，多凭書寫流傳之本，或翻刻它本，以定字體，其不可也必矣，字體不定，則字義亦不易明，後之儒者，又穿鑿而爲之說，《爾雅經注》疏文，遂多舛誤也。阮氏是編見此，故起而校勘諸家眾本之文字，字正而後義明，是其大旨也。

（二）搜輯善本以正俗刻

校勘之首要工作，即備眾本以互勘。蓋一書之中，有錯訛，有羨奪，使無有他本相勘，則不知其錯誤羨奪，只知其文義難明，索解不得而已，殆與它本相勘，而知有錯誤羨奪也。然它本亦未必果爲古書之眞本，或者不訛奪於此，而訛奪於彼，何取何去，莫有準繩，惟有兼備眾本，其眾本悉同者，可據以決爲定本，其有不同者，亦可擇善而從，此校勘備眾本之必要也。

阮氏是編，所據以善本爲主，如《唐石經・爾雅》三卷、明・吳元恭仿宋刻《爾雅經注》三卷、元槧雪牕書院《爾雅經注》三卷、宋槧《爾雅疏》十卷、元槧《爾雅注疏》十一卷。然所謂俗本，及阮氏以爲之劣本，如明・閩本《爾雅注疏》十一卷、明・監本《爾雅注疏》十一卷、明・汲古閣毛本《爾雅注疏》十一卷、阮氏亦兼參酌是正，則其所備底本，可說不少，故其成就亦巨也。

（三）采摭諸家以觀異同

經籍訛譌，自古而然，其失校者，則非後世古本之所能正也，阮氏於是廣之群籍，相互鈎稽，務使久沈之義，不可得之於本書，時於他書中獲之，如《說文》、《玉篇》、《廣韻》、《史記》、《文選》，及諸經傳載籍，文字之異同，有可供參校者，時而出之。

阮氏之前，有他家校《爾雅》者，亦多采摭，如彭元瑞《石經考文提要・爾雅》一卷、浦鏜《爾雅注疏正誤》三卷、惠棟《爾雅注疏校本》十一卷、盧文弨《爾雅注疏校本》十一卷，諸家所校，偶有異同，合而觀之，多資考證。此外唐・陸德明《經典釋文・爾雅》最詳，阮氏亦別爲校訂，以與諸家相參，引據之本，則有明・葉林宗影抄宋本《經典釋文》，盧文弨《爾雅音義考證》二卷。凡此皆所以廣《爾雅》經、注、疏文諸本之異，於文字之校勘，實不可少也。

（四）條其異同以定是非

底本互抄，采摭諸家，皆所以觀文字之異同，若校勘，則當以徵實爲得，故阮氏底本既備，諸家亦采，即逕爲裁定是非。阮氏《十三經注疏校勘記》，各有負校之人，《易》、《穀梁》、《孟子》爲李鋭所校，《尙書》、《儀禮》徐養原所校，《毛詩》顧廣圻校，《禮記》洪震煊校，《左傳》、《孝經》嚴杰校，《論語》孫同元校、《周禮》、《公羊》、《爾雅》則臧庸所校、阮氏特總其成，故於諸家所校，須條其異同，以定是非。

若阮氏校定之方法與內容，則有備眾本、校異同、通訓詁、援旁證、正譌誤、存疑似諸端。夫《爾雅》經、注、疏文之舛互難讀，已如前文所述，阮氏是編，則能全面校勘，其序盧宣旬刻《十三經注疏》曰：「竊謂世人讀書，當從經學始，經學當從注疏始，空疏之士，高明之徒，讀注疏不終卷而思臥者，是不能潛心揅索，終身不知有聖賢諸儒經傳之學矣。至於注疏諸義，亦有是有非，我朝經學最盛，諸儒論之甚詳，是又在好學深思，實事求是之士，由注疏而推求尋覽之也。」阮氏謂讀書當從經始，讀經當由注疏始，故其校勘諸經注疏，是誠所謂於經學有津梁之益者也。

三、引據各本目錄

阮氏《爾雅校勘記》，引據之本，有單經本、經注本、單疏本、注疏本、及《經典釋文》二種，計十四種。茲分別述之於后：

單經本

1. 《唐石經・爾雅》 三卷

《石經》之存者，以唐《開成石經》最爲完備，嚴可均《爾雅唐石經校文》姚文田〈後序〉曰：「《開成石經》，成於鄭覃諸人，其所讎校，皆依當日行本，謂是正文字，必有合於古，余未敢盡信，然賴是而經文不再至訛誤，則其功實未可泯。」《唐石經・爾雅》，首載郭〈序〉，每卷標篇目，下題郭璞《注》，每行十字，卷上〈釋詁〉第一、〈釋言〉第二、〈釋訓〉第三、〈釋親〉第四；卷中〈釋宮〉第五、〈釋器〉第六、〈釋樂〉第七、〈釋天〉第八、〈釋地〉第九、〈釋丘〉第十、〈釋山〉第十一、〈釋水〉第十二；卷下〈釋草〉第十三、〈釋木〉第十四、〈釋蟲〉第十五、〈釋魚〉第十六、〈釋鳥〉第十七、〈釋獸〉第十八、〈釋畜〉第十九。大致與今本同。阮氏《校勘記》引據各本目錄曰：「非特較陸氏《釋文》迥然不侔，即與邢《疏》本亦有異，如〈釋天〉，《石經》作析木謂之津，而邢本作析木之津，云定本有謂字，因注誤；〈釋地〉，《石經》作下者曰溼，而邢本作下者曰隰，云本作溼誤。舉此，知今本承《石經》之誤者多矣。」

2. 《石經考文提要・爾雅》 一卷

是編彭元瑞所撰輯，其書上舉校正《石經》之文，下著各本同異與擇善而從，凡所參稽爲：《唐石經》、鄭樵《注》本、武英殿本考證、至善堂《九經》本、監本，與《經典釋文》、《九經字樣》、《康熙字典》等書。阮氏引據各本目錄曰：「乾隆五十六年校刊《石經》，據宋、元舊刻，多所訂正，尚書彭元瑞撰輯，此篇每經爲一卷。」

經注本

1. 明・吳元恭仿宋刻《爾雅經注》 三卷

此本爲阮氏《校勘記》所據之底本，凡摘書《經注》皆用此本，而記中《經注》云「此本」者，謂此也。是編嘉靖十七年秋七月吳元恭校刊，有〈後序〉，每葉十六行，每行十七字，卷首標目同《唐石經》，卷末總計經若干字，注若干字。阮氏引據各本目錄曰：「間有一二小誤，絕無私意竄改處，不附《釋文》，而郭《注》中之某音某，完然無闕，爲經注本之最善者，必本宋刻無疑，今以此爲據。」此本外，阮氏間參用明・陳深《十三經解詁》本，阮氏取與吳本比較謂：「較此多印合而微有刪改處，如〈釋詁〉注云其餘義皆通見《詩》《書》，陳本作其餘義見《詩》《書》。嗟、咨，𧪥也，注云音兔罝，陳本刪此三字，不若吳本之可據也。」

2. 元槧雪牕書院《爾雅經注》 三卷

此本無年代可考，首署雪牕書院校正新刊八字，故稱雪牕本。字體與《唐石經》同，每葉二十行，每行經十九字、注二十六字，注下連附音切，於本字上加圈爲識，阮氏謂較諸注疏本獨爲完善，並曰：「〈釋畜〉『騋牝驪牝』與《經義雜記》合，〈釋蟲·注〉『熏豳桑樹』與《釋文》合，而今本《釋文》亦誤，若『女桑，桋桑』之作姨，『四蹢皆白，首』之作『騚』，〈釋草·注〉『音繾綣』之作『音丘阮』，皆其私改，又不可不知者，然較之俗所行郎奎金、鍾人傑等刊本，則遠勝之矣。郎、鍾等本，隨意增刪竄易，更不可據。」

單疏本

1. 宋槧《爾雅疏》 十卷

《校勘記》經、注所據爲吳元恭本，邢《疏》文所據，則此本也，凡《校記》疏文云「此本」者，謂此也。阮氏引據各本目錄曰：「每卷標目，首署邢氏名銜。每葉三十行，每行三十字，或多少一字。經注或載全文、或標起止，皆空一格，下稱『釋曰』，此當脫胎北宋本，中有明人刊補者，最劣。今作《校勘記》，以此本爲據。」

注疏本

1. 元槧《爾雅注疏》 十一卷

此本每葉十八行、經每行二十字、注及疏低一格，亦每行二十字，經下載注雙行、不標注字，疏標陰文。阮氏曰：「疏字內多明人補刻板，其佳者與單疏本、雪牕本印合，而訛字極多，不勝指摘。今第取其是者，及與閩、監、毛三本有相涉者，證其同異云。」按此本即閩本所襲刊者。

2. 明閩本《爾雅注疏》 十一卷

此本明·嘉靖間，閩中御史李元陽刊，每半葉九行，每行經二十一字、注及疏低一格，每行二十字，經下載注，單行居中，標陰文注字，分經、注、疏爲大、中、小三等字。阮氏曰：「分卷及疏文脫落處，悉與元板同，知此本出於元板也。其佳者多與單疏本、元本合，而增補之字多不得當，剜擠之痕，灼然可考，監、毛本則照此排勻矣。」

3. 明監本《爾雅注疏》 十一卷

此本明萬曆間，曾朝節、周應賓、吳士玉、黃錦等刊，阮氏曰：「行數、字數與閩本同，惟分『卬吾台予』以下爲〈釋詁〉下，餘篇不分上、下，注用小字，單行偏右，較閩本爲完善，誤字亦較毛本爲少。」

4. **明汲古閣毛本《爾雅注疏》**　十一卷

此本明・崇禎間毛晉刊，經、注、疏亦分大、中、小三等字，合〈釋詁〉爲一篇，餘與監本同。此世所通行者，阮氏謂錯誤極多。

5. **《爾雅注疏正誤》**　三卷

此本清・浦鏜撰，阮氏曰：「據毛本及他書徵引之文，以意參校，其所改正之字，多未可信。」

6. **《爾雅注疏校本》**　十一卷

此本清・惠棟撰，阮氏曰：「多以《說文》、《釋文》、《唐石經》等訂俗本之訛。」

7. **《爾雅注疏校本》**　十一卷

此本清・盧文弨撰，阮氏曰：「以《釋文》及眾家說參校」。

《經典釋文》

1. **明・葉林宗影抄宋本《經典釋文》**

阮氏曰：「《爾雅音義》共二卷，上、中一卷，下一卷。」

2. **《爾雅音義考證》**　二卷

按盧文弨撰。

四、《爾雅校勘記》之內容及方法

阮氏《校勘記》，經、注、疏分校，經文最上，注文隔行低一格，疏文又隔行低一格，校文則於經、注、疏文之下，小字雙行。阮氏《十三經注疏校勘記》，原爲單行，嘉慶二十年，盧宣旬氏刻《十三經注疏》，乃別據《校勘記》，擇其說附載於每卷之末，今與《皇清經解》補刊本對校，則凡「釋曰」云云，盧刻《十三經注疏》，往往芟去，故非足本。今所論阮氏《爾雅校勘記》之內容方法，則以《皇清經解》補刊本爲主，免致疏失。

（一）備眾本

校書必先廣儲眾本，此校書最基本之條件。蓋印刷術發明以前，無論用竹用帛，皆係傳鈔，傳鈔便不能無誤，且竹簡繁重，編絕則簡散，或脫或亂，故無論何本，皆不能保其無誤。如單據一本，至多生疑，而無法解。必與他本相校，而後知衍奪譌誤。印刷術發明以後，刊板、活字也仍易有誤，且官板、私板也往往有異，故校書必先備眾本，眾本同而一本獨異者，固易於解決，即各本皆異，亦可擇善而從。

阮氏《爾雅校勘記》引據之本，已如前述，而其所備諸本，亦有底本、輔本之分，如經、注之底本，為吳元恭本，疏文之底本，則為宋槧之單疏本，餘則為輔本。茲舉二例，以明其眾本之用：

〈釋言〉:「還、復，返也。」

《校勘記》曰:「元本經下載音切，還音旋，閩本、監本誤為注，毛本遂剜改作『皆迴返也』，似郭氏舊有此注矣。考此本、雪牕本、陳本、鍾本、郎本、葛本皆無也。」

按阮氏所謂「此本」者，即吳元恭仿宋刻《爾雅經注》之本，為其底本也。餘所舉雪牕本、陳深本、鍾人傑本、郎奎金本、葛本，皆輔本也。又：

〈釋器〉:「約謂之救。」

邢《疏》:「〈士冠禮〉曰：玄端，黑履，青約。」

《校勘記》:「注疏本同，浦鏜云『屨誤屐』。按《義疏》之文，屨、履往往相亂，無庸盡改，下文約屨屬，此本亦作履屬矣。」

按此校疏文，所謂「此本」者，即宋槧《爾雅疏》十卷，以此為底本也。夫精於校勘者，舉誼塙鑿，輔本固不必多。如高郵・王氏父子，立說多與未見之本合，此其所以令人嘆服也。然輔本多，實有助於判斷，輔本少，或見而未備，或顧此失彼，或忽而未校，皆難免疏失。故阮氏校《爾雅》，先備眾本，底本精而輔本多，為其首要之法也。

（二）校異同

諸家刻本，或脫或訛，或增或刪，故時有異同，阮氏眾本既備，則觀其異同。如：

〈釋草〉:「芍，鳧茈。」

郭《注》:「生下田。」

《校勘記》校郭《注》曰:「雪牕本、注疏本同，單疏本作生下田中，《後漢書・劉元傳》注引此注同。按下：購，商蔞；《注》云『生下田。』」

按或作「生下田」，或作「生下田中」，阮氏具列之，以觀諸本異同。

〈釋鳥〉:「鷺，舂鉏。」

《校勘記》:「《唐石經》、單疏本、雪牕本同，《釋文》鋤字又作鉏，

《文選・西都賦》注引作『鷺，舂鋤』，與陸本合。」

按鉏或又作鋤，《釋文》所列與諸本異，故阮氏備載合校。又：

〈釋獸〉:「貄，脩毫。」

《校勘記》:「《唐石經》、單疏本、雪牕本、閩本、監本同，元本脩字闕，毛本改修。按《釋文》作脩，《說文》作𢑱。」

按或作脩，或作修，或作𢑱，亦備載參校。

（三）通訓詁

眾本已備，異同已校，則須通訓詁以取其善者。阮氏深於訓詁之旨，能明因聲求義、聲近義通之理。《校勘記・序》曰:「《爾雅》經文之字，有不與經典合者，轉寫多歧之故也，有不與《說文解字》合者，《說文》於形得義，皆本字本義，《爾雅》釋經則假借特多，其用本字本義少也，此必治經者深思而得其意。」又〈與郝氏論爾雅書〉云:「今子爲《爾雅》之學，以聲音爲主，而通其訓詁，余亟許之，以爲得其簡矣。以簡通繁，古今天下之言，皆有部居而不越乎喉舌之地。」〔註 20〕故阮氏校《爾雅》，亦能以聲求義，如：

〈釋言〉:「蓋、割，裂也。」

《校勘記》:「《唐石經》、單疏本、雪牕本同。《釋文》蓋・古害反，舍人本作害。按《書・呂刑》鰥寡無蓋，『蓋』即『害』字之借，言堯時鰥寡無害也。《釋名》害，割也。《書・堯典》洪水方割，〈大誥〉天降割之類，皆害字之借。割與蓋亦音相近，《書・君奭》割申勸寧王之德。鄭注〈緇衣〉云：割之言蓋，是也。」

按蓋、害、割三字音相近故通用，諸本文字之異同，可得而冰釋也。王引之《經義述聞・序》云:「詁訓之旨，存乎聲音，字之聲同、聲近者，經傳往往假借，學者以聲求義，破其假借之字，而讀以本字，則渙然冰釋，如其假借之字，而強爲之解，則詰𧥺爲病矣。」今阮氏校《爾雅》，即是能因聲以求其通假者也。

以聲求義，其義易見，與聲無關，其義難明，故阮氏之校，於聲求之外，又能以義證之，如：

〈釋言〉:「浹，徹也。」

《校勘記》:「《唐石經》、雪牕本同，《釋文》『浹，子協反。郭音接。』

〔註 20〕見阮元《揅經室集》。

錢大昕云『《說文》無浹字，當作挾，《詩》使不挾四方，毛《傳》挾，達也。漢儒諱徹爲通，通、達義同。』按《爾雅》當本作『挾，徹也。』，與上『挾，藏也。』，同字異訓，《釋文》挾，子燮反，與郭音接正合。《正義》曰挾者，周匝之義。《周禮》所謂浹日，《周禮釋文》：挾日，字又作浹。凡挾作浹者，皆後人所改。」

按挾，達也；徹，通也；通、達同義，故《爾雅》當爲挾字。此爲義證，與聲求皆爲阮氏通訓詁以校《爾雅》之大法也。

（四）援旁證

阮氏校文除求諸本、通訓詁外，又援引諸經傳載籍以爲旁證。如：

〈釋言〉：「逡，退也。」

郭《注》：「《外傳》曰：已復於事而逡。」

《校勘記》：「單疏本、雪牕本同。按〈齊語〉有司已於事而逡，凡六見無復字，此蒙上文鄉長復事引之，有司即鄉長也。《說文》『竣』下引《國語》曰『有司已事而竣』，則今本於字亦當衍。《一切經音義》卷九引《爾雅》逡，退也，郭氏曰逡、巡、卻，退也。《文選・東都賦》注引郭《注》曰『逡、巡、卻，去也。』今本無此五字，《爾雅正義》據《文選注》補。」

按此援《國語》、《說文》等，謂當作「已事而逡」也。又：

〈釋木〉：「立死，椔。」

《校勘記》：「雪牕本、注疏本同。《唐石經》椔字闕。《五經文字》云『椔，壯利反，立死也。見《爾雅》』，單疏本亦作椔。按《釋文》云『甾《字林》作緇』，是《爾雅》不作椔也。《詩・皇矣》其菑其翳，《毛傳》木立死曰菑，《正義》引〈釋木〉云立死菑。李巡曰：以當死害生曰菑。《釋文》菑本又作甾，然則《毛詩》亦作甾，不作椔也，今本從木蓋因《字林》增加。」

按此援《五經文字》、《詩經毛傳》、《詩正義》、李巡之說，謂椔當作甾。

（五）正譌誤

備眾本、校異同、通訓詁、援旁證皆所以正譌誤也，其誤之易見者，或校諸本即可擇善而從，或明聲假即可知本字本義，然其譌脫舛誤已久者，則須諸法並用。如：

〈釋詁〉:「疷，病也。」

《校勘記》:「注疏本同，誤也。《釋文》、《唐石經》、單疏本、雪牕本，皆作疧，當據以訂正。《釋文》疧，祈支反，或丁禮反，本作疷。按疧與疷同字同音，或丁禮反，故誤作疷。《五經文字》疧，巨支反，病也，見《爾雅》。雪牕本疧音祈，單疏本引〈白華〉俾我疧兮。《說文》、《毛傳》皆云疧，病也，今《詩》亦誤疷。」

按吳元恭本作疷，元槧注疏本亦作疷，而《石經》、單疏本、雪牕本、《釋文》皆作疧，阮氏舉《釋文》音切，證疷乃因音切而誤，又舉《五經文字》、《說文》、《毛傳》作疧，病也，證疧爲是，疷爲譌，是由校諸本異同，通訓詁、援旁證而逕以正譌誤也。又：

〈釋言〉:「殛，誅也。」

《校勘記》:「《唐石經》、單疏本、雪牕本同。《釋文》殛，紀力反。段玉裁云『殛』經注皆作『極』。按」《詩・苑抑》後予極焉，《箋》云極，誅也，《正義》曰極誅〈釋言〉文；〈閟宮〉致天之屆，《箋》云屆極〈釋言〉文，〈釋言〉又云極，誅也，此經作極之證。《書・洪範》鯀則殛死，《釋文》殛・紀力反，本或作極，音同。《周禮・大宰之職》注殛鯀於羽山，葉鈔《釋文》極，紀力反，此注作極之證。《爾雅釋文》當與《毛詩》《周禮》同作極，《唐石經》作殛，非。《書釋文》作殛，蓋開寶所改，陸氏原本當亦作極。」

按殛、極音同，《釋文》、《毛詩》、《周禮》及諸經傳皆作極，故據《釋文》以正《唐石經》。

（六）存疑似

阮氏《校勘記》，有未下斷語者，或跡涉疑似，或莫之能考，皆存各本異同，合而觀之。如：

〈釋宮〉:「東南隅謂之窔。」

《校勘記》:「按《說文》窔作宧。」

又：

〈釋樂〉:「其中謂之箵。」

《校勘記》:「單疏本、雪牕本、注疏本同，《釋文》、《唐石經》箵作箵。」

又：

〈釋草〉:「芑,蒫芑。」

《校勘記》:「《唐石經》、單疏本、雪牕本同,葉鈔《釋文》、《五經文字》作『蒫』。」

又:

〈釋木〉:「檖,羅。」

《校勘記》:「《唐石經》、單疏本、雪牕本同,注疏本羅改蘿。」

按胡樸安氏《校讎學》曰:「校書有三要:一密、二精、三虛。眾本互勘者,精之事也;本諸詁訓,求之聲韻者,密之事也;不以他書改本書者,虛之事也。」虛即虛心也,若以上之類,阮氏皆但記諸本之異同,加以按語,而不輕改原文,即是虛心也。

五、《爾雅校勘記》之得

(一)能明通假

俞樾《群經平議・序》嘗云:

> 嘗試以爲治經之道,大要有三:正句讀,審字義、通古文假借。得此三者以治經,則思過半矣。……三者之中,通假借爲尤要。

阮氏之校《爾雅》,即能求之通假,其《校勘記・序》曰:「《說文》於形得義,皆本字本義,《爾雅》釋經,則假借特多,其用本字本義少也。此必治經者,深思而得其意。」故阮氏《校勘記》,於文字之扞格難通處,多能求之於通假之關係,不致強爲解說,而「以聲求義」,尤爲其通假借之鈐鍵,阮氏洞達此旨,故其發明故訓,是正文字,精審之說至多。本節前文已有申述,玆再舉例,以見其善。如:

〈釋言〉:「虹,潰也。」

《校勘記》:「《唐石經》、雪牕本同。《釋文》虹,音洪。顧作『訌』,音同。李本作『降』,下江反。按《毛詩・抑》實虹小子,《傳》虹,潰也;〈召旻〉蟊賊內訌,《傳》訌,潰也。《說文》訌,潰也,從言.工聲,《詩》曰蟊賊內訌。蓋虹假借字,訌正字,虹、訌皆工聲。陸德明作『虹』與〈抑〉合;顧野王作『訌』與〈召旻〉合,陸、顧本皆郭本也,李巡本作『降』,古『降』與『虹』音同,亦是假借字。」

按吳元恭本、《唐石經》、雪牕本、《釋文》作虹、李巡作降。阮氏以《詩・抑、召旻》、《說文》證虹、降皆同音假借,訌爲正字。又:

〈釋蟲〉:「次蟗」。

《校勘記》:「按經文蟗字於六書皆不合，出非諧聲也，以諧聲求之，當是作蠹，從蟲·橐聲，與《說文》蚍、蠹同字，『次蠹』在《說文》則作『𧒒𧕴』，古音相同也，次，古音讀如桼。」

按此則以諧聲求本字，改蟗爲蠹。又：

〈釋獸〉:「麐，麕身」。

《校勘記》:「《唐石經》、單疏本、雪牕本同。《釋文》本又作麟，牝麒也，《五經文字》『麐，牝麒也，經典皆作麟，唯《爾雅》作此麐字。』按《說文》麒，仁獸也。麐，牝麒也。麒，大牝鹿也。是麒麟字作麐，今《毛詩》、《春秋》、《禮記》作麟者，同聲假借也，惟《爾雅》作麐爲正。」

按吳元恭本、《唐石經》本、雪牕本、單疏本作麐，《釋文》云他本作麟，謂經典皆作麟。阮氏以《說文》爲證，麟、麒、麐不同，麟假借、麐正字，《爾雅》爲是矣。

（二）能備眾本

孫詒讓《扎迻·序》論校勘之法曰：

綜論厥善，大抵以舊刊精校爲依據，而究其微恉，通其大例，精擥博考，不參成見……其諟正文字譌舛，或求之於本書，或旁證之他籍，及援引之類書，而以聲類通轉爲之錧鍵，故能發疑正讀，奄若合符。

阮氏校勘之旁證他籍，聲類通轉已如本節前文所述。若如孫氏所言之「舊刊精校爲依據」，阮氏《爾雅校勘記》亦有之，《十三經校勘記》於嘉慶二十年，刻於江西·南昌，阮氏敘其端曰：

有宋十行本注疏者，即南宋·岳珂《九經三傳沿革例》所載建本附釋音注疏也。其書刻於宋南渡之後，由元入明，遞有修補，至明·正德中，其板猶存，是以十行本爲諸本最古之冊。此後有閩板，乃明·嘉靖中用十行本重刻者；有明監板，乃明·萬曆中用閩板重刻者；有汲古閣毛氏板，乃明·崇禎中用明監本重刻者。輾轉翻刻，訛謬百出。明監本已燬，今各省書坊通行者，惟有汲古閣毛本，此本漫漶不可識讀，近人修補，更多訛舛。元家所藏十行宋本，有《十一經》，雖無《儀禮》、《爾雅》，但有蘇州北宋所刻之單疏板本，爲賈公彥、邢昺之原書，此二經更在十行本之前。元舊作《十三經注疏校勘記》，雖不專主十行本、單疏本，而大端實在此二本。〔註21〕

阮氏所謂「蘇州北宋之單疏板本」，即其引據各本目錄中之「宋槧《爾雅疏》十卷」。阮氏《十三經注疏校勘記》，除《儀禮》、《爾雅》外，皆主十行本，而缺此二經，然其所據單疏本尤在十行本之前，堪稱其《十三經校勘記》中之最古者。其《爾雅校勘記》之邢《疏》文，即以此本爲據。此外，經注之據，則爲明・吳元恭之本，此本阮氏深善之，謂其「必本宋刻無疑」，可見阮氏校《爾雅》，除《唐石經》外，所本皆主宋刻，是所謂「以舊刊精校爲據依」也。

葉夢得《石林燕語》曰：

唐以前，凡書籍皆寫本，未有摹印之法，人以藏書爲貴，人不多有，而藏者精於讎對，故往往皆有善本；學者以傳錄之艱，故其誦讀亦精詳。自書籍刊鏤者多，士大夫不復以藏書爲意，學者易於得書，其誦讀亦因而滅裂。然板本初不是正，不無訛誤，世既一以板本爲正，而藏本日亡，其訛謬遂不可正，甚可惜也。

而刊印之本，又每經翻刻，便多生衍脫錯誤，宋本刊刻較早，故較可靠。然宋本亦非無誤，焦循〈宋岳珂九經三傳沿革例序〉曾曰：「學者言經學則崇漢，言刻本則貴宋，余謂漢學不必不非，宋板不必不誤。」戴震亦嘗云：「宋本不皆善，有由宋本而誤者。」〔註22〕故校書不能專據一本，必比較眾本而後能斷，阮氏校《爾雅》，即能不囿於宋本，而多備輔本，如本節引據各本目錄所介紹者。故《校勘記》中，有以輔本正宋本、《唐石經》之誤者，有以宋本糾俗刻之誤者，皆由其能廣儲異本，而於《爾雅》文字之校勘，得擇善而從也。

（三）集《爾雅》校勘之大成

清儒之校《爾雅》者極夥，專以校勘成書者，《石經》則有：彭元瑞《爾雅石經考文提要》、馮登府《爾雅石經補考》、《爾雅唐石經考異》、及嚴可均之《爾雅唐石經校文》；注疏則有：惠棟《爾雅注疏校本》、盧文弨《爾雅注疏校本》、

〔註21〕建本者，建安・余仁仲刊。賈公彥、邢昺之原書者，《儀禮》唐・賈公彥《疏》，《爾雅》宋・邢昺《疏》故云。又《注》《疏》合刻起於南、北宋間，此二種單疏本皆約爲北宋眞宗咸平、景德間所校刻、十行本則於南宋初，故較此二種爲遲。

〔註22〕見《戴東原年譜》。

張宗泰《爾雅注疏本正誤》、浦鏜《爾雅注疏正誤》；此外如臧庸有《宋本爾雅考證》，專考南宋雪牕本；盧文弨有《爾雅音義考證》，則專考《釋文》之《爾雅音義》，王樹枏有《爾雅郭注佚存訂補》，則專校郭《注》。皆極可貴。

上述諸作，雖稱精審，然或校《石經》、或校郭《注》、或考《釋文》，皆未能全面。而又略嫌簡約，如彭元瑞之《考文提要》，計七十則；嚴可均之《校文》，凡一百五十九科，若馮登府之《補考》及《考異》，則惟二十及十四事而已。張宗泰校《爾雅注疏》本，經、注、疏合計，亦僅二百二十條，雖大抵考據精覈，如吉光片羽，彌足珍貴，然所未校者，恐亦多漏失。若阮氏之《校勘記》，則經文、注文、疏文、《釋文》音義並皆校之，不唯能多備異本，以資考校，其所校得異同者，亦超過三千條之多，於板本之搜輯、考證之精當、內容之豐富上，皆邁越前人，而前人校勘之成果，亦多能囊括之，是可謂集清儒《爾雅》校勘之大成者也。

此外阮氏所引據者，如惠棟之《爾雅注疏校本》、盧文弨之《爾雅注疏校本》、浦鏜之《爾雅注疏正誤》，今皆不傳，惠棟、盧文弨、浦鏜皆清世校勘大家，其所讎校，必有可觀之處，今雖不傳，然賴阮氏援引，尤可略見其端崖，是又有存古之功也。阮氏《校勘記》之後，有劉光蕡著《爾雅注疏校勘札記》、許光清著《爾雅南昌本校勘記訂補》，皆補阮氏《校勘記》之未備，合而觀之，則《爾雅》經、注、疏文，諸本之異同考證，可豁然塙斯矣。

六、《爾雅校勘記》之失

阮氏是編，體制閎濶，既能求之於聲音，又能多羅善本，且是集清儒《爾雅》校勘之大成者，然即以其體制廣，故其中小小罅漏，固自不免。茲舉二例以見其疏失之處。如：

〈釋詁〉:「犯、奢、果、毅，勝也。」

郭《注》:「陵犯、誇奢、果毅，皆得勝也，《左傳》曰殺敵爲果。」

邢《疏》:「皆謂得勝也……陵犯、誇奢、殺敵爲果、致果爲毅。」

《校勘記》:「毅當爲衍文，《注》云『陵犯、誇奢，皆得勝也。』此釋經之犯字、奢字，又云『《左傳》曰殺敵爲果』，此釋經之果字，今注『陵犯誇奢』下有『果毅』二字，蓋後人竄入，邢《疏》祇云『陵犯誇奢』。經如本有毅字，郭引《左傳》必連致果爲毅矣。邢所據本有毅字，故釋經文『殺敵爲果，致果爲毅』。段玉裁云『注當本是陵犯、誇奢、倮毅，以倮毅釋倮，猶以陵犯、誇奢釋犯、釋奢也。』」

按阮氏謂經文「毅」字爲衍文，蓋後人竄入，其理有二：一以邢《疏》只云「陵犯誇奢」無有「果毅」。二以郭《注》引《左傳》不取「致果爲毅」。今按邢《疏》釋經文明爲：「陵犯、誇奢、殺敵爲果、致果爲毅。」何謂「只云陵犯誇奢」？阮氏亦知邢《疏》此文，然前後矛盾，不知何故。而郭《注》引《左傳》，惟取「殺敵爲果」者，蓋其釋「果」字也。郭氏《爾雅注》於它處，亦未字字皆釋，此釋果不釋毅，又何足怪也？《唐石經》、單疏本、雪牕本，並皆有「毅」字，阮氏不取，又指爲衍文，然皆無實據，是阮氏之疏也。又：

〈釋草〉：「虋，從水生。」

郭《注》：「生於水中。」

《校勘記》：「《唐石經》、單疏本、雪牕本同。按生字疑衍，此虋從水，與下薇乘水，文一律；此《注》生於水中，與下《注》生於水邊，文亦一律，因經無生字，故《注》云生於水中，今本蓋因《注》誤衍。」

按〈釋草〉「虋從水生」下有「薇乘水」，郭《注》：「生於水邊」，阮氏據此謂「虋從水生」，當與「薇乘水」一律，「生」字爲衍。此亦無根之論也。昔鄭樵注〈釋詁〉「關關、噰噰，音聲和也」，謂：「二文一義者，皆在〈釋訓〉部，恐誤在此。」人視爲穿鑿。〔註 23〕今阮氏爲求文例一定，而隨意刪經，恐與鄭《注》一類也。似此者，皆《校勘記》百密中之一疏，如前所言，以其體制閎，故偶有疏失，自是難免，若其大體，則多精善矣。

七、《爾雅校勘記》之影響及評價

阮氏《爾雅注疏校勘記》，乃其《十三經注疏校勘記》之一。阮氏撫江西時，刻《十三經注疏》於學官，今之《十三經》，即以南昌所刻《十三經注疏》附《校勘記》者，最爲善本。阮氏嘗敘其端曰：

嘉慶二十年，元至江西，武寧·盧氏宣旬，讀余《校勘記》，而有慕於宋本，南昌給事中黃氏中傑，亦苦毛板之朽，因以元所藏《十一經》，至南昌學堂重刻之，且借校蘇州·黃氏丕烈所藏單疏二經重刻之。……

〔註 23〕周春《爾雅補注》曰：「按上文䁐䁐、皇皇、藐藐、穆穆下連一文一義者，亦在〈釋詁〉部，此又因上文而連及之，非誤也。」

刻書者最患以臆改古書，今重刻宋板，凡有明知宋板之誤字，亦不使輕改，但加圈於誤字之旁，而別據《校勘記》，擇其說附載於每卷之末，俾後之學者，不疑於古籍之不可據，愼之至也。其經文、注文，有與明本不同，恐後人習讀明本，而反臆疑宋本之誤，故盧氏亦引《校勘記》載於卷末，愼之至也。

今日所最通行之《十三經注疏》本，即盧宣旬所刻之南昌本，而其所附之《校勘記》，即阮元之《十三經注疏校勘記》，二者所據皆爲善本，阮氏《校勘記》所據板本之富，猶爲當時盛事，二者合刻，經、注、疏文之異同，賴是而知。

然由阮氏所述，知南昌本《十三經注疏》，係「別據《校勘記》，擇其說附載於每卷之末」，故非足本，今與《經解》本對校，則凡「釋曰」云云，附南昌《十三經注疏》後者，往往芟去。茲將南昌本《爾雅注疏校勘記》條數，列表於後：

	經	注	疏	合　計
《爾雅疏・序》				8
《爾雅・序》				4
《爾雅序・疏》				42
〈釋詁〉上	21	15	59	95
〈釋詁〉下	31	52	97	180
〈釋言〉	36	58	131	225
〈釋訓〉	26	26	70	122
〈釋親〉	6	3	26	35
〈釋宮〉	13	18	35	66
〈釋器〉	15	25	86	126
〈釋樂〉	6	14	31	51
〈釋天〉	35	20	145	210
〈釋地〉	19	9	59	87
〈釋丘〉	8	12	34	54
〈釋山〉	9	15	35	59
〈釋水〉	13	18	71	102
〈釋草〉	86	87	148	321
〈釋木〉	32	41	55	128
〈釋蟲〉	28	33	68	129

〈釋魚〉	10	31	66	107
〈釋鳥〉	27	40	69	136
〈釋獸〉	20	31	27	78
〈釋畜〉	18	28	39	85
合　計	459	586	1351	2450

總計二四五○條，不惟非足本，且去阮氏足本多矣。此外南昌府學所刻，成於嘉慶二十一年八月，其校板時，阮氏《十三經校勘記》原校諸君已散亡，而阮氏又調撫河南，刊板者意在速成，故不免小有舛誤，阮元子喜孫嘗曰：「校書之人，不能如家大人在江西之細心，其中錯字甚多，有監本、毛本不錯，而今反錯者，《校勘記》去取亦不盡善，故家大人不以此刻本爲善也。」〔註 24〕可見南昌本不惟刪去甚多，去取不盡完善，且有若干訛誤，故阮氏不以此爲善。今考《爾雅》文字之異同，當以全本者爲據也。

南昌府學《十三經注疏》所附《校勘記》，已略如上述，雖以阮氏未爲卒業，故偶有舛誤。幸後有許光清氏作《爾雅南昌本校勘記訂補》，〔註 25〕多所訂正，《爾雅》部分遂能稍近於是。南昌《十三經注疏》，今世最爲通行，其載阮氏《校勘記》，故學者能賴是知諸本異同，影響深遠，而阮氏《校勘記》亦賴南昌本，而易於推求尋覽也。

除南昌本《十三經注疏》，引據阮氏《校勘記》外。阮氏校勘之成果亦爲後來諸儒所采。如馮登府著《爾雅石經補考》，即多取於阮氏；其後龍啓瑞作《爾雅經注集證》，不唯取之，並博引群書以證，是亦得之於阮氏者也。阮氏《爾雅注疏校勘記》出，而經、注、疏文得以爲正，善本不必無誤，劣本不必皆非，合而觀之，博觀約取，其集大成之影響，又非本文所可盡載矣。

漢、宋、清三代爲校讎學最盛之時期，〔註 26〕然漢世以經術政治勝，宋世以理學勝，清代則專以治書之學盛。清代既以治書爲主，故經、子諸書，皆在研究之列。然經、子諸書，經數千年之傳刻譌託，錯簡訛字，誤謬百出，且古今異時，音、義屢經變遷，其在古代視爲最淺近之文，後世亦苦其艱澀難讀，故校勘訓詁，便成爲清儒治古書之不二法門，而言校勘者，亦必歸之於清代矣。若阮氏之《校勘記》，即一代之盛事也。蔣元卿《校讎學史》曰：

〔註 24〕見《雷塘盦主弟子記》。
〔註 25〕在《百部叢書集成・涉聞梓舊》之《斠補隅錄》中。
〔註 26〕參胡樸安《校讎學》、蔣元卿《校讎學史》。

> 阮氏校勘最大的工作爲《十三經校勘記》，此書雖大都出自詁經精舍諸名士之手，然皆經阮氏之復勘而始定其是非，即以所據板本之富，亦足見確爲當時的盛事了……阮氏校書之能備眾本，實有過於劉向，而其方法之最精者，劉氏眾本互勘而定其去取，阮氏則眾本互勘而記其異同。

此言其《校勘記》，乃當時盛事，並讚其校勘方法能備眾本，能互勘而記其異同，爲其最精之處。胡樸安《校讎學》曰：

> 清儒校書尤善用此法（眾本互勘），既多備眾本，勘其異同，又從而以聲類義訓，定其是非，故於古書之底本，奄若合符矣，而阮氏元所成之事業爲尤巨。

不但謂其能眾本互勘，又提出聲類義訓之特色。此外阮氏校書能謹愼虛心，亦是可貴者，蔣伯潛《校讎目錄學纂要》曰：

> 胡樸安說：校書有三要，一密、二精、三虛……胡氏所謂虛，是指校勘者底虛心，如阮元校勘《十三經》，其《校勘記》中，但取諸本之異同，君以按語，不輕改原文，這就是虛心。

前述諸評，皆總論阮氏《十三經校勘記》。單論《爾雅注疏校勘記》者，則有黃季剛《爾雅略說》，其云：

> 阮伯元《十三經校勘記》中有《爾雅校勘記》六卷，又附《釋文校勘記》於後，此爲覽《爾雅》者必治之書。其〈序〉云：「《爾雅》經文之字，有不與經典合者，轉寫多歧之故也。有不與《說文》合者，《說文》於形得義，皆本字本義，《爾雅》釋經，其用本字本義少也，此必治經者深思而得其意。」阮公此言，郅爲閎通。其中小小罅漏，如以〈釋詁〉「犯、奢、果、毅，勝也」之毅爲衍文，〈釋草〉「藻，從水生」之生爲衍文，固自不免，而大體則精善矣。

阮氏《爾雅校勘記》之罅漏，前文已詳述之，體制宏濶，固自不免。然因其校書之愼，唯加按語，不輕改原文，故諸家異同尤可見之，是於大體無害也。綜觀是編，一字之異、一字之偏，罔不搜羅，所謂讀書由經學始，經學由注疏始，而治經、注、疏，當先明文字異同，黃侃謂此編爲覽《爾雅》必治之書者，此也。

第七章　清代《爾雅》要籍析論（下）

第一節　胡承珙《爾雅古義》

一、胡氏傳略

胡承珙字景孟，號墨莊，安徽涇縣人，乾隆四十年（1775 年）生。幼穎悟，十三即入邑庠。嘉慶六年，以拔貢中式江南鄉試，十年成進士，選翰林院庶吉士，授編修，尋遷御史，轉給事中。數年中，陳奏甚多，如虧空弊端諸條陳，咸切中當時利病，每見施行。二十四年授福建分巡延建郡道，上官廉其能，調署臺灣兵備道。在臺三歲，力行清莊弭道之法，民番安肅。事無鉅細，悉心綜理，用是積勞成疾。乞假歸，遂不復出。卒於道光十二年（1832 年），年五十七。

自少工詞章，通籍後，究心經術。遇有講求實學者，率殷勤造訪，引爲同志。人或投以撰著，必細加考覈，別其是非，不爲虛文酬酢。解經多心得，不苟同前人。歸里後，益專力著作，不預外事，注經恆至夜分，寒暑弗輟。論學墨守漢儒家法，而亦不廢義理之說。嘗謂說經之法，義理非訓詁則不明，訓詁非義理則不當，故義理必求其是，而訓詁則宜求其古。

潛心經學，專意於《毛詩・傳》，與長洲・陳奐往復討論不絕，著《毛詩後箋》三十卷。其書主於申述毛義，自《注》《疏》而外，於唐、宋、元諸儒之說，及近人爲《詩》學者，無不廣徵博引，而於名物訓詁及毛與三家《詩》文有異同，類皆剖析精微，折衷至當。而其最精者，能於《毛傳》本文前後會其指歸，又能於西漢以前古書中反覆尋考，貫通《詩》義，證明毛旨。凡三四易稿，手自寫定。至〈魯頌・泮水〉章而疾作，遺言囑陳奐校補，奐乃為續成之。

胡氏又精《爾雅》、《說文》，謂《爾雅》為訓詁之書，而文字多為後人所亂，草木蟲魚之名，偏旁大半俗增，古文又率改易，其存而可考者希矣，乃撰《爾雅古義》一書，存古義什一於千百，凡七四則，為研究《爾雅》古義之善本。又撰《小爾雅義證》，〈序〉曰：「《小爾雅》者，《爾雅》之羽翼，《六藝》之緒餘也。《漢書・藝文志》與《爾雅》並入《孝經》家。揚子雲、張稚讓、劉彥和之倫，皆以《爾雅》為孔門所記，以釋《六藝》之文者，然則《小爾雅》猶是矣。漢儒訓詁多本《爾雅》，毛公傳《詩》，鄭仲、司馬季長注《禮》，亦往往有與《小爾雅》合者。特以不著書名，後人疑其未經援及，然如《說文》所引《爾雅》之𧩸，則固明在《小爾雅》矣。」與《爾雅》古義並為清世《雅》學名著。

另著有《儀禮古今文疏義》十七卷、《求是堂詩集》二卷、《奏摺》一卷、《文集》六卷、《駢體文》二卷。未成者有《公羊古義》、《禮記別義》。本傳及事跡見《清史稿》卷四八二〈列傳〉二六九〈儒林〉三、《清史列傳》卷六十九〈儒林傳〉下。《清代樸學大師列傳・皖派經學家列傳第六》及《文獻徵存錄》（二）、《詞林輯略》、《清儒學案小傳》、《清代七百名人傳》等。

二、著書大旨

胡氏《爾雅》古義二卷，計七十四則，凡《爾雅》古義不見於今書者，皆旁搜博引以證明。書前無序，有胡氏〈自識〉曰：

> 《爾雅》為訓詁之書，而文字多為後人所亂，草木蟲魚之名，偏旁大半俗增，古文又率多改易，其存而可考者希矣。如《說文》𧩸，事有不善言𧩸也，引《爾雅》「𧩸，薄也。」今《爾雅》無此文，僅見于《廣雅》，郭忠恕《汗簡》有𧩸字云：見古《爾雅》與《說文》合。他如壑阬之壑，《釋文》云：本或作叡，《說文》叡正字，壑或字。涼風之涼，《釋文》云：本或作古飆字。造舟之造，《釋文》云：《廣雅》作艁。又引《說文》云：艁古文造也。秬鬯之秬，《釋文》引《說文》作䆐。諸字《汗簡》皆云見古《爾雅》，此古本之僅存者，惜其尚未能存什一於千百耳。

《爾雅》古義多存於文字，然文字多為後人所亂，偏旁又大半俗增，古文又率多改易，文字不明，古義遂晦。幸《說文》、《廣雅》、《釋文》、經傳注疏及《爾雅》舊注，猶存一二可考，胡氏是編即爲之旁搜博引，發明古義，此其大旨也。《爾雅》訓釋，又多郭《注》所未詳，而今亦不可解者，胡氏並廣搜證明，有前人不及者。

三、《爾雅古義》之內容

胡氏《爾雅古義》一書，凡《爾雅》古義不見於今書者，皆旁搜博引以證明。除考《爾雅》古義外，細繹全書，又分有正俗本之誤、補經文脫誤、考古注之義、補郭《注》未備、正郭《注》之誤諸端，以下分別敘述之。

（一）考《爾雅》古義

是編七十四則，皆考《爾雅》古義也。如：

〈釋詁〉:「陽，予也。」

《古義》卷上:「陽，予也。鄭注《魯詩》曰:『陽如之何，今巴濮之人自呼阿陽』，考《易・說卦》兌爲羊，虞翻作羔云:『羔，女使皆取位賤，故爲羔。』鄭本作陽云:『讀爲養，無家女行賃爨，今時有之，賤於妾也。』今案陽爲予者，疑亦女人自稱之詞，如下妾、婢子之類，皆取卑賤之名以自謙也。」

以陽爲予，今書所無，胡氏據鄭《注》《魯詩》及《易・說卦》虞翻《注》，陽爲自稱之辭，並以爲或是女人自稱之辭。又：

〈釋詁〉:「亟，速也。」

《古義》卷上:「亟，速也。《釋文》『字又作茍』，承珙案《說文》:『茍，自急敕也；從芊省、從包省、從口，口猶愼言也。』『敬，肅也，從支茍。』《儀禮・燕禮記》賓爲茍敬。蓋亟、茍同字，敬從茍，故訓肅，亦有速義，《釋名》敬，警也，恒自肅警也。《尙書》曰肆惟王其疾敬德。」

《釋文》載亟，它本作茍，胡氏謂敬從茍，有速義，亟、茍同字，故茍亦有速義。又：

〈釋獸〉:「闞洩多狃。」

《古義》卷下:「闞洩多狃。《說文》:『狃，犬性驕也。』〈釋言〉云:『狃，復也。』孫炎《注》云:『狃忕，前事復爲也。』忕，《說文》

作愧。案狃、愧義同，故《左傳》公山不狃字子洩，洩當作愧，此闕洩，洩字亦當作愧，蓋此獸性多狃愧，故因爲人事狃愧，亦如猶豫本獸名，以其性多疑惑，故人之不決者，亦稱猶豫是也。」

此釋狃洩古義，謂洩當爲愧，本爲獸性，人事亦有，故人亦謂狃愧，如猶豫之用也。又：

〈釋獸〉:「獸曰釁。」

《古義》卷下:「獸曰釁。郭《注》曰:『自奮迅動作。』承珙案,《左傳》:『夫小人之性釁於勇』,杜《注》:『釁，動也。』《正義》曰:『賈、鄭先儒皆以釁爲動也，王肅云：釁謂自矜奮以夸人。』據此，知釁之爲動，散文則人、獸通稱，對文則專屬獸。《文選・王延壽魯靈光殿賦》『熊虎攫拏以梁，倚仡奮釁而軒鬐。』正用《雅》義。」

此釋釁爲動，並舉諸家所用以釋。按胡氏是編所考，大抵類此，皆釋《爾雅》諸字之古義也。

（二）正俗本之誤

《釋文》及諸書所載，有它本、俗本之字，此類字，或非《爾雅》古義，或爲誤字，胡氏並一一正之。如：

〈釋詁〉:「晊，大也。」

《古義》卷上:「晊，大也。《釋文》:『晊舊音之日反，本又作至，又作胵。』承珙案至爲晊之省，胵爲晊之誤。《說文》胵訓鳥胃，與大義無涉，惟《玉篇・目部》云:『晊，視也。眞日切。』《集韻》晊亦從見作覎。《史記・司馬相如列傳》『爰周郅隆』,《索隱》引樊光云:『郅，可見之大也。』據此，知郅亦與晊通，晊有視義，故樊以爲可見之大,《集韻》郅亦作胵，此胵字亦晊之誤。」

晊爲大義，《釋文》載有它本作至及胵者，胡氏謂至爲晊之省，胵無大義，爲晊之誤，當以晊爲正也。又：

〈釋訓〉:「訰訰，亂也。」

《古義》卷上:「訰訰，亂也。《釋文》或作諄。案《說文》:『諄，告曉之孰也。』《詩》『誨爾諄諄』義同。與《爾雅》訓亂者無涉。襄三十年《左傳》『且年未盈五十，而諄諄焉如八九十者，弗能久矣。』此與闇亂義近。《莊子・天地篇》:『諄芒將東之大壑』,《釋文》『諄，霧氣也。』又引李《注》云:『諄芒，望之諄諄，察之芒芒，故曰諄芒。』《集韻》『諄或作啍』，《莊子・胠篋篇》『釋夫恬淡無爲，而悅夫啍啍之意，啍啍已亂天下矣。』此亦與《爾雅》訰訰之訓爲近。」

訰《釋文》載他本作諄，胡氏舉《說文》及《詩》所載諄義與亂義無涉，則當以訰爲是。又：

〈釋獸〉：「貍子，隸。」

〈釋獸〉：「貄，脩豪。」

《古義》卷下：「貍子，隸。《釋文》：『隸，眾家作肆，又作隸。』又貄，脩豪，《釋文》『貄本又作隸，亦作肆。』承珙案《說文》無隸字，亦無貄字，貍子隸隸當作𢑚，《說文》『𢑚，㣇屬，从二㣇。』至隸脩豪只當作㣇，《說文》『㣇，脩豪獸。』是也，𢑚字，經典通作肆，遂與《說文》之隸訓極陳者，混爲一字，故本又作隸，皆字之誤耳。」

貍子，隸；《釋文》載他本又作肆，又作隸。貄，脩豪。《釋文》載他本又作隸，又作肆。胡氏謂隸、貄二字《說文》皆無，隸當作𢑚字，而貄，脩豪；他本作「隸，脩豪」者，隸當作㣇，蓋《說文》亦有。𢑚字經典通作肆，遂與隸混，故他本所載隸、肆皆字之誤，非《爾雅》古義也。

胡氏是編，正諸家所載俗字之誤者極夥，皆如上述，由諸字字義，探討是否合於《爾雅》古義，此爲胡氏考古義之一端也。

（三）補經文脫誤

胡氏考求《爾雅》古義之法，亦有補經文之脫誤以求之者。如：

〈釋宮〉：「閍謂之門。」

《古義》卷下：「閍謂之門。《禮記・禮器》『爲祊乎外』，《正義》引〈釋宮〉云：『廟門謂之祊。』又〈郊特牲〉：『祊之於東方』，《正義》引〈釋宮〉云：『門謂之祊。』此門上當脫廟字。又『索祭祝於祊』，《注》云：『廟門曰祊』，《正義》曰：『廟門曰祊，《爾雅・釋宮》。』據此，知今本《爾雅》文有脫誤。《詩・楚茨正義》、《春秋・襄二十五年》《正義》引《爾雅》與今本同，疑傳寫者誤用今本改之，不及《禮記疏》之可據也。或謂《詩》、《春秋疏》引孫炎曰：『祊謂廟門也。』若《爾雅》本作廟門謂之祊，叔然無煩此釋。承珙案〈郊特牲疏〉引孫炎曰：『謂廟門外，《詩》云祝祭於祊。』孫蓋因《爾雅》但言廟門，故以外增成其義，《詩》《春秋疏》所引脫外字，亦不及此引之可據也。郭《注》但本孫炎，引《詩》祝祭於祊，更不言何門，此必所見本作廟門謂之祊故耳，若如今本，將不知爲何處之門，郭氏豈得略之乎？韋昭《國語注》云：『廟門謂之祊』，此即用《爾雅》文也。」

〈釋宮〉「閍謂之門」，胡氏據《禮記・禮器疏》、〈郊特牲疏〉、韋昭《國語注》引，謂《爾雅》門上脫一廟字。又郭《注》：「《詩》曰祝祭于祊」，不言何門，胡氏謂郭氏所見本必有廟字，故不多言，並據此補經文廟字。又：

〈釋草〉：「洧，灌。茵，芝。」

《古義》卷下：「洧，灌。茵，芝。《釋文》引《聲類》云：『植灌，茵芝也；茵沈，顧音祥由反，郭音由。』承珙案《說文》無茵字，茵即菌字之譌，《爾雅》菌芝連文，非以芝釋菌，《列子・湯問》有菌芝者是已。《說文》：『菌，地蕈也。』宊、菌宊，地蕈，叢生田中，艸木叢生者爲灌，《聲類》以植灌爲菌芝，蓋古義也。」

《說文》無茵有菌，胡氏謂茵爲菌之譌。

〈釋草〉：「須，葑從。」

《古義》卷下：「須，葑從。承珙案《說文》：『葑，須從也。』〈邶・谷風〉毛《傳》云：『葑，須也。』《爾雅》此文，疑亦當作『葑，須從』，寫者誤倒。《詩》及《春秋正義》引孫炎云：『須，一名葑從』，疑當作『葑，一名須從』，亦後人因《爾雅》誤文肊改耳。須、從雙聲，急讀之爲菘，《齊民要術》引《爾雅》舊注云『葑，江東呼爲蕪菁，或爲菘，菘、須聲相近。』承珙謂菘當本作松，即從之同聲假借，《禮記・學記》『待其從容』，《注》云：『從或爲松』是其證。毛《傳》但云『葑須者如葑，亦單名從。』〈坊記正義〉引陸璣《艸木疏》云：『封又謂之從』是也。若須薞蕪之須，乃別一艸，邢《疏》乃用以釋毛《傳》之須，邵氏《正義》從之，誤矣。」

〈釋草〉「須，葑從」，胡氏據《說文》及〈谷風〉毛《傳》，謂此文誤倒，當爲「葑，須從」，並謂須、從雙聲，即松也。胡氏是編，於經文或正其字，或補其字，或正誤倒，皆所謂補經文脫誤，而皆所以求《爾雅》古義也。

（四）考古注之義

郭璞《爾雅注・序》謂「注者十餘」，是郭氏之前注《爾雅》者已有十餘家。今可考者如犍爲文學、劉歆、樊光、李巡、孫炎諸家注，並多善於郭《注》，近於古義者，胡氏或釋其義，或尋其本，於《爾雅》古義又多闡發。如：

〈釋言〉:「氂，罽也。」

《古義》卷上:「氂，罽也。《釋文》『氂，李本作毳。』承珙案《說文》『毳，細毛也。』『𦇧，西胡毳布也。』又云『䙓以毳爲𦇧，《周禮・掌皮》共其毳毛爲氈』，《注》云『毳，毛毛細縟者。』氈與罽略同，皆以毳爲之，若氂則《說文》訓氂牛尾，《漢書注》云『毛之強曲者爲氂牛』，不如李巡本作毳爲是。又《一切經音義》引《三蒼》《字林》，並以毳爲羊細毛，《周禮・內饔》、《禮記・內則》並云『羊泠毛而毳』，《詩正義》引舍人《注》云『氂謂毛也；罽，胡人績羊毛而作。』氂，舍人亦當同李本作毳，作氂者傳寫誤耳。」

《爾雅》作氂、李巡本作毳，胡氏據《說文》、《三蒼》、《字林》、《周禮・內饔》，《禮記・內則》謂作毳爲是。蓋毳、罽皆謂細毛，氂則爲氂牛尾，胡氏謂作氂者，傳寫誤耳。又：

〈釋天〉:「商曰肜。」

《古義》卷下:「商曰肜。孫炎曰『肜者，相尋不絕之意。』案肜與融同，隱元年《左傳》『其樂也融融』，《文選・思元賦》『展洩洩以肜肜』，《注》云『肜與融古字通』。方言『融，長也；宋、衞、荆、吳之間曰融。』《白虎通・義號篇》云『融者・續也。』〈五行篇〉云『祝融者，屬續也，續者，相尋不絕之意，與繹取、尋繹義同。』何休《公羊注》云『肜者，肜肜不絕。』此孫炎所本。」

肜爲祭名，郭《注》:「《書》曰高宗肜日」，未詳其義。孫炎釋曰:「肜者，相尋不絕之意」，胡氏謂肜與融同，舉《左傳》、《文選・賦注》、方言、《白虎通義》、何休《公羊注》爲證。又：

〈釋水〉:「鉤般」。

《古義》卷下:「鉤般。《釋文》云『般，李本作股，云水曲如鉤，折如人股，故曰鉤股。』《詩・小雅・元戎十乘》《傳》云『元，大也。夏后氏曰鉤車先正也。』《箋》云『鉤鞶行曲直有正也。』《釋文》有『股音古』三字，蓋陸本鄭《箋》，鉤鞶亦作鉤股，案《九章算術》有鉤股，横濶爲鉤，直長爲股，其形磬折，即工人之矩，河形曲折似之，故名鉤股，此李義也。」

李巡作「鉤股」，胡氏謂横濶爲鉤，直長爲股，其形磬折，即工人之矩，河形曲折似之，故名鉤股。胡氏以李義爲近古也。《爾雅》古注，有較郭《注》近古者，胡氏並求於古注以觀古義，大抵類此也。

（五）補郭《注》未備

郭注《爾雅》有未詳、未聞、見《詩》、見《書》等未能訓釋《雅》義者，胡氏亦有所補。如：

〈釋詁〉:「基，謀也。」

郭《注》:「見《詩》」。

《古義》卷上:「基，謀也。郭《注》云『見《詩》』，承珙案：今《毛詩傳・箋》無訓基爲謀者，惟《禮記・孔子閒居》引《詩》『夙夜其命宥密』，鄭《注》云『《詩》讀其爲基，聲之誤也；基，謀也；密，靜也；言君夙夜謀爲政教，以安民。』鄭於此訓基爲謀，與《詩箋》從毛訓基爲始者異，蓋注《禮》先於箋《詩》，此必用三家《詩》義，郭注《爾雅》時猶及見之，故云『見《詩》』，孔穎達《禮記正義》已不能言其故矣。又《尚書》『周公初基，作新大邑于東國洛。』《正義》引鄭《注》云『基謂謀也』，此亦用《雅》義也。」

郭《注》謂見《詩》，然今本《毛詩傳・箋》俱無訓基爲謀者，惟鄭注《禮記》有之，胡氏以爲此康成用三家《詩》之義也，郭注《爾雅》時，猶及見之，後來亡佚，郭氏所謂見《詩》之義遂晦，然基訓謀者，《詩》確有之矣。此胡氏不惟證成《爾雅》古義，抑且補郭未備也。又：

〈釋詁〉:「忥，靜也。」

郭《注》:「未聞其義。」

《古義》卷上:「忥，靜也。郭云『未聞其義』，《說文》忥訓癡皃，於靜義不協。《廣雅》云『忥，息也』，古訓於大息、止息義本互通，《爾雅釋文》云『忥本作氣』。承珙案氣當作愾，《釋名》云『氣，愾也。』《說文》『愾，大息也，從心從氣，氣亦聲。』愾爲大息，息有靜義，故又訓靜，《禮記・哀公問》『則愾乎天下矣』，注云『愾猶至也』，《正義》『愾音近憩』，憩爲息，是至之義，亦其證也。」

《爾雅》以靜訓忥，郭云未詳，胡氏據《廣雅》「忥，息也」，謂大息、止息義通，有靜義也。又《釋文》載他本作氣，胡氏謂當爲愾，《說文》「愾，大息也」，息有靜義，故他本作氣，誤矣。又：

〈釋詁〉:「孟，勉也。」

郭《注》:「未聞。」

《古義》卷上:「孟，勉也。郭云『未聞』,《後漢書・趙岐傳》作《要子章句》,劉攽《刊誤》曰『要當作孟』,吳仁傑《刊誤補遺》曰『古文要作𡝩,與黽相近,疑孟與黽通,趙岐作《黽子章句》,訛作要耳。《水經》清漳水出大黽谷,《注》云出大要谷類此』。承珙案要《說文》作𡝩,〈斥彰長田君碑〉作𡝩,與黽字形近易誤,吳說是也。《爾雅》之孟則固與黽聲相近,孟訓勉者,即黽勉也。」

《爾雅》孟訓勉者，胡氏據劉攽、吳仁傑、〈斥彰長田君碑〉，謂孟與黽聲相近，孟訓勉者，即黽勉也。上述三例，皆郭《注》未詳、未聞或郭見《詩》《書》與今本異者，胡氏於此類，皆旁搜別采，以證《爾雅》古義之不誤也。

（六）正郭《注》之誤

郭氏有誤注《爾雅》，而非古義者，胡氏於此，亦正郭《注》之誤，以求《雅》義。如：

〈釋言〉:「屆，極也。」

郭《注》:「有所限極也。」

《古義》卷上:「屆，極也。〈魯頌・閟宮〉『致天之屆』,《箋》云『屆殛，武王繼大王之事，至受命致大平，天所以罰殛紂于商郊牧野。』《疏》云『屆殛〈釋言〉文，〈釋言〉又云，殛，誅也，然則此殛又轉爲誅。』承珙案〈小雅・菀柳〉『後予極焉』,《箋》云『極，誅也。』《疏》云『極誅〈釋言〉文』,是鄭本《爾雅》極，誅也；屆，殛也；今《爾雅》則作殛，誅也，二字互異，蓋殛、極聲同，亦多借用；《爾雅》屆，極也，借極爲殛，仍當從鄭《箋》罰殛之義，郭《注》云『有所限極』,誤矣。」

〈釋言〉「屆，極也」又「殛，誅也」，胡氏據《詩箋》、《正義》謂《爾雅》當爲「屆，殛也」、「極，誅也」，殛、極二字聲同多借用，今本《爾雅》亦然，當從鄭《箋》互換，而《雅》義皆爲罰殛之義，郭《注》「屆，極也」爲「有所限極」，誤矣，非《雅》義。又：

〈釋器〉:「康瓠謂之甈。」

郭《注》:「瓠，壺也。賈誼曰：寶康瓠，是也。」

《古義》卷下:「康瓠謂之甈。《說文》『甈，康瓠破罌也。』徐鍇《繫傳》曰『康之言空也』,案破則空也，謂之甈者，甈有破義，《廣雅》

『瓻，裂也。』《周禮・牧人》『凡外祭毀事』，《注》云『故書毀爲瓻』，《法言・先知篇》「甄陶天下者，其在和乎！剛則瓻，柔則坯。」宋咸《注》云『瓻，破也；太剛則破裂也。』《史記・賈生列傳》『斡棄周鼎兮寶康瓠』，《集解》引應劭云『康，空也。』《漢書音義》鄭氏云『康瓠瓦盆底』亦取破義，郭用李巡說，以瓠爲瓠瓢，失之。」

胡氏謂康有空義，舉《說文》，徐鍇《繫傳》、應劭、《漢書音義》證之；又謂瓻有破義，舉《廣雅》、《周禮注》、《法言注》爲證。破則空也，故郭《注》以瓠爲瓠瓢，蓋失之矣。又：

〈釋草〉:「莞，苻蘺。其上蒚。」

郭《注》:「今西方人呼蒲爲莞蒲。」

《古義》卷下:「莞，苻蘺。其上蒚。案《說文》『蒚，夫離也。』『蒚，夫離上也。』又云『莞，草也，可以作席。』據此蒚、莞二字迥殊，此莞字當作蒚，苻蘺即夫離，與莞藺之莞不同。木艸白芷一名虈，一名苻離，一名蒚。《別錄》云『葉一名蒚麻』。《說文》又云『茝，蒚也，楚謂之蘺。』郭《注》用孫炎說，以爲莞蒲，非也。」

按《說文》「蒚，夫離也」又「莞，草也」，故胡氏謂蒚、莞二字不同，莞當爲蒚，郭《注》又以爲莞蒲，非也。比例胡氏不惟正郭《注》，抑且正經文也。

按胡氏是編凡七十四則，皆求於《爾雅》古義，究中又有由文字求之者，由古注求之者、由經文脫誤求之者，亦有由補正郭《注》求之者，略如上述。旁搜博引，可謂精審，證據確鑿，亦不迂曲，實是研究《爾雅》古義之善本也。

四、《爾雅古義》之影響及評價

胡氏《爾雅》古義，引諸書以證《雅》訓，旁搜博引，於清儒補箋之作中，最有可觀。其書以存古義爲大旨，蓋《爾雅》之古義，多存於文字，然文字易爲後人所亂，草木蟲魚之偏旁，胡氏以爲又泰半俗增，而古文又率多改易。字不明則古義晦，幸《爾雅》舊注、《說文》、《廣雅》及諸經傳注疏，猶存一二古義可考，胡氏是編遂爲之旁搜博引，相互證發。

是編爲補箋之類，大旨如上，然其內容則不僅補箋而已。尋繹全編，概以考《爾雅》古義爲經，又兼以正俗本之誤、補經文脫誤、考古注之義、補郭《注》未備、正郭《注》之誤諸端爲緯，貫串相連，《爾雅》古義遂不致多晦。其書雖僅七十四則，然大體考辨精審，證據確鑿。如卷上：

> 陽，予也。鄭注《魯詩》曰：「陽如之何」，今巴濮人，自呼阿陽，考《易・說卦》「兌爲羊」，虞翻作羔云：「羔女，使皆取位賤，故爲羔」；鄭本作陽云：「讀爲養，無家女行賃炊爨，今時有之，賤於妾也。」今案陽爲予者，疑亦女人自稱之詞，如下妾婢子之類，皆取卑賤之名以自謙也。

《毛詩》「傷如之何」，郭《注》引《魯詩》作「陽如之何」，是鄭《注》爲「陽」之說，本於《魯詩》也。巴濮人自呼阿陽，是阿即我，陽亦爲我也。胡氏又引虞翻《易注》羊作羔，又引鄭本作陽，疑陽除自稱外，亦女人取卑賤之名以自稱也。陽爲予者，古義如此，胡氏引諸書以證，可無惑矣。又卷上：

> 若，息也。郭云「苦勞者宜止息」，或謂苦訓爲息，於經籍無考，承珙案《周禮・鹽人注》云「杜子春讀苦爲鹽」，〈典婦功注〉云「鄭司農苦讀爲鹽」，是苦即鹽字，《詩》「王事靡鹽」，此鹽即《爾雅》之苦，靡鹽謂靡有止息也，《傳》《箋》皆訓爲不攻緻、不堅固，於義爲迂。

苦通作鹽者，胡氏引《周禮・鹽人》及〈典婦功注〉，杜子春及鄭眾並云苦讀爲鹽，是鹽、苦通也。按苦訓息者，《說文》：「嫴，保任也」，《周禮・大司徒》云：「保息六養萬民」，是嫴有息義。嫴省作姑，《廣雅》云：「嫴，且也」，今作姑且，率偷安之義，與休息義近。此諸字皆聲近義通，是苦爲息也。胡氏以苦爲鹽，亦足訓之矣。

按《爾雅》爲訓詁最古之書，魏、晉以來，學者傳習，多求便俗，徐鼎臣曰：「《爾雅》所載草木鳥獸之名，肆意增加，不足復觀。《爾雅》古義之失，大概造於郭璞之《注》，郝氏注《爾雅》，有根據者固屬不少，然譌誤脫漏者，亦所在多有。」；王筠亦曰：「《爾雅》者，小學專書，以此爲古，所收之字，亦視群經爲多，景純居東晉，傳注誤會，而據譌文，不有《說文》，何所據以正之？」〔註 1〕徐、王之言，不爲無見，蓋《爾雅》古注，悉已散佚，後人補苴掇拾，終不能復古之原。唯賴《說文》、《廣雅》、群經傳注等，加以後人所輯《爾雅》古注，通其聲音、文字之訓詁，或可存十一於千百也。胡氏是編，搜輯古義以成書，識見有過前人者，於考《爾雅》古義，不無小補。胡樸安《中國訓詁學史》曰：「凡《爾雅》古義不見於今書者，皆旁搜博引以證明……皆證據確鑿而

〔註 1〕徐氏之言，引自胡樸安《中國訓詁學史》第一章「《爾雅》派之訓詁」；王氏言見《說文釋例》。

不迂曲，此研究《爾雅》古義之善本也。」確是公論。

第二節　郝懿行《爾雅義疏》

一、郝氏傳略

郝懿行字恂九，號蘭臯，山東・棲霞人。高宗乾隆十九年（1754 年）生，嘉慶四年進士，授戶部主事。二十五年，補江南司主事。宣宗道光三年（1823 年）卒，年六十九。

郝氏爲人謙退，訥若不出口，然自守廉介，不輕與人晉接。遇非素知者，相對竟日無一語，迨談論經義，則喋喋忘倦。所居四壁蕭然，庭院蓬蒿常滿，僮僕不備，懿行處之晏如。所著有《爾雅義疏》十九卷、《春秋說略》十二卷、《春秋比》一卷、《山海經箋疏》十八卷、《易說》十二卷、《書說》二卷。

郝氏嘗曰：「邵晉涵《爾雅正義》蒐輯較廣，然聲音訓詁之原，尚多壅閡，故鮮發明，今余作《義疏》，於字借聲轉處，詞繁不殺，殆欲明其所以然。」〔註 2〕又曰：「余田居多載，遇草木蟲魚有弗知者，必詢其名，詳察其形，考之古書，以徵其然否。今茲疏中其異於舊說者，皆經目驗，非憑胸臆，此余書所以別乎邵氏也。」〔註 3〕郝氏之於《爾雅》，用力最久，稿凡數易，垂歿而後成。於古訓同異，名物類似，必詳加辨論，疏通證明，故工力深厚。高郵・王念孫爲之點閱，寄儀徵・阮元刊行。元總裁會試時，從經義中識拔郝氏者也。

其箋疏《山海經》，援引各籍，正名辨物，事刊疏謬，辭取雅馴。其說《春秋》，主張經文直書其事，褒貶自見，非聖人意爲增減。又以《竹書紀年》傳習者稀，每爲後人刪亂，爲援引各籍，正名辨物，訂其訛謬，作《竹書紀年校正》十四卷。又嘗正《荀子》楊《注》之誤，作《補注》二卷；瀏覽晉、宋史書，成《晉宋書故》一卷。經、史、子、集，皆博觀通識。

本傳事迹見《清史稿》卷四百八十一〈列傳〉二百六十九〈儒林〉三、《清史列傳》卷六十九、《清代樸學大師列傳・小學大師列傳第十一》及《清代七百名人傳》、《清儒學案小傳》。

〔註 2〕《清史列傳》卷六十九本傳載。
〔註 3〕見《清儒學案・郝蘭臯學案》。

二、《爾雅義疏》之體例

郝氏之書，並無〈自序〉，宋翔鳳〈序〉亦未言及該書之體例。考郝氏之書與邵晉涵《爾雅正義》，皆爲改補邢《疏》而作。邵書先成，郝《疏》後出，黃季剛《爾雅略說》嘗曰：「清世說《爾雅》者如林，而規模法度，大抵不能出邵氏之外。」所謂規模法度，即指體例而言。本文第六章第二節「邵晉涵《爾雅正義》」中，已詳言邵書之體例一爲校補經注譌脫、二爲兼采諸家古注、三爲考補郭《注》未詳、四爲博引證明經注、五爲發明古音古義、六爲辨別物類名實。今考郝氏《義疏》之體例，大體而言，邵氏《正義》之體例與成果，《義疏》多已承受，惟其疏證，或較《正義》充實而已。今亦依前述六例，論之如下：

（一）校補經注譌脫

校補經注譌脫者，審定經文，增校郭《注》是也。如：

〈釋詁〉：「貺，賜也。」

《義疏》卷一：「貺者，《詩》『中心貺之』，《毛傳》及《儀禮注》竝云：『貺，賜也；通作況。』〈魯語〉云：『況使臣以大禮』、〈晉語〉云：『聞父之愛而嘉其況』，韋昭《注》竝云：『況，賜也。』《漢書・武帝紀》云：『遭天地況施』、〈禮樂志〉云：『寒暑不忒況皇章』，應劭及晉灼《注》竝云：『況，賜也。』《左氏僖十五年・釋文》及《爾雅釋文》竝云：『貺本作況』。按況從兄聲，古止作兄，漢・尹翁歸字子兄，兄即況也，故《詩・常棣、出車篇》作況，而〈桑柔、召旻篇〉作兄，《傳、箋》釋云：『茲者，滋也。』滋、茲皆訓益，益與賜義近，故經典古作兄，通作況，今作貺，宜據《詩》之古文訂正焉。」

今本《爾雅》作貺，郝氏據《詩毛傳》、《儀禮》注、《國語注》、《漢書注》謂經典古作兄、通作況是也。又：

〈釋言〉：「頝，題也。」

《義疏》卷三：「頝者，即下文云：『顛，頂也。』顛、頂、頝又一聲之轉，《釋文》『頝字又作定』，《詩釋文》『定字書作頝』，今按作定爲正。

今本作頝，郝氏據《釋文》謂作定爲是。又：

〈釋木〉:「柀,煔。」

郭《注》:「煔似松,生江南,可以為船及棺材,作柱埋之不腐。」

《義疏》卷十五:「宋本及《釋文》俱作煔,不成字,蓋黏字之誤。徐鉉作檆,亦非。段氏《說文注》,依《爾雅》改作黏是也。按《後漢書・華陀傳》有『漆葉青黏』亦不成字,注音女廉反,恐即黏字之誤也。《釋文》『煔字或作杉,所咸反,郭音芟,又音纖。』據陸音郭《注》,此即今杉木也,但《爾雅》作黏,似當依《後漢書注》作女廉反矣。」

經文,郭《注》俱作煔,郝氏謂煔不成字,當為黏。此又校郭《注》也。校補經注譌脫,即所謂校文也,郝氏之書,於經注文字,多所校定,文字正而後義能申,是《義疏》首例也。

(二)兼采諸家古注

《爾雅》於郭《注》之外,古注之存於今者尚夥,郝氏之《疏》於郭《注》以外,猶多采摭,同者得其會通,異者博其旨趣。如:

〈釋詁〉:「惄,思也。」

郭《注》:「《詩》曰:惄如調飢。」

《義疏》卷一:「惄者,《詩》『惄如調飢』、『惄焉如擣』,《傳》《箋》竝云:『惄,思也。』〈汝墳正義〉引舍人曰:『惄,志而不得之思也。』方言訓惄為憂,《方言》又訓惄為傷、為痛、為悵,然則惄為憂悵之思也,故舍人以為志而不得矣。」

此引舍人謂惄為憂悵之思也。又:

〈釋言〉:「鬱,氣也。」

郭《注》:「鬱然,氣出。」

《義疏》卷三:「氣與气同,鬱與鬰同,鬱本香草,以為鬱鬯,其氣芬芳,故以氣言之。《一切經音義》二引李巡曰:『鬱,盛氣也。』《詩・雲漢》《釋文》引《韓詩》云:『鬱隆烔烔』,《素問・至眞要大論》云『諸氣膹鬱』,《左氏定二年傳》『鬱攸從之』,杜預《注》『鬱,攸火為盛氣也。』是皆鬱為盛氣之義。」

此引李巡《注》為釋,並與郭《注》相發明也。又:

〈釋草〉:「茭,牛蘄。」

郭《注》:「今馬蘄,葉細銳似芹,亦可食。」

《義疏》卷十四：「《說文》『茭，牛蘄艸也。』《本草》蜀本引孫炎云『似芹，而葉細銳，可食菜也。』郭《注》與孫義同。唐本《注》云『馬蘄生水澤旁，苗似鬼鍼菾菜等，花青白色，子黃黑色，似防風子，或曰馬蘄，一名野茴香。』」

此引孫炎《注》也。

（三）考補郭《注》未詳

郭注《爾雅》有未詳未聞者，據翟灝《爾雅補郭》之言，概有百四十二科，郝氏於此，多能博引而補之。如：

〈釋樂〉：「徒鼓鐘謂之脩，徒鼓磬謂之寋。」

郭《注》：「未見義所出。」

《義疏》卷八：「脩者，長也、大也，〈樂記〉云『鐘聲鏗鏗者，聲宏大而遠聞，故謂之脩矣。』寋者，《釋文》引李巡云『置擊眾聲寋連也，本或作謇，或作蹇，非。』按《初學記》引《爾雅》正作『徒擊磬謂之蹇』，即《釋文》所非者，但寋、謇俱或體，蹇爲正字，《易》云『往蹇來連』，馬融《注》『連亦難也』，是蹇、連義同，李巡與馬融合，因知李本寋蓋作蹇，陸德明不知作蹇乃古本，反據今本作寋而非之，謬矣。〈樂記〉云『石聲磬磬』，與經古音近而義同，《論語》『經於溝瀆』，即《禮記》『磬於甸人』之義，磬、經、蹇俱聲相轉。」

郭《注》於脩、寋之義未詳，郝氏據〈樂記〉謂鐘聲宏大遠聞謂之脩；據李巡《注》、馬融《易注》、〈樂記〉、《論語》謂磬、經、蹇義同。又：

〈釋草〉：「瘣，懷羊。」

郭《注》：「未詳。」

《義疏》卷十四：「瘣本或作蒐，《類篇》云『芋之惡者曰蒐』，〈西京賦〉云『戎葵懷羊萬希槐』，《困學紀聞集證》八引《大戴記・勸學篇》『蘭氏之根，懷氏之苞』，懷氏即懷羊也，《荀子・勸學篇》作『蘭槐之根是爲芷』，槐即蒐也，與蘭竝言，當是香草。」

此郝氏據《類篇》，〈西京賦〉、《困學紀聞集證》引《大戴記》、《荀子》謂即香草也。又：

〈釋蟲〉：「伊威，委黍。」

郭《注》：「舊說鼠婦別名，然所未詳。」

《義疏》卷十六：「《說文》『蛜威，委黍；委黍，鼠婦也。』《詩・

東山傳》用《爾雅疏》引舍人曰『伊威名委黍』，陸璣《疏》與舍人同，已見上文。蟠鼠負《本草》一名伊蝛，《別錄》一名蛜蝛，是舊說俱無異詞，郭云未詳，蓋失檢矣。」

此郝氏又據《說文》、《詩傳》、陸璣《疏》補正郭《注》所未詳也。

（四）博引證明經注

郭注《爾雅》多引《詩》及諸經傳以證經，郝氏之《疏》，則博引載籍以證之，於經注多所補證。如：

〈釋詁〉：「尸，陳也。」

郭《注》：「《禮記》曰：尸，陳也。」

《義疏》卷一：「尸者，《說文》云『陳也，象臥之形。』《詩》『有母之尸饔』《傳》『尸，陳也。』郭引《禮記》者，〈郊特牲〉文。《左氏・莊四年傳》『楚武王荊尸』，〈宣十二年傳〉『荊尸而舉』，尸皆訓陳，與肆義同，故〈晉語〉云『殺三郤而尸諸朝』，《論語》云『肆諸市朝』，是尸與肆同矣。」

此引《說文》、《左傳》、《國語》、《論語》釋經、注之意也。又：

〈釋言〉：「獻，聖也。」

郭《注》：「《謚法》曰：聰明睿智曰獻。」

《義疏》卷三：「《白虎通》云『聖者通也，道也，聲也。』《詩・凱風傳》『聖，叡也。』《洪範五行傳》云『心之不睿，是謂不聖。』獻者，《莊子・大宗師篇釋文》引向秀《注》『獻，善也。』《論語・八佾篇集解》引鄭《注》『獻，猶賢也。』賢、善皆與聖近，故《賈子・道術篇》云『且明且賢，此謂聖人。』《謚法》云『稱善賦簡曰聖，聰明叡哲曰獻』，蔡邕《獨斷》『叡哲作睿智』，郭《注》本此。」

此引《白虎通》、《詩・凱風傳》、《洪範五行傳》、《莊子釋文》、《論語》鄭《注》釋經文「獻，聖也。」之意，並引《謚法》之文證郭《注》之所本。又：

〈釋言〉：「征、邁，行也。」

郭《注》：「《詩》曰：王于出征，邁亦行。」

《義疏》卷三：「行者，《說文》云『人之步趨也，从彳从亍。』《釋名》云『兩脚進曰行，行抗也，抗足而前也。』按行訓步趨，故去也、之也、往也、還也，皆行之義也；行由道路，故〈釋宮〉云『行，道也。』又云『堂上謂之行』，皆緣步趨之義而生也。征者，《說文》

> 作延或征，云正行也，通作延，云行也。《漢書・武帝紀》征和，〈功臣表〉俱作延和，顏師古曰『延亦征字也』。征訓行，故宵征即宵行，征夫即行人，征伐亦即行伐也。征之言正，故《管子・心術下篇》云『行者正之義也』。邁者，《說文》云『遠行也』，故于邁即往行，時邁即時行，邁又往也，與行訓往同。」

此郝氏又引《說文》、《釋名》、《漢書注》、《管子》諸載籍證明經注。

（五）發明古音古義

郝氏〈與王伯申學使書〉曰：「某近為《爾雅義疏》〈釋詁〉一篇，尚未了畢。竊謂詁訓之學，以聲音文字為本，轉注、假借，各有部居，疏通證明，存乎了悟。前人疏義，但取博引經典，以為籍徵，不知已落第二義矣。鄙意欲就古音古義中博其旨趣，要其會歸，大抵不外同、近、通、轉四科，以相統系。先從許叔重書得其本字，而後知其孰為假借，觸類旁通，不避繁碎，仍自條理分明，不相雜厠。其中亦多佳處，為前人所未發。」〔註4〕郝氏精於聲韻之學，故能以古音發明古義，謂文字之用，不外同、近、通、轉四科而已。郝氏又曰：「邵晉涵《爾雅正義》，蒐輯較廣，然聲音訓詁之原，尚多壅閡，故鮮發明，今余作《義疏》，於字借聲轉處，詞繁不殺，殆欲明其所以然。」〔註5〕知發明古音古義一點，乃郝氏自覺勝於《正義》之處也。今試舉二例，以見其發明。如：

> 〈釋詁〉：「哉，始也。」
>
> 《義疏》卷一：「哉者，才之叚音，《說文》云『才，艸木之初也。』經典通作哉，《尚書大傳》云『儀伯之樂舞鼚哉』，《詩》云『陳錫哉周』，鄭俱以哉為始也，郭《注》下文「茂，勉」，引《大傳》茂哉；茂哉，《釋文》或作茂才；《書》云『往哉汝諧』，〈張平子碑〉作『往才汝諧』。哉生魄，《晉書・夏矦湛傳》作才生魄，是才、哉古字通。又『通作載，陳錫哉周，《左氏・宣十五年傳》作陳錫載周，〈周書〉『載采采』，《史記・夏紀》作『始事事』，《詩》『載見辟王』，《傳》亦云『載，始也。』是載、哉通。《爾雅釋文》哉亦作栽，《中庸》『栽者培之』，鄭《注》『栽讀如文王初載之載』，栽或為茲，茲、栽、哉古皆音同字通也。』

〔註4〕同註2。
〔註5〕同註2。

引諸載籍，謂哉、才、載、栽、茲五字通，皆聲同義近，聲近義通之理也。又：

〈釋草〉:「紅，蘢古。其大者蘬。」

郭《注》:「俗呼紅草為蘢鼓，語轉耳。」

《義疏》卷十四:「上文『蘢，天蘥』即此，通作龍，《詩》『隰有游龍』,《傳》『蘢，紅草也。』《正義》引舍人曰『紅名蘢古，其大者名蘬。』陸璣《疏》云『一名馬蓼，葉大而赤白，生水澤中，高丈餘。』今按《埤雅》作『莖大而赤』,《詩正義》引莖作葉誤，白色上疑脫華紅二字也，紅草非即馬蓼，其莖葉俱似蓼而高大，陸璣失之。紅即水葒也，今福山人呼水葒音若工，郭《注》蘢鼓二字倒轉即得工字之音，工、紅古字通也。《廣雅》云『葒，蘢蘋，馬蓼也』,《本草》及《類篇》又作鴻藹,《淮南・墬形篇》云『海閭生屈蘢』,高誘《注》『屈蘢，游龍鴻也。』鴻與紅，古與鼓竝聲同叚借，鼓與屈又聲轉字通，蘋讀若戛，蘢蘋與蘢古聲亦相轉。」

郝氏謂紅即水葒，福山人呼水葒若工音，郭《注》蘢鼓二字倒轉，即得工字之音，工、紅古字通也。又《淮南》高誘《注》謂「屈蘢，游龍鴻也。」郝氏謂鴻與紅聲同假借，古與鼓聲同假借，鼓與屈又聲轉字通也。

（六）辨別物類名實

郝氏曰:「余田居多載，遇草木蟲魚有弗知者，必詢其名，詳察其形，考之古書，以徵其然否。今茲《疏》中，其異於舊說者，皆經目驗，非憑胸肊，此余書所以別乎邵氏也。」〔註6〕是草木蟲魚皆經目驗，又郝氏所謂勝於前人者。茲舉例如下：

〈釋器〉:「璆、琳，玉也。」

郭《注》:「璆、琳，美玉也。」

《義疏》卷七:「璆者,《釋文》云『本或作球』,《說文》『球或作璆，以為玉磬。』與《爾雅》異也。《詩・長發傳》『球，玉也。』《箋》云『受小玉謂尺，二寸圭也；受大玉謂珽也，長三尺。』按珽即〈玉藻〉云『笏天子以球玉』,鄭《注》『球，美玉也。』《書・顧命正義》引鄭《注》『天球，雍州所貢之玉，色如天者。』然則璆蓋青色玉矣。

〔註6〕同註3。

琳者，《說文》云『美玉也』，《書・禹貢》鄭《注》以爲美石，石即玉也，〈西都賦〉云『琳珉青熒』，〈上林賦〉云『玫瑰碧琳』，是琳爲碧青玉與天璆同色，《爾雅》以其珍貴異於它玉，故特釋之耳。」

此謂璆即球，亦即斑，並據《書》鄭《注》謂璆色青；又琳爲美玉，據〈西都賦〉、〈上林賦〉亦爲青色，與璆俱異於它玉也。又：

〈釋草〉：「植，灌。茵，芝。」

郭《注》「植灌」：「未詳。」

郭《注》「茵芝」：「芝，一歲三華，瑞草。」

《義疏》卷十四：「《釋文》引《聲類》云『植灌，茵芝也。』是植灌一名茵芝，蓋植之言殖也，灌猶叢也，菌芝叢生而繁殖，因以爲名。郭以植灌一物，茵芝一物，故云未詳，又以芝爲一歲三華瑞草，蓋沿時俗。符命之陋，以神芝爲瑞草，以三秀爲三華，經典言芝止有蕈菌，別無神奇，故芝栭標於〈內則〉，茵芝箸於《爾雅》，實一物耳。」

郭《注》以植灌、茵芝爲二物，郝氏則據《聲類》謂植灌即茵芝。又謂茵、芝實亦一物，茵爲菌之誤也。又：

〈釋魚〉：「科斗，活東。」

郭《注》：「蝦蟆子。」

《義疏》卷十七：「《釋文》引樊、孫云『科斗，蟾諸子也。』活東，舍人本作顆東，與〈釋草〉菟奚同名，活有括音，顆、活聲近，活東、科斗俱雙聲字也。〈東山經〉云『蔃山湖水出焉，其中多活師。』郭《注》『科斗也』，是活師即活東。《莊子・天下篇》云『丁子有尾』，或云即蝦蟆子。《古今注》云『一曰玄魚、一曰玄針，因形似爲名也。』今科斗狀如河豚，形圓而尾尖，并頭尾有似斗形，冬春遺子水中，有如曳繩，日見黑點，春水下時，鳴聒而生，謂之聒子，初生便黑，無足有尾，或云聞雷尾脫即生脚矣。」

此引舊注，並經目驗，謂科斗狀如河豚，形圓尾尖，頭尾似斗形。

按郝書無序，亦未嘗明言其著書之例，然細考其書，大體而言，邵晉涵《爾雅正義》之體例與成果，郝書皆已承受，惟郝氏之《疏》，或較邵氏充實而已。又據郝氏之言，「於字借聲轉處詞繁不殺」、「釋草木蟲魚異舊說者皆經目驗」，此二者乃郝氏特重，並謂勝於邵氏《正義》者，〔註 7〕然此二例，實亦已包含於邵書之「發明古音古義」、「辨別物類名實」二例之中，故以體例而言，郝氏並無獨創，仍是賡續邵氏之規模，而疏證益加精密，後出轉精而已。尤其前述二者，更是郝氏所致力者，成績斐然。

三、《爾雅義疏》與郭《注》之關係

郝氏之書，乃是全面性之疏釋《爾雅》，然其初亦起於不滿邢昺之《疏》。前人多謂邢《疏》專疏郭景純《注》，墨守東晉一家之言，識拘而鮮通，〔註 8〕故郝氏既爲之改作，於郭《注》遂亦能有疏有正，不墨其言。考其於郭《注》之關係，蓋有申釋、補充、匡正、并列異說、闕疑待考五端。

（一）申釋郭《注》

《爾雅》自郭《注》出，舊注多浸，後世疏家，咸以爲主。《四庫提要》曰：「後世雖迭爲補正，然宏綱大旨，終不能出其範圍。」，蓋郭《注》雖有得有失，然大旨不差，故郝氏之《疏》，亦以申補爲主。如：

> 〈釋言〉：「恀、怙，恃也。」
>
> 郭《注》：「今江東呼母爲恀。」
>
> 《義疏》卷三：「郭云今江東呼母爲恀者，方言云：『南楚瀑洭之間謂婦妣曰母姼』，《說文》則云：『江淮之間謂母曰媞』，是媞、姼音義同。郭意蓋借好以證恀之爲恃，取其聲同，非恀有母稱也。」

郭《注》取聲爲義，不知者恐誤，故郝氏尋其所本，申釋其意。又：

> 〈釋宮〉：「屋上薄謂之筄。」
>
> 郭《注》：「屋笮。」
>
> 《義疏》卷六：「薄即簾也，以葦爲之，或以竹，屋上薄亦然。謂之筄者，《玉篇》云『筄，屋危也。』屋棟爲危，以至高而得名。郭云屋笮者，《說文》『笮，迫也。在瓦之下棼上。』《釋名》云『笮，迫也，編竹相連，迫迮也。』〈匠人注〉云『重屋複笮也』，蓋凡屋皆有笮，重屋故複笮矣。」

郝氏據《說文》、《釋名》、〈匠人注〉申釋郭《注》所謂笮也。又：

〔註 7〕同註 2。

〔註 8〕見錢大昭《爾雅釋文補・自序》。

〈釋木〉:「椇，鼠梓。」

郭《注》:「楸屬也，今江東有虎梓。」

《義疏》卷十五:「《詩》『北山有椇』，毛《傳》《說文》俱用《爾雅》。《正義》引李巡曰『鼠梓，一名椇。』陸璣《疏》云『其樹葉木理如楸，山楸之異者，今人謂之苦楸。』按陸云山楸之異者，異於上文『榣，山樌』也，今一種楸大葉如桐葉而黑，山中人謂之價楸，即郭所云虎梓。」

郭《注》所謂楸屬、虎梓，郝氏並引諸載籍釋之，謂即價楸，價楸即虎梓也。按郝《疏》申釋郭《注》之例極夥，皆如上述之例，或尋其本，或釋其意，是於郭《注》能疏通證明者也。

（二）補充郭《注》

郭《注》有明言未詳、未聞者，郝《疏》多能補之，而郭《注》意有未竟者，亦多有所補。如：

〈釋詁〉:「戮，病也。」

郭《注》:「……戮辱，亦可恥病也……戮逐未詳。」

《義疏》卷一:「戮者，辱之病也，《周禮‧序官》掌戮，《注》云『戮，猶辱也。』《廣雅》及〈晉語注〉竝云『戮，辱也。』《說文》云『辱，恥也。从寸在辰下，失耕時於封畺，上戮之也。』是戮取恥辱爲義，訓爲病者，〈士冠禮〉云『恐不能其事以病吾子』，鄭《注》『病，猶辱也。』是戮訓病之證，郭義所本。又云戮未詳者，疑未敢定也。」

郭氏謂戮訓病者，蓋取恥辱爲義也，引諸載籍以證之，並祛郭《注》之未寤也。

〈釋言〉:「辟，歷也。」

郭《注》:「未詳。」

《義疏》卷三:「辟者，〈釋詁〉云『法也』；歷者，厤之叚借也，《說文》云『厤，治也。』治、法義近，辟、歷聲近，凡聲近之字，古人多以爲訓，如霹靂《說文》作劈歷，《釋名》作辟歷，釋采帛云『并者歷辟而密也』，然則歷辟、辟歷，俱以聲爲義也。《說文》厤从秝，聲秝，讀若歷，又辟與辟同，而訓治，厤亦訓治，是皆義同之字，以聲爲義者也。」

辟者法也，歷者厤之假，厤者治也，法治義近，俱以聲爲義也。又：

〈釋草〉:「蒟,芐熒。」

郭《注》:「未詳。」

《義疏》卷:「熒《玉篇》作熒,蒟《說文》作朐,云『芐熒朐也』,張氏照《考證》引《神農本草》『蒟蒻一名鬼芐』,《酉陽雜俎》云『蒟蒻根大如椀,至秋葉滴露,隨滴生苗。』畢氏沅說以〈中山經〉熊耳之山,有草其狀如蘇而赤華,名曰葶薴。疑即此葶薴,芐熒音近也。」

芐熒即《說文》所謂朐,又即蒟蒻,郝氏疑即葶薴,蓋葶薴、芐熒音近也。

(三)匡正郭《注》

郝《疏》申補郭《注》者多,然不采郭《注》,舉證匡之者亦夥。如:

〈釋宮〉:「容謂之防。」

郭《注》:「形如今牀頭小曲屏風,唱射者所以自防隱,見《周禮》。」

《義疏》卷六:「郭云容見《周禮》者,〈射人〉云『王三獲三容』,鄭眾《注》『容者乏也,待獲者所蔽也。』〈鄉射禮〉云『乏參侯道』,鄭《注》『容謂之乏,所以爲獲者御矢也。』是皆郭義所本。但《爾雅》方釋宮室,與射無關,《荀子・正論篇》云『居則設張容,負依而坐。』楊倞《注》引此文及郭《注》而申之云『言施此容於戶牖閒,負之而坐也。』是容與扆同,扆爲屏風,容唯小曲爲異,《爾雅》容謂之防,正指此言,古人坐處皆有容飾,故車有童容,所以障蔽其車,居設張容,所以防衞其室,張與帳同,容即今之圍屏,其形小曲,射者之容蓋亦放此。〈鄉射禮注〉『容謂之乏』,此云『容謂之防』,防、乏異名,殆非同物,郭不據《荀子》,而援《周禮》,蓋爲失矣。」

容爲屏風,蓋居室之施,郭《注》所本《周禮》,乃射之容,射者之容乃仿居室之容,《爾雅》既釋宮室,當與射容無關,故郝氏據《荀子》匡之。又:

〈釋器〉:「滅謂之點。」

郭《注》:「以筆滅字爲點。」

《義疏》卷七:「滅者,沒也、除也。點者,《說文》『點,黑也。』《釋文》李本作沾,孫本作玷。按玷宋本作玷,玷俗字也,《說文》作㓠,云『缺也』,引《詩》白圭之㓠,沾即添之本字,《說文》沾,益也,然則滅除其字故爲玷,缺重復補書故爲添益。李、孫作沾、作玷,其義兩通。郭本作點,當屬叚借,而云以筆滅字爲點,蓋失之矣。古人書於簡牘,誤則用書刀滅除之,《說文》作㓠爲是,非如後世誤書用筆加點也，郭氏習於今而忘於古耳。」

郝氏謂點當爲沾或玷，郭本作點乃爲假借，又古以書刀，後世用筆，郭謂以筆滅字乃習於今而忘於古也。又：

〈釋天〉:「弇日爲蔽雲。」

郭《注》:「即暉氣五彩覆日也。」

《義疏》卷九:「弇者,《說文》云『蓋也』；雲，山川气也；弇日爲蔽雲者,《淮南・說林篇》云『日月欲明而浮雲蓋之』,皆即此意。郭云即暉也者,《釋名》云『暈，捲也，氣在外捲結之也，日月俱然。』然則暈但映日，而不弇日，此雲弇日，又非暈也；暈,《周禮》作煇,《說文》作暉，云光也，郭既失之，鄭樵《注》以爲弇日者即虹也，尤非。

弇者蓋也，弇日爲蔽雲者雲覆日也，郭所謂暈者捲也，二者不同，是郭之失也。郝氏之《疏》，不惟能申釋、補充郭《注》，亦能直指其誤而匡之，是能不拘疏不破注之例者也。

（四）竝列異說

舊注與諸載籍所釋，與郭《注》有異，未知孰是，或義皆可通者，郝氏咸竝列之。如：

〈釋水〉:「泉一見一否爲瀸。」

郭《注》:「瀸，纔有貌。」

《義疏》卷十三:「《說文》云『泉，水原也，象水流出成川形。』『瀸，漬也。』引此文否作不，古今字耳。蓋泉有時出見，有時涸竭，水脈常含津潤，故以瀸漬爲言，此古說也，郭義則以瀸爲纖，瀸，小意也。」

古說以瀸漬爲言，蓋泉時見時涸，郭則以瀸爲小，未知孰是。又：

〈釋畜〉:「野馬。」

郭《注》:「如馬而小，出塞外。」

《義疏》卷二十:「《說文》『騊駼，北野之良馬。』《釋文》引《字林》云『騊駼，一曰野馬。』高誘《淮南・主術篇注》『騊駼，野馬也。』是皆以野馬即騊駼，然〈王會篇〉野馬、騊駼竝稱,〈子虛賦〉云『軼野馬轉騊駼』，又皆以爲二物，郭所本也。《穆天子傳》『野馬日走五百里』，郭《注》似馬而小也；《後漢書・鮮卑傳》『禽獸之異者有野馬』;《說文》以野馬為驒騱,按驒騱、騊駼竝見《史記·匈奴傳》。」

《說文》、《字林》、《淮南》高誘《注》並以野馬即騊駼,郭《注》本《淮南》、〈子虛賦〉以為二物,亦未知孰是,故竝存之也。

(五)闕疑待考

郭《注》所言,有未必為是者,然若郝氏亦未能定,則闕疑焉。如:

〈釋草〉:「荓,馬帚。」

郭《注》:「似蓍,可以為埽彗。」

《義疏》卷十四:「《管子·地員篇》云『蔞下於荓』,《夏小正·七月》『荓,秀荓也者,馬帚也。』《廣雅》云『馬帚,屈馬第也。』今按此草叢生,葉小圓,莖紫赤,疎直而瘦勁,野人以為埽帚,極耐久,有高五六尺者,故曰馬帚,馬之言大也,郭云似蓍,似別一物。」

郝氏謂此草叢生,葉小圓,莖紫赤,郭《注》似蓍,則似別有一物,郝氏疑未能定,故闕疑焉。又:

〈釋草〉:「葍,蔓。」

郭《注》:「大葉,白華,根如指,正白,可啖。」

《義疏》卷十四:「今登萊閒田野多有之,俗名葍子苗,《玉篇》作蔔子。初春掘取,烝啖生食,俱甘美,其葉如牽牛葉而微長,華色淺紅如牽牛華而差小,即鼓子花也,亦有白華者,然不多見。陸云『一名爵弁』,則上文『莞,雀弁』即此矣,又云華有兩種,今亦未見,郭云大葉,則正似牽牛,恐非。」

郝氏所考葍蔓似牽牛而實非,郭《注》謂大葉,則似牽牛,郝氏亦疑未能定,故云恐非。

按古之疏體,依注而行,清世疏家,則多不拘此例。據前文所述,郝氏《義疏》之於郭《注》,或申釋、或補充、或匡正、或并列異說、或闕疑不妄,已非郭《注》所能拘囿,郝《疏》之於前人,所以能後出轉精者,此亦一也。

四、《爾雅義疏》與《爾雅正義》之比較

邵晉涵之《爾雅正義》與郝懿行之《爾雅義疏》,無疑是清代《爾雅》學

中，最重要也最有價值的兩部書。邵書先出，郝書晚成，二者皆起於不滿邢《疏》，然體例上卻無多大差別，因此後世對二者之評價亦不一致。南洋大學雲維莉嘗取二者相較，〔註9〕茲參酌雲君之作，分著書緣起與態度、成書年代與古音學背景、內容比較、二書評價四端，比較論析如下。

（一）著書緣起與態度

邵晉涵於安徽時，依朱竹君督學幕，竹君勸其修治《雅》學：

> 經訓之義荒久矣，《雅疏》尤蕪陋不治，以君子奧博，宜與郭景純氏先後發明。庶幾嘉惠來學。〔註10〕

此恐是邵氏作《正義》之遠因。然最主要的，當是邵氏對邢《疏》之不滿。《爾雅正義・序》曰：

> 邢氏《疏》，成於宋初，多掇拾《毛詩正義》，掩爲己說。間采《尚書》、《禮記正義》。復多闕略，南宋人已不滿其書。後取列諸經之疏，聊取備數而已。

故《雅》學之荒蕪，始是邵氏撰述之原由。

郝懿行〈與王引之書〉曰：

> 竊謂詁訓之學，以聲音文字爲本。轉注、假借各有部居。疏通證明，存乎了悟。前人疏義，但求引經典以爲籍徵，不知已落第二義矣。鄙意欲就古音古義中，博其旨趣，要其會歸。大抵不外同、近、通、轉四科，以相系統。先從許叔重書得其本字，而後知孰爲假借，觸類旁通，不避繁碎，仍自條理分明，不相雜厠。其中亦多佳處，爲前人所未發。

郝氏又嘗自言曰：

> 邵晉涵《爾雅正義》，蒐輯較廣。然聲音訓詁之原，尚多壅閡，故鮮發明。今余作《義疏》，於字借聲轉處，詞繁不殺，殆欲明其所以然矣。〔註11〕

足見郝氏於前人諸疏皆不滿意，以爲博引經典，並不足以疏通證明《爾雅》。欲治《爾雅》詁訓，當從古音古義入手，而邵氏《正義》，尚多壅閡，郝氏遂

〔註9〕〈《爾雅正義》與《爾雅義疏》之比較研究〉，《南洋大學中國語文學報》第二期。

〔註10〕見《清代七百名人傳》本傳。

〔註11〕同註2。

起而作《爾雅義疏》。

邵、郝二書，既起於不滿前人，故撰作《雅疏》，皆態度謹慎。郡氏〈與程魚門書〉曰：

> 邢《疏》爲官修之書，剿襲孔氏《正義》，割裂缺漏，視明人修大全不甚相違……今先正六書，次述古義。多引唐以前諸儒之說。〔註 12〕

〈與朱笥河學士書〉曰：

> 日取《九經正義》讀之，勉力爲《爾雅》疏其義之創獲者如呬息也……草木蟲魚；以今名釋古訓，《玉篇》爲可信。陸、羅多臆必之說，乖蓋闕之義。慎取一二，不敢從也。〔註 13〕

又一封〈與朱笥河學士書〉曰：

> 晉涵見聞淺隘，又立說必本前人，不敢臆決。偶有所得，敢質言之。如翦，勤也。翦當作踐，有鄭注〈玉藻〉可證。順，陳也，當〈引坊〉記引《君陳》曰：女乃順之於外。但漢儒未有言者，疑不敢定。〔註 14〕

〈上錢竹汀先生書〉曰：

> 近思撰《爾雅正義》，先取陸氏《釋文》是正文字。繼取《九經》注疏爲邢氏刪其剿襲，補其缺漏，次及於佚書、古義、周、秦諸子，暨許、顧、陸、丁小學書。〔註 15〕

由邵氏之言，可見邵氏主張言必有據，不爲臆說。

郝氏言其撰著之態度則曰：

> 余田居多載，遇草木蟲魚有弗知者，必詢其名，詳察其形，考之古書，以徵其然否。今之疏中，有異於舊說者，皆經目驗，非憑胸肊，此余書所以別乎邵氏也。〔註 16〕

於舊說必詢其名、經目驗，不憑胸臆，態度一如邵氏之謹慎。邵、郝二人皆博學之士，既爲改邢《疏》而作，故態度特別嚴謹，此《正義》、《義疏》所以見重士林之因也。

〔註 12〕見《清儒學案・邵晉涵南江學案》。
〔註 13〕同註 12。
〔註 14〕同註 12。
〔註 15〕同註 12。
〔註 16〕同註 2。

（二）成書年代與古音學背景

宋翔鳳《爾雅義疏・序》曰：「乾隆間，邵二雲學士作《爾雅正義》」，並無確切年代。梁啓超《中國近三百年學術史》則斷曰：

> 《爾雅正義》二十卷，餘姚・邵晉涵二雲著，乾隆四十年屬稿，五十年成，凡經十年。

乾隆四十年當西元 1775 年，五十年當 1785 年。

至於郝書之成書年代，宋翔鳳亦僅簡曰：「迨嘉慶間，棲霞・郝戶部蘭皋先生之《爾雅義疏》最後成書。」，梁啓超則曰：「郝氏《義疏》成於道光乙酉，後邵書且四十年。」道光乙酉，即道光五年，當西元 1825 年。然錢穆《中國近三百年學術史》則曰：

> （嘉慶）十三年戊辰（1808 年），郝蘭皋《山海經箋疏》成，始撰《爾雅義疏》。（道光）二年壬午（1822 年），郝蘭皋《爾雅義疏》成。

梁氏並未說明開始著書之年代，而所說書成之年代，與錢氏所說相差三年。因此，如照梁氏之說法，則郝書後邵書四十年；如照錢氏說法，則郝書後邵書三十七年，然而宋氏却說郝書成於嘉慶年間，嘉慶（仁宗，1796～1820 年）之後即爲道光（宣宗，1821～1850 年），郝書乃是於嘉慶年間著手撰寫，大抵到了嘉慶末年，基本上已完成，或將近完成。所以，宋氏所記的，只是大體之年代。

若錢穆所考證無誤，則自邵氏《正義》之完成，至《義疏》之開始撰寫，這期間，前後達二十四年。郝書撰寫所費的時間則前後十五年。在這幾十年中，古音學有了很顯著的發展。

清代古音學之研究始於顧炎武（1613～1682 年），著有《音學五書》，即：《音論》、《詩本音》、《易音》、《唐韵正》、《古音表》五種。顧氏之後，繼承他的古音學的人是江永（1681～1762 年），著有《古韵標準》。江永傳給他的學生戴震（1723～1777 年），著有《聲韵考》、《聲類表》。與戴氏同時的古音學家尚有錢大昕（1728～1804 年），著有《十駕齋養新錄》、《古韵問答》。

戴氏又傳給他的學生段玉裁、王念孫、孔廣森。段氏（1735～1815 年）著有《六書音韵表》，並據此作《說文解字注》。王氏（1744～1832 年）的《古音說》見其子王引之之《經義述聞》中。孔氏（1752～1786 年）著有《詩聲分例》、《詩聲類》。

段、王再傳給後輩江有誥（？～1851 年），雖是後起之輩，然成就却最大。著有《音學十書》，即：《詩經韵讀》、《羣經韵讀》、《楚辭韵讀》、《子史韵讀》、《漢魏韵讀》、《二十一部韵譜》、《二十一部諧聲表》、《入聲表》、《唐韵再正》、《古韵總論》十種。此外又有《說文彙聲》、《唐韵四聲正》、《唐韵更定部分》等書。

與江氏同時的古音學家尚有：張惠言（1761～1802 年），著《說文諧聲譜》；嚴可均（1762～1786 年），著《說文聲類》；劉逢祿（1776～1829 年），著有《詩聲衍》（未成書）。

在這些古音學家中，生年在邵氏之前者有顧炎武、江永、戴震、錢大昕、段玉裁五人，而在邵氏《正義》書成時，已故世者只有顧、江、戴三人，段、錢已屆晚年。生年在邵氏與郝氏之間者只有王念孫、孔廣森兩人。其他都在郝氏之後，而到郝氏《義疏》書成時，上述古音學家幾乎都故世了，尚未故世的也已屆晚年。所以，郝氏能從容參考這些古音學家之研究成果。另一方面清代古音學最盛的時候不是乾隆，而是嘉慶年間。宋翔鳳《爾雅義疏・序》：

> 迨嘉慶間，棲霞・郝戶部蘭皋先生之《爾雅義疏》最後成書，其時南北學者，知求於古字古言。於是通貫融會諧聲、轉注、叚藉，引端竟委，觸類旁通，豁然盡見。

而聲韵與訓詁又有密切之關係，而且爲疏釋《爾雅》之關鍵。黃季剛曰：

> 要而言之，治《爾雅》之始基，在正文字，其關捩在明聲音。字不明則義之正假不能明；音不明則訓之流變不能明。故使《說文》之學不昌，古韵之說未顯，雖使《爾雅》至今蒙晦可也。惟聲音、文字講求纖悉，然後訓詁之道，得其會歸。

郝氏〈奉阮雲臺先生論爾雅書略〉也說：

> 竊謂詁訓以聲爲主，以義爲輔，古之作者，《釋名》以聲代聲，聲近而義同。故《釋名》一部爲《爾雅》二部也。《廣雅》以義闡義，義博而文賅，故《廣雅》一部爲《爾雅》二三部也。今之所述，蓋主《釋名》之聲，而推《廣雅》之義。一聲通轉至十餘聲，是得《爾雅》十餘部也。一義旁推至四、五義，是得《爾雅》四五部也。以此證發，觸類而通，不似舊人疏義，但鈔撮古書以爲通經，守定死本子，不能轉動。

由於郝氏能掌握古音學知識，因此於疏釋時充分運用，成績也就不難勝於邵氏。

（三）內容比較

雖然《義疏》之體例並無創新，多承邵氏《正義》而來。然細較二書之內容，亦有不同。《義疏》或加詳於《正義》，《正義》亦有優於《義疏》處：

1. 校補經注譌脫之比較

校補經注譌脫方面，《義疏》較《正義》為多。《義疏》所校，有《正義》未曾校者，如：

〈釋木〉：「櫬，梧。」

郭《注》：「今梧桐。」

《義疏》：「《齊民要術》說之極明。又引郭《注》：『今梧桐』下有『皮青者』三字，今脫去之。」

又：

〈釋魚〉：「鰋。」

郭《注》：「今偃額類白魚。」

《義疏》：「郭《注》『偃額』，諸本皆作鰋。蓋與正文相涉而誤。唯《六書故》引作偃，今據以訂正。」

由於《正義》先成，校補方面，《義疏》可以參考《正義》之成果，因而相同的地方也多。如：

〈釋地〉：「江南曰揚州。」

郭《注》：「自江南至海。」

《正義》：「《公羊・疏》引孫氏、郭氏曰：『自江至南海也。』是郭《注》本孫炎。今本作『南至海』，而《公羊・疏》引作『至南海』，疑傳寫之誤。」

《義疏》：「《公羊・疏》引孫氏、郭氏曰：『自江至南海也』，蓋『至南』二字誤倒，當以今本為是。」

而二者亦有校正意見相左者。如：

〈釋草〉：「中馗，菌。」

郭《注》：「地蕈也。似蓋，今江東名為土菌。亦曰馗厨，可啖之。」

《正義》：「《釋文》引舍人本作『中鳩』云：『菟奚，名顆凍；顆凍，名中鳩。』案：欵冬無中鳩之名，而地蕈亦名馗厨。則不得以中馗上屬。郭氏不敢也。」

《義疏》:「(邵氏《正義》引)中馗,《釋文》引舍人本作『中鳩』云:「菟蒵,名顆凍;顆凍,名中鳩。是讀中鳩上屬,與郭氏異。又按《說文》云:菌,地蕈,蓋許亦讀中鳩屬上。與舍人同,而云『菌,地蕈。』則郭《注》『地蕈』二字疑古本在正文,寫書者誤入注中,因加『也』字足句耳。」

2. 兼采諸家古注之比較

兼采古注方面,二書大致相同,而《正義》所收,較爲周全。如:

〈釋蟲〉:「蝝,蝮蜪。」

郭《注》:「蝗子未有翅者。《外傳》曰:『蟲舍蚳蝝。』」

《正義》:「《左傳疏》引李巡云:蝮蜪,一名蝝。蝝,蝗子也。……《說文》引劉歆說:『蝝,復蜪也。蚍蜉子。』《五行志》引劉歆說,則以爲蚍蜉之有翼者,食穀爲災。」

《義疏》:「《說文》:『蝝,復蜪也。劉歆說:蝝,蚍蜉子。』董仲舒說;『蝗子也。』按《五行志》引董仲舒、劉向竝以爲蝗始生,劉歆則𩗗蚍蜉之有翼者,食穀爲災。」

二者皆兩引劉歆《注》,而《正義》更多引李巡《注》。又如:

〈釋水〉:「正絕流曰亂。」

郭《注》:「直橫度也。《書》曰:『亂于河。』」

《正義》:「〈大雅・公劉〉云:『涉渭爲亂。』《疏》引孫炎云:『直橫度也。』」

《義疏》:「《詩》:『涉渭爲亂。』《傳》用《爾雅》,《正義》引孫炎曰:『直橫度也。』」

又:

〈釋草〉:「粢,稷。」

郭《注》:「今江東人呼粟爲粢。」

《正義》:「《左傳疏》引舍人云:『粢,一名稷,粟也。』《齊民要術》引孫炎《注》與舍人同。」

《義疏》:「《左傳》桓二年,《正義》引舍人曰:『粢,一名稷。稷,粟也。』《齊民要術》引孫炎《注》與舍人同。」

大抵古注經前代學者之援引,及清代學者之專門輯佚,可充分應用,故《正義》、《義疏》皆得善加採取。

3. 考補郭《注》未詳之比較

考補郭《注》方面，《義疏》所補較《正義》為多。郭《注》所未詳者，據黃季剛統計，有一百八十條。〔註 17〕其中絕大部分，《正義》與《義疏》皆有所補，然亦有二書仍闕如者。如：

〈釋草〉:「經，履。」

郭《注》:「未詳。」

又：

〈釋草〉:「薛，庾草」。

郭《注》:「未詳。」

此二條，《正義》與《義疏》皆未能補郭。

〈釋蟲〉:「不蜩，王蚥。」

郭《注》:「未詳。」

《正義》:「《玉篇》以蚥為蟾蠩，謂之不蜩，所未詳也。」

《義疏》:「蚅螻，郭既云『螻蛄類』，則不蜩亦必蜩類。翟氏《補郭》云：《詩》、《書》及古金石文『不』多通『丕』。丕，大也。王蚥亦大之稱。此必蜩中之大者。前文蜩凡五見。《方言》云：蟬大而黑者謂之蝬，是蝒馬蜩之外，尚有名蝬一種為蜩之大者。此丕蜩疑其物今呼黑大蜩為老鑱，鑱即蝬音之轉。《集韵》亦才仙切是也。俗人或謂之王師太，猶古王蚥之遺言也。」

此條則《正義》、《義疏》皆嘗試補郭未詳，然《正義》所補不知所云，《義疏》却能考證精審。

〈釋鳥〉:「鳺，鵧叔。」

郭《注》:「未詳。」

《正義》:「《說文》作『鴩，鵧豉。』《玉篇》云：『鴩，鵧豉鳥。』」

《義疏》:「《說文》作『鴩，鵧豉也。』《廣韵》作鵏叔。按：鵏或體鵧、鋪。音同鋪豉。蓋以鳥聲為名。《倉頡篇》云：鵧觳鳥，即布穀，非此。」

又：

〈釋鳥〉:「鸍，諸雉。」

郭《注》:「未詳，或云即今雉。」

〔註 17〕《爾雅略說》。

《正義》:「《說文》釋雉有十四種，其一曰盧。諸雉，張揖〈上林賦註〉云:『鸕，白雉也。』」

《義疏》:「《說文》雉有十四種，盧，諸雉其一也。按:黑色曰盧。博棊勝采，有雉有盧。盧亦黑也。張揖〈上林賦注〉:鸕，白雉。所未詳。」

此二條，《正義》與《義疏》皆有所補，然《義疏》所補又加詳於《正義》，此例甚夥也。

4. 引證古籍之比較

引證古籍方面，《正義》與《義疏》又有諸多異同。如:

(1) 引用材料時，二書皆不按時代先後爲序，只在疏釋時，隨處引用。如:

〈釋地〉:「兩河間曰冀州。」

郭《注》:「自東河至西河。」

《正義》疏釋所引之資料順序爲:〈禹貢〉——《書疏》引李巡——《釋名》——〈禹貢〉——《公羊疏》引鄭《注》——《周官·職方》。

《義疏》疏釋所引之資料順序爲:《說文》——《釋名》——《釋文》引李巡——〈職方〉——《穀梁傳》——《淮南·覽冥篇》——〈大荒北經〉。

此種情形，爲二書之通例。

(2) 二者引書雖不依時代爲序，然二者皆重《說文》，引書時多先引用《說文》。如:

〈釋木〉:「柏，椈。」

郭《注》:「《禮記》曰:『鬯臼以椈。』」

《正義》首引《說文》:「《說文》作『柏，椈也。』」

《義疏》亦首引《說文》:「《說文》:『柏，椈也。』」

又:

〈釋蟲〉:「蛄䗐，強蛘。」

郭《注》:「今米穀中蠹蟲是也。建平人呼爲蛘子。」

《正義》首引《說文》:「《說文》作『姑䗐，強蛘也。』」

《義疏》亦首引《說文》:「《說文》:『䗐，蛄䗐，強芊也。』」

首引《說文》之例，二書中比比皆是。當然亦有非首引《說文》者，或《正義》引而《義疏》不引，或《義疏》引而《正義》不引，然較少見。

（3）郭《注》引《詩》時，《正義》、《義疏》皆能博引古籍以相證明。如：

〈釋言〉：「將，送也。」

郭《注》：「《詩》曰：『遠于將之。』」

《正義》：「〈鄭風・丰〉云：『悔予不將兮。』《文子・符言篇》：『來者不迎，去者不將。』是也。……〈天官・小宰〉云：『祼將之事。』《公羊・文十五年傳》云：『筍將而來也。』」

《義疏》：「《詩》我將，《箋》：『將，猶奉也。』《聘禮記注》：『將，猶致也。』義皆爲送也。故《詩》：『百兩將之。』《周禮・小宰》：『祼將之事。』《傳》並云：『將，送也。』《詩・燕燕箋》：『將，亦送也』……《公羊・文十五年傳》：『筍將而來也。』」

又：

〈釋詁〉上：「類，善也。」

郭《注》：「《詩》曰：『永錫爾類。』」

《正義》：「《左氏・昭二十八年傳》云：『勤施無私曰類。』《呂氏春秋・重言篇》引高宗之言曰：『余唯恐言之不類也。』《荀子・儒效篇》：『其言有類。』」

《義疏》：「《逸周書・芮良夫篇》云：『后作類』。《荀子・儒效篇》云：『其言有類』，……又與賴同。《孟子》云：『富歲子弟多賴。』」

然一般疏釋時，《義疏》則較《正義》更能旁徵博引。如：

〈釋詁〉下：「儼，敬也。」

郭《注》：「儼然，敬貌。」

《正義》所引之古書只有：《說文》、《釋名》、〈陳風・澤陂〉、《荀子・儒效篇》及楊倞《注》。《義疏》所引之古書有：《釋名》、《謚法》、《文選・東京賦》及薛綜《注》、〈補亡詩注〉引《蒼頡篇》、《詩》、《周禮・夏官・序官注》引、《詩》、〈曲禮〉及毛・鄭《注》、〈離騷〉、《文選・玄思賦》及王逸《注》與舊注、《詩・柏舟傳》及《論語・子張篇》、《釋文》、《釋名》。

（4）博引例證時，二書固時常同引一例，然所引不同例證之情形更多。如：

〈釋言〉：「殷，中也。」

郭《注》：「《書》曰：『以殷仲春。』」

《正義》所引之古書有：〈禹貢〉、《史記・夏本紀》、〈秋官・大行人〉、

《書・堯典釋文》引馬融及鄭康成《注》。（《正義》不釋訓字「中」）

《義疏》所引之古書有：《玉篇》、〈考工記・弓人注〉、《說文》、〈喪服小記注〉、〈儒行注〉、《墨子・經上篇》、《周禮・大行人、掌客、大牢》及鄭《注》、《書・堯典》及馬・鄭《注》同《廣雅》、《史記・五帝紀》、《詩》、《韓詩》、《釋文》。（《義疏》釋訓字「中」）

二書所引相同者只有〈秋官・大行人〉，而《義疏》所引較《正義》爲多。

（5）《正義》多能引原始資料，《義疏》則或轉引自《正義》。如：

〈釋草〉：「葿，小葉。」

郭《注》：「未詳。」

《正義》：「《管子・地員篇》謂厤之細者爲蒸。細即小也，葿爲小葉之厤，所以別於山厤也。」

《義疏》：「邵氏《正義》引《管子・地員篇》謂厤之細者，如蒸。細即小也。葿爲小葉之厤。所以別於山厤。」

（6）《正義》、《義疏》於疏釋時皆能引《爾雅》原文，而《義疏》較《正義》多。如：

〈釋親〉：「父爲考，母爲妣。」

《正義》不引《爾雅》原書資料。

《義疏》：「考者，〈釋詁〉云：『成也』」。

又：

〈釋訓〉：「明明，察也。」

郭《注》：「皆聰明鑑察。」

《正義》：「〈釋詁〉云：『察，審也。』」

《義疏》：「察者，〈釋詁〉云：『審也。』〈釋言〉云：『清也。』」

又：

〈釋訓〉：「戰戰，動也。」

郭《注》：「皆恐動趨步。」

《正義》不引《爾雅》原書資料。

《義疏》：「動者，〈釋詁〉云：『作也。』戰者，〈釋詁〉云：『懼。』」

（7）引書之方式，二者亦有顯著不同。如同引一例證，《正義》詳注出處，《義疏》則只簡單標明出處；《正義》爲詳引，《義疏》則只略引或不引原文，只引書名、篇名。如：

〈釋宮〉:「宮謂之室，室謂之宮。」

郭《注》:「皆所以通古今之異語。明同實而兩名。」

《正義》:「〈鄘風·定之方中〉云:『作于楚宮。』又云:『作于楚室。』毛《傳》:『室猶宮也。』」

《義疏》:「《詩·定之方中》,《傳》:『室猶宮也。』」

又:

〈釋水〉:「天子造舟。」

郭《注》:「比船爲橋。」

《正義》:「〈大雅·大明〉云:『造舟爲梁。』毛《傳》用《爾雅》。」

《義疏》:「《詩·大明》,《傳》用《爾雅》。」

又:

〈釋水〉:「逆流而上曰泝洄，順流而下曰泝游。」

郭《注》:「皆見《詩》。」

《正義》:「〈秦風·蒹葭〉云:『遡洄從之。毛《傳》用《爾雅》。』又云:『遡遊從之。』毛《傳》:『順流而涉曰遡遊。』」

《義疏》:「《詩》:『遡洄。』《傳》用《爾雅》。『遡游。』《傳》云:『順流而涉曰遡游。』」

然而亦有《正義》不詳明出處，而《義疏》詳明之例。如:

〈釋言〉:「諉，累也。」

郭《注》:「以事相屬累爲諉。」

《正義》:「《漢書注》，蔡謨云:『諉，託也。』」

《義疏》:「《漢書·賈誼傳注》引蔡謨曰:『諉者，託也。』」

又:

〈釋水〉:「濟有深涉。」

郭《注》:「謂濟渡之處。」

《正義》:「《左傳疏》引李巡云:濟，渡也。」

《義疏》:「《左氏·襄十四年》,《正義》引李巡曰:濟，渡也。」

此種情形，較常見於《詩經》以外之古籍，然爲數不多，因《正義》所引例證大都詳明出處。

5. **發明古音古義之比較**

發明聲訓方面，《義疏》較《正義》爲繁富。如:

〈釋詁〉:「哉，始也。」

郭《注》:「《尚書》曰:『三月哉生魄。』」

《正義》:「古文哉俱作才。如《書》云:『往哉汝諧。』〈張平子碑〉作:『往才汝諧』是。《詩・大雅・文王》云:『陳錫哉周。』鄭《箋》:『哉，始也。』《左氏・明七年傳》引作:『陳錫載周』,〈周頌〉云:『載見羣王。』毛《傳》:『載，始也。』是哉通作載也。」

《義疏》:「哉者，才之叚音。《說文》云:『才，草木之初也。』經典通作哉。《尚書大傳》云:『儀伯之樂舞鼚哉』,《詩》云:『陳錫哉周。』鄭俱以哉爲始也。郭《注》下文茂，勉。引《大傳》:『茂哉。』茂哉，《釋文》或作『茂才』,《書》云:『往哉汝諧』,〈張平子碑〉作:『往才汝諧。』『哉生魄』,《晉書・夏侯湛傳》作:『才生魄。』是才、哉古字通。又通作載，『陳錫哉周』,《左氏・宣十五年傳》作:『陳錫載周。』〈周書〉『載采采』,《史記・夏紀》作『始事事。』《詩》:『載見羣王。』《傳》亦云:『載，始也，』是載、哉通。《爾雅釋文》哉亦作栽。《中庸》:『栽者培之。』鄭《注》:『栽，讀如文王初載之載。』栽或爲茲。茲、栽、哉，古皆音同字通也。」

《正義》以哉、才、載三字通，《義疏》則以哉、才、載、栽、茲五字通，此皆聲同義近，聲近義通之理，而《義疏》較能發揮。又:

〈釋詁〉:「胎，始也。」

郭《注》:「胚始未成，亦物之始也。」

《正義》:「胎者，……本或作殆，〈豳風・七月〉云:『殆及公子同歸。』毛《傳》:『殆，始也。』」

《義疏》:「胎者……通作殆。《詩》:『殆及公子同歸。』《傳》:『殆，始也。』《釋文》『殆，孫炎大才反，本或作台。』是台、迨、殆，俱胎之數音矣。」

《正義》只知胎、殆兩字可以通用。《義疏》更知:胎、殆、迨、台四字都可以通用。都同一字根。

《義疏》全書發明字轉聲叚者至多，幾每條皆涉聲訓知識，且往往發《正義》所未發，確是二書大異者。

6. **辨別物類名實之比較**

《義疏》多經目驗，故每每較《正義》爲詳。如:

〈釋草〉:「艾，冰臺。」

郭《注》:「今艾蒿。」

《正義》:「艾，一名冰臺。〈王風·采葛〉云:『彼采艾兮。』毛《傳》:『所以療疾。』《孟子》云:『求三年之艾也。』趙岐《註》:『艾，可以爲炙人病，乾久益善。』《急就篇註》云:『艾，一名醫草。』」

《義疏》:「《詩·采葛》,《傳》:『艾，所以療疾。』蓋醫家灼艾炙病，故師曠謂之病草。《別錄》謂之醫草。〈離騷注〉:『艾，白蒿也。』今驗：艾亦蒿屬，而莖短，苗葉白色。棲霞有艾山，產艾莖紫色，小於常艾。或烝以代茗飲。蓋異種也。《埤雅》引《博物志》言:『削冰令圓舉以向日，以艾承其影，則得火。』此因艾名冰臺，妄生異說。不知冰古凝字。艾從乂聲，臺古讀如題。是冰臺即艾之合聲。」

又:

〈釋蟲〉:「蚻，蜻蜻。」

郭《注》:「如蟬而小。方言云:『有文者謂之螓。』《夏小正》曰:『鳴蚻虎懸。』」

《正義》:「蜩之廣額而有文者名蚻。一名蜻蜻。〈衞風·碩人〉云:『螓首蛾眉。』鄭《箋》:『螓，蜻蜻也。』《疏》引舍人云:『小蟬也。青青者。』某氏云:『鳴蚻蚻者。』案：毛《傳》謂螓首顙廣而方。孔穎達亦謂此蟲顙廣而且方。指其身體之所似也。」

《義疏》:「紮者，《夏小正》作扎。寧縣，郭《注》引作『虎縣』。蜻蜻者，《方言》云:『有文者謂之蜻蜻。其雌蜻謂之㺃。』《詩·碩人》,《傳》:『螓，首顙廣而方。』《箋》云:『螓，謂蜻蜻也。』《正義》引孫炎曰:『《方言》云，有文者謂之螓。』今《方言》作『蜻』者，螓、蜻聲相轉也。《正義》又引舍人曰:『小蟬，色青青者。』某氏曰:『鳴蚻蚻者。』然則蚻蚻象其聲，蜻蜻象其色。今驗：此蟬棲霞人呼桑蠽蟟。順天人呼咨咨。其形短小，方頭廣額，體兼彩文，鳴聽清婉，若咨咨然，與蚻蚻之聲相轉矣」。

郝氏爲棲霞人，故能就棲霞所親見加以闡明，詳述所見各物之形狀聲色，並列舉各地異名與古今異名、別名。並且盡量運用其於聲韻學方面之知識。使人更加容易明瞭。於〈釋草〉、〈釋木〉、〈釋蟲〉、〈釋魚〉四篇中，俯拾即是。

而邵氏僅能就古籍所見資料加以說明，目驗不足，因此多不能稱述今名，又少能運用聲韻學方面之知識，故邵氏疏釋方面之成績略不及郝氏。此又爲《正義》與《義疏》之另一差異。

7. 匡正郭《注》之比較

《義疏》匡正郭《注》之處甚多，亦較《正義》爲詳。如：

〈釋草〉:「莙，牛藻。」

郭《注》:「似藻，葉大，江東呼爲馬藻。」

《正義》:「異名也。《玉篇》云：『莙，牛藻也。一云馬藻。』陳藏器《本草註》云：『馬生水中，如馬齒相連。』」

《義疏》:「《齊民要術》引《詩義疏》曰：『藻，水草也。生水底，有二種。其一種葉如雞蘇，莖大如箸，可長四五尺。一種莖大如釵股，葉如蓬，謂之聚藻。……』陸說二藻之狀，其言『葉如雞蘇』，即今之大葉藻，郭《注》所謂馬藻也。言『葉如蓬，即所謂牛藻。其葉細如毛也。《顏氏家訓・書證篇》亦以牛藻即陸璣所謂聚藻，葉如蓬莙者。又引郭《注》《三倉》云：『蘊藻之類也。細葉蓬茸生，一節長數寸。細茸如絲，圓繞可愛。長者二三十節，猶呼爲莙。』顏以聚藻爲莙，郭以蘊藻爲莙。然則即蘊明矣。此注以牛藻爲馬藻，蓋誤。宜據《三倉注》以訂正。』

又：

〈釋木〉:「黎，山樆。」

郭《注》:「即今黎樹。」

《正義》:「梨生山中者名。〈樆子虛賦〉謂之離，《文選註》引張揖云：『離，山梨也。』《玉篇》云：『樆，山梨也。』皆以樆爲山中之梨也。顏師古《急就篇註》:『梨，一名山樆，非也。』」

《義疏》:「《本草》陶《注》:『黎種殊多，竝皆樆冷利。多食損人，故俗人謂之快果，不入藥用。』按：黎生人家者即名黎，生山中者別名樆也。樆本作離，〈子虛賦〉云：『檗離米楊。』《文選注》引張揖云：『離，山黎也。』是樆古本作離。《釋文》反以以作離爲非，謬矣。郭《注》亦非。」

《正義》但知「黎」「樆」之分別，却不知據此指出郭《注》之非。前一例亦不知郭《注》之謬誤。《義疏》則兩例皆能指出郭《注》之誤。

8. **疏釋程序之比較**

二者疏釋之程序、方式各不相同，茲舉較明顯之例說明如下：

〈釋詁〉:「初、哉、首、基、肇、祖、元、胎、俶、落、權輿，始也。」

郭《注》:「《尚書》曰:『三月哉生魄。』《詩》曰:『令終有俶。』又曰:『俶載南畝。又曰:『訪予落止。』又曰:『胡不承權輿。』胚胎未成，亦物之始也。其餘皆義之常行者耳。此所以釋古今之異言，通方俗之殊語。《正義》之疏釋程序爲：首先個別訓釋被訓字。《爾雅》此條甚長，因此按秩序分爲三組：初哉首基、肇祖元胎、俶落權輿；待被訓字之個別義明瞭後，則訓字不釋自明。其次，於郭《注》中之引文，逐句標舉其出自何篇。又其次，對郭璞自注之語加以疏釋。郭璞之語亦不少，因此分成兩段:『胚胎至者耳』,『此所至殊語。』其末則自加按語。

《義疏》之疏釋程序爲：首先訓釋訓字。其次，個別訓釋被訓字，不按秩序，亦不分組。對郭璞自注之語，則不加疏釋，亦不加按語。

此僅就邵、郝二《疏》首條而言。並非各條皆如此例疏釋。如邵氏《正義》有時先訓釋訓字，後一一訓釋被訓字；有時加按語，有時不加按語。《義疏》亦是按語時有時無。然二書大致之秩序皆如上述所引之例證。因此，就大體而言，邵氏《正義》之疏釋有條不紊。各條皆一一詳析，閱讀、查考皆爲稱便。郝氏《義疏》之疏釋則略顯紛亂，查考既不方便，翻閱亦較費神。

9. **《義疏》有引用及匡正《正義》者**

《義疏》有引用《正義》者，如：

〈釋草〉:「柂，軌䉶。」

郭《注》:「未詳。」

《正義》:「柂通作苞。如《詩》:『苞有三蘖。』《玉篇》引作:『柂有三枿』是也」。

《義疏》:「邵氏《正義》云:『柂，通作苞』」。

又：

〈釋草〉:「櫻，槖含。」

郭《注》:「未詳。」

《正義》:「橐含，一名薐。上文『烏階』，亦名薐。郭《注》以爲染草也。鄭《注》典染草有橐盧，疑鄭君所見本異。橐含，當作橐盧，即烏階也。」

《義疏》:「邵氏《正義》云:『上文欔，烏階也。郭《注》以爲染草，鄭《注》掌染草有橐盧。疑鄭所見本橐含作橐盧，即烏階也。』」

《義疏》引用《正義》者，多見於郭《注》未詳之處。蓋因此爲邵氏所首先補正，故《義疏》引用又多加注明，以免掠美。

《義疏》又多能指正《正義》之誤，如:

〈釋草〉:「荼，苦菜。」

郭《注》:「《詩》曰:『誰謂荼苦，苦菜可食。』」

《正義》:「荼，一名苦菜。《夏小正》:『正月取荼。』荼也者，以爲君薦蔣也。是孟春已取荼矣。」

《義疏》:「邵氏《正義》引《夏小正》云:『正月取荼。』荼也者，以爲君薦蔣也。此引非也。《小正》取荼，乃是茅秀，非苦菜也。蔣爲薦藉，非供食也。《詩》:『有女如荼』,《周禮》:『掌荼』,《國語》:『生之如荼』。皆謂茅秀，非《爾雅》苦菜之荼。」

又:

〈釋草〉:「須，蕵蕪。」

郭《注》:「蕵蕪，似羊蹏。葉細，味酢，可食。」

《正義》:「〈邶風・谷風〉:『采葑采菲。』上云:『須，葑蓯;菲，芴。』此又廣其異名也。」

《義疏》:「陶注《本草》羊蹄云:『一種極似羊蹏而味酢，呼爲酸模，亦療疥也。』按此即今醋醋流也。酸模、蕵蕪，一聲之轉。莖葉俱似羊蹏，而小葉青黃色。生啖極肥，味酸欲流。兒童謂之醋醋流。郭《注》、陶《注》甚明。邢《疏》誤以須、葑蓯與蘭蕪爲一物。邵氏《正義》仍其失也。」

郝氏引用邵氏之說，特加注明。又能指出邵氏之錯誤。足見邵氏作《義疏》時，能小心參考《正義》，而非盡承襲。

(四)《正義》與《義疏》之評價

《正義》與《義疏》爲疏釋《爾雅》之著作中，最完備、最受重視之兩部著作。然對二者之評價，歷來學者意見不一，大抵可區分爲三:

1. **《義疏》優於《正義》**

宋翔鳳《爾雅義疏・序》曰：

> 乾隆間，邵二雲學士作《爾雅正義》，翟晴江進士作《爾雅補郭》，然後郭《注》未詳未聞之說，皆可疏通證明。而猶未至於旁皇周浹，窮深極遠也。迨嘉慶間，棲霞・户部蘭皋先生之《爾雅義疏》最後成書。其時南北學者，知求於古字古言，於是通貫融會，諧聲、轉注、叚藉，引端竟委，觸類旁通，豁然盡見。且薈萃古今，一字之異，一義之偏，罔不搜羅。分別是非，必及根源，鮮逞胸臆。蓋此書之大成，陵唐蹠宋，追秦、漢而明周、孔者也。

胡樸安《中國訓詁學史》曰：

> 邵氏本精於史學，其書又成於乾隆中葉。當時聲韻、訓詁之學尚未極盛，憑藉未宏，斯成業寡色。宋氏翔鳳謂邵氏之書，「猶未至於旁皇周浹，窮深極遠」者此也。……《爾雅義疏》，成書較後。當時南北學者，皆能以聲韻、訓詁，明文字之源，以得古人言語緩急之異。郝氏具此基礎，於古今一字一義之異同，罔不搜羅，分別是非。又能融通轉注、假借之例，引端竟委，觸類旁通。其書視邵氏之《正義》爲善，足與王氏之《廣雅疏證》，同其精博，爲治《爾雅》者，必須研究之書也。

齊佩瑢《訓詁學概論》曰：

> 郝、邵二《疏》，都是爲改補邢《疏》而成之作，邵晉涵的《爾雅正義》，故稍遜於郝。……清儒治《爾雅》者有如雨後春筍，分門別類，各有專精，然其規模法度，大抵不出邵氏的範圍。惜仍墨守「疏不破注」之例，堅遵郭義，未能脱去舊日枷鎖，旁推交通聲近之字於郭《注》之外，故終不及郝也。

2. **《正義》優於《義疏》**

梁啓超《中國近三百年學術史》曰：

> 近人多謂郝優於邵，然郝自述所以異於邵者不過兩點。一則「於字借聲轉處，詞繁不殺」，二則「釋草木蟲魚異舊說者皆由目驗」。（胡培翬撰郝墓表引）。然則所異也狠微細了。何況這種異點之得失還很要商量呢。因前人成書增益補苴，較爲精密，此中才以下盡人可能，郝氏於發例絕無新發明，其內容亦襲邵氏之舊者之六七。實不應別

撰一書（其有不以邵爲然者，著一校補或匡正誤書善矣）。《義疏》之作，剿說掠美，百辭莫辨，我主張公道，不能不取邵棄郝。

3. 二書各有價值

黃季剛《爾雅略說》曰：

邵、郝二《疏》，皆爲改補邢《疏》而作。然邵書先成，郝書後出，先創者難爲功，紹述之易爲力。世或謂郝勝於邵，蓋非也。……清世說《爾雅》者如林，而規模法度，大抵不出邵氏之外。雖篤守「疏不破注」之例，未能解去拘攣。然今所存《雅》注完書，推郭氏最著；堅守郭義，不較勝于信陸佃、鄭樵乎？惟書係創作，較後人百倍爲難。……郝《疏》晚出，遂有駕邢軼邵之勢。今之治《爾雅》者，殆無不以爲啓闢户門之書。

上述之評價因立場、態度、觀點各不相同，故對二書之評價見仁見智，大異其趣。宋翔鳳等人乃立於客觀之立場，純粹由內容孰爲完備來加以比較，因此以爲郝勝于邵。若由此觀點而言，確係如此。

梁啓超氏由體例之是否創新加以比較，因此以爲邵優於郝，乃至主張取邵棄郝。如由此觀點而言，其說亦可通。《義疏》之體例全同於《正義》。然《義疏》之是否有價值實不在於體例之是否有創新，而在於郝氏《義疏》之疏釋能否加詳前人。學問之道固所謂『後出轉精』，然當前人之考證已極爲精審，欲較前人更精密確非易簡之事。於此種情形之下，如能比前人多發明一些，即十分難從事。於二書之內容比較觀之，《義疏》確能發前人之所未發。以《正義》如是完備之書，欲邁越其成就確非易事。而《義疏》於《正義》所開之規模，却能有其新的心得，此價值是不能不加以肯定的。只要有一點超出前人，就足以爲後人參考之用，且《義疏》之超出《正義》者並不止一點。梁氏認爲郝氏襲邵氏之舊者十之六七，則至少仍有十之三四出於郝氏己見，因此，郝氏之書猶有可取。所以梁氏自己也以爲，《義疏》較之《正義》來，是愈益精密的了。

黃季剛則依歷史價值以衡量二者，以爲《正義》先創，有開創之價值；《義疏》後繼，有紹繼之功。先創者難爲功，紹繼之易爲力，故《義疏》遂有了淩駕《正義》之勢。據前文二者之比較觀之，《義疏》確是加詳於《正義》，然《正義》亦有其不可取代之處，治《爾雅》者，當二者合觀，庶無遺憾。是黃季剛之說，較爲公允。

第三節　黃奭《爾雅古義》

一、黃氏傳略

黃奭字右原，江蘇甘泉人。以資入爲刑部郎中，道光中以順天府尹吳傑薦，欽賜舉人。奭少聰敏，家世貨殖，而奭獨嗜學，嘗從南城・曾燠遊，燠異之曰：「爾勿爲時下學，余薦老師宿儒一人爲爾師。」乃江藩也。奭修重禮，延藩館其家四年，自是專精漢學。藩卒，又獨學十餘年，閉戶探尋，足不出外。

黃氏嘗敘其師承曰：「予受業于江鄭堂先生，先生受業于余古農先生，余先生又受業于惠定宇先生，予爲小紅豆山人門下再傳弟子。」〔註 18〕是亦學有淵源者也。江藩以惠棟《十三經古義》，《爾雅》未成，遂命奭卒其業，奭乃就陸德明《釋文・敘錄》十家舊注，博引群書爲之疏證，更於十家外，摭拾爲〈眾家注〉，成《爾雅古義》十二卷，使《爾雅》微言出，而奧義彰，不惟扶翼《雅》學，惠棟未竟之志，亦因得續矣。

黃氏嘗以所學質於儀徵・阮元，元曰：「右原以門下晚學生來謁，巳亥後屢問學，予見其所言《四庫》諸書，大略皆能言之。與講漢學，知其專於鄭高密（玄）一家。」〔註 19〕稱其專博，遂延總纂《廣東省通志》。它著尚有《端綺集》二十八卷、《存悔齋集杜詩注》三卷。

本傳事蹟見《清史列傳》卷六十九〈儒林傳〉下，及《清儒學案・小傳》等。

二、著書大旨

（一）補惠棟《十三經古義》

昔惠棟作《十三經古義》，今所見惟《九經古義》者，《孟子》、《孝經》、《爾雅》未成書、《左傳》則更名「補注」，刊板別行，故惟存其九。曰「古義」者，漢儒專門訓詁之學，得以考見於今者也。《十三經古義》闕《爾雅》，故黃氏爲是編以補之。〈總序〉云：

> 予受業于江鄭堂（藩）先生，先生受業于余古農（蕭客）先生，先生又受業於惠定宇（棟）先生，予爲小紅豆山人（惠棟）門下再傳

〔註 18〕見黃奭《爾雅古義・總序》「漢學師承譜」。
〔註 19〕見阮元《揅經室再續集》。

> 弟子。小紅豆山人作《十三經古義》，以《孟子》《孝經》《爾雅》未成書，先出《九經古義》問世，《四庫全書》已著錄……余先生有《注雅別鈔》、鄭堂先生有《爾雅正字》(易名《小箋》)，皆爲補小紅豆山人《爾雅古義》而設。若胡氏承珙，雖有《爾雅古義》，貌同而心異，蓋不在漢學師承內也。予力小任重，誠不敢受鄭堂先生付託。久思作《爾雅古義》，欲探驪珠，必先獺祭，因就陸德明《釋文・敘錄》十家舊注，纘其已墜之緒，成此未竟之志，爲書十二卷。

是其旨甚明，乃補《十三經古義・爾雅》之闕，成惠棟未竟之志也。而由序中亦可知，此《爾雅古義》之述，爲其師江藩所囑託，乃得力任斯役也。

（二）搜輯《爾雅》古注、古音

郭璞《爾雅注・序》曰：

> 璞不揆檮昧，少而習焉，沈研鑽極，二九載矣。雖注者十餘，然猶未詳備，並多紛謬，有所漏略。是以復綴集異聞，會粹舊說；考方國之語，采謠俗之志；錯綜樊、孫，博關群言；剟其瑕礫，搴其蕭稂；事有隱滯，援據徵之，其所易了，闕而不論。

是漢、魏舊注，至郭璞時，已多至十餘家。然郭《注》既錯綜樊、孫，或援引徵之，或闕而不論，殆郭《注》專行，此諸子之說遂晦。

陸德明《釋文》所錄《雅》注，前於郭璞者有犍爲文學、劉歆、樊光、李巡、孫炎五家，經郭《注》錯綜，已不行於世；後於郭璞者，爲沈旋《集注》、施乾、謝嶠、顧野王《音》，亦湮滅而弗存。黃氏慨然於古義之湮沒，又瞿然於遺文之散見，既承江藩之囑，遂篤力於斯。凡《釋文》所載諸家，並郭璞《音》《圖》，有見於《五經正義》者、有見於陸氏《釋文》者、有見於《玉篇》者、有見於《初學記》者、《文選注》者、《藝文類聚》者、《太平御覽》者，並邢《疏》所引者、掇拾之以還其舊觀，爲之疏通證明，悉有依據。更於十家外，網羅群言，昕夕勤劬，左右采獲，凡單詞隻義，悉歸摭采爲〈眾家注〉二卷，則不獨羽翼景純、邁軼叔明，《爾雅》古義抑且大明於世矣。

三、《爾雅古義》之內容

（一）所見書目及輯存梗概

黃氏是編就《五經正義》、陸氏《釋文》、《玉篇》、《初學記》、《文選注》、

《藝文類聚》、《太平御覽》等書所引諸家音、注，分書纂輯，凡十一冊十二卷。卷首依序有黃奭〈總序〉、〈所見書目〉、〈漢學師承譜〉、阮文藻〈序〉、李星沅〈序〉、黃爵滋〈跋〉、朱琦〈序〉。自卷一至卷十，輯古《雅》音注圖譜十種、目次依陸氏《釋文》。卷十一、十二爲〈眾家注〉，凡不詳姓名者彙此。茲將其師承譜，所見書目與各書輯存梗概列表分述於下：

漢學師承譜：

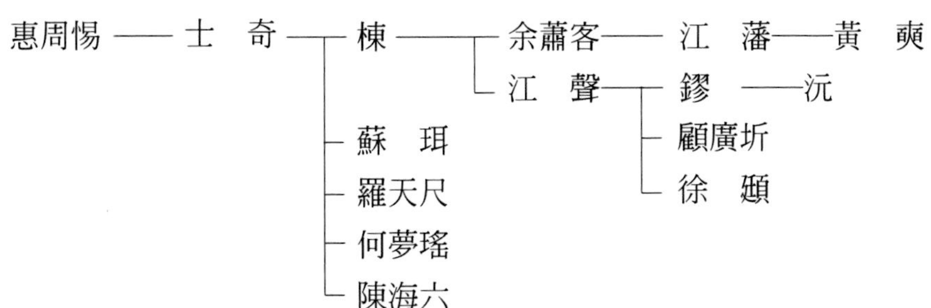

惠周惕即老紅豆先生，惠士奇即紅豆先生，惠棟即爲小紅豆先生。此譜黃奭自敘其師承也。惠氏一家爲清考據重鎮吳派之領袖，富信古精神，則黃奭之學，蓋有淵源者也。

所見書目：

1.	乾隆敕撰	《殿本爾雅注疏考證》	2.	姜兆錫	《爾雅參議》
3.	譚吉璁	《爾雅廣義》	4.	譚吉璁	《爾雅綱目》
5.	吳　浩	《爾雅疑義》	6.	王　謨	《爾雅犍爲文學注》
7.	王　謨	《爾雅郭璞圖讚》	8.	周　春	《爾雅廣疏》
9.	翟　灝	《爾雅補郭》	10.	任基振	《爾雅注疏箋補》
11.	沈廷芳	《爾雅注疏正字》	12.	余蕭客	《爾雅釋》
13.	余蕭客	《爾雅鉤沈》	14.	余蕭客	《注雅別鈔》
15.	程瑤田	《釋宮小記》	16.	程瑤田	《釋草小記》
17.	程瑤田	《釋蟲小記》	18.	盧文弨	《爾雅釋文考證》
19.	吳　騫	《爾雅孫炎正義》	20.	邵晉涵	《爾雅正義》
21.	錢大昭	《爾雅釋文補》	22.	錢　坫	《爾雅釋地注》
23.	戴　震	《爾雅文字考》	24.	戴　鎣	《爾雅郭注補正》
25.	劉玉麐	《爾雅》古注	26.	阮　元	《爾雅注疏校勘記》

27.	陳　鱣	《爾雅集解》	28.	臧鏞堂	《爾雅漢注》
29.	郝懿行	《爾雅義疏》	30.	胡承珙	《爾雅古義》
31.	嚴可均	《爾雅一切注音》	32.	嚴可均	《爾雅郭璞圖讚》
33.	江　藩	《爾雅正字》			

各書輯存梗概：

卷　數	書　　名	輯錄條數	前　後　序
卷　一	《爾雅犍爲文學注》	二三三	有前序、後序
卷　二	《爾雅樊光注》	七〇八	有前序
卷　三	《爾雅李巡注》（附劉歆《注》）	三〇六（歆七）	有前序
卷　四	孫炎《爾雅音注》	四六七	有前序、後序
卷　五	郭璞《爾雅音義》	四七五	有前序
卷　六	郭璞《爾雅圖讚》	六五	有前序
卷　七	沈旋《爾雅集注》	五三	有前序
卷　八	施乾《爾雅音》	七七	有前序
卷　九	謝嶠《爾雅音》	一〇八	有前序
卷　十	顧野王《爾雅音》	五八	有前序
卷十一	《爾雅眾家注》		有前序
卷十二	《爾雅眾家注》		與卷十一合序

（二）犍為文學《注》

黃奭〈爾雅犍爲文學注輯本序〉曰：

（前略）奭初輯此種，第就諸經《正義》、《釋文》，而以王氏《漢魏遺書》本稍稍附益之。後乃于邵氏《正義》、郝氏《義疏》、孫氏《漢註》、余氏《鈎沈》外，復旁涉《荀子》、《史記》、《一切經音義》、《御覽》、《六書故》、《爾雅翼》，得若干條入于《漢學堂經解》，而留此爲前車之鑒。其間如《詩正義》引「仇相求之匹」一條，又引「青驪驎驒色有淺深似魚鱗也」一條，《齊民要術》引「眾秫秫黏粟也」一條，《御覽》引「茥葐蓋青州白茥」一條，皆孫炎《注》非舍人《注》。《詩正義》引「莞苻蘭」《本草》云：「白蒲一名苻蘺楚謂之莞」一條，與邢義皆作某氏，不作舍人。《御覽》引「莩麻母芧苴麻一名麻母」，不惟非舍人《注》並無，此十字之《爾雅注》，在今《御覽》九百九十八卷中，殆因同卷有孫炎「葟蕻蓋」之注，而連類誤及之。雖皆由《漢魏遺書》誤于前，而鄙人沿誤之失，又烏可諉哉！

黃奭此卷共輯二三三條，所據書目爲：《荀子注》、《書正義》、邢《疏》、《釋文》、《詩正義》、《春秋正義》、《一切經音義》、《左傳正義》、《左傳》杜預《注》、《文選注》、《史記索隱》、《太平御覽》、《論語疏》、《齊民要術》、《水經注》、《禮記正義》、《六書故》、《公羊正義》，凡十八種。（依黃書之序，下同）

黃氏又有〈後序〉曰：

余既以前輯舍人《注》爲略，因而改作，未必遂能勝前，或更歷數年，並此本亦嫌其略。一息尚存，學無止境，九州之外，人有同心，耳目所限，精力告疲，姑就今日所可釋然，亟煩手民，俾正有道。於所未安，已詳前例，抑更有疑者，如任昉《述異記》，郭景純注《爾雅》臺今在夷陵郡；祝穆《方輿勝覽》，「爾雅臺」在硤州，郭璞注《爾雅》於此；王象之《輿地碑記》，嘉定府下有郭璞〈移水記〉，蘇轍詩指其注《爾雅》於此；郭子章《郡縣解詁》，景純注《爾雅》，握筆嘉州，在今烏尤山，江魚吞墨千年猶黑。夫《晉書》本傳，景純無入蜀之事，即其〈移水記〉有嘉州二字，嘉州之名後周始見，不應晉人古文預用後周新地，郭雖前知，未必於閒筆自神其術。嗚呼噫嘻！我知之矣，嘉州在漢爲犍爲郡，諸家所謂「爾雅臺」，其爲文學舍人之郭，而非宏農太守之郭，不信然歟！舍人名不出里閈，在嘉州則爲閉户著書，偶即其地以名臺也宜。若太守，則爲輕去其鄉，且名動京師，彼無地不可臺，何必嘉州？丁小雅先生嘗疑之，釋地固《爾雅》學也，願以質諸實事求是者。

（三）樊光《注》

黃氏〈爾雅樊光注輯本序〉曰：

《五代史志》曰，漢·中散大夫樊光《注》、三卷。《唐志》作六卷，與《釋文·序錄》同。然陸德明雖詳其爲京兆人，爲後漢中散大夫，而乃屬之沈旋疑非光注，此殆如李巡之《注》疑出劉歆。惟是巡本宦官，或非作手，劉歆爲新莽國師，經術是其家風，覿于漢平帝元始四年，王莽始令天下通《爾雅》者詣公車，當是子駿贊成其事，不然即彼揣摩風氣而注《爾雅》，故李《注》疑出劉手，不爲無因。若沈旋乃梁·沈約之子，陸氏亦自知，其集眾家之注，而非成一家之言，今旋《注》亦尚有蹤跡可尋，與光《注》並不一一脗合，且郭璞《注·自序》明言「錯綜樊、孫，博關羣言」，郭爲晉人，沈在梁代，其不能預見沈書，而此注確乎出漢·樊光之手，可不煩言而解矣。即邢《疏·自序》云：「其爲注者則有犍爲文學、劉歆、樊光、李巡、孫炎；其爲《義疏》者，則俗間有孫炎、高璉，夫宋·邢氏後出，不宜不見梁·沈氏《注》，況沈是《集注》，何以不與爲《義疏》之俗孫氏、高氏同稱，乃僅覆述郭意，舍沈旋而取樊光，豈不知唐·陸氏先有樊同《沈》注之疑，其不取斯說，宋去唐未遠，爲疏時又有杜鎬、舒雅、李維、孫奭、李慕清、王煥、崔偓佺、劉士元等，其相討論，書成官局，事定輿評，即謂陸氏所疑未必無據，亦止是沈竊樊耳！後可以襲前，前不可以襲後，豈竟有與樊同時同官之同姓名沈旋哉！然而皆非也。蓋陸氏本意以沈旋疑非光《注》，此疑出于沈，不出于陸，讀《釋文》者當知疑非光《注》者爲沈旋，固不得謂陸氏疑此《注》爲沈旋《注》，即不得謂陸氏疑非光《注》。雖非光《注》，而其爲漢人之《注》則無疑。今六卷、三卷之舊，皆不可復，仍用前例，都爲一卷。吉光片羽良足寶云。」

按《釋文》樊光《注》條下曰：「沈旋疑非光《注》」，黃氏謂發疑者乃沈旋，非陸德明，此解頗可釋前人之疑也。黃氏此卷共輯七十八條，所據書目爲《釋文》、《書正義》、《史記索隱》、邢《疏》、《春秋正義》、《詩正義》、《公羊疏》、《齊民要術》、郭璞《注》、《玉篇》、《太平御覽》、《一切經音義》、《藝文類聚》、《六書故》、《莊子音義》、《左傳音義》、《毛詩音義》等，凡十七種。

（四）李巡《注》（附劉歆《注》）

黃氏〈爾雅李巡注輯本序〉曰：

趙高有《爰歷》，史游有《急就章》，李巡有《爾雅注》，皆以宦者而留心小學。趙高人不必論，書亦不傳。史之《急就章》至今存，與許叔重《說文》並重。巡據《後漢書·宦者傳》，汝陽·李巡，與濟陰·丁肅、下邳·徐衍、南陽·郭耽、北海·趙祐等五人稱爲清忠，皆在里巷，不爭威權，是其人品尚在史黃門上。傳又謂巡以爲諸博士試甲乙科，爭第高下，更相告言，至有行賂定蘭臺漆書經字，以

> 合其私文者，乃白帝與諸儒共刻《五經》文於石，是雖無《爾雅》一注，其人不得謂無功于經學。朱氏《經義考》，於《爾雅》門不引《後漢傳》，於刊石門不引《釋文・敘錄》，殆不知注《爾雅》之李巡即請刻石之李巡也。陸德明《釋文》稱爲汝南人後漢中黃門《注》三卷，《隋志》梁有漢・劉歆、犍爲文學、中黃門李巡《爾雅》各三卷亡，是劉歆、李巡兩《注》皆已亡于作《隋志》之前。惟《釋文》云：「劉歆《注》三卷，與李巡《注》正同，疑非歆《注》。」既皆亡，何以知劉與李同，且子駿西漢人，何能下同于東漢之宦者？子駿雖爲新莽國師，然領《五經》，自有《七略》《三統》可傳，即人與同時，亦不肯同于人。於是讀《漢書・楚元王傳》，至歆召見成帝待詔，宦者署爲黃門郎，而後知陸德明之誤有由矣。此必子駿注《爾雅》時，適在黃門郎，與宦者日近，其稿遂爲所得，輾轉入巡手，而巡之成此書，或又如《呂覽》、《淮南子》多聽賓客之所爲，竟蹈郭竊向《注》之譏，未可知也。惜歆《注》僅於《說文》《埤雅》各見一二條，轉不如巡書爲人引用獨多，今姑以巡爲主，而退歆《注》于後，以質當世之深小學者。

劉歆《爾雅注》，《隋志》既依《七錄》著錄，徐景安《樂書》、《詩正義》、《毛詩草木鳥獸蟲魚疏》、《說文》、《玉燭寶典》、慧琳《大藏音義》、《釋文》等書又皆援引其說，則劉氏有《注》、原無可疑。陸氏《釋文・敘錄》有「與李巡《注》正同，疑非歆《注》」之言，始啓後人之疑。黃氏此則更疑李書蓋剽竊劉書而成，與諸家說異，可成一說矣。

此卷黃氏括劉《注》七條共輯三〇六條，引據書目爲：《釋文》、《春秋正義》、邢《疏》、《周禮疏》、《一切經音義》、《詩正義》、《書正義》、邢昺校元行仲《孝經正義》、《後漢書注》、《禮記正義》、《毛詩音義》、《公羊疏》、《史記索隱》、《文選注》、《韻會》、皇侃《論語義疏》、《左氏音義》、郭璞《注》、《御覽》、《法苑珠叢》、《開元占經》、《史記正義》、《荀子注》、《寰宇記》、傅寅《禹貢集解》、《廣韻》、程大昌《續衍繁露》、《爾雅翼》、《禮書》、《押韻釋疑》、《六書故》、徐景安《樂書》、陸璣《毛詩疏》、《埤雅》、《說文》、《西京雜記》，凡三十六種。

（五）孫炎《音注》

黃氏〈爾雅孫炎音注輯本序〉曰：

注《爾雅》之孫炎凡兩人，其一據邢《疏・敘》:「其爲注者，則有犍爲文學、劉歆、樊光、李巡、孫炎。」此魏之孫炎，字叔然，〈魏志・王肅傳〉:「時樂安・孫叔然，授學鄭元之門人，稱東州大儒，徵爲秘書監不就。」《顏氏家訓》:「孫叔然創《爾雅音義》，是漢末人獨知反語。」《訪碑錄》:「淄州長山縣西南三十里，長白山東，有孫炎碑，碑陰有門徒姓名，係甘露五年立。」其《爾雅注》，《隋志》七卷，《唐志》作六卷，《釋文・序錄》作三卷，其《音》，《七錄》二卷，《釋文・序錄》作一卷，此孫炎在郭璞前者也。其一亦據邢〈序〉:「其爲《義疏》者，則俗間有孫炎、高璉。」此五代時之孫炎，字與爵里無考，其《爾雅正義》《宋志》十卷，此孫炎在郭璞後者也。魏・孫炎與晉武帝同名，以字稱。所注《爾雅》郭景純於〈釋蟲〉兩引其說，而皆曰孫叔然，此魏・孫炎一證也。《水經注・濕水》鸒斯卑居也，孫炎曰「卑居，楚烏也」。魏徵注《類禮》本之孫炎，初唐無所避，故直名之，此魏・孫炎二證也。邢《疏》既以俗間孫炎、高璉皆淺近俗儒，不經師匠，宜在所棄，何以《疏》取孫炎說轉多，而無一字引及高璉，然則俗孫炎固與高《疏》均在所棄，而獨取魏・孫叔然說，此魏・孫炎三證也。若五代・孫炎亦有三證，俗孫炎不生唐武宗前，蓋以顯慶、開成皆尚文之世，孫炎《正義》《唐志》無名，會昌以後，炎爲唐諱，其人當在五代，此五代俗孫炎一證也。晁氏《讀書志》曰:「舊有孫炎、高璉《疏》，皇朝以其淺略。」陳氏《書錄解題》曰:「其爲義疏者，惟俗間有孫炎、高璉，皆淺近。」晁、陳爲宋人，孫《疏》始見著錄，此五代俗孫炎二證也。陸農師《埤雅》所引孫炎《注》，除卷十五孫炎「以爲澗節爲蕩」一條，與邢《疏》引孫炎略同，知爲魏之孫叔然（炎），故陸農師不曰引孫炎《正義》，餘引必曰孫炎《正義》，必曰孫炎《爾雅正義》，夫《正義》之名起於隋、唐間，前此未有，魏・孫炎有注有音無正義，郭《注》蠦蜋云:「孫叔然以方言說此義」，亦不了《埤雅》「蠦蜋」條與郭相背，此五代俗孫炎三證也。近時吳槎客曾輯五代俗孫炎《爾雅正義》，大半據《埤雅》所引，惟魏・孫炎《爾雅注》《爾雅音》未見有輯者，其亦必有善本，而奭特未之見耳。奭不能割愛，明知有俗孫炎《正義》而復羼入孫叔然《注》中者，以叔然音、注既未分，姑兩存其說，而於逐條略加案語，以待他日專門小學家論定焉。

黃氏於魏·孫炎、五代·孫炎，各舉三證以明之，可謂辨此二家之至審者也。由序亦可知，此編所輯有五代·孫炎羼入叔然《注》中者，以難分別，故姑存之。所輯凡四六七條。引據書目有《毛詩音義》、《釋文》、《一切經音義》、《史記索隱》、《史記正義》、《史記集解》、《韻會》、《周禮疏》、《詩正義》、邢《疏》、《書正義》、郭璞《注》、《文選注》、《左氏音義》、《類篇》、《後漢書注》、戴埴《鼠璞》、《押韻釋疑》、《儀禮疏》、《通鑑音注》、《詩疏》、《晉書音義》、《禮記正義》、《御覽》、《公羊疏》、《初學記》、《荀子注》、《毛詩李黃集解》、《顏氏家訓》、《續詩記》、《六書故》、《開元占經》、《隋書》、《寰宇記》、《證類本章》、《爾雅翼》、《齊民要術》、《蜀本草》、《筍譜》、《埤雅》、《本草衍義》、《物類相感志》、《嘉祐本草》、《廣韻》、《水經注》、洪焱祖《爾雅翼音釋》、張洽《春秋集注》等，共四十七種。由黃氏輯本可知，諸家《爾雅注》，今可考見者，犍爲文學凡二百餘條、劉歆數條、樊光百餘條、李巡三百餘條，而叔然則在四百六十條以上，此乃其識見精卓，諸家喜用其說故也。黃侃《爾雅略說》云：「《爾雅》諸家中，斷居第一」，良不誣也。

黃氏此卷又有〈後序〉曰：

> 魏之孫炎尚有數證，鄭夾漈《通志》無名氏《爾雅音訓》二卷，《崇文總目》曰：「以孫炎、郭璞二家音訓爲尚狹，頗增益之。」孫、郭雖相提並論，而語次孫在郭前，此魏之孫炎也。高似孫《緯略》：「《爾雅注》今所傳者，郭璞、孫炎耳」，躋晉·郭璞于魏·孫炎之上，於義不順，當指五代俗孫炎。且高氏既云：『樊光、李巡、沈旋《注》已不可復見』，漢·李、樊在魏·孫炎前，固宜不復見，梁·沈旋在魏·孫炎後，豈有在後之沈《集注》已亡，而獨在前之魏·孫炎爲今所傳之理，故知《緯略》云今所傳者乃晉·郭璞、五代俗孫炎耳。惟孫炎《春秋例》見《隋志》，《隋志》不能下見五代，此則魏之孫炎也。《釋文·敘錄》亦有孫炎《禮記》二十九卷，字叔然，樂安人，魏秘書監，徵不就，此又明明一魏之孫炎也。況《釋文·條例》竝云『古人音書，止爲譬況之說，孫炎始爲反語』，《顏氏家訓》：『孫叔然獨知反語』，相傳《玉篇》末附沙門神珙〈反紐圖〉，爲言等韻者所祖，戴東原《聲韻考》謂反語始孫炎，不始神珙，甚是；至謂唐以前無字母，神珙字母乃剽竊儒書，而託詞出于西域，則又不然。

《隋志》婆羅門書以十四音貫一切字，漢明帝時與佛經同入中國，蓋遠在孫炎前，然則字母不始于孫炎，而反語實始孫炎。《爾雅》固明訓詁，兼重形聲，孫炎附見《三國志·王肅傳》:「樂安·孫叔然授學鄭元之門人，稱東州大儒，徵秘書監不就，肅集《聖證論》以譏短元，叔然駁而釋之，及作《周易》、《春秋例》、《毛詩》、《禮記》、《春秋三傳》、《國語》、《爾雅》諸注，又著書十餘篇。」然則叔然爲康成再傳弟子，康成無《爾雅注》，《周禮·大宗伯疏》所引，東原氏以爲非康成說，得叔然此注，而後康成所好羣書不得于禮堂寫定，傳與其人之歎，其亦少慰也夫。

(六) 郭璞《音義》

黃氏〈爾雅郭璞音義輯本序〉曰:

景純〈自序〉別爲《音》《圖》，邢《疏》謂注解之外別爲《音》，然則今所行之郭《注》與《音》爲二判然矣。《晉書》本傳亦云:「注釋《爾雅》，別爲《音義》、《圖譜》」，陸德明《釋文》，於《注》三卷外又云:「《音》一卷，《圖贊》二卷。」尤爲注自注、音自音之明證。《釋文》所載撰音家孫炎《音》一卷，施乾、謝嶠、顧野王竝撰《音》無卷數，止此而已。《經義考》則有失名《爾雅音義》一卷、江灌《爾雅音》八卷、陸德明《爾雅音義》二卷、曹憲《爾雅音義》二卷、裴瑜《爾雅音》一卷、釋智騫《爾雅音義》二卷、毋昭裔《爾雅音略》三卷，唐以前之爲《爾雅音》，其不及見于《釋文》者，亦止此而已。奭既輯《圖讚》，必得《音》而後郭氏一家之言乃爲完璧。嘗疑《御覽》載《爾雅音》極多，孰從而知彼非郭此爲郭哉？久乃覺其音於注上及各字下者，爲各家舊音，其在郭《注》下者爲郭音，其舊音有名氏可指者歸各家，無名氏者以眾家統之，而郭之本音遂昭然若揭矣。外此如本注、邢《疏》、《釋文》、《詩釋文》、《詩》、《書》、《儀禮》、《禮記》、《公羊》各疏、《說文繫傳》、《匡謬正俗》、《埤雅》、《集韻》、《史記索隱》、《後漢書注》、《水經注》、《寰宇記》、《齊民要術》、《續博物志》、《初學記》、《藝文類聚》、《一切經音義》、《華嚴音義》、《文選注》皆曾引及郭《音》，并《山海經注》即出景純之手，亦自引其《音》，更堪互證。惟〈自序〉與《釋文》止于別爲《音》，本傳則兼《音》《義》，夫義與注何以別之？則凡見他書與《注》複者非義，爲《注》

所略者是宜以《音》《義》當之。《爾雅·釋山》「霍山爲南嶽」，《注》「霍山今在廬江灊縣西南，潛水出焉，別名天柱山，漢武帝以衡山遼曠，因讖緯皆以霍山爲南嶽，故移其神於此，伐彼土俗人皆呼之爲南嶽。」南嶽本自以西山爲名，非從近來也，而學者多以霍山不得爲南嶽，又云：「漢武帝以來始乃名之」，即如此言，謂武帝在《爾雅》前乎！斯不然矣。凡一百七字，《詩》、《書》、《周官正義》並引之，而今本注止有「即天柱山潛水所出也」九字，且細繹注意，原爲辨衡山亦名霍山，而廬江之霍山不得爲南嶽，信如今注，則郭之本意轉晦，不知爲後人刊削耶？抑他經疏引本非注文而爲音義耶？安得起景純而問之！然似此頗難更。僕數檮味，如奭中年健忘，勉出所業，聞過爲幸，他日有偕《圖讚》依《注》而行，未始非企望塵躅，有以先之也。

郭璞《音》、《注》別行，《音義》不存於世，然諸家徵引者多，黃氏此卷共輯四七五條，引據之本爲：《釋文》、邢《疏》、《一切經音義》、郭璞《注》、《文選注》、《詩正義》、邵氏《爾雅正義》、《集韻》、《匡謬正俗》、《御覽》、《禮記疏》、郝氏《爾雅義疏》、《禮記正義》、《公羊疏》、《史記索隱》、《水經注》、《左傳正義》、《書疏》、《寰宇記》、臧玉琳《經義雜記》、《山海經注》、《齊民要術》、《說文繫傳》、《埤雅》、《續博物志》、《儀禮疏》、《華嚴經音義》、《漢書注》等，凡二十八種。

（七）郭璞《圖讚》

黃氏〈爾雅郭璞圖讚輯本序〉曰：

郭景純注《爾雅》三卷，即邢氏所疏以立學宮者。郭〈序〉自云：「別爲《音》《圖》，用袪未寤。」邢《疏》云：「謂注解之外，別爲《音》一卷、《圖讚》二卷，字形難識者，則審音以知之；物狀難辯者，則披圖以別之。用此《音》《圖》以袪除未曉寤者」，《晉書》本傳云：「注釋《爾雅》，別爲《音義》《圖譜》」，不言《讚》，亦無卷數。《隋志》：「《爾雅圖》十卷、梁有《爾雅圖讚》二卷，亡。」陸德明《釋文》作「《音》一卷、《圖讚》二卷」，與《疏》合。《唐志》《音》與《圖讚》皆作一卷，《文心雕龍》曰：「景純注《雅》，動植必讚。」《通志·藝文略》曰：「《爾雅圖》蓋本郭《注》而爲圖，今雖亡，有郭璞《注》，則其圖可圖也。」國朝王氏謨、嚴氏可均，各有返魂本，大都據《正義》、《釋文》、《初學記》、《類聚》、《御覽》所引，雖由補苴而成，猶賢乎已。曾賓谷先生兩淮都轉時，得影宋鈔《爾雅圖》刻之，甚行於世，謂非郭《圖》，亦必晉·江灌《圖讚》，此則沿《經義考》之誤矣。蓋有兩江灌，一即江逌從弟，《晉書》本傳云「字道羣，陳留·圉人，吳郡太守。」無所謂《爾雅圖讚》，惟《唐志》有江灌《爾雅音》六卷、《圖讚》一卷，與張彥遠《名畫記》「《爾雅圖》二卷、《音》六卷、《讚》二卷」不合，且《記》云：「灌字德源，陳尚書令，至武德中爲隋州司馬。」然則爲《圖讚》之江灌，乃唐·司馬，非晉·太守明矣。《經義考》既列《晉書》，亦引《名畫記》，似非不知有兩江灌者，何以躋於梁·沈旋《集注》上？或者過由鈔胥，而非竹翁之本意，特竹翁可諉爲不知，而後於竹翁者不可諉，況《圖讚》自《圖讚》，《音》自《音》，固不得以唐·江灌之《圖讚》，爲晉·江灌，尤不得以晉·郭璞之《圖讚》，爲唐·江灌也。郭《讚》存，《音》亦存，無圖而有圖，又何必以無名氏之音，強屬之毋昭裔哉！夫毋昭裔《音略》三卷，雖見於《通考》及《玉海》、晁、陳兩《志》，然爲《爾雅音》者，於郭景純、江德源兩家外，尚有孫炎、施乾、謝嶠、顧野王、曹憲、釋智騫、陸元朗，或爲音，或爲音義，不一而足。賓谷先生所圖，雖元人舊軸，無如重摹，付諸時手，其所據依己意爲之，註不盡然，讚於何有！奭不揆檮昧，爲讀郭《讚》者，擁篲清道，以企將來君子有涉乎此，不然曾氏斯圖即不爲謝中丞《小學考》所收，何不可左圖右注，使讚不虛設，則郭氏一家之言竟成完璧之爲快也。

黃氏此卷共輯《圖讚》六十五節、引據之書有：《藝文類聚》、《初學記》、潘自牧《記纂淵海》、《爾雅翼》、郝氏《義疏》、《埤雅》、邵氏《正義》、《一切經音義》、《韻會》、邢《疏》、《廣韻》等，凡十一種。

（八）沈旋《集注》

此卷黃氏共輯五十三條，引據書凡《釋文》、邢《疏》、《類篇》三種。黃氏〈爾雅沈旋集注輯本序〉曰：

《梁書·沈約傳》：「子旋及約時，已歷中書侍郎、永嘉太守、司徒從事中郎、司徒右長史，免約喪爲太子僕，復以母憂去官，而蔬食辟穀，服除猶絕粳梁，爲給事黃門侍郎中撫軍長史，出爲招遠將軍，南康內史，在部以清治稱，卒官。謚曰恭侯子實嗣。」不言有所著述，《南史》：「旋字士規，《集注邇言》行于世」。所著書止此一部，又不言有《集注爾雅》。謝蘊山中丞《小學考》，誤以《南史》爲《梁書》，並誤以《邇言》爲《爾雅》，自必謂雅言兩字傳訛，當由爾與邇筆畫相近，似《邇言》無可集之注，殊不思。其父隱侯著《邇言》十卷，《梁書》《南史》兩傳皆載之，子注父書，情理之常，然雖《南史》不言注《雅》，而陸德明《釋文・敘錄》則云「右《爾雅》梁有沈旋集眾家之《注》」，惟不言卷數。《隋志》乃作十卷，既云集注，所集眾家，無非二郭，與夫劉、李、樊、孫，何以今爲邢《疏》、《釋文》、《詩釋文》、《類篇》所引者，其說往往與二郭、劉、李、樊、孫不類，當是所集眾家有出六家外者，使其間參以己意，用其父《四聲譜》，所謂天子聖哲即平上去入四聲，以之求《爾雅》形聲、假借之原，而略于草木鳥獸之迹，不誠小學之大觀歟！士規能讀父書，計必出此，惜乎鱗爪徒存，無從得珠。阮文達公雖有沈氏四聲之輯，然不過存什一于千百，以意爲之耳。奭不揆檮昧，尚思集文學、樊、李、孫、顧、謝、施、眾家之注，爲士規推廣注列，而以阮輯沈氏四聲消息之。於是專家之學不墜，以視高璉《義疏》，俗孫炎《正義》，邢《疏》譏其淺近者，得此則邢《疏》亦有淺近之譏，徒以企望塵躅，有志未逮。若夫旋、琁、璇三字皆以宣切，《漢書・律曆志》，佐助旋璣，《後漢・安帝紀》，據旋璣玉衡，竝與璇通，高似孫《緯略》作沈璇《爾雅集注》，以非宏旨所關，亦不復置辨云。

（九）施乾《音》

黃氏〈爾雅施乾音輯本序〉曰：

陸德明《釋文》：「陳博士施乾、國子祭酒謝嶠、舍人顧野王、竝撰《音》」，既是名家，今亦采之，附于先儒之末。邢《疏》「今郭氏言十餘者，典籍散亡，未知誰氏？或云沈旋、施乾、謝嶠、顧野王者，非也，此四家在郭氏之後」，王伯厚撰〈羅端良爾雅翼後序〉「諸儒箋釋歆、炎、樊、李、文學犍爲、景純之後」，顧、謝、沈、施、陸《音》、邢《疏》諸書所述施氏《音》如是，在施氏前撰《音》者有江氏灌八卷，見《隋志》，在施氏後撰《音》者，有曹氏憲二卷，見《唐志》，釋智騫二卷見《玉海》，毋昭裔三卷見《通考》，智騫、毋昭裔之《音》，雖亦在唐，然非陸德明唐初人所能敘錄，若江氏、曹氏固皆德明應見之書，而《釋文》竟未之及，蓋《釋文》于他經既引眾家之讀，並及其異義，于《爾雅》惟存音切，眾家之說不與焉，非略也。夫《易》有田何《易》、施・孟・梁邱《易》、京・費《易》、高氏《易》、楊氏《易》，《書》有今文、古文、歐陽、大・小夏侯，《詩》有魯、齊、韓三家，《禮》有高堂生、大・小戴、慶氏學，《春秋》有鄒氏、夾氏，《公羊》有嚴、顏之學，《孝經》有今、古文，《論語》有齊《論語》、張侯《論》，漢儒家法具在，惟《爾雅》後出，絕無師承，然雖《敘錄》不過十家，其散見于《釋文》中者，則有董仲舒、服虔、韋昭、殷仲堪、阮孝緒、劉昌宗、呂伯雍、朱詮之眾家音義，其說未必不如施乾，而施儼然在《敘錄》內，此施之幸也，《敘錄》內如顧、謝之《音》，未必遠勝於施，而《陳書》則顧、謝有傳，施亦陳博士無傳，此施之不幸也。然則當時如施之撰《爾雅音》者不知凡幾，今且不能舉其姓氏，此又不幸之幸也。彼《釋文・序》校之《蒼雅》及《爾雅》等音，其條例《爾雅》之作本釋《五經》，既解者不同，故亦略存其異。又《爾雅》本釋墳典字，讀須逐《五經》，豈必飛禽即須安鳥，水族便應著魚，蟲屬要作虫旁，草類皆從兩中，其次第眾家皆以《爾雅》居經典之後，諸子之前，今微爲異，據此知陸氏之撰《爾雅釋文》，以無師法難于他經，今《釋文》所引施乾《音》，視邢叔明所引多至十數倍，《疏》之劣於《釋文》此亦一端矣。施乾《音》尚有見《類篇》、《集韻》者，少而彌珍，不得不思，洪筆麗藻之客將來亦有涉乎此！

黃氏此卷輯七十七條，所據爲《釋文》、《集韻》、《類篇》、邢《疏》等四種。

（十）謝嶠《音》

黃氏〈爾雅謝嶠音輯本序〉曰：

《陳書》:「謝岐會稽山陰人也，卒贈通直散騎常侍。岐弟嶠，篤學爲世通儒。」陸德明《釋文》:「陳國子祭酒謝嶠撰《音》」，王伯厚〈序羅鄂州爾雅翼後〉「景純之後顧、謝、沈、施」，謝氏之《音》見于著錄者，如是而已，然皆無卷數，史附見其兄傳，惟以五六字了之，其不暇縷，《陳書》目史例綦嚴，固無足怪，《爾雅翼・序》既以顧、謝、沈、施並稱，宜乎所采必多，今羅氏全書具在，落落

> 晨星，王伯厚以顧、謝、沈、施在景純之後，而現行郭《注》即如收蚍衃一條，引謝氏云「小草，多華少葉，葉又翹起」，當日景純〈自序〉云：「爲之義訓，注者十餘，會萃舊說，錯綜樊、孫，博關羣言；」謝氏固非舊說，然亦羣言，不稱其名，惟舉謝氏，何所見爲嶠，何所見爲非嶠。據邢《疏》云：「《五經正義》援引有某氏、謝氏、顧氏，或云沈旋、施乾、謝嶠、顧野王者，非也，此四家在郭氏之後，故知非也。」誠哉是言，郭爲晉之太守，謝爲陳之祭酒，中隔宋、齊、梁三朝，郭所引謝氏，或更有一謝在郭前，而非陳之通儒謝嶠也。此邢《疏》密處。惟嶠字忽作水旁，此又邢《疏》疏處，無論字典水部不收此字，即有此水旁之濤，而謝嶠自是山旁，《爾雅‧釋山》「山銳而高嶠」，《類篇》引作謝嶠，《集韻》亦作謝嶠，嶠或作嶠，然其兄名岐，非山頭字，仍從山旁爲是。《釋文》有時專稱謝，并不稱氏，知其爲謝，即知其爲嶠矣。《詩正義》、《太平御覽》、《韻會》，閒有一二條隨手附入，鼠目寸光，不能遍及，下示將來，尚慚疏略，邢《疏》云然，吾亦恥之。

黃氏輯謝嶠《音》共一〇八條，所據有：《釋文》、邢《疏》、《集韻》、《類篇》等四種。

（十一）顧野王《音》

此卷黃氏共輯五十八條，引據之本有邢《疏》、《釋文》二種。黃氏〈爾雅顧野王音輯本序〉曰：

> 《南史》本傳「字希馮，吳郡吳人也。幼好學，七歲讀《五經》，略知大指，九歲能屬文，嘗制〈日賦〉。十二隨父之建安，撰〈建安地記〉二篇。長而徧觀經史，精記嘿識，天文、地理、蓍龜、占侯、蟲篆、奇字無所不通，爲臨賀王府記室，又善丹青，及侯景之亂，乃召募鄉黨，隨義軍援，都城陷，逃歸會稽，陳太建中爲太子率更令，尋領大著作，掌國史，知梁史事，後爲黃門侍郎光祿卿，知五禮事，卒贈秘書監，右衛將軍。所撰《玉篇》三十卷、《輿地志》三十卷、《符瑞圖》十卷、《顧氏譜傳》十卷、《分野樞要》一卷、《續洞冥記》一卷、《元象表》一卷、又撰《通史要略》一百卷、《國史紀傳》二百卷、末就有《文集》二十卷。」《陳書》雖較詳，然亦不言有《爾雅音》，惟《釋文‧敘錄》「《爾雅》陳舍人顧野王撰《音》」

> 無卷數，邢《疏》「顧野王者，在郭氏之後」，王伯厚序《爾雅翼》「顧、謝、沈、施，並馳經義」，考顧氏注〈釋言〉虹，潰也，虹作訌，邢《疏》引〈大雅・抑篇〉實虹小子，〈召明〉蟊賊內訌，蓋本之顧，以上竹垞翁謂見邢《疏》，其實《釋文》、《詩釋文》所引亦夥，且《玉篇》尚在人間，彼中所引《爾雅》，無論若干條，即非全用己音，既入顧手便是顧義，亟登之成一家眷屬，蓋《玉篇》原與《爾雅》相表裏，蟲篆奇字幼即知名，《爾雅音》于前，《玉篇》撰于後，或出其《玉篇》之餘，以音《爾雅》，是皆不可知矣。嘗欲推廣此例，並輯曹憲《爾雅音義》，因思《廣雅》音義，巋然獨存，李善《文選》之學又受之曹氏，今惟就自注《廣雅》，及其高足《文選注》，苟耐旁搜，必邀冥悟，況曹爲揚州江都人，鄉曲後進，文獻攸資，假我數年，終酬奢願，而姑發其凡于此。

此卷末有附錄，凡《玉篇》引《爾雅》及音、注者，黃氏並輯錄之，凡一百六十九條，以與顧氏《爾雅音》相參。

（十二）眾家《注》

黃氏〈爾雅眾家注輯本序〉曰：

> 《爾雅》眾家《注》，陸德明《釋文・敘錄》，爲《爾雅》學者凡十家，犍爲文學、劉歆、樊光、李巡、孫炎、郭璞、沈旋、施乾、謝嶠、顧野王，已上九家皆亡，郭璞《注》雖存而《圖讚》《音》亦亡，余既一一欲各還舊觀，善乎李穆堂先生之言，譬掩暴露骸骨，哺失乳嬰兒。顧俠君選元詩，夢古衣冠數十百輩羅拜，未免言大而夸然，與其過而廢之，寧過而存之，若十家者，未必即還舊觀，或可得二十分之一。既成更作〈爾雅眾家注〉上、下卷，原不必分上、下，其上卷凡爲陸氏《敘錄》所不載，出十家外而散見於郭《注》、邢《疏》、陸《釋文》中者，如曰某氏、曰舊說、曰舊云、曰舊注，皆歸之。其下卷有爲上卷所漏者，如注中或說、或曰，並賈誼《賈氏疏》中先儒，並劉炫說《釋文》中眾家，並董仲舒、服虔、韋昭、殷仲堪、阮孝緒、劉昌宗、呂伯雍、諸詮之或人止一義，義止一句，皆應歸上卷，以上卷先成，憚于改作，姑入下卷，而實則下卷本意專收諸家所引古本、舊音、及字句同異，與夫雖非《雅》訓，而與《爾雅》相發明，如《淮南子》、《論衡》、《風俗通》、《顏氏家訓》之類，至

> 《御覽》所引《爾雅音》，其在郭《注》下者，已入郭璞《音義》，其不在郭《注》內者，俱入此卷。裴瑜原有專書，以所見不滿三條，不能自爲一卷，亦附入焉。上卷引書三十二種，爲郭《注》、邢《疏》、陸《釋文》、《詩》、《書》、《周禮》、《禮記》、《左傳》、《公羊》各疏，《論語皇侃義疏》、《說文繫傳》、《玉篇》、《廣韻》、《六書故》、《龍龕手鑑》、《一切經音義》、《爾雅翼》、《史記索隱》、《隋書》、《列子》、《釋文》、《水經注》、《顏氏家訓》、《齊民要術》、《占經》、《政和》、《本草》、《帝範》、《北堂書鈔》、《初學記》、《藝文類聚》、《太平御覽》、《玉海》、《文選注》。下卷亦引此三十二種，而更在三十二種外者，爲《周禮注》、《禮記注》、《詩釋文》、《詩陸璣疏》、《孟子舊疏》、《駁五經異義》、《唐石經》、《急就篇注》、《說文》、《釋名》、《類篇》、《集韻》、《韻會》、《六書正義》、《史記正義、集解》、《漢書、後漢·注》、《元和郡縣志》、《潛夫論》、《論衡》、《白虎通》、《風俗通》、《呂覽注》、《淮南子注》、《匡謬正俗》、《困學紀聞》、《素問王砯注》、《山海經郭注》、《酉陽雜俎》、《莊子釋文》，如上卷引書數而少其一。他日總此上、下卷眾家《注》，並前輯犍爲文學以下十家專注，推之《倉頡篇》、《凡將篇》、《勸學篇》、《字林》、《聲類》之見《隋志·小學家》者，合而爲《爾雅疏證》一書，誠不敢擬江氏艮庭《釋名疏證》、戴氏東原《方言疏證》、王氏懷祖《廣雅疏證》，而或者隨邵氏《正義》、郝氏《義疏》後於所未詳，輒下己意。歲不我與，有志竟成，則此上、下卷，將糟粕視之，而筌蹄忘之矣。

黃氏此二卷所輯，乃諸書有引《爾雅》而不詳名氏者，及有引某氏舊說或曰者，並入此二卷。卷十一引書三十二種，如序中所列，所輯凡一一四條；卷十二引書六十四種，亦如序中所列，所輯則達三四五條。

四、《爾雅古義》之影響及評價

《爾雅》自郭《注》專行，諸家古義亦隨之湮滅。然典籍援引，存於後世者仍多，猶可窺其梗概。其中犍爲文學《注》，蓋《爾雅》注之最早者，零文隻字，彌足珍貴，後世治者，靡不視若拱璧。李巡《注》則有與它本絕異者，異文殊義，不可勝數，郭〈序〉但云「錯綜樊、孫」，其實襲取李《注》亦不少也。若孫炎《注》，後世援引者多，識見精於它家，黃季剛謂「《爾雅》

諸家中，斷居第一」，〔註20〕於郭《注》之外，誠可多考於《爾雅》古義也。《釋文》所錄又有施、謝、顧之《音》，其中引經者，可校今本之文，略無詮論者，亦可考《爾雅》之音，是亦有可觀者焉。

清世輯佚之學大盛，輯此諸家者遂多，若余蕭客《古經解鈎沈》、臧庸《爾雅漢注》、劉玉麐《爾雅古注》、朱孔璋《爾雅漢注》、葉蕙心《爾雅古注斠》，並皆輯漢、魏舊注；而專輯一家者，如王謨、嚴可均輯有郭璞《圖讚》，張澍、王謨輯有犍爲文學《注》。此數家之輯，雖已稱夥，然或掛一漏萬，或引據者少，或體例不完，皆不如黃奭之輯。黃氏是編，總括諸家之成，又泛於諸家之外，旁搜別采，不惟數量優於前人，又所采諸家，各自成書，後治者於郭《注》之外，可不煩於奔索，《爾雅》古義，即一一浮現於前，黃氏之輯，誠有功矣。

是編阮文藻〈序〉曰：「不獨羽翼景純，邁軼叔明，於以跂仰高密，亦漢學堂私淑之一端也。」又李星沅〈序〉曰：

> 取漢以來各家言，傅合於《雅》者，詳加摭拾，罔有遺漏，研校次第，繫之其人，分別門户，畢力補綴……微言佚而更出，奥義缺而復彰，學者誠鋭志推闡，覽其殊途同歸，因以明經文之大要，參考傳記，觸類引申，窮竟端委，敷暢妙道，譬之溯河源於崑崙，導軌轍於莊馗，六通四辟，豁然無所扞格，豈徒循誦習傳，博聞多識云爾哉！

評價甚高。若梁啓超則曰：

> 所輯雖富，但其細已甚，往往有兩三條數十字以爲一種者。其中有一部分爲前人所輯，轉錄而已。〔註21〕

梁氏所言，蓋綜論黃氏所輯《漢學堂叢書》，其中誠有若其言者，然以《爾雅》古義觀之，則無此憾矣。

梁啓超又嘗謂鑑定輯佚書優劣之標準有四，〔註22〕綜其言，蓋明其出處，數量多者，求眞求備，整理篇第，有此四者爲優。今黃氏是編，引據各條，皆注出處；數書同引，又舉其最先者；數量且多於它家所輯，亦無貪多而誤輯者；此外每種之首，冠以「序言」，明本書來歷沿革，又頗可觀，在清儒輯佚諸家中，誠屬優者。李星沅謂：「微言佚而更出，奥義缺而復彰」，蓋有徵矣。

〔註20〕同註17。

〔註21〕《中國近三百年學術史》十四「清代學者整理舊學之總成績」。

〔註22〕同註21。

第八章　清儒對《爾雅》作者時代及篇卷之考證

《漢書・藝文志・六藝略・孝經家》後載《爾雅》三卷二十篇，此為今所見稱說及著錄《爾雅》之始。劉歆《西京雜記》謂此書乃周公所制，後人所補，則言《爾雅》作者者，以此書為最早。〔註1〕自劉歆之說出，後世言《爾雅》作者，異說迭起，或謂孔門所作，或謂秦、漢學者所輯，或謂漢人所作，〔註2〕並多紛繆，莫衷一是。清代考證學大興，於《爾雅》作者、時代之問題，或信舊說而加詳，或出新意以駁舊說，論者多過前代。又《漢志》所載《爾雅》三卷二十篇，今本則止十九篇，前儒之說亦多，茲皆舉其犖犖大者，析論於後，以見清儒於此問題之發揮。

按今人於此之論述亦夥，如黃季剛之〈論爾雅名義〉，余嘉錫之《四庫提要辨證》，周祖謨之〈爾雅之作者及其成書年代〉，林明波之《唐以前小學書之分類與考證》，並皆詳審，〔註3〕至高師仲華，則有〈爾雅之作者及撰作之時代〉一文，〔註4〕於諸家說多所檢討。今所論述，並參稽高師及諸家之說，

〔註1〕《西京雜記》一書，舊題漢・劉歆撰，書後有葛洪〈後序〉，《隋志》不題撰人，兩《唐志》則題晉・葛洪撰，《宋志》沿之。晁公武《郡齋讀書志》，謂江左人又或以為梁人吳均依託為之，宋以後人遂多疑為偽書。明・胡應麟《四部正譌》則謂其「偽而不偽」，清儒盧文弨撰〈新雕西京雜記緣起〉（見《抱經堂文集》）又多方證明舊題不誤，今人張心澂撰《偽書通考》，更歷舉七事，證其實劉歆所記，並舉七證駁其非葛洪所撰，又舉四證明其非吳均所為，較前人所考為精審，殆可為定論。如《西京雜記》確為歆作，則言《爾雅》作者，自以此書最早。

〔註2〕見本章下文。

〔註3〕黃季剛之文見《黃季剛論學雜著・爾雅略說》，周祖謨之文見《問學集》。

〔註4〕在國立政治大學中文研究所《中華學苑》第十四期。

以資詮評。

第一節　前人之考證

清儒之說有本於前人者，故本節先述清以前諸家之論。

一、周公所制，後人所補

此說起於劉歆《西京雜記》：

> 郭威，字文偉，茂陵人也。好讀書，以謂《爾雅》周公所制，而《爾雅》有「張仲孝友」。張仲，宣王時人，非周公之制明矣。余嘗以問揚子雲，子雲曰：「孔子門徒游、夏之儔所記，以解釋《六藝》者也。」家君以爲〈外戚傳〉稱史佚教其子以《爾雅》，《爾雅》小學也。又記言孔子教魯哀公學《爾雅》，《爾雅》之出遠矣。舊傳學者皆云周公所記也，「張仲孝友」之類，後人所足耳。

據此，則《爾雅》爲周公所制，乃向、歆前之通說。自劉歆謂：「張仲孝友」一語，出周公後，乃言此書有後人所補者。《西京雜記》但言周公所制，後人所補，未嘗有所證驗，至魏・張揖〈上廣雅表〉則云：

> 臣聞：昔在周公，纘述唐、虞。宗翼文、武，剋定四海。勤相成王，踐阼理政。日昃不食，坐而待旦。德化宣流，越裳徠貢，嘉禾貫桑。六年制禮，以導天下。著《爾雅》一篇，以釋其義。傳於後嗣，歷載五百。墳典散零，惟《爾雅》恆存。《禮・三朝記》：哀公曰：「寡人欲學小辨，以觀於政，其可乎？」子曰：「《爾雅》以觀於古，足以辨言矣。」《春秋元命苞》言「子夏問夫子作《春秋》，不以初、哉、首、基爲始何？」：是以知周公所作也。李斯以降，超絕六國，越踰秦、楚。爰暨帝劉，魯人叔孫通，撰置《禮記》，文不違古。今俗所傳三篇《爾雅》，或言仲尼所增，或言子夏所益，或言叔孫通所補，或言沛郡・梁文所考：皆解家所說。先師口傳，既無正驗，聖人所言，是故疑不能明也。

其證驗則一出《大戴禮記・小辯篇》，一出緯書《春秋元命苞》。張揖雖言周公所制爲一篇，然未言爲何篇，至唐・陸德明《經典釋文・敘錄》云：

> 〈釋詁〉一篇，蓋周公所作；〈釋言〉以下，或言仲尼所增，子夏所

足，叔孫通所益，梁文所補，張揖論之詳矣。

此則明指周公所制為〈釋詁〉一篇，而疑未能定。

自劉歆、張揖、陸德明之說出，後世遂紹多繼者，如唐・張懷瓘《書斷》曰：

周公相成王，申明禮樂，以加朝祭服色尊卑之節，又造《爾雅》。宣尼、卜商增益潤色，釋言暢物，略盡訓詁。

北齊・顏之推《顏氏家訓・書證篇》曰：

《爾雅》周公所作，而云張仲孝友，由後人所屬，非本文也。

宋・晁公武《郡齋讀書志》曰：

世傳〈釋詁〉周公書也，餘篇仲尼、子夏、叔孫通、梁文增補之。

又宋・王應麟《漢書藝文志考證》云：

〈釋詁〉一篇，蓋周公所作。〈釋言〉以下，或言仲尼所增，子夏所定，叔孫通所益，梁文所補。漢・郭威謂《爾雅》周公所制，而有「張仲孝友」等語，疑之，以問揚雄。雄曰：《記》言孔子教魯哀公學《爾雅》，《爾雅》之出遠矣。自古學者，皆云周公作，當有所據。其後孔子弟子游、夏之儔，又有所記，以解釋《六藝》，故有「張仲孝友」等語。

並皆肯定《爾雅・釋詁》為周公所作，餘為後人所補，其說實源於劉歆、張揖矣。

二、作於孔子門徒

此說源於揚雄，《西京雜記》：

余嘗以問揚子雲，子雲曰：「孔子門徒游、夏之儔所記，以解釋《六藝》者也。」

是以《爾雅》為孔子門徒所作也。其後，鄭玄服膺此說，《駁《五經》異義》云：

玄之聞也，《爾雅》者孔子門人所作，以釋《六藝》之言，蓋不誤也。〔註5〕

又《鄭志・答張逸》曰：

〔註5〕見《詩・黍離正義》引。

> 《爾雅》之文雜，非一家之箸，則孔子門人所作，亦非一人。〔註6〕

是鄭玄據揚雄之說，以爲《爾雅》乃孔門所作也。

後世信此說者亦夥，如劉勰《文心雕龍・鍊字篇》云：

> 《爾雅》者，孔子之徒所纂，而《詩》《書》之襟帶也。

又唐・賈公彥《周禮疏》云：

> 《爾雅》者，孔子門人作，所以釋《六藝》之文。

所說皆本揚雄、鄭玄而來也。

三、作於孔子刪《詩》之後

高承《事物記原》曰：

> 《爾雅》大抵解詁詩人之旨，或云周公所作。以其文考之，如「瑟兮僩兮」，衛武公之詩也。「猗嗟名兮」，齊人刺魯莊公也。而文皆及之，則周公安得述之，當是出於孔子刪《詩》、《書》之後耳。

此以《爾雅》文中，有衛武公之詩及齊人刺魯莊公之詩，斷《爾雅》作於孔子刪《詩》之後也。

四、子夏所作

據《西京雜記》，揚雄但言「孔子門徒游、夏子儔所記」，未嘗專指何人。明・鄭曉古言則直以爲子夏所作：

> 《爾雅》蓋《詩》訓詁也。子夏嘗傳《詩》，今所存在大、小序，又非盡出子夏，然則《爾雅》即子夏之《詩傳》也。〔註7〕

此以《爾雅》乃爲《詩》之訓詁而作，而又以子夏嘗傳《詩》，遂據揚雄之言，斷《爾雅》爲子夏所作。

五、秦、漢間學者所纂集

此說宋・歐陽修所主，《詩本義》云：

> 《爾雅》非聖人之書，不能無失。考其文理，乃是秦、漢之間，學《詩》者纂集《詩》博士解詁。

〔註 6〕見《詩・鳧鷖正義》引。
〔註 7〕見朱彝尊《經義考》引。

謝啓昆《小學考》引宋・呂南公〈題爾雅後〉曰：

> 《爾雅》非三代之書也，其作於秦、漢之經家乎！鄭康成以爲出於孔子門人者，妄也。三代之學，其學在於持氣正心，充德性於神明，以爲行業。彼且不貴著書，不貴傳經，而曾形名訓詁之肯爲哉！世俗之儒，善望影之象形，見孔子云「商可言《詩》」，遂以《詩序》爲子夏所作。且孔子亦言「賜可與言《詩》矣」，今獨何愛而不言商、賜共作《詩序》乎？蓋孔子教人讀《詩》，而以多識鳥獸草木之名，爲足以辨之，要將由此以究觀性命之理焉耳。今夫謂《爾雅》爲出於孔門者，非據此言之歟。嗟乎！幸而《論語》所記，此段不明所告何人耳。即令明之，說者肯舍之邪？甚矣！說儒之喜妄也。余考此書所陳訓例，往往與他書不合，唯對毛氏《詩》說則多同，余故知其作於秦、漢之間。今世所傳《五經正義》者，引用辨證，每取此書，然反時時破毀焉。原作《爾雅》之意，正欲以定形名，通訓詁，爲後世之宗例。是故，傅合經家而陳之乃合，不果定，又或不通，則謂之何？欲助說儒，而儒隨復攻之，借盜糧，而資賊兵，《爾雅》亦有是哉！

此謂《爾雅》乃秦、漢間學者所纂集，歐陽修所據乃「考其文理」而得之；呂南公則據《爾雅》訓例與毛公《詩》說多同，與他書不合，而得證之也。

六、作於〈離騷〉之後

此爲鄭樵之說，鄭樵《爾雅注・自序》曰：

> 大道失而後有《六經》，《六經》失而後有《爾雅》，《爾雅》失而後有箋注。《爾雅》與箋注，俱奔走《六經》者也。但《爾雅》逸，箋注勞。《爾雅》者，約《六經》而歸《爾雅》，故逸。箋注者，散《爾雅》以投《六經》，故勞。有《詩》、《書》而後有《爾雅》，《爾雅》憑《詩》、《書》以作，往往出自漢代箋注未行之前，其孰以爲周公哉！……《爾雅》所釋，盡本《詩》、《書》，見《爾雅》自可見，不待言也。〈離騷〉云：「令飄風兮先驅，使凍雨兮灑塵」，故釋風雨云：「暴雨謂之凍」。此句專爲〈離騷〉釋，知《爾雅》在〈離騷〉後，不在〈離騷〉前。謂華爲荂，謂草木初生爲蘆，謂蘆笋爲雚，謂藕紹緒爲茭，皆江南人語，又知作《爾雅》者江南人。

鄭樵以《爾雅・釋天》有「暴雨謂之凍」之文，又見〈離騷〉有「令飄雨兮先驅，使凍雨兮灑塵」二句，遂謂此《爾雅》釋〈離騷〉也，並以《爾雅》出〈離騷〉之後。

七、漢人所作

宋・葉夢得《石林集》云：

> 《爾雅》訓釋，最爲近古。世言周公所作，妄矣。其言多是《詩》類中語，而取毛氏説爲正，予意此漢人所作耳。

又宋・朱翼云：

> 《爾雅》非周公書也。郭璞〈序〉云：「興於中古，隆於漢氏」，未嘗指爲周公，蓋是漢儒所作，亦非中古也。〔註8〕

又宋・錢文子《詩訓詁》亦曰：

> 《爾雅》出於漢世，正名命物，講説者資之。

葉氏之説，以《爾雅》多詩文爲證，若朱、錢二人之説，則略無證據矣。

八、作於毛公以後，王莽以前

《四庫提要》引宋・曹粹中《放齋詩說》云：

> 昔人謂《爾雅・釋詁》一篇，周公所作。〈釋言〉以下，仲尼所增，子夏從而足之，叔孫通、梁文又從而補益之。今考其書，知毛公以前，其文猶略。至康成時，則加詳矣。何以言之？如「學有緝熙于光明」，毛公云：「光，廣也。」康成則以爲「欲學于有光明者。」而《爾雅》曰：「緝熙，光明也。」又「齊子豈弟，猶言發夕也。」而《爾雅》曰：「豈弟，發行也。」「薄言觀者」，毛公無訓。「振古如茲」，毛公云：「振，自也。」康成則以「觀」爲「多」，以「振」爲「古」，其說皆本於《爾雅》。使《爾雅》成書在毛公之前，顧得爲異哉！按平帝元始四年，王莽始令天下通《爾雅》者詣公車，固出自毛公之後矣。

此亦主漢人所作，惟特限於毛公以後，王莽以前耳。此說亦以《爾雅》爲《詩》訓詁，又以毛《傳》與鄭《箋》相較，《爾雅》之訓詁有同於鄭《箋》而不同

〔註8〕同註7。

於《毛》傳者，故以爲《爾雅》撰於毛公以後，鄭君乃得從而取之。

第二節　清儒對作者時代之考證

清儒對《爾雅》作者及成書時代之討論，或承前說而補苴，或出新說以駁舊，論議紛紜，又多過前代。綜而言之，蓋有九說：一爲周公所制，後人所補。二以爲周公所制，孔門所補。三以爲周公所作，後人又附益之。四以爲孔門所作。五以爲成於《六經》未殘之時。六以爲秦、漢間學者所纂集。七以爲漢人所作。八以爲成於毛公以後，漢武以前。九則以爲劉歆僞作。

一、周公所制，後人所補

此說源於劉歆《西京雜記》，及張揖〈上廣雅表〉，清儒信此說者多，如邵晉涵《爾雅正義》曰：

> 今考周公賦憲受臚，作〈謚法解〉。其訓釋字義云：「勤，勞也。肇，始也。怙，恃也。典，常也。康，虛也。惠，愛也。綏，安也。考，成也。懷，思也……」俱與《爾雅》同義，是周公作《爾雅》之證也。……今按孔子作《十翼》，以贊《周易》。〈彖傳〉云：「師，眾也。比，輔也。晉，進也。遘，遇也。」〈序卦傳〉云：「師者，眾也。履者，禮也。頤者，養也。晉者，進也。遘者，遇也。震者，動也。」聖義闡敷，式昭《雅》訓，是孔子增修《爾雅》之證也。發明章句，始於子夏。《儀禮・喪服傳》爲子夏所作，其親屬稱謂與《爾雅・釋親》同。世所傳《子夏易傳》，或云僞託。至於《經典釋文》、李鼎祚《集解》所徵引者，如云：「元，始也。芾，小也。」觀象玩辭，必求近正，是子夏增益《爾雅》之證也。……今按《爾雅》之文，間有漢儒增補，如〈釋地〉八陵云雁門是也。〈釋山〉云：「泰山爲東嶽，華山爲西嶽，恆山爲北嶽，嵩高爲中嶽。」〈釋獸〉鼷鼠下云：「秦人謂之小驢」，疑皆漢初傳《爾雅》者所附益。後儒遽以此爲《爾雅》作自漢儒，則非也；以此證張揖之說之非虛。

鄂爾泰序姜兆錫《爾雅補注》曰：

> 《西京雜記》有云：「郭偉，好讀書，以謂《爾雅》周公所制，而《爾雅》有張仲孝友。張仲，宣王時人，非周公之制明矣。」劉子駿嘗

> 問揚子雲，亦答云：「聖門游、夏之儔所記，以解釋《六藝》也。」劉向嘗稱「〈外戚傳〉載史佚教其子以《爾雅》，又《記》言孔子教魯哀公學《爾雅》，《爾雅》之出遠矣。舊傳學者皆云周公所記，詩張仲孝友之類，後人所足耳。」當漢之時，去古未遠，或以爲周公作，或以爲非周公作，其無定說也久矣。張揖亦云：「今所傳三篇《爾雅》，或言仲尼所增，或言子夏所益，或言叔孫通所補，或言沛郡·梁文所考。皆解家所說，先師口傳，既無正驗，故疑不能明也。」由前諸說觀之，大抵是書也，始以周公，繼以孔子，增以子夏，益以叔孫通、梁文之徒。

又江藩《爾雅小箋·自序》曰：

> 《爾雅》之名，見於〈孔子三朝記〉，則〈釋詁〉一篇，爲周公所著無疑。〈釋言〉以下，則秦、漢儒生遞相增益之文矣。

嚴元照《爾雅匡名》徐養原〈序〉曰：

> 《爾雅》乃總釋羣經之書，非小學家言也。前漢諸儒，無兼治《五經》者，故班氏志〈藝文〉，以《石渠五經襍議》附《孝經》後，而《爾雅》次之，此深得《爾雅》之恉者也。凡《爾雅》所釋之文，皆經典所有，不見經典者，蓋後世逸之。自張揖著《廣雅》，多汎濫於經外，而《爾雅》始列小學，失作書之恉矣。然則漢儒說經，有古文，有今文，《爾雅》古文邪？今文邪？仲尼所增，子夏所益，叔孫通所補，梁文所考。子夏以前尚矣，梁文不知何人？若通之委蛇從時，則不違見行之小篆，而從前代之古文，是《爾雅》固今文之學。然班固曰：「古文讀應《爾雅》」，賈逵亦言「古文《尚書》與經傳《爾雅》訓詁相應」，則《爾雅》雖主今文，亦不謬於古文，此所以爲經義之總匯，而漢學之權輿也。

又《大戴禮記·小辨篇》「《爾雅》以觀於古，足以辨言」，孔廣森《補注》曰：

> 《爾雅》即《爾雅》書也，〈釋詁〉一篇，周公所作。詁者，古也，所以詁訓言語，通古今之殊異，故足以辨言。

以上諸家皆以爲周公制作，後人所補。此說大抵皆承《西京雜記》、張揖之言。其中邵晉涵更舉《逸周書·謚法解》、〈彖傳〉、〈序卦傳〉、《子夏易傳》及〈釋山〉、〈釋地〉、〈釋獸〉諸文，以明其說之可信。舉證歷歷，似有可觀，其實邵氏之說，率多罅漏也，高師仲華〈爾雅之作者及其撰作時代〉一文，曾一一駁辨，最爲詳盡，綜合高師之言，邵氏之失，蓋有四端：

其一：《逸周書》載有太子晉事，則必成於靈王之後；《左傳》引書之文，多在篇中，或春秋時已有其書；書中雜有儒、道、名、法、陰陽、縱橫諸家之說，當爲戰國時人所續爲；其中〈周月解〉以日月俱起於牽牛之初，〈時訓解〉以雨水爲正月中氣，漢《太初曆》始云然，是則書中又有漢人筆墨，不得盡信其確爲周代之舊典。〈諡法解〉一篇，未必爲周公之作，若果爲周公之作，其中所釋有與《爾雅》同者，亦但能證作《爾雅》者有取於周公之〈諡法解〉，而不能證作《爾雅》者即爲周公。《逸周書・諡法解》既不足據，則邵氏此說亦不足取。

其二：孔子作《十翼》之說，蓋起於《易緯乾鑿度》，緯書謬悠，原不足據。觀夫〈文言〉、〈繫辭〉二傳皆有「子曰」，其非孔子所作甚明。程迥、李邦直、朱新仲、朱彝尊、戴震等皆疑〈序卦傳〉非孔子之言，〔註 9〕今人李鏡池作《易傳探源》，更證〈彖傳〉非孔子作。〔註 10〕此二傳既未備爲孔子所作，則其中所釋自亦未必爲孔子之訓詁，其與《爾雅》同者自亦不能證爲孔子所增補，此又邵氏之失也。

其三：《儀禮・喪服傳》訓釋字義有與《爾雅》同者，但能證《爾雅》中採擷有子夏〈喪服傳〉之訓釋，不能證《爾雅》即爲子夏所增益。至於《子夏易傳》一書，又未必爲孔子弟子卜商字子夏者所作，其與《爾雅》同者，非作《爾雅》者採擷《子夏易傳》，即作《子夏易傳》者採擷《爾雅》，均不能證作《子夏易傳》者，即增益《爾雅》之人。

其四：邵氏舉〈釋地〉、〈釋山〉、〈釋獸〉諸文，證有漢人增補之迹，是也。然此等證據並不能證明其爲叔孫通或梁文之所增補，故邵氏雖欲以證張揖之說爲不虛，而實則於張說並無所裨益。

按劉歆《西京雜記》但言周公所制，後人所補，然未嘗言周公所制之證驗，所補之人爲誰。張揖雖言孔子、子夏、叔孫通、梁文所補，然又云：「皆解家所說，先師口傳，既無正驗，聖人所言，是故疑不能明也。」〔註 11〕是二者雖有是說而猶未舉矣。今邵氏雖舉證歷歷，然不能無失，則周公所制，孔子所增，子夏所益，叔孫通所補，梁文所考，後人又再補益之說，仍未定論矣。

〔註 9〕見皮錫瑞〈易經通論〉。
〔註 10〕見《古史辨》第三冊。
〔註 11〕並見本章第一節引。

二、周公所制，孔門所補

此說前人未有，亦出於邵晉涵，《爾雅正義》曰：

> 然則《爾雅》之作，究屬何人？竊以漢世大儒，惟鄭康成囊括大典，網羅眾家。審《六藝》之指歸，翊古文之正訓。其《駁五經異義》云：「玄之聞也，《爾雅》者孔子門人所作，以釋《六藝》之言，蓋不誤也。」今由鄭君之言釋之，公羊、穀梁皆孔子門人，其訓釋字義悉符《爾雅》，是則《爾雅》者始於周公，成於孔子門人，斯爲定論。粤自讚《易》正《樂》，垂爲《六經》，門弟子身通《六藝》，共撰微言，申以訓釋。《爾雅》既著，《六經》以彰。周末學校既廢，小學不講，是非無正，人用其私。經訓就衰，鉤鈲析亂，故七十子喪而大義乖。

其後夏味堂、程先甲並作此說，夏味堂《拾雅·序》曰：

> 孔子論政，莫先於正名，名不正則言不順，然則正名者，正其義訓也。禮樂刑政，非文不察；天地萬物，非文不彰；治亂衰正，非文不省。是以昔周公制禮，既使外史達書名於四方，屬瞽史諭書名，猶懼其乖亂也，復箸《爾雅》一篇，綜攝都凡，綱挈目布，所以俾天下灼然於名義之不可淆。以一人心而苞萬彙者，體約而用綦博也。孔門增益，《雅》訓彌廣。

程先甲《選雅·序》曰：

> 小學之涂有三：曰形、聲、義。姬代文郁，爰箸《爾雅》，周公創制，孔子、子夏賡續附益，是爲義書之始。

並以爲《爾雅》者，周公所制，孔門所補。邵氏之證有二：一以爲公羊、穀梁皆孔子門人；二以爲《公》《穀》二傳訓釋悉符《爾雅》。今按《公羊傳》者，乃齊人公羊高所傳，明·朱睦㮮《授經圖》云：

> 公羊高，齊人，受《春秋》於卜子夏，傳其子平，平傳其子地，地傳其子敢，敢傳其子壽。至漢景帝時，乃與弟子董仲舒、胡母子都，箸以竹帛。〔註 12〕

則公羊高非孔子門人，乃孔子之再傳弟子。又《穀梁傳》，魯人穀梁赤所傳，

〔註 12〕徐彥《公羊傳疏》引東漢·戴宏〈序〉曰：「子夏傳於公羊高，高傳與其子羊，羊傳與其子地，地傳於其子敢，敢傳於其子壽，至漢景帝時，壽乃與齊人胡母子都著於竹帛。」此殆《授經圖》所本也。

《授經圖》云：

> 穀梁赤，一名淑，字元始，魯人。作《春秋傳》，授荀卿，卿授魯·申公，申公授瑕丘·江公，江公授子及孫博士公，其後寖微，惟榮廣、皓星公二人傳其學。

然穀梁赤爲秦孝公時人，以授荀卿，故不得親授於子夏，則穀梁又未必爲子夏門人，更非孔門矣。而《公》《穀》訓釋有同於《爾雅》者，高師仲華曰：

> 邵氏謂公羊、穀梁皆孔子門人，實爲失檢。且《爾雅》與《公羊》、《穀梁》訓詁有同者，亦係《爾雅》有取於《公羊》、《穀梁》，或將《公羊》、《穀梁》箸於竹帛者竟有取於《爾雅》，皆不可知也。吾人安能竟據此而證《爾雅》成於孔子門人之手乎？〔註13〕

公羊高、穀梁赤既非屬孔門，二傳訓釋同於《爾雅》，又不能證《爾雅》成於孔門，則邵晉涵之說不足據也。而夏味堂、程先甲諸論亦無正驗矣。

三、皆周公所作，後人又附益之

此說謂今《爾雅》十九篇，皆有周公之說，而後人又分別附益增補也。錢坫《爾雅釋地四篇注》孫星衍〈前序〉曰：

> 〈釋地〉以下四篇，皆禹所名，周公之所述也。張揖〈上廣雅表〉，言周公著《爾雅》一篇，今俗所傳三篇《爾雅》，或言仲尼所增云云。揖意蓋言古本《爾雅》，合〈釋詁〉以下爲一篇，後儒附以傳注，廣爲三篇云。三篇者，即〈藝文志〉之三卷。是今十九篇，皆周公之說也。〈釋詁〉等十九篇之名，蓋後儒所分。陸德明乃以〈釋詁〉篇爲周公所作，〈釋言〉以下爲仲尼等所增，疑其誤會張揖一篇之義。……且案〈釋詁〉之文，亦有「黃髮齯齒」、「謔浪笑敖」之類，直釋《詩》辭，何得盡周公所作也？是知〈釋詁〉一篇，非無孔、卜所增。〈釋言〉以下，皆有周公之說矣。

孫氏〈後序〉又曰：

> 星衍序《釋地四篇》，以爲〈釋詁〉以下，皆有周公之說，獻之韙之。然自唐以來，無有信是論者矣。無有舍陸德明之言，而深求張揖之說者矣。星衍有所見，當以告讀全書者，以附獻之書以著焉。……

〔註13〕見〈爾雅之作者及其撰作之時代〉。

> 其諸儒所廣，亦自可考。按〈釋詁〉文有：「舒、業、順，敘也。」，下云：「舒、業、順、敘，緒也。」，明是解上四字。又「粵、于、爰，曰也。」下云：「爰、粵，于也。」郭璞説轉相訓。又「治、肆、古，故也。」下云：「肆、故，今也。」璞説此義相反而兼通者，星衍謂郭説非也，此類即後儒所增矣。其〈釋訓〉有「如切如磋，道學也。」云云，按《禮記》云，是孔子之言，其直引《詩》辭，當是子夏之言，子夏實治《詩》也。又〈釋親〉一篇，亦有所增。考《史記》田文問其父嬰曰：「子之子爲何？曰：爲孫。孫之孫爲何？曰：元孫。元孫之孫爲何？曰：不能知也。」今〈釋親〉則有「元孫之子爲來孫」云云，當是戰國後叔孫通等所增矣。

孫氏此說蓋本之張揖，揖〈上廣雅表〉云：「（周公）六年制禮，以導天下，著《爾雅》一篇，以釋其意義……今俗所傳三篇，或言仲尼所增，或言子夏所益，或言叔孫通所補，或言沛郡・梁文所考。」孫氏據此謂周公所作全書合爲一篇，後儒附益又廣爲三篇，而三篇即《漢志》所謂三卷，故《爾雅》十九篇皆有周公之言。今按張揖所謂周公所制爲一篇，魏時所傳爲三篇，乃後人附續，此前人所未言者，而張說又無實據。且按《漢書・藝文志》已著錄《爾雅》三卷二十篇，今所傳者十九篇，漢在魏前，安得有三篇之本？或張揖逕以三卷爲三篇，然《漢志》既已篇、卷並舉，明是篇不同於卷，又豈容混？張揖之說，篇、卷不分，殆已考之不審，孫氏則又因其說而附會之，且明言三篇即《漢志》之三卷，實不足據也。則十九篇皆周公所作之說，亦唯有闕之而已。

孫氏又謂〈釋詁〉之文，有直釋《詩》辭者，斷爲孔子、子夏所增。此等詁訓相同之證，本節前文已多敘述，謂有後人補作之迹則是，然不得證即某人所增也。後序中，又引〈釋詁〉、〈釋訓〉、〈釋親〉之文，謂即子夏、叔孫通所增，其病亦同也。據此，則孫星衍謂十九篇皆周公所作，後人又附益之說，亦不足據也。

四、孔門所作

臧庸《爾雅漢注》盧文弨〈序〉曰：

> 《爾雅》一書，舊説謂始於周公、孔子，而子夏、叔孫通輩續成。今臧生在東，從揚子雲、鄭康成之言，斷以爲孔子門人所作。

由盧〈序〉知臧庸以爲《爾雅》成於孔門也。此說起於漢代揚雄，《西京雜記》：

> 余（劉歆）嘗以問揚子雲。子雲曰：「孔子門徒游、夏之儔所記，以解釋《六藝》者也。」

又《詩・黍離正義》引鄭康成《駁《五經》異義》云：

> 玄之聞也，《爾雅》者孔子門人所作，以釋《六藝》之言，蓋不誤也。

其所聞，當即揚雄之說。揚雄所言乃憑臆之言，並無確證，而鄭康成承其說，亦無舉證，則《爾雅》孔門所作之說，殊難憑信。本節二「周公所制，孔門所補」中，邵晉涵取鄭康成之言，並舉《公羊》、《穀梁》證孔門所補之說，其說亦妄。是揚雄以來，此說皆無證驗，今臧庸又上紹揚、鄭之言，皆未可信矣。

五、成於《六經》未殘之時

此戴震之說，任基振《爾雅注疏箋補》戴震〈序〉曰：

> 《爾雅》，《六經》之通釋也。援《爾雅》附經而經明，證《爾雅》以經而《爾雅》明。然或義具《爾雅》而不得於經，殆《爾雅》之作，其時《六經》未殘闕歟，爲之旁摭百氏，下及漢代，凡載籍去古未遙者，咸資證實，亦勢所必至。

按依戴氏之意，《爾雅》殆成於秦以前，此說實過於泛廣，又無確證，是於《爾雅》作者時代之考，並無俾益。又戴氏謂下及漢代，去古未遠，咸資證實，似以秦以前《爾雅》一書皆已完成，如此則於《爾雅》增補之迹，亦未交待。觀其言，謂《爾雅》成於《六經》未殘之時，殆是泛泛之論，亦未深考矣。

六、秦、漢間學者所纂集

崔述《考信錄》曰：

> 世或以《爾雅》爲周公所作，或云周公止作〈釋詁〉一篇，餘皆非也。余按〈釋詁〉等篇，乃解釋經傳之文義。經傳之作，大半在周公之後，周公何由預知之而預釋之乎？至於他篇所記名物制度之屬，往往有與經傳異者，其非周公所作尤爲明著。大抵秦、漢間書，多好援古聖人以爲重，或明假其名，若《素問》、《靈樞》之屬。或傳之者謬相推奉，若《本草》、《周官》之類；皆不可信。

以〈釋詁〉等篇，乃解釋經傳之文義，經傳之作，在周公後，故以爲非周公作，而爲秦、漢間人所纂集。

此說源於宋·歐陽修及呂南公，歐陽修自稱「考其文理」而得之，〔註 14〕文理者何？歐陽修未嘗詳言，自難憑信。呂南公則據其訓例與毛公《詩》說多同，與他書不合，而證得之。〔註 15〕至崔述則又謂〈釋詁〉等篇，乃解釋經傳之文義，意同於呂南公。

今按《爾雅》非爲《詩》作亦非爲《五經》作，《四庫提要》曰：

> 其書歐陽修《詩本義》以爲「學《詩》者纂集博士解詁」，高承《事物紀原》亦以爲大抵解詁詩人之旨。然釋《詩》者不及十之一，非專爲《詩》作。揚雄《方言》以爲孔子門徒解釋《六藝》，王充《論衡》亦以爲《五經》之訓詁。然釋《五經》者，不及十之三四，更非專爲《五經》作。今觀其文，大抵採諸書訓詁名物之同異，以廣見聞。實自爲一書，不附經義。如〈釋天〉云：「暴雨謂之凍。」〈釋草〉云：「拔心不死。」此取《楚辭》之文也。〈釋天〉云：「扶搖謂猋」，〈釋蟲〉云：「蒺蔾，蝍蛆」，此取《莊子》之文也。〈釋詁〉云：「嫁，往也」，〈釋水〉云：「瀵，大出尾下」，此取《列子》之文也。〈釋地〉云：「西至西王母」，〈釋獸〉云：「小領盜驪」，此取《穆天子傳》之文也。〈釋地〉云：「東方有比目魚焉，不比不行，其名謂之鰈。南方有比翼鳥焉，不比不飛，其名謂之鶼」，此取《管子》之文也。又云：「邛邛岠虛，負而走，其名謂之蟨」，此取《呂氏春秋》之文也。又云：「北方有比肩民焉，迭食而迭望。」〈釋地〉云：「河出崑崙墟」，此取《山海經》之文也。〈釋詁〉：「帝、皇、王、后、辟、公、侯」，又云：「洪、郭、宏、溥、介、純、夏、幠」，〈釋天〉云：「春爲青陽」，至「謂之醴泉」，此《尸子》之文也。〈釋鳥〉曰：「爰居，雜縣」，此取《國語》之文也。如是之類，不可殫數。

如《四庫提要》之考，《爾雅》訓例與他書多合，釋《詩》者不及十之一、釋《五經》者不及十之三四，則呂南公、崔述之說，未嘗深考矣。崔述又以《爾雅》所記名物制度之屬，異於經傳，證非周公所作，其實後世名物制度之見於《爾雅》者，或爲後世附益，謂非周公之作則是，然不得即以此證《爾雅》全與周公無關，更不得云全出自秦、漢之學者矣。

〔註 14〕見本章第一節引。
〔註 15〕見本章第一節引。

七、漢人所作

姚際恆《古今僞書考》云：

> 《漢志》附於《孝經》後，《隋志》附於《論語》後，皆不著撰人名。唐・陸德明《釋文》謂〈釋詁〉周公作，蓋本於魏・張揖〈上廣雅表〉，言「周公制禮以安天下，著《爾雅》一篇，以釋其義」，此等之說，固不待人舉「張仲孝友」而後知其誣妄矣。鄭漁仲《註・後序》曰：「〈離騷〉云：「使凍雨灑塵。」故釋風雨曰：「暴雨謂之凍」。此句專爲〈離騷〉釋，故知《爾雅》在〈離騷〉後。」案奚止〈離騷〉後，古年不係干支，此係干支，殆是漢世。又案此書釋經者也，後世列之爲經，亦非是。

《爾雅》爲漢人所作之說，宋代已有，葉夢得、朱翼、錢文子並主之。〔註 16〕其論證多謂《爾雅》有取於毛氏之《詩》說，前已論述甚詳，殆不足據也。今姚際恆則以《爾雅・釋天》有干支之文證之，按干支繫年，始於漢世，是也，然此等證據只能證《爾雅》有漢人增補之迹，何能證《爾雅》一書全爲漢人所作耶？倘有漢人之文，即可證爲漢人之書，則此等證據多矣，如〈釋地〉八陵云雁門、〈釋山〉云：「泰山爲東嶽，華山爲西嶽，霍山爲南嶽，恆山爲北嶽，嵩山爲中嶽。、〈釋獸〉鼶鼠下云：「秦人謂之小驢」，此類皆有漢人增補之迹，若逕以此即視《爾雅》漢作，則又何以視《爾雅》文中確無增補之處耶？

葉夢得謂《爾雅》之言多《詩》類中語，而取毛氏說爲正，斷爲漢人所作；朱翼謂郭璞〈序〉「興於中古，隆於漢世」，未嘗指爲周公，亦斷漢人所作；錢文子更略無憑證而謂「《爾雅》出於漢世」，並皆不足取信。漢人舊傳《爾雅》周公作，宋人則多言非周公作，甚且斥之爲妄。歐陽修之論尚以爲秦、漢間學《詩》有所纂，至南宋諸儒則群指爲漢儒所作。宋人好創新說，以與漢人立異，然又多無實據，今姚氏之論，恐亦此類矣。善乎高師仲華之言曰：「郭威、揚雄、劉向父子並爲西漢人，皆不知《爾雅》爲漢人作，乃待宋人而後知之，天下寧有是理乎？」〔註 17〕是《爾雅》漢人所作之說，又不足信矣。

八、成於毛公以後，漢武以前

此《四庫全書總目提要》之說，《提要》曰：

〔註 16〕見本章第一節引。
〔註 17〕同註 13。

> 按《大戴禮記·孔子三朝記》，稱孔子教魯哀公學《爾雅》，則《爾雅》之來遠矣，然不云《爾雅》爲誰作。據張揖〈進廣雅表〉稱：「周公作《爾雅》一篇，今俗所傳三篇，或言仲尼所增，或言子夏所益，或言叔孫通所補，或言沛郡·梁文所考。皆解家所說，疑莫能明也。」於作書之人，亦無確指。其餘諸家所說，小異大同。今參互而考之：郭璞《爾雅注·序》稱：「豹鼠既辨，其業亦顯」，邢昺《疏》以爲漢武帝時終軍事。《七錄》載犍爲文學《爾雅注》三卷，陸德明《經典釋文》以爲漢武帝時人，則其書在武帝以前。曹粹中《放齋詩說》曰：「《爾雅》，毛公以前，其文猶略，至鄭康成時則加詳。如「學有緝熙于光明」，毛公云：「光，廣也。」康成則以爲「學于光明者」，而《爾雅》曰：「緝熙，光明也。」又「齊子豈弟」，康成以爲猶言發夕也。而《爾雅》曰：「豈弟，發行也。」「薄言觀者」，毛公無訓。「振古如茲」，毛公云：「振，自也。」康成則以「觀」爲「多」，以「振」爲「古」，其說皆本於《爾雅》。使《爾雅》成書在毛公之前，顧得爲異哉！」則其書在毛公以後。大抵小學家綴輯舊文，遞相增益，周公、孔子皆依託之詞。觀〈釋地〉有鶼鶼，〈釋鳥〉又有鶼鶼，同文複出，知非纂自一手也。

《提要》「出於毛公以後」之說，乃本曹粹中《放齋詩說》而來。曹氏之說，蓋亦以《爾雅》爲《詩》訓詁，而《爾雅》撰於毛公以後，鄭玄乃得而取之。然《爾雅》非專爲《詩》訓詁，《四庫提要》已辨之甚詳，此其一；《爾雅》之訓詁有同於毛《傳》者，或毛公以後學者，取毛《傳》以增益，或毛公有取於《爾雅》以說《詩》，皆不得謂《爾雅》爲毛公以後始作，此其二；曹氏以毛《傳》有不同於《爾雅》者，便謂《爾雅》成書在毛《傳》後，此說無憑，且何以不謂毛公有取於《爾雅》，而定謂《爾雅》在毛公後耶？此其三。有斯三者，則曹氏之說難立，而《提要》承曹氏之說，又不待辯矣。

《提要》又舉終軍、犍爲文學《注》二證，謂在漢武以前。終軍辨鼠事，或云竇攸，〔註 18〕若然，則光武時事矣。此且不論，若犍爲文學「舍人」

〔註 18〕《太平御覽》卷九百十一引《竇氏家傳》：「竇攸治《爾雅》，舉孝廉，爲郎。世祖與百僚遊於靈臺，得鼠，身如豹文，熒有光輝，問群臣，莫有知音，唯攸對曰：『此名鼮鼠。』詔：『何以知？』攸曰：『見《爾雅》』，詔案視書，果如攸言，賜帛百匹，詔群臣子弟從攸受《爾雅》。」酈道元《水經·穀水注》、李善《文選·任昉薦士表注》並引摯虞《三輔決錄注》，文並同。

之名，異說紛紜，尤不能定，孫志祖《讀書脞錄續編》、周春《十三經音略》、邵晉涵《爾雅正義》、宋翔鳳《過庭錄》、郝懿行《爾雅義疏》皆以《文選・羽獵賦》李善《注》嘗引犍爲舍人《注》，又引郭舍人《注》，遂定爲一人，以爲舍人姓郭，即漢武帝時與東方朔同爲隱語之郭舍人，如此則武帝事也。然今人余嘉錫《四庫提要辨證》、周祖謨〈爾雅作者及其成書之年代〉〔註19〕並謂清儒之說乃附會之論，而斷舍人爲後漢之人，余氏且謂《提要》曰：「《提要》據豹鼠之辨爲終軍事，及舍人爲武帝時人，以謂《爾雅》在武帝以前，其證據不能謂之精審，非其言必誤，其所徵引之事理有不足憑者也。」《提要》所舉二證，或以爲武帝事，或以爲後漢事，疑不能定，則《提要》之舉證，亦徒生困惑而已，未必爲確。

九、劉歆僞作

康有爲《僞經考》曰：

> 《爾雅》不見於西漢前，突出於歆校書時，《西京雜記》又是歆作，蓋亦歆所僞撰也。趙岐〈孟子題辭〉謂：「文帝時，《爾雅》置博士。」考西漢以前皆無此說，唯歆〈移太常書〉有：「孝文諸子傳說立學官」之說，蓋即歆作僞造以實其《爾雅》之眞。及歆〈與楊雄書〉，稱說《爾雅》，尤爲歆僞造之明證。歆既爲《毛詩》、《周官》，思以證成其說，故僞此書，欲以訓詁代正統。所稱子雲之言，史佚之教，皆歆假託，無俟辨……。其犍爲文學無有姓名，亦歆所託。則徐敖傳《毛詩》、庸生傳《大書》之故態也。考《爾雅》訓詁，以釋《毛詩》《周官》爲主。〈釋山〉則有五嶽與《周官》合，與〈堯典〉、〈王制〉異，(〈王制〉：「五嶽視三公」，後人校改之名也。)〈釋地〉九州與〈禹貢〉異，與《周官》略同。〈釋樂〉與《周官・大司樂》同，〈釋天〉與〈王制〉異，祭名與〈王制〉異，與《毛詩》《周官》合。若其訓詁，全爲《毛詩》。間有敏拇之訓，義長之釋。〈釋獸〉無騶虞之獸，〈釋木〉以唐棣爲栘。時訓三家，以弄狡獪。然按其大體，以陳氏《毛詩稽古編》列《爾雅》《毛詩》異同考之，孰多孰少，孰重孰輕，不待辨也。蓋歆既偏僞羣經，又欲以訓詁證之，而作《爾雅》。以思巧密，城壘堅

〔註19〕《問學集》。

嚴，此所以欺紿百代者歟！然自此經學遂變爲訓詁一派，破碎支離，則歆作俑也。或據《周易》：「師，眾也。比，輔也。震，動也。遘，遇也。」皆與《爾雅》合，〈喪服傳〉親屬稱謂與〈釋親〉合，《春秋元命苞》云：「子夏問夫子作《春秋》，不以初哉首基爲始何？」（《爾雅·序》《正義》引）與〈釋詁〉合而信之。不知歆欲網羅其眞，以證成其僞，然後能堅人信，況《易·雜卦》亦歆所僞哉！鄭玄、張揖、郭璞之徒，爲其所漫，不亦宜乎！

康有爲謂《爾雅》乃劉歆僞作，其證有三：一謂《西京雜記》即是歆僞；二謂趙岐〈孟子題辭〉無證驗，劉歆〈移讓太常博士書〉亦歆僞造；三謂《爾雅》訓詁多合於諸古文經傳，乃歆既徧僞群經，又欲以訓詁證之，遂造《爾雅》。今按康氏一、二之證皆無所憑，則其說亦不足信。而《爾雅》訓詁多合於經傳者，本節前文已屢言之，不得以此定《爾雅》作者時代也，其理甚明，雖康氏多所舉證，然亦不過前人老路而已，觀本節前文自可瞭然。

其實康氏於此之用力，非眞爲《爾雅》溯源也，其意惟在攻擊劉歆而已。蓋康氏專主今文，見古文爭立自劉歆、推行自王莽，遂謂歆徧僞群經以媚莽助篡，故作《僞經考》，一一持其說。錢穆嘗作〈劉向歆父子年譜〉一文，於康氏之妄又一一駁辨，〔註 20〕其〈序文〉謂康氏不可通者二十有八端，今舉數條如後，以見《爾雅》確非歆僞：

△向未死前，歆已徧僞諸經，向何弗知？不可通一也。

△向死未二年，歆校領《五經》未數月，即能徧僞諸經，不可通二也。

△歆徧僞諸經，將一手僞之乎？將借群手僞之乎？一手僞之，古者竹簡繁重，殺青非易，不能不假手於人也。群手僞之，何忠於僞者之多，絕不一洩其詐也，不可通四也。

△與歆同校書者非一人。尹咸名父子，歆從受學，與歆父向先已同受校書之命，名位皆出歆上，何不能發歆之僞。不可通六也。

舉此諸端，即可知群經非歆所僞，則《爾雅》自亦非歆僞矣。康氏層層彌縫，續謂犍爲文學《注》「無有姓名，亦歆所僞託，則徐敖傳《毛詩》、庸生傳《大書》之故態。」此實厚誣古人，又不待辨矣。

按清以前及清儒之論《爾雅》作者時代者，已略如上述，率多憑臆，未

〔註 20〕見《兩漢經學今古文平議》。本書共收〈劉向歆父子年譜〉、〈兩漢博士家法考〉、〈孔子與春秋〉、〈周官制作時代考〉四篇。

可以爲定論。高師仲華〈爾雅之作者及其撰作之時代〉一文，論列各家之後，嘗爲結論四點，如次：

（一）西漢時學者於《爾雅》之制作，所述不一。舊傳學者以至於郭威，以爲周公所制。劉向從舊說，又以爲有後人增益之文。揚雄則以爲孔子門徒游、夏之儔所記。可見西漢時對《爾雅》之作者初無定說，然莫不認爲先秦之書，其制作必在姬周之世。證以《大戴禮記》中〈孔子三朝記・小辯篇〉之文，孔子曾與魯哀公論及《爾雅》，則《爾雅》成書當在孔子之前。大戴（名德）爲漢宣帝時人，其所輯《禮記》則爲孔子後自戰國以至漢初儒者之說，其中〈孔子三朝記〉，朱駿聲嘗爲之序，其言內容與晚周之時代背景相合（見《傳經室文集》中〈孔子三朝記序〉），知其必爲先秦之著述。《爾雅》之名，既見於〈孔子三朝記〉中，則晚周當已有其書。至於《爾雅》爲先秦何人所作，諸說皆未舉證。後人欲彰其說，或歷舉其始作與增益之篇數，大都皆憑臆之談，其所舉證亦多不可信，亦唯有存疑而已。

（二）晉・郭璞曰：「《爾雅》者，蓋興於中古，隆於漢世。」（見《爾雅・序》）其言最允。不直指其撰作之人名，但概述其撰作之時代，又稱「蓋」以疑之，愼之至也。所謂「興」者，指其撰作之始；所謂「隆」者，指其講習之盛。「經典通以伏犧爲上古，文王爲中古，孔子爲下古」（語見邢昺《爾雅疏》），《爾雅》之撰作如在孔子以前，此正中古之時也。趙岐〈孟子題辭〉云：「孝文皇帝欲廣遊學之路，《論語》、《孝經》、《孟子》、《爾雅》皆置博士。」如趙說，則文帝時已有講習《爾雅》之博士。《北堂書鈔・設官部》、《藝文類聚・職官部》、《太平御覽・職官部》並引《漢舊儀》云：「武帝初置博士，取學通行修，博識多藝，曉古文、《爾雅》，能屬文章者爲之。」是武帝時所置《五經》博士，皆須講習《爾雅》。平帝元始四年，王莽令天下通《爾雅》者詣公車。光武帝時，詔羣臣子弟從竇攸受《爾雅》。漢時《爾雅》講習之盛如此，郭氏謂「隆於漢世」，信不誣也。

（三）宋・歐陽修始不信漢、晉人說，以爲秦、漢之間學《詩》者纂集說《詩》博士解詁，其後宋、明人遂多以《爾雅》爲《詩》訓詁，即就此以推尋其撰作之時代與人名。呂南公因其訓詁與毛《傳》多同，而定其作於秦、漢之間。葉夢得以其言多是《詩》類中語，而取毛氏說爲正，又定爲漢人所作。曹粹中又舉其訓詁與毛《傳》異、與鄭《箋》同者，證其書出於毛公以後。高承就書中釋《詩》之語，言其出於孔子刪《詩》之後。鄭曉更以爲子夏嘗傳《詩》，直指爲子夏之《詩傳》。其實《爾雅》非專爲《詩》作，乃綴輯羣經諸子之訓詁而成，《四庫提要》已辨之甚明。宋、明諸儒不明乎此，故其推斷亦難盡信。且即就《詩》訓詁言，《爾雅》有與毛《傳》同者，亦有與毛《傳》異者，又不能確知係毛《傳》有取於《爾雅》，抑《爾雅》有取於毛《傳》，將何從定其出於毛公之前、或出於毛公以後耶？

（四）鄭玄已言：「《爾雅》之文雜，非一家之注。」《四庫提要》舉鶼鶼爲例，就其一見於〈釋地〉，一見於〈釋鳥〉，同文複出，知其非纂自一手；因謂《爾雅》一書，「大抵小學家綴輯舊文，遞相增益，周公、孔子皆依託之詞」，實爲不易之論。今考《爾雅》書中，不僅有同文複出於異篇者，亦有同物異文而複出於一篇者；如〈釋鳥〉篇中，既有「皇，黃鳥」一條，又雜出「鵹黃，楚雀」、「倉庚，商庚」、「倉庚，鵹黃也」數條，即其一證。《爾雅》之爲書，乃遞相增益而成，自是無可置疑。如前所述，先秦之時已有《爾雅》之書，漢文帝時又置《爾雅》博士，漢武帝時《五經》博士皆須通曉《爾雅》。然如〈釋山〉云「霍山爲南嶽」，前儒多謂昉自漢武，自非先秦之文，亦非文帝時《爾雅》中所有，其出於漢武帝時或漢武帝後學者所增益，殆無可疑。

綜高師之論，大概《爾雅》創始於中古，至孔子時已裒然成帙，故得舉以語魯哀公。迭經增益，至漢武帝時而未已。迨劉向父子校書，始有定本，此即《漢志》所載三卷二十篇之《爾雅》是也。至於創始人爲誰，迭爲增益之人又爲誰，前儒雖有揣測，多無實證，則吾人可置之不論矣。

第三節　清儒對篇卷之考證

《漢書・藝文志・六藝略・孝經家》載《爾雅》三卷二十篇，今本則止十九篇，綜合清儒之論，蓋有以下四說。

一、有〈序篇〉一篇

王鳴盛《蛾術編．說錄》云：

> 《漢藝文志》《爾雅》三卷二十篇。三卷者，卷帙繁多，分爲上、中、下。二十篇者，自〈釋詁〉至〈釋畜〉凡十九篇，別有〈序篇〉一篇。郭璞〈序〉云：「聖賢間作，訓詁遞陳。周公倡之于前，子夏和之於後。」《疏》云：「〈釋詁〉一篇，蓋周公所作。〈釋言〉以下，仲尼所增，子夏所足。」今〈序篇〉不知是周公作乎？仲尼、子夏作乎？顧廣圻云：《毛詩疏》引《爾雅．序篇》云：「〈釋詁〉〈釋言〉，通古今之字，古與今異言也。〈釋訓〉，言形貌也。」郭璞既作《注》，則〈序篇〉亦當有《注》，而今亡之。

陸曉春〈爾雅序篇說〉云：

> 《爾雅》之有〈序篇〉，猶《周易》之〈序卦〉，《尚書》之〈百篇序〉、《詩》之〈大、小序〉也。按《詩．周南．關睢詁訓傳》《正義》引其文云：「〈釋詁〉〈釋言〉，通古今之字，古與今異言也，〈釋訓〉言形貌也。」此〈序篇〉之僅存者，《爾雅》既襲用孔《疏》，但於〈釋詁〉下引上三句，足見邢氏之陋。《漢志》《爾雅》三卷二十篇，今所傳止十九篇，《漢志》或即合〈序篇〉而言也。

宋翔鳳序郝懿行《爾雅義疏》曰：

> 《爾雅》二十篇，本《漢志》。今《爾雅》十九篇，愚意以爲〈釋詁〉文多，舊分二篇。又《詩正義》引〈序篇〉云：「〈釋詁〉〈釋言〉，通古今之字，古與今異言也。〈釋訓〉，言形貌也。」《詩正義》但疏詁訓二字之義，所引不全，則《爾雅》尚有〈序篇〉，今亡之矣。

以上諸家皆謂《爾雅》別有〈序篇〉，其證則以《毛詩．周南．關睢詁訓傳》《正義》引《爾雅．序篇》曰：「〈釋詁〉〈釋言〉，通古今之字，古與今異也。〈釋訓〉，言形貌也。」以此證《爾雅》有〈序篇〉，今則亡佚。按《爾雅．序篇》，唯《毛詩正義》一引，它家則未見徵引之者，孤證實難視爲定論，故孫怡谷《讀書脞錄續編》云：

> 爾近人以《毛詩．周南．關睢故訓傳第一》《正義》引《爾雅．序篇》，欲以〈序篇〉充二十篇之數，然《爾雅》果有〈序篇〉，景純豈應刪而不注？且唐作《正義》時，尚存此篇，則張揖魏人，其著《廣雅》，亦必沿用之矣。

其實《爾雅》若果有〈序篇〉，至唐且存，則何必郭璞、張揖始得沿用，必諸家多有稱說，治《爾雅》者必有述焉。今惟見於《毛詩正義》，則不知《正義》所據爲何，故此說實待商榷。

胡元玉《雅學考》則云：

> 《爾雅·序篇》，即鄭君《三禮目錄》、《論語篇目弟子》、趙臺卿《孟子篇敘》之類，皆注家解釋篇名之作，其人則不可考矣。

胡氏謂〈序篇〉乃後人所加，用以解釋篇名，作者則不可考矣。潘重規則指爲魏·孫炎所作，曰：

> 按《隋志》《爾雅》七卷，孫炎《注》。又云梁有《爾雅音》一卷，明言已亡，則此七卷內，不當有《音》，蓋當有〈序篇〉一卷，正孫氏仿其師〈三禮目錄〉之例而作，修《隋志》者猶及見之，故唐人《毛詩正義》得引〈序篇〉之文。郭氏別爲之《注》，故不載孫氏〈序篇〉。其後郭《注》大行，孫書遺佚，而〈序篇〉作者，遂無知之者矣。〔註21〕

此二說皆辨《毛詩正義》所引〈序篇〉，非《爾雅》之舊，〈序篇〉果爲孫炎所作，亦不在二十篇之內。按此說或可釋《毛詩正義》所引〈序篇〉之疑，然於《漢志》二十篇，今本止十九篇之故，仍無有解釋。且仍信有〈序篇〉，惟以爲後人所作而已，潘重規謂《隋志》載孫炎《注》七卷，無《音》於內，是矣，然必謂括有孫氏〈序篇〉，則又絕無憑據，蓋《毛詩正義》所引，何必即是孫氏所作〈序篇〉；而郭璞錯綜樊、孫，雖別爲之注，又何必於〈序篇〉皆無所及。於是知《爾雅·序篇》之有無，是否後人所加，是否孫炎所作，皆臆斷之辭，亦置之可也。

二、有〈釋禮〉一篇

翟灝《爾雅補郭》云：

> 祭名與講武、旌旗，俱非天類，而繫於〈釋天〉。邢氏強爲之說，義殊不了。愚謂古《爾雅》當更有〈釋禮〉一篇，與〈釋樂〉相隨，此三章乃〈釋禮〉文之殘缺失次者耳。

翟氏謂〈釋天〉中祭名、講武、旌旗三章，俱非天類，而繫於〈釋天〉，乃〈釋

〔註21〕見潘重規《爾雅學》。

禮〉篇所殘缺失次者。此說頗有見地，然亦乏佐證，則又難憑信。

孫怡谷《讀書脞錄續編》曰：

> 《漢志》《爾雅》二十篇，今惟十九篇，仁和・翟晴江云：「古《爾雅》當更有〈釋禮篇〉，與〈釋樂篇〉相隨，祭名與講武、旌旗三章，乃〈釋禮〉之殘缺失次者。」按《廣雅》篇第，一依《爾雅》，《廣雅》無〈釋禮篇〉，則晴江之說非也。

按《廣雅》篇第確是一依《爾雅》，然張揖上距班固二百年，〔註22〕若《爾雅》篇第有殘缺失次，張揖未必即知；且若張揖所見已是殘缺失次之本，其又何能改訂謬誤？其一依今十九篇之次，知其所見已是如此，孫氏此說雖亦論翟說之非，然其說非堅矣。要之翟灝之見，雖有見地，然既無憑據，則《爾雅》有〈釋禮〉一篇，亦聊備一說耳。

三、〈釋詁〉文多，古分上、下

宋翔鳳序郝懿行《爾雅義疏》曰：

> 《爾雅》二十篇，本《漢志》。今《爾雅》十九篇，愚意以爲〈釋詁〉文多，舊分二篇。又《詩正義》引〈序篇〉云：「〈釋詁〉〈釋言〉，通古今之字，古與今異言也。〈釋訓〉，言形貌也。」《詩正義》但疏詁訓二字之義，所引不全，則《爾雅》尚有〈序篇〉，今亡之矣。

孫怡谷《讀書脞錄續編》曰：

> 蓋〈釋詁〉分上、下二篇，故《漢志》稱二十篇。爾近人以《毛詩・周南・關睢故訓傳第一》《正義》引《爾雅・序篇》，欲以〈序篇〉充二十篇之數。然《爾雅》果有〈序篇〉，景純豈應刪而不注？且唐作《正義》時，尚存此篇，則張揖魏人，其著《廣雅》，亦必沿用之矣。

按《爾雅》有〈序篇〉、〈釋禮篇〉之說，皆無實據，而此〈釋詁〉文多，古分上、下之說亦然，然諸家之治《爾雅》者，多沿此例，分〈釋詁〉爲二。衡此三說，要當以〈釋詁〉文多，古分上、下二篇，其言爲近是。

〔註22〕據《後漢書》卷七十下〈班彪傳〉，班固生漢光武帝建武八年，西元 32 年。又《魏書・江式傳》曰：「魏初，博士清河・張揖著《廣雅》。」、顏師古〈漢書敘例〉曰：「張揖，字稚讓，清河人。一云河間人，太和中爲博士。」太和爲魏明帝年號，當西元 227 年至 232 年。此謂二百年者，約舉之也。

四、〈釋詁〉分上、下，又別有〈序篇〉

依前文所述，〈序篇〉及〈釋詁〉分上、下二說，宋翔鳳氏並主之，茲再錄其《爾雅義疏・序》之言如下：

> 《爾雅》二十篇，本《漢志》。今《爾雅》十九篇，愚意以爲〈釋詁〉文多，舊分二篇。又《詩正義》引〈序篇〉云：「〈釋詁〉〈釋言〉，通古今之字，古與今異言也。〈釋訓〉，言形貌也。」《詩正義》但疏詁訓二字之義，所引不全，則《爾雅》尚有〈序篇〉，今亡之矣。

如宋氏之言，則《爾雅》既有〈序篇〉，〈釋詁〉又分爲二，然則《爾雅》竟有二十一篇耶？知宋氏說之不可信。或宋氏實以爲當是〈釋詁〉分上、下爲確，而〈序篇〉又是後人所加，如前述胡元玉、潘重規之言，然宋氏並未說明究是何人所加，亦未說明既有〈序篇〉，〈釋詁〉又分上、下之由，則觀其所言，蓋是兩面閃爍之辭，既不可信，亦不足取也。

按《爾雅》《漢志》載二十篇，今本止十九篇，清儒之說一謂別有〈序篇〉；二謂有〈釋禮篇〉；三謂〈釋詁〉文多，分上、下篇；四謂〈釋詁〉分上、下，又別有〈序篇〉。雖以第三說爲近是，然四說皆無確驗，故亦不可以爲定論，惟有待文獻之出土，或可釋《爾雅》篇數之疑也。

第九章　清儒由《爾雅》發端之學

清儒之治《爾雅》，不惟著述多過前人，成就亦邁越前代。由本文前述諸章可知，《爾雅》之學，殆以清爲極盛也。其中猶有可說者，清儒除治《爾雅》外，又有由《爾雅》發端，而溢於《爾雅》之學者，如互訓派之轉注學、釋詞之學、名物考證學、擬《雅》之學是也。互訓派之轉注學，以戴、段爲首，幾爲清儒言轉注之最有力者；釋詞之學以王引之《經傳釋詞》爲代表，究虛詞之法，爲清儒之獨創；名物考證學，爲治《爾雅》者之所必究，清儒於此，成績斐然；擬《雅》之學，尤其爲清儒治《爾雅》之一大特色，範圍之廣，出《爾雅》遠矣。凡此。皆清儒由研究《爾雅》發端，而又蔚爲大國者也，誠爲清《爾雅》學，特異於前人者，不可不論也。

第一節　互訓派之轉注

轉注爲六書之一，許慎《說文解字・序》云：「轉注者，建類一首，同意相受，考老是也。」自許說出，後世之論轉注者，異論紛紜，各自爲說。綜括許慎以下之說，約可析爲三類：一、主形轉，始於唐・裴務齊〈切韻序〉；〔註 1〕二、主聲轉，始於宋・張有《復古編》；三、主義轉，始於徐鍇《說文繫傳》。主義轉者復衍爲三派：曰形聲派、曰部首派、曰互訓派是也。林尹《文字學概說》一書，則分爲形轉派、形省派、部首派、轉音派、互訓派五派。無論分類如何，其中主互訓者，於清代實爲最有力量之一派，而其立論，則源於《爾雅》。茲論說如后：〔註 2〕

〔註 1〕一說始於唐・孫愐。
〔註 2〕本節清儒諸說咸引自《說文解字詁林・前編》中〈六書總論〉。

一、徐鍇以《爾雅》說轉注

清儒主互訓爲轉注者，由南唐・徐鍇之說衍來，徐氏《說文繫傳》云：

> 形聲者，形體不相遠，不可以別，故以聲配之爲分界，若江、河同從水，松、柏皆從木，有此形也，然後諧其聲以別之。江、河可以同謂之水，水不可同謂之江、河；松、柏可以同謂之木，木不可同謂之松、柏。故散言之曰形聲，總言之曰轉注。謂耆、耄、耋、壽、耇，皆老也，凡五字，試依《爾雅》之類（謂如：初、哉、首、基等字皆始也之例）言之，耆、耄、耋、壽、耇，老也。又耇、壽、耄、耋、耆可同謂之老，老亦可同謂之耆，往來皆通，故曰轉注，總而言之也。

徐氏乃以《爾雅》解釋字義之法說明轉注，認爲同部義同者即爲轉注。厥後清・戴震、段玉裁、王筠、黃式三、張度、胡琨、孫星衍、胡韞玉等皆因之而衍爲互訓一派，實皆有取於《爾雅》也。

二、互訓說起於戴震、段玉裁

自徐鍇以《爾雅》釋字之法說轉注後，清・戴震又有互訓即轉注之說，而其亦由《爾雅》發端也。戴氏〈答江愼修先生論小學書〉云：

> 考、老二字屬諧聲會意者，字之體；引之言轉注者，字之用。轉注之云，古人以其語言立爲名類，通以今人語言，猶曰互訓云爾。轉相爲注，互相爲訓，古今語也。《說文》於考字訓之曰老也，於老字訓之曰考也，是以敘中論轉注舉之。《爾雅・釋詁》有多至四十字共一義，其六書轉注之法歟？別俗異言，古雅殊語，轉注而可知，故曰建類一首，同意相受。……由是之於用，數字共一用者，如初、哉、首、基之皆爲始，卬、吾、台、予之皆爲我，其義轉相爲注曰轉注。

戴氏之意，謂《爾雅》多字共一義，互相爲訓，又轉相爲注，《爾雅》釋字之法，即是轉注，即是互訓也。

戴震以《爾雅》爲互訓，並據以言轉注之說出，段玉裁氏述其意最詳，段氏《說文解字注》云：「轉注，猶言互訓也。注者，灌也，數字展轉，互相爲訓，如諸水相爲灌注，交輸互受也。轉注者，所以用指事、象形、形聲、會意四種文字者也，數字同義，則用此字可，用彼字亦可。漢以後釋經謂之注，出於此，謂引其義使有所歸，如水之有所注也。」

又云：

建類一首，謂分立其義之類而一其首，如《爾雅・釋詁》第一條說始是也。同意相受，謂無慮諸字意恉略同，義可互受相灌注，而歸於一首，如初、哉、首、基、肇、祖、元、胎、俶、落、權輿，其於義或近或遠，皆可互相訓釋，而同謂之始是也。獨言考、老者，其顯明親切者也。老部曰：老者，考也；考者，老也。以考注老，以老注考，是之謂轉注。……但類見於同部首易知，分見於異部者易忽，如人部：但，裼也；衣部：裼，但也之類；學者宜通合觀之。異字同義，不限於二字，如裼、嬴、裎皆曰但也，則與但爲四字；窒、窴皆曰窒也，則與窒爲三字是也。

又云：

轉注之說，晉・衛恆、唐・賈公彥、宋・毛晃皆未誤，宋後乃異說紛然，戴先生〈答江慎修書〉正之，如日月出矣，而爝火猶有思復然者，由未知六書轉注、假借二者，所以包羅自《爾雅》而下一切訓詁音義，而非謂字形也。

段氏承戴震之說，謂建類一首，即分立其義之類而一其首，如《爾雅・釋詁》之說「始」是；而同意相受，即無慮諸字意恉略同，義可互相灌注，而歸於一首，如《爾雅・釋詁》：初、哉、首、基、肇、祖、元、胎、俶、落、權輿既可互相訓釋，而又同謂之「始」，此即是互訓，即是轉注。

戴、段二人取《爾雅》以說轉注，即是清儒由研究《爾雅》所引出之學，雖後人於互訓之說，多有駁辨，然自乾、嘉以來，說轉注者，即以此派爲首要。

三、同於戴震之互訓說

戴、段之後，贊同《爾雅》互訓即是轉注之說者眾，如王筠、黃式三、張度、胡琨、金鉞等皆力暢其說。王筠《說文釋例》云：

建類者：建，立也；類，猶人之族類也。如老部中字：耄、耋、耆、壽，皆老之類，故立老字爲首，是曰一首。乃諸字皆以老爲義，而耆字直說之曰老也，與考下云老也同詞，但不云老耆而云考老者，則以其同意而非相受也，老下云考也，考下云老也，始爲相受矣。

> 何爲其非相受也？老即耆，耆非即老，故不能相受。若老者，考也，父爲考，尊其老也；然考有成義，謂老而德業成也。「永錫難老」，「考槃在澗」，則不可互用。是知以老注考，以考注老，其義相成，故轉相爲注，遂爲轉注之律令矣。《說文》分部，原以別其族類，如譜系然；乃字形所拘，或與譜異。……是以虋、芑皆嘉穀，而字既從艸，不得入於禾部也；荆、楚本一木，而荆不得入林部，楚不得入艸部也。故同意相受者，或不必建類一首矣。

又云：

> 要而論之：轉注者，一義而數字；……何爲其數字也？語有輕重，地分南北，必不能比而同之。……故老從人毛匕，會意字也；考從老省·丂聲，形聲字也。則知轉注者，於六書中觀其會通也。

按王氏別考、老與老、耆，一爲相受、一爲非相受，稍涉牽強外，要之亦以一義數字，轉相爲注爲轉注也。

黃式三〈對朱氏轉注問〉云：

> 轉注之例，有取建類一首者，如「璙，玉也」、「瓘，玉也」，以部首一類注之也。有取同意相受者，如「戈，槩也」、「槩，戈也」，以意之同者注之也。若建類一首，復同意相受者，如「老，考也」、「考，老」是也。《說文》本明，後儒自不思耳。……近戴氏東原、段氏懋堂，以轉注爲訓詁之互注，其說不可易。

張度《說文解字索隱·轉注解》云：

> 如轉注必欲執一首之形，建類之誼，諧聲之聲，三者全而意相受，而後謂之轉注，《說文》一書，無幾字矣。……然則若之何則可？愚謂知其例以會其通，斯可矣。何謂知例？許君曰：「建類一首，同意相受」，此轉注本原之例也。何謂會通？如「箂、莿」，「莿、箂」；「蓾、菖」，「菖、蓾」；「蔆、芰」，「芰、蔆」；「裼、但」，「但、裼」；或聲或意，皆不外本原之例也。如「論、議」，「議、語」，「語、論」，轉而遠之，遠而環之之爲注也。如「早、晨也」，「晨、早昧爽也」；「梡、棞木薪也」，「棞、梡木未析也」；以意相成之爲轉注也。如齊人謂芋曰莒，秦人謂筥曰籍，同時異地異字，「芋、莒」「筥、稍」一誼之爲轉注也。如齊謂梠爲檐，又謂梠爲户，同時同地異字，「梠」「檐」「户」一誼之爲轉注也。上古爲自，後世爲鼻；上古爲乞，後世爲

燕；古今同物異字，「自、鼻」「乙、燕」一誼之爲轉注也。要而論之；字者孳也，孳生日多，轉注日廣。

按張氏所謂之「會通」，即戴震所謂之「互訓」也。

胡琨《六書假借轉注說》云：

近世通人錢大昕、戴震、段玉裁先後稽考，證以訓詁，始得叔重之本義，而段氏學尤邃。其說以爲異字同義爲轉注。……轉注即訓詁，一字反覆相訓爲轉注；數字合爲一訓，亦轉注也。考訓老，老訓考，亦其顯者耳。

金鉞言《六書義例》云：

轉注者，建類一首，同意相受，即異字同義曰轉注。有轉注，而數字可一義也。何爲其數字也？語有輕重，地分南北，必不能比而同之，取其地方言而制以爲字，取足達其意而已。古人用字，貴時不貴古，《尚書》用「茲」，《論語》用「斯」，《孟子》用「此」，時不同也；聿、筆、弗、不律，地不同也；皆取其入耳即通也。推之周人言山必「南山」，衛人言水必「淇水」，豈以遠稱博引爲豪哉？是故轉注者，於六書中，觀其會通也。

金氏之說，蓋本之王筠、張度而加詳，亦是互訓之言也。

互訓派取《爾雅》以說轉注，在清代，僅有江聲之部首派足與匹敵，〔註 3〕然戴氏之說，有段玉裁《說文注》，王筠《說文釋例》暢導，其說之傳播尤爲普遍。是乾、嘉以來，論轉注者，固以互訓派爲最有力，而其立論，實源出《爾雅》矣。

按互訓派之說轉注，論者以爲互訓乃後起訓詁之學，無當於字例之條，且其所謂《爾雅》皆轉注，與許書建類一首之恉不合，駁之者遂眾。林尹《文字學概說》則持論較允：

戴、段都以互訓爲轉注，就是徐鍇「往來皆通」的意思。他們三人都以《爾雅》解釋字義的方法來比附轉注。對於轉注與假借的不同，徐氏用「一義數文」「一字數用」來分別；段氏用「異字同義」「異義同字」來分別，也完全相同。現在，我們試問：互訓是否就是轉注呢？就廣義的轉注來說，可以說是對的。不過就六書的轉注來說，互訓是「異字同義」；轉注於「異字同義」之外，還要在聲音方面「同

〔註 3〕參胡樸安《中國文字學史》，第三編〈文字學後期時代（清）〉。

一語根」。

是戴氏之互訓，可當於廣義之轉注也。夫六書中，轉注、假借之說，最爲紛紜。互訓派取《爾雅》以說轉注，究其得當否，又駁之者其說爲何，以無關本文之旨，略而不論。要之戴、段而下，由《爾雅》發端，以釋轉注，蔚爲文字學史之要題，誠是清代《雅》學之一大盛事矣。

第二節　釋詞之學

一、《爾雅》爲詞典之祖

《爾雅》爲我國古代詞典之先河，首創以內容性質分類釋詞之體例。今本十九篇，即依類而分。邢昺《疏》「〈釋詁〉」曰：「釋，解也；詁，古也；古今異言，解之使人知也。」謂「〈釋言〉」乃通釋古今方言之異同；「〈釋訓〉」乃「以物之事義形貌告道人」。〔註 4〕明・趙宧光則謂通古合今曰〈釋詁〉；以今合古曰〈釋言〉；釋其所釋曰〈釋訓〉。〔註 5〕

邢、趙二人所言略同，惟所解不免籠統。概括而言，「釋詁」羅列古語，解以今言，其要在於說古語，故曰「釋詁」，如「如、適、之、嫁、徂、逝，往也」，「如、適、之、嫁、徂、逝」，乃古代一組同義詞，皆方言俗語，「往」則是當時通語，用以解釋。邢昺《疏》云：「自家而出謂之嫁，猶女而出爲嫁也；逝，秦、晉語也；徂，齊語也；適，宋、魯語也；往，凡語也。」凡語蓋即通語也。

〈釋言〉則或以今言釋今言，或以古語證今言，或以通語釋方言。如「饙、餾，稔也」，郭《注》云：「今呼餐爲饙，饙熟爲餾。」饙、餾、稔皆爲熟意，以稔釋饙、餾，皆爲今語。又「斯、誃，離也。」斯、誃乃齊、陳方言，與分離之離意同，古今皆用。是〈釋言〉一篇之要，在於通語言古今之變，故曰「釋言」。

〈釋訓〉一篇則以解釋形貌、狀態爲主，所收以疊詞爲多，如「明明、斤斤，察也。」狀人心性聰敏，觀察細緻；「穆穆、肅肅，敬也。」狀人儀容恭謹；「桓桓、烈烈，威也。」狀人神態嚴猛；「溞溞，淅也。」狀淘米聲；「烰

〔註 4〕邢昺語，見《爾雅・釋詁、釋訓》題下《疏》。

〔註 5〕趙宧光說，見清・桂馥《札樸》卷三〈覽古〉，「釋詁、釋言、釋訓」一節引。

烰，烝也。」狀氣出之盛，皆爲疊詞；然亦釋一般語詞，如「朔，北方也。」「暴虎，徒搏也。」「馮河，徒涉也。」皆一般用語。

〈釋詁〉、〈釋言〉、〈釋訓〉三篇，爲普通詞典。它如〈釋親〉、〈釋宮〉、〈釋器〉、〈釋樂〉四篇，乃解釋人事名稱者；〈釋天〉一篇解釋天文名稱；〈釋地〉、〈釋丘〉、〈釋山〉、〈釋水〉四篇，解釋地理名稱；〈釋蟲〉、〈釋魚〉、〈釋鳥〉、〈釋獸〉、〈釋畜〉五篇，解釋動物名稱；〈釋草〉、〈釋木〉解釋植物名稱。此〈釋訓〉以下十六篇，可謂百科名詞之詞典，無所不包，其分類歸宗以排列材料之法，爲後代詞典、類書等導夫先路，誠是中國詞典之祖。

二、釋詞之學肇於《爾雅》

釋詞之學，由清儒發端，漢以來未有，而清儒據以發端者，即《爾雅》。王引之《經傳釋詞・自序》曰：

> 語詞之釋，肇於《爾雅》。「粵」、「于」爲「曰」，「茲」、「斯」爲「此」，「每有」爲「雖」，「誰昔」爲「昔」：若斯之類，皆約舉一隅，以待三隅之反。蓋古今異語，別國方言，類多助語之文。凡其散見於經傳者，皆可比例而知；觸類長之，斯善式古訓者也。
>
> 自漢以來，說經者宗尚《雅》訓，凡實義所在，既明箸之矣，而語詞之例，則略而不究；或即以實義釋之，遂使其文扞格，而意亦不明。如「由」，用也；「猷」，道也：而又爲詞之「於」。若皆以「用」與「道」釋之，則《尚書》之「別求聞由古先哲王」，「大誥猷爾多邦」，皆文義不安矣。……凡此者，其爲古之語詞，較然甚箸。揆之本文而協，驗之他卷而通。雖舊說所無，可以心知其意者也。引之自庚戌歲入郡，侍大人質問經義，始取《尚書》廿八篇紬繹之，而見其詞之發句、助句者，昔人以實義釋之，往往詰籟爲病；竊嘗私爲之說，而未敢定也。及聞大人論《毛詩》「終風且暴」、《禮記》「此若義也」諸條，發明意恉，渙若冰釋，益復得所遵循，奉爲稽式，乃遂引而伸之，以盡其義類。自《九經》、《三傳》及周、秦、西漢之書，凡助語之文，徧爲搜討，分字編次，以爲《經傳釋詞》十卷，凡百六十字。

訓詁之學，至清・王念孫、王引之父子，可謂臻於成熟之境。王引之《經傳釋詞》，尤爲清釋詞之學之代表。釋詞之學，蓋以虛詞爲主，而王氏所以究虛詞之用者，即有見於《爾雅》之釋詞也。蓋《爾雅》言「粵」、「于」爲「曰」；

「茲」、「斯」爲「此」，〔註6〕皆約舉一隅，其散見於經傳者，則待三隅之反，比例而知，斯爲善式古訓。然漢以來，說經者宗《爾雅》之訓，實義可知，語詞之釋則略而不究，以實義說虛詞，遂於經傳扞格不通。王氏有見於此，即以虛詞爲究，自《九經》、《三傳》、周、秦、西漢之書，徧收虛詞，分字編次，而爲《經傳釋詞》十卷，既不負《雅》訓，於經義扞格處，亦可渙然冰釋矣。

《經傳釋詞》阮元〈序〉亦曰：

> 經傳中實字易訓，虛詞難釋。《顏氏家訓》雖有〈音辭篇〉，於古訓罕有發明，賴《爾雅》、《說文》二書，解說古聖賢經傳之詞氣，最爲近古。然《說文》惟解特造之字，而不及假借之字。《爾雅》所釋未全，讀者多誤，是以但知「攸」訓「所」，而不知同「迪」；但見「言」訓「我」，而忘其訓「閒」。雖以毛、鄭之精，猶多誤解，何況其餘！

阮氏所謂攸同於迪者，蓋攸與由同，由、廸古音相轉，廸音如滌，滌之從攸，笛之從由，皆是轉音，故迪、攸音近也。〔註7〕又〈釋詁〉：「言，閒也。」，言訓閒者，即詞之閒也。〔註8〕阮氏以爲釋詞氣者，《爾雅》、《說文》爲近古，然後世多誤解，虛詞之義遂晦。由王、阮二氏之言可知，釋詞之學，由清儒發端，而其所肇始，實由《雅》訓而來也。

三、《經傳釋詞》與《助字辨略》

《經傳釋詞》爲清代釋詞學之代表，由前引王氏〈自序〉，可知其撰述之動機與內容大要。茲先舉二例以明其釋詞之內容：

卷二「猶」：

> 《禮記・檀弓注》曰：「猶，尚也。」常語也。
>
> 《詩・小星傳》曰：「猶，若也。」亦常語也。字或作「猷」。《爾雅》曰：「猷，若也。」「猶」爲「若似」之「若」，又爲「若或」之「若」。《禮記・內則》曰：「子弟猶歸器，衣服、裘、衾、車馬，則必獻其上，而後敢服用其次也。」鄭《注》曰：「猶，若也。」襄十年《左

〔註6〕〈釋詁〉文。
〔註7〕阮氏按語。
〔註8〕阮氏按語。

傳》曰：「猶有鬼神，於彼加之。」言若有鬼神也。

猶，猶「均」也。物相若則均，故猶又有均義。襄十年《左傳》曰：「從之將退，不從亦退；猶將退也，不如從楚。亦以退之。」「猶將退」，均將退也。《論語・堯曰篇》曰：「猶之與人也，出內之吝，謂之有司。」「猶之與人」，均之與人也。〈燕策〉：「柳下惠曰：「苟與人異，惡往而不黜乎？猶且黜乎，寧於故國爾。」」「猶且黜」，均將黜也。《詩・陟岵》曰：「猶來無止。」《傳》曰：「猶，可也。」字或作「猷」。《爾雅》曰：「猷，可也。」

此謂猶即尚，即若，即均，即可之意也。又：

卷五「苟」：

苟，誠也。《論語・里仁篇》：「苟志於仁矣。」是也。常語也。

苟，且也。《論語・子路篇》：「苟合矣，苟完矣，苟美矣。」是也。亦常語。

苟，猶「但」也。《易・繫辭傳》曰：「苟錯諸地而可矣，藉之白茅，何咎之有？」言但置諸地而已可矣，而必藉之以白茅，謹愼如此，復何咎之有乎？桓五年《左傳》曰：「苟自救也，社稷無隕多矣。」襄二十八年《傳》曰：「小適大，苟舍而已，焉用壇？」「苟」字竝與「但」同義。苟，猶「若」也。《易・繫辭傳》曰：「苟非其人，道不虛行。」

苟，猶「尚」也。《詩・君子于役》曰：「君子于役，苟無飢渴。」言尚無飢渴也。襄十八年《左傳》：「晉侯伐齊，將濟河，中行獻子禱曰：「苟捷有功，無作神羞。」」言尚捷有功也。《墨子・耕柱篇》曰：「季孫紹與孟伯常治魯國之政，不能相信，而祝於藂社曰：「苟使我和，」是猶弇其目而祝於藂社曰：「苟使我皆視，」豈不繆哉？」言尚使我和，尚使我視也。

此則謂苟猶誠、猶且、猶但、猶若、猶尚，意皆可通也。

錢熙祚於《經傳釋詞・跋》中，嘗列舉王氏釋詞之法六種如下：

（一）有舉同文以互證者

如據隱六年《左傳》「晉、鄭焉依」，〈周語〉作「晉、鄭是依」，證「焉」之猶「是」。據莊二十八年《左傳》「則可以威民而懼戎」，〈晉語〉作「乃可以威民而懼戎」，證「乃」之猶「則」。

（二）有舉兩文以比例者

如據〈趙策〉「與秦城何如不與」，以證〈齊策〉「救趙孰與勿救」，「孰與」之猶「何如」。

（三）有由互文而知其同訓者

如據〈檀弓〉「古者冠縮縫，今也衡縫」，《孟子》「無不知愛其親者，無不知敬其兄也」，證「也」之猶「者」。

（四）有即別本以見例者

如據《莊子》「莫然有間」，《釋文》本亦作「爲間」，證「爲」之猶「有」。

（五）有因古注以互推者

如據宣六年《公羊傳》何《注》「焉者於也」，證《孟子》「人莫大焉無親戚君臣上下」之「焉」亦當訓「於」。據《孟子》「將爲君子焉，將爲小人焉」，趙《注》「爲，有也」，證《左傳》「何福之爲」、「何臣之爲」、「何衞之爲」、「何國之爲」，諸「爲」字皆當訓「有」。

（六）有采後所引以相證者

如據《莊子》引《老子》「故貴以身於天下，則可以託天下，受以身於天下，則可以寄天下」，證「於」之猶「爲」。據顏師古引「鄙夫可以事君也與哉」，李善引「鄙夫不可以事君」，證《論語》「與」之當訓「以」。

此六種釋詞之法，實即王氏據以分析一百六十個虛詞之根據，而清代言訓詁方法者，至此始得完備。

梁啓超嘗曰：「這十卷書，我們讀起來，沒有一條不是渙然冰釋，怡然理順，而且可以學得許多歸納研究方法，眞是益人神智的名著。」〔註9〕胡適之於〈清代學者的治學方法〉一文中，更詳細說明其釋詞方法：

> 清代講訓詁的方法，到王念孫、王引之父子兩人，方才完備，二王以後，俞樾、孫詒讓一班人都跳不出他們兩人的範圍。王氏父子所著的《經傳釋詞》，可算是清代訓詁學家所著的最有系統的書，……古人注書，最講不通的，就是古書裏所用的虛字，虛字在文字上的作用最大，最重要。古人沒有文法學上的名詞，一切統稱爲虛字（語詞、語助詞等等），已經是很大的缺點了。不料有一些學者，竟把這

〔註 9〕《中國近三百年學術史》。

些虛字當作實字用，如「言」字在《詩經》裏常作「而」字或「乃」字解，都是虛字，被毛公、鄭玄等解作代名詞的「我」，便是講不通了。王氏的《經傳釋詞》，全用歸納的方法，舉出無數的例，分類排比起來，看出相同的性質，然後下一個斷案，定他們的文法作用。

梁、胡二人對《經傳釋詞》推崇備至。然《經傳釋詞》也非全無缺點，馬建忠《馬氏文通》、裴學海《經傳釋詞正誤》，皆有批評，〔註 10〕而錢熙祚之〈跋〉則曰：

雖間有武斷，而大體淹貫，不失為讀經之總龜。好學深思之士，得是書而益推明之，其於經義，或匙至於詰鞫難通也哉！

錢氏之言，誠允論也。

清代《釋詞》之學，尚有一部劉淇之《助字辨略》，成就極高。其實《助字辨略》之成書，較之《經傳釋詞》，早約百年，眞正開創釋詞之學者，當是《助字辨略》，而非《經傳釋詞》。〔註 11〕

劉淇《助字辨略・序》曰：

構文之道，不過虛字、實字兩端，實字其體骨，而虛字其性情也。蓋文以代言，取肖神理，抗墜之際，軒輊異情，虛字一乖，判於燕、越，柳柳州所由發哂于杜溫夫者邪！且夫一字之失，一句為之蹉跎，一句之誤，通篇為之梗塞，討論可闕如乎！蒙愧顓愚，義存識小。聞嘗博求眾書，捃拾助字，都為一集，題曰《助字辨略》，……凡是剌舊詁者十七，參臆解者十三，班諸四聲，因以為卷。

由劉氏〈自序〉可知，王引之《經傳釋詞》之體例內容，實略同於此書。王氏之詁訓雖益精密於劉氏，然創始之功，實不得不推劉淇也。

劉氏〈自序〉，嘗說明其訓釋之方法有六：

（一）正訓：如「仁者人也」、「義者宜也」是也。

（二）反訓：如「故」訓「今」、「方」訓「向」是也。

（三）通訓：如「本猶根也」、「命猶令也」是也。

〔註 10〕《馬氏文通》：「古書中為字有難解者，釋詞諸書，只疏解其句義耳，而為字之眞解未得。」《經傳釋詞正誤》：「《經傳釋詞》之詁義雖精，而失誤亦所不免。」

〔註 11〕梁任公《中國近三百學術史》，曾謂《助字辨略》成書於康熙初年，約當西曆 1671 年左右，《經傳釋詞》成書於嘉慶三年，當西曆 1798 年。錢泰吉《曝書雜記》，謂劉書刊於康熙五十年，當西曆 1711 年，王書刊於嘉慶二十四年，當西曆 1819 年。

（四）借訓：如「學之爲言效也」、「齊之爲言齊也」是也。

（五）互訓：如「安」訓「何」、「何」亦訓「安」是也。

（六）轉訓：如「容」有「許」義，故訓「可」，「猶」有「尚」義，故訓「度幾」是也。

在釋詞方法上，劉氏確不及《經傳釋詞》之完備精密，然劉書耳於王書百年，於釋詞學發端之時，亦是有其特點的。胡楚生《訓詁學大綱》一書，嘗評劉書之得失，綜其言，劉書蓋有三善：一曰材料豐富、二曰採用俗語、三曰解釋精審；而劉書亦有三失：一曰體裁未能統一完善、二曰引書未能盡從其溯、三曰解釋虛詞每有錯誤。

《經傳釋詞》於體例，內容上，皆較《助字辨略》嚴謹精密，然劉淇《助字辨略》仍有其不可磨滅之價値，劉毓崧《助字辨略・跋》曰：「此則草創之濶疏，不及大成之美備，然後來雖云居上，而先覺終不可忘。」楊樹達《助字辨略・跋》亦曰：「劉氏生於清學初啓之時，篳路藍縷，其功甚鉅。」劉、楊二人之言亦是至論矣。

按自劉淇作《助字辨略》，而王引之作《經傳釋詞》，以「語詞之釋，肇於《爾雅》」發端以來，清儒釋詞之專著遂多，如孫經世之《經傳釋詞補》與《再補》、吳昌瑩《經詞衍釋》、俞樾之《古書疑義舉例》等並皆有功，於是清儒《爾雅》訓詁學中，遂支出一別派，即釋詞之學。釋詞之學厥後又發展爲文法學、修辭學，距《爾雅》之學已遠，然其肇始，亦起於王氏之究《爾雅》也。《爾雅》爲釋詞之祖，至清儒續其未備，由虛詞入手，衍爲訓詁之大業，實亦可謂清代《爾雅》學之盛事也。

第三節　名物考證之學

一、《爾雅》爲名物考證之資

清代樸學，猶有一事不可忽之者，即名物考證是也。古人著書，非憑空虛構，其所紀之名物，皆當時入之於目而能識，出之於口而能通，而爲普通之言語。迨歲月遞更，言語之流變日急，名物之異稱遂多，若終軍之對鼮鼠、盧若虛之辨鼫鼠、江南進士之問天雞、劉原父之識六駮。〔註12〕可見古今名物之異

〔註12〕俱見王應麟《困學紀聞》卷八〈小學〉。

稱，有足資考證者矣。

古今名物之異稱，《爾雅》而外，《說文》、《廣雅》、《釋名》、《方言》所載，多不可勝數，而《爾雅》一書所載，尤足爲考證之助。郭璞《爾雅注・序》嘗曰：「若乃可以博物不惑，多識於鳥獸草木之名者，莫近於《爾雅》。」而鄭樵《爾雅注・序》亦曰：

> 何物爲《六經》？集言語、稱謂、宮室、器服、禮樂、天地、山川、草木、蟲魚、鳥獸而爲經。以義理行乎其間而爲緯。一經一緯，錯綜而成文，故曰《六經》之文爾雅，謂言語、稱謂、宮室、器服、禮樂、天地、山川、草木、蟲魚、鳥獸之所命不同，故爲之訓釋……不得釋則惑，得釋則明。若曰關關雎鳩，在河之洲，不得釋，則人不知雎鳩爲何禽、河州爲何地。

蓋物名有雅、俗，有古、今，《爾雅》一書，爲通雅俗、古今之名而作，其通之也，謂之釋，釋雅以俗，釋古以今，聞雅名而不知者，知其俗名，斯知雅矣。聞古名而不知者，知其今名，斯知古矣。觀郭、鄭之言，名物之考證，《爾雅》實爲重要之書矣。

清儒孫星衍嘗謂《爾雅》所紀，皆《周官》之事。其爲錢坫《爾雅釋地四篇注》所作〈後序〉曰：

> 《爾雅》所紀，則皆《周官》之事也。〈釋詁〉、〈釋言〉、〈釋訓〉，則誦訓掌道方志，以詔觀書，及訓方氏掌誦四方之傳道也。〈釋親〉則小宗伯掌三族之別，以辨親疏。〈釋宮〉亦小宗伯掌辨宮室之禁也。〈釋器〉其繩罟謂之九罭云云，則獸人掌罟田獸，辨其名物。肉曰脫之云云，則內饔辨體名肉物。黃金謂之璗云云，則職金掌凡金玉錫石之戒令，辨其名物之微惡。金鏃翦羽謂之鍭云云，則司弓矢掌六四拏八矢之灋，辨其名物也。珪大尺二寸謂之玠云云，則典瑞掌王瑞玉器之藏，辨其名物。一染謂之縓云云，則典絲掌絲入而辨其物也。〈釋樂〉則典同掌六律六同之和，以辨天地四方陰陽之聲也。〈釋天〉則眡祲掌十煇之灋，以觀妖祥，辨吉凶。又保章氏掌天星，以志星辰日月之變動，以辨其吉凶，又甸祝、詛祝之所掌也。其旌旗則司常掌九旗之物名、巾車掌公車之政，辨其旗物而等敘之也。〈釋地〉、〈釋丘〉、〈釋山〉、〈釋水〉，則大司徒以天下土地之圖，周知九州之地域，廣輪之數，辨其山林、川澤、邱陵、墳衍、原隰之名物。

〈職方〉氏掌天下之圖，以掌天下之地，辨其邦國、都鄙、四夷、八蠻、七閩、九貉、五戎、六狄之人民，與其財用。又山師、川師、邍師之所掌也，〈釋草〉以下六篇，亦大司徒以土宣之灋，辨十有二土之名物。山師、川師，辨其物與其利害，而頒之于邦國，使致其珍異之物。又土訓道地慝，以辨地物，而原其生，以詔地求也。又倉人掌辨九穀之物，龜人掌六龜之屬，各有名物皆在也。〈釋畜〉則庖人掌其六畜、六獸、六牲，辨其名物。其馬屬，則校人掌王馬之政，辨六馬之屬。雞屬，則雞人掌其雞牲，辨其名物也。

《爾雅》所紀是否必爲《周官》之事，此無庸置言。然由孫氏之序，可見《爾雅》一書，包羅名物制度至廣，上至天文，下至地理，無所不包，確可供名物考證之資矣。

二、程瑤田之名物考證

清儒於治《爾雅》之中，取一名一物以疏通證明。訂譌補缺者，頗不乏其人，古今名物之考證，成就頗有可覘。其中程瑤田氏之考證，有近世注疏家所不及者，而其成績，亦有出於《爾雅》之外者，於清世名物考證之學中，極爲特出。

程氏著有《釋宮小記》、《釋草小記》、《釋蟲小記》、《九穀考》、《果贏轉語》等五書。《釋宮小記》所以補《爾雅》之〈釋宮〉也，〈釋宮〉一篇，文字簡古，後世不見古時之宮室，不僅制度不詳，即名稱亦往往移易。程氏博考群書，求睹文字、聲韻之原，確定棟梁本義，棟宋之半在上者，楣宋之半在下者；梁其楣之廇者也，以是知今之所謂棟，極之橫材也；今之所謂梁，枅之正材也。以今釋古，極爲有用。其它諸釋，亦皆精確不移。

《釋草小記》，亦《爾雅・釋草》之餘。其實驗則爲近世注疏家所不及。植物之學，在於目驗，《釋草小記》十餘篇，大抵皆取證於目驗。如黎，取證山西農人之說，識一種葉小無定形，或橢、或圓、或收、或闕者爲落黎；一種高八、九尺，有紅心或白心者爲灰藋，又取證奚童之說，識細葉爲落黎之別一種。釋荼取證野人之說，識苦蕒即〈月令〉之苦菜。雖非自己目驗，亦猶之目驗也。至于釋芸，乃蒔一本于盆盎中，觀其枝葉之變化，後人求之山徑間，驗其拆甲與未拆甲之花胎，以正《夏小正》之言。與今日采標本爲植物之研究者，同一方法。其他名詞之考證，亦皆匯萃眾說，互求其是。

《釋蟲小記》，亦《爾雅・釋蟲》之餘。《釋蟲小記》共五篇，其〈螟蛉蜾蠃異聞記〉一篇，辨釋極析，不僅以聲音、訓詁相推求，而尤注重于目驗，其言曰：「陳言相因，不如目驗，物類感化，誠亦有然。以目驗知螟蛉、果蠃非一物。」〈鶌鷧吐雛辨〉一篇，取證漁人之言，知鶌鷧亦能生卵，吐雛之說不可信。事事物物，取證于目驗，程氏之學所以精也。

《九穀考》，亦所以補《爾雅》之缺。按《爾雅・釋草》，九穀俱載，獨于麥不載來麰，而載雀麥、燕麥。程氏于麥，釋來爲小麥，麰爲大麥，雖尚有缺略，以待後人，（寶應・劉寶楠有《釋穀》四卷，本程氏之說，于豆、麥、麻三者，徵引尤富。）已足補《爾雅》之缺。其辨別禾、黍、稷三穀，最爲詳實，餘姚・邵晉涵著《爾雅正義》，猶沿舊說，以粢稷、眾秫，爲今之小米，以秬、墨黍，爲今之高梁。程氏嘗致書論之，邵氏不從，是邵氏不以程氏之說爲然，然程氏之釋禾、黍、稷之穀。劉寶楠則認爲最精確者也。

《果蠃轉語》，釋雙聲、疊韻之轉，亦《雅》之類也。凡草木鳥獸魚蟲之名，絕代別國之異語方言，由經典之所載，以至俚巷之歌謠，苟爲雙聲、疊韻之轉者，無不觸類旁通。王石臞稱《果蠃轉語》，爲訓詁家未嘗有之書，亦不可無之書，其推崇至矣。

程氏所撰諸篇，有不盡關於《爾雅》者，然可詮解《爾雅》者爲多。其考證之法，簡而言之：一曰以今釋古，以古視今；二曰求於聲音通轉，文字假借；三曰求於實驗；四曰求於目驗。程氏之實驗，尤爲特出，如考芄蘭一篇，敘其實驗之經過，不惟先經目驗，又於山中尋芄蘭觀察之，歷時年餘，其間變化，一一記載。不僅可直證於載籍之間，其考證經過，實已近於現代之植物學矣。又《釋草小記》中，論諸物稱名時，程氏曰：「或以形似，或以氣同，相因而呼，大率不可爲典要，而其埶有不得不相借者，觀書者於此，眼當如月，罅陳畢照，其旨蓋亦微矣。」此說蓋以爲物名之稱，常因形似或音近等，相轉借用，相因而呼。此雖不得物名之實，然其實物類難狀，亦是不得已也。故吾人求於名物考證，當細分其別，詳究其異，可破其相借之名矣。程氏此論至精，持此觀念，則《爾雅・釋草》以下七篇之物名，不難解矣。

程氏所考，源於《爾雅》名物，然不盡關《爾雅》處，時有至論。如《釋蟲小記》云：

> 簡策之陳言，固有存人口中之所亡；而其在人口中者，雖經數千百年，有非兵燹所能劫，易姓改物所能變，則其能存簡策中之所亡者，

亦固不少。

此說乃以今世方言本之古代，明乎此，則今語之名物皆有所從來，即今語之訓詁，亦無不有所從來。程氏此說，由考《爾雅》物名而發，然又溢於《爾雅》，直言訓詁，是程氏之名物考證學，出於《爾雅》，而其勳績又不獨專在《爾雅》矣。

三、清儒其它之名物考證

清儒考釋一名一物之書甚夥，並皆《雅》學之流，其中除前述程瑤田外，較重要者如：

王念孫之《釋大》。《釋大》者，專釋一大字之義也。「大」之訓詁。《爾雅》中有三十九字，自《爾雅》以下，《小爾雅》六字、《廣雅》五十八字、《毛詩傳義類》五十字、《拾雅》九十字，可謂備矣。〔註 13〕王氏之《釋大》，則搜輯「岡」、「公」、「康」、「勍」、「碆」、「眼」、「吳」、「王」、「㐬」、「宏」等一百七十六字，再由此一百七十六字，展轉孳乳。其所釋，如岡，山脊也，亢，人頸也，二者皆有大義，故山脊謂岡，亦謂之嶺，人頸謂之領，亦謂之亢；疆謂之剛，大繩謂綱，特牛謂之犅，大貝謂之魧，大瓮謂之瓬，其義一也；岡、勁一聲之轉，故疆謂之剛，亦謂之勁，領謂之頸，亦謂之亢。由岡之一字，孳乳爲「亢」、「嶺」、「領」、「綱」、「剛」、「犅」、「魧」、「勁」、「頸」、「瓬」十字，則一百七十六字之孳乳，使牙、喉諸母之字，得以大備，並由此知，牙、喉母之字，皆有大之義，此實又聲韻學、語言學上之事矣。

成蓉鏡之《釋祭名》、《釋飯鬻》。《釋祭名》者，釋祭之異名也，其所考，凡祭之名有「郊」、「享」、「旅」、「類」、「宜」、「造」、「有事」、「燔柴」、「浮沈」、「瘞埋」、「庪縣」、「布」、「磔」、「朝」、「夕」、「雩」、「禜」、「社」、「望」、「禘」、「祫」、「祠」、「礿」、「嘗」、「蒸」、「釋奠」、「釋菜」、「蜡」、「臘」、「禡」、「伯」、「禱」、「軷」、「奠」、「虞」、「卒哭」、「成事」、「祔」、「小祥」、「大祥」、「禫」、「繹」、「肜」、「復胙」、「祓」等。同一奠，則有「始死奠」、「小斂奠」、「大斂奠」、「朝夕奠」、「設祖奠」、「大遣奠」之異，此等之祭名，雖已不用於現代，然頗可以考古時制度也。

《釋飯鬻》者，釋飯鬻之類及異名也。飯之類有「餈飯」「麥飯」「雜飯」

〔註 13〕字數之統計，見胡樸安《中國訓詁學史》第一章〈爾雅派之訓詁〉。

「乾飯」及「水澆飯」等。同一乾飯，而有「糒」「糗」「麷」「糈」「䊝」「糜」「粸」「糉」「臬」「麷」「麰」「粉」「粻」「餱」「餈」之異名。鬻之類，有「麥甘粥」「寒粥」「薄粥」「厚粥」等。同一厚粥。而有「饘」「糜」「餰」「粍」「毇」「鬻」「糏」「饟」之異名。成氏博收羣籍，比類記之，雖僅飯鬻一事，而頗可觀也。

孫星衍之《釋人》及葉德輝之《釋人疏證》。《釋人》者，〈釋人〉自胚胎以至手足鬚髮也，孫氏挈六書之菁華，得醫經之綱領；葉德輝爲之疏證，則凡人之一身，皆可由此而得其稱謂之所由也。

此外如莊綬甲之《釋書名》，亦極特殊。《釋書名》有，釋關於書類名稱之稱謂也。八卦結繩而後，書契代興而有文字，自是書名之稱謂日以增多，如書如也、舒也、庶也、箸也、紀也各明一義，所釋不同，皆能言之成理。莊氏之《釋書名》，凡「文」、「字」、「書」、「籀」、「篆」、「隸」、「草」、「行」、「楷」以及「劵」、「契」、「方」、「板」、「策」、「簡」、「札」、「牒」、「篇」、「簿」、「筆」、「紙」、「墨」之類，搜輯群義，貫穿成文，雖非甚精博，要亦可謂「書名小史」。

除前述專書，據本文第四、五章著述考所收，清儒考釋名物者，尚有沈彤之《釋骨》，段玉裁之《釋拜》，任大椿之《釋繒》、洪亮吉之《釋舟》、《釋歲》，宋翔鳳之《釋服》，朱駿聲之《釋廟》、《釋車》、《釋色》、《釋帛》、《釋農具》、《釋詞》，劉寶楠之《釋穀》，鄭珍之《親屬記》，俞樾之《說俞》，王仁俊之《爾雅釋草釋木統箋》，吳倬信之《釋親廣義》，錢繹之《釋大》、《釋小》，孫馮翼之《釋人注》，宋綿初之《釋服》，黃鑫舟之《釋祀》，于鬯之《爾雅釋親宗族考》，觀頮道人之《爾雅歲陽考》，高潤生之《爾雅穀名考》。邵緯之《廣釋親》等，諸家所考，或專就《爾雅》中物名考證，或取於《爾雅》而又溢於《爾雅》，不惟通古今之異言，釋國別之殊語，而物類名實得究，亦可爲讀經典載籍之助，誠可謂清儒治《爾雅》之一大特色也。

第四節　擬《雅》之學

一、清儒擬《雅》之學

擬《雅》者，掇拾古訓，例仿《爾雅》，而以「雅」名者是也，如吳玉搢

《別雅》、朱駿聲《說雅》、史夢蘭《疊雅》之類。按《爾雅》以後有《小爾雅》，《小爾雅》以後有《廣雅》，皆所以廣《爾雅》之所未備，可謂《爾雅》後之二大巨著。惟名物訓詁之散見於群籍者多，終不能搜輯以盡，況庶業綦繁，名物訓詁之隨時增多者，更不可勝數，所以《廣雅》以後，其業日增。至清代，有專搜輯名物之一種者、有專搜輯訓詁之一種者、有專搜輯語詞之一種者、有專搜輯一書中之名物訓詁者、有專搜輯駢字叠字與同聲假借者，更有專搜輯《爾雅》《廣雅》已釋未詳與二《雅》所遺釋者，凡此之類，皆例仿《爾雅》，又有「雅」名，即所謂擬《雅》之學。

清儒之事擬《雅》者，約略分之，則有關乎文字者：如吳玉搢《別雅》，取經籍、史集中字之假借通用者，依韻編次，各注出處，而爲之辨證；朱駿聲《說雅》，依《爾雅》十九篇之次，取《說文》九千三百五十三字義之相近者，各比其類，貫串成書；魏源《蒙雅》，取通行正字，作四字韻語，仿《爾雅》而次之，以供童蒙識字。

有關乎語詞者，如王初桐《西域爾雅》，撮合西域蒙、回、藏諸部譯語，依《爾雅》之例，排比而成，亦揚雄《方言》之類也；史夢蘭《疊雅》，取經典群籍中之叠字，依《爾雅》例，略依類記之。又有關乎訓詁者，如程先甲《選雅》，取《昭明文選》李善《注》，依《爾雅》十九篇之例，依類比附，庶古言古義，藉斯以存。有關乎名物者，如陳榮袞《幼稚》，仿《爾雅》之例，釋古今之名物。

至於補《爾雅》所未備者，如洪亮吉《比雅》，取經、史、子、集之傳注，依類編次，以例遵《爾雅》，因名《比雅》，意在增補《爾雅》之缺漏；夏味堂《拾雅》，摭錄前《雅》詁言，補《爾雅》已釋未詳，缺而無釋者。

上舉諸書，皆其犖犖大者，此外又有如汪曰楨《湖雅》、魏茂林《駢雅訓纂》、李調元《釋雅》、劉燦《支雅》、王初桐《演雅》、陳肇波《釋雅》、譚之虎《鈐雅》、吳采《韻雅》、俞樾《韻雅》等，並皆仿《爾雅》之例而成。夫擬《雅》之學，初不始於清儒，如宋・陸佃《埤雅》，專釋名物，而以「雅」名，已啓其例。其後明・朱謀㙔撰《駢雅》，專收聯唔，〔註14〕方以智撰《通雅》，專言名物訓詁之考證，皆已爲擬《雅》之作。然清以前事擬《雅》之作者，固非多有，且觀前文所述清儒擬《雅》專著，不惟數量多過前代，且內容包羅更富。是擬《雅》雖不始於清儒，然至清儒蔚爲大國也。

〔註14〕二字合爲一詞者。

二、《別雅》、《選雅》、《疊雅》

清儒事擬《雅》之作者，皆各有特色，內容且包羅甚廣。茲舉吳玉搢《比雅》、程先甲《選雅》、史夢蘭《疊雅》爲例，以見清儒之所從事。

（一）《別　雅》

《別雅》五卷，吳玉搢撰。謂之別者，同音而別字者也，即所謂假借也。原名《別字》，王家賁以體例似《爾雅・釋訓、釋詁》，因爲易其名曰《別雅》。王家賁〈序〉云：

> 吾友吳山夫，集經、史傳中字形錯互，音義各別，疑於傳譌承謬者，會萃而訂之。因爲推闡義類，各疏其所以通轉假之故，皆有徵據，名《別字》五卷，洵《六經》、子、史之津逮也。予以其體似《爾雅・釋訓、釋詁》，因易其名曰《別雅》。

是編取經籍、史集中字之假借通用者，依韻編次，各注出處，而爲之辨證。茲援卷首二則，以見全書之梗概：

> 祝誦，祝融也。〈漢武梁祠堂畫象碑〉：祝誦氏無所造爲，未有耆欲，刑罰未施。《隸釋》云：以祝誦爲祝融。按融、誦二字，其可通之蹟，古無可考，或以聲近借用，或漢時經典傳本有如是音，未可知也。
>
> 穹桑，空桑也。《呂覽》：伊尹生於穹桑。《春秋緯》：少昊邑於穹桑，即空桑也。《字彙補》云：今雲南縣名浪穹，土音爲浪空，蓋穹、空二字音近，故或通用。

此書入《四庫》中，《提要》云：

> 是書取字體之假借通用者，依韻編之，各注所出，而爲之辨證，於考古深爲有功。惟是古人用字，有同聲假借，有轉聲變異，有別體重文、同聲轉音，均宜入之此書。至於郊酆一作岐豐之類，則郊乃岐之本字，《說文》云一作岐，實屬重文，偶然別體。《說文》《玉篇》以後，累千盈百，何可勝收！未免自亂其例。又徵引雖博，而挂漏亦夥。即以開卷東、冬二韻覈之，若《大戴禮》一室而有四户八牕，牕即窗。《楚辭・九歎》登逢龍而下隕兮，注古本逢作蓬……。皆目前習見者，仍佚而不載。則推之《儀禮》之古文、《周禮》之故書，及漢人箋注某讀作某之類，一一考之，所漏多矣。然就所徵引，足以通古籍之異同，疏後學之疑滯，猶可以考見漢、魏以前聲音、文

字之概，是固小學之資糧、藝林之津筏，非俗儒剽竊之書所能彷彿也。

《提要》謂其於考古深爲有功，而挂漏不免，然就其所徵引，亦足以通古籍之異同，疏後學之疑滯，猶可以考見漢、魏以前聲音文字之概，是固小學之資糧矣。

（二）《選　雅》

《選雅》二十卷，程先甲撰。選者文選也，是編取《昭明文選》李善《注》，依《爾雅》十九篇之例，依類比附，庶古言古義，藉斯以存也。程氏〈自序〉云：

欲知三代之訓故，則《爾雅》尚已。欲知三代以後之訓故，其道曷由？先甲以爲即三代以後之文章求之而已。《昭明文選》，總集之鼻祖，而文章之巨匯也。上自周、秦，下訖齊、梁，其間作者，類皆湛深訓故，……而崇賢又承其師曹氏訓故之學，作爲注釋，凡夫先師解說、傳記古訓、眾家舊注，咸箸于篇。羣言肴亂折其衷，通用假借貫其指，非惟《爾雅》采至四家，小學之屬蒐至三十有六而已。……是故崇賢之注，一訓故之奇書也。……先甲不揆檮昧，爰擷其注，依《爾雅》體例，述爲是編，庶幾古言古義，萬存二三歟！

是程氏之《選雅》，所以存古言古義也。

李善注《文選》，採用之書，自經、史以下，及乎諸子百家，都凡千有餘家，而至今猶存者，不過十之二三耳。所載舊注，皆漢經師詁訓，片言隻字，珍逾球璧，故言小學者每有取焉。程氏《選雅》，篇名秩序一仍《爾雅》，而李善《注》各條，皆注明出處，用便參考。茲舉〈釋詁〉首二則，以見其大要：

開〈魏都〉、巻〈羽獵〉、融〈景殿〉、福亨〈赭馬〉、白遂〈洞簫〉、袒琴疏〈七命珠作〉、疎〈連同〉、泰〈表劉〉、理〈符命馬司〉、暢〈論王〉、空〈銘陸壹〉，通也。

棍〈西都〉、福〈西京〉（福從衣，依《匡謬正俗》之說）、協齊〈東京〉、結〈南都〉、袀〈吳都〉、昆〈甘泉〉、綷〈射雉〉、掩〈高唐〉，同也。

俞樾序此書云：

李善之注《文選》也，所采之書，自、史以下，及乎諸子百家，都凡千有餘種。求之馬氏《經籍考》，存者已不過十之二三。至於今日，崇山墜簡矣。又其所載舊注，遠則服字愼、蔡伯喈，近則郭璞、韋昭，皆兩漢緒言，經師詁訓，片言隻字，珍逾球璧。余嘗謂《文選》一書，不過總集之權輿，詞章之輨轄。而李《注》則包羅羣籍，羽翼《六藝》。言經學者取焉，言小學者取焉，非徒詞章家視爲潭奧而已，近代諸公，喜求古言古義，如慧琳、元應《一切經音義》，皆梵氏之書，而寸珍尺寶，往往有得，況李氏此書乎！程君一變從事《選》學，歷有歲年。剌取李《注》，用《爾雅》十九篇之例，以類比附，成《選雅》一書，其用力勤矣。讀其〈自序〉，一以存古義，一以資譯學。譯學非余所敢知，古義則余所篤好。近者陳碩甫氏本《毛傳》作《毛雅》，朱豐芑氏本許氏《說文》作《說雅》，然皆限于一家之學，未若此書之皋牢萬有也。余從前曾擬博采鄭君箋《詩》注《禮》之說，仿《爾雅》體例，輯《鄭雅》十九篇，因循未果。今老耄廢學，不能卒成，讀君此書，良而恧矣。

今觀是書於經學小學之詁訓，特有助益，俞氏之深許，殆非虛言也。

（三）《疊　雅》

《疊雅》，史夢蘭輯。謂之疊者，以經典群籍中之重言，依《爾雅》之例，不復顯分門類，略依類記之，故名《疊雅》。疊字之訓詁，《爾雅・釋訓》中已有七十六條，《廣雅・釋訓》中亦有七十五條，似仍未備。明・楊愼撰有《古音複字》，以韻部分目，雖便於檢查，然不能同條共貫，亦有未備。明・方以智《通雅・釋詁篇》中，亦搜重言凡二百八條，比《爾雅》《廣雅》富矣，惟方氏之意，只以明通轉之義，如「睍睍」猶「睠睠」也，或作「瞞瞞」，轉作「睆睆」「暉暉」。是搜輯疊字，爲通轉之詁，非爲同條共貫，如《爾雅》之〈釋訓〉也。

史氏此書，則專搜輯疊字，蔚然自成一巨著。凡諸《雅》所已載者，旁搜以參其異同，諸《雅》所未載者，博采以考其源委。字異而義同，則彙歸一部，文異而解異，則別爲一條。此其例之大概也。

《疊雅》之內容，如第一條「高」字，搜輯「巖巖」「峩峩」「隗隗」「漸漸」「巉巉」「嵬嵬」「岌岌」「崇崇」「潼潼」「揭揭」「嶷嶷」「蘧蘧」「亭亭」「岧岧」「嶢嶢」「堯堯」「翹翹」「鍔鍔」「烈烈」「律律」「業業」「從從」「孑孑」「樅樅」「首首」「頯頯」「峻峻」「將將」「卓卓」「繹繹」「磑磑」「崔崔」

「礉礉」「頟頟」「屹屹」「孱孱」「顏顏」「峭峭」「顛顛」「卬卬」「藏藏」「嶟嶟」「落落」「崚崚」「崱崱」「崖崖」「巘巘」「磳磳」「危危」「掀掀」「岒岒」「崟崟」「巇巇」「嶔嶔」「峑峑」「坻坻」共五十七組。其至多者，「盛」字一條，搜七十六組；「行」字一條，搜七十組。其它每條，搜三十組以上者頗多，共計四百六十條，可謂集叠字之大成矣。

第十章　結　論

第一節　清代《爾雅》學之特色與貢獻

綜合本文前述諸章之研究，清代《爾雅》學之特色與貢獻，概有以下六端：

一、精於文字校勘

《爾雅》者，言義之書，字多假借，或聲近義通，或聲同義近。後世文字語言，代有遷變，又憑書寫流傳之本，以定字體，《爾雅》文字，遂至泛濫無涯涘。〔註1〕陸氏《釋文》雖載有諸家異同，然瑕瑜並陳，漫無折衷。說無定是，間有是非，又往往不能合乎古訓，於是清儒群起而治。清儒校《爾雅》文字之道，大要有三：一以《說文》證偏旁之離合、二以《釋文》存古本之異同、三以《石經》糾俗刻之舛誤。《說文》字書之祖，專言本字本義，以《說文》校《爾雅》，而後《爾雅》之假借可說。《釋文》專存古本異同，異字異義，載之甚詳，於六義之旨，足資考證。明監本、毛本等俗刻，承譌襲謬，不忍卒讀，幸《開成石經》尚存，可資參校。清儒合此三者以讀《爾雅》，而《爾雅》文字得正矣。

二、精於搜覓輯佚

《爾雅》自郭璞錯綜舊注，博稽群說以來，〔註2〕諸家古注遂湮而不見。

〔註1〕戴震《爾雅文字考・自序》。《小學考》引。
〔註2〕郭璞《爾雅注・序》。

然郭《注》於古文古義，不能盡通，往往以己意更定，此考古之大病。〔註3〕清儒欲治《爾雅》古義，遂勤於輯佚。輯一家者，如王謨、張澍輯有犍爲文學《注》，王謨、嚴可均輯有郭璞《圖讚》，吳騫輯有《孫氏爾雅正義拾遺》；輯漢注者則有余蕭客《古經解鉤沈》，臧庸《爾雅漢注》，劉玉麐《爾雅》古注，朱孔璋之《爾雅漢注》。至黃奭、馬國翰二家時，更廣爲搜輯，黃奭《爾雅》古義所輯孫炎《音》《注》，達四百六十七條，而所輯郭璞《音》，竟達四百七十五條之多，馬、黃二氏之輯佚，於後儒之治《爾雅》者，有莫大助益，實爲清代《爾雅》學之一大特色也。

三、精於文字、聲韻

小學在清代最發達，文字、聲韻之進步，《爾雅》詁訓之學，亦賴是而明也。清儒治《爾雅》者，多能通文字、聲韻之學，而其要尤在明通假之例。蓋《爾雅》文字多通假，古時字少，一字或有數讀，明乎通假之例，則孰爲同類相從，孰爲同音相假，可得而審也。然自漢以來，治《爾雅》者，以意增損，多失其舊。明乎通假之例，則孰爲流俗增加，孰爲《爾雅》遺脫，可得而知也。至若古本與俗刻，更非一致，俗刻由校刻之疏，古本異同則字有古、今，音有楚、夏，師讀相承，遂至錯互，明乎通假之例，則文字異同，可得而稽也。由本文第六、七章所詳介之諸書觀之，諸家體例至同者，即皆能求《爾雅》詁訓於文字、聲韻，此實清代訓詁之學能邁越前代之主因也。

四、新的義疏之學

小學爲清代學術研究之一大重心，在「小學明而經學明」〔註4〕之聲中，《爾雅》義疏之學首當其衝，注重新方法、新證據，此皆前代所無者，故所謂新的義疏學，便於焉而生。清以前之《爾雅》義疏，首推宋・邢昺《疏》，然邢《疏》之缺失，清儒攻訐甚烈，〔註5〕論文字、聲韻、訓詁之融貫於《爾雅》，邢《疏》更難與清儒匹敵，雖邢《疏》亦能知聲、義之通假，如首卷說哉、怡、湙、諶、亮、詢、嵩、茂諸文，皆能由聲得其通假，然因受宋代學術環境之影響，以及小學研究尚未發達，故聲、義通假之說只能啓其端，而

〔註3〕盧文弨語，見臧庸《爾雅漢注》盧〈序〉。

〔註4〕王念孫語，見《說文解字注・序》。

〔註5〕錢大昭《爾雅釋文補・自序》：「北宋・邢叔明專疏郭景純《注》，墨守東晉人一家之言，識已拘而鮮通。其爲書也，又不過鈔撮孔氏經疏，陸氏《釋文》，是學亦未能過人矣。」其它諸家之論，參見本文第二章第四節「宋代之《爾雅》學」。

不能全備。清代之《爾雅》義疏即無此遺憾，邵晉涵之《正義》、郝懿行之《義疏》，皆為改補邢《疏》而作，發明古音古義便是其最大特色，不但能融貫諧聲、轉注、假借之關係，且於一字一義皆能窮源究委，使《爾雅》得以發揮訓詁、名物、通經之特色。雖邢《疏》亦有其佳處，不能廢置，然今之治《爾雅》者，殆無不以邵、郝二《疏》為啓闢門戶之書矣。所謂清代《爾雅》義疏為新的義疏之學，其意義即在此也。

五、擬《雅》之學興盛

擬《雅》之學不始於清儒，然至清儒始蔚為大國，此又與清代極盛之《爾雅》環境有關。此類著作，有不關乎《爾雅》者，然皆掇拾古訓，例仿《爾雅》，而以「雅」名。清儒事擬《雅》之學範圍極廣，有研文字者，如吳玉搢《別雅》、朱駿聲《說雅》；有研究語詞者，如史夢蘭《疊雅》研究疊字；研究西域譯語，如王初桐《西域爾雅》；有研究訓詁者，如程先甲《選雅》；有研究名物者，如陳榮袞《幼稚》；有補《爾雅》未備者，如洪亮吉《比雅》、夏紀堂《拾雅》。其它猶有今未見其書，不知其內容若何者。總之，此類擬《雅》之作，無論內容為何，大抵皆關乎詁訓，而為《爾雅》之一派，亦是清儒極特殊之一種學問。

六、《雅》學系統研究

由《爾雅》學之歷史看來，《爾雅》學之興盛，莫過於清代。漢代雖有不少注解，然全數亡佚，後世雖迭有輯錄，終非全體。魏、晉之郭璞《注》，至今流傳，雖是《爾雅》至寶，然非完美無缺。至於宋・邢昺《疏》，雖列學官，缺失猶甚。元、明則更不待論。《爾雅》屬經書兼訓詁之作，故當以特殊方法研究之。清以前《爾雅》學之最大缺失即在未能以諸多方法綜合研究《爾雅》。究其原因，一者為學術思想之影響，二者歸咎於個人功力之不足，此些障礙，清儒皆一一克服。清代樸學之內容包括經學、文字、聲韻、訓詁、輯佚、校勘、板本、目錄等等之學問，依清代《爾雅》著述之分類觀之，清儒治《爾雅》，徧及校勘、輯佚、補正、文字、疏證、補箋、考釋、釋例、音讀、《雅》著、擬《雅》，幾乎運用各種訓詁之方法、材料、工具以為研究之資，蔚成系統，致後人治《爾雅》者，無不以清代《爾雅》學為入門之階。又清儒對《爾雅》系統化之整理，亦日後研究它經之典範。清季樸學成就，與《爾雅》學系統化之研究，實不無關係。

第二節　本文研究之成果與檢討

一、本文研究之成果

本文由搜集資料至完稿，歷時一年半，其間或有一二所得特條列如下，謹供治《爾雅》學者之參考：

（一）資料收集

前人考清代《爾雅》著述者，周祖謨氏《續雅學考擬目》、黃季剛《爾雅略說》，皆零星散計，不能備目。其詳者殆爲林明波《清代雅學考・爾雅類》，所收凡一百三十部，可謂詳審。而本文則又旁搜別采，共收清儒《爾雅》著述一百六十八種，較林書多三十八種，使清代《爾雅》著述考趨於完備。

（二）要籍評介

前人於清儒之《爾雅》學，多僅注意邵晉涵、郝懿行二家。其實《爾雅》一書，歷史久遠，體制龐雜，天文、地理、人事乃至文字、聲韻、訓詁等，皆足資考證。故清儒所治，亦層面廣泛，校勘、輯佚、疏證、補正、補箋等等乃至一名一物之考證，皆不乏其人，成績亦足邁越前賢。故本文特取諸類中之佳作，如補正類之周春《爾雅補注》；疏證類之邵、郝二書；校勘類之阮元《校勘記》；輯佚類之黃奭《爾雅》古義；文字類之嚴元照《爾雅匡名》；補箋類之胡承珙《爾雅》古義，一一詳細介紹其體例、內容。此諸書，若能合而觀之，則治《爾雅》者，當不難於《爾雅》古義之奧秘，而可渙然冰釋矣。

（三）《爾雅》作者、篇卷

此固《爾雅》學史上之一大公案，雖清儒亦時有所窮。然清儒諸多之意見，亦足資參考。前治清代《爾雅》者，未見有匯聚清儒諸家說者，於今觀之，不免紛亂。本文特搜清儒之說，與前人之考證合觀，並一一定其去取，或可爲治此公案者之稽也。

（四）清儒相關學術

清儒爲研究《爾雅》，並開展出許多相關之學，本文特就轉注、釋詞、名物考證、擬《雅》之學四者，一一釐清其與《爾雅》之關係，並介紹其主要成果，使清代《爾雅》學之全貌得以浮現。

（五）清代《爾雅》學之特色

清代《爾雅》學之成就，不亞於清代文字學、聲韻學。以《爾雅》為中心之訓詁學，亦至清儒始盛極。故本文又特歸納清儒治《爾雅》之特色凡六種：一曰精於文字校勘、二曰精於搜覓輯佚、三曰精於文字聲韻、四曰新的義疏之學、五曰擬《雅》之學興盛、六曰《雅》學系統研究。由此可更明瞭清儒治《爾雅》之成果，或可為日後治《爾雅》者之參考矣。

二、本文研究之檢討

（一）本文研究之限制

《爾雅》非易簡之書，清儒非易簡之人，「清代《爾雅》學」遂非易簡之學。而筆者才疏，以此為題，漏略之處或在所不免。其間所受限制，約有下列數端：

訪書不易，資料未能全備。清儒之《爾雅》專著，今所知者，凡一百六十八種，而不為人知者，尚不在此列，不可謂不多。其中已刊行今世，或影印發行，較易見者，不過二、三十種。其它古刻本則或散見各處，或竟無由覓得，僅能據諸家稱述，以窺其大略。訪書不易，遺漏遂多。此其一也。

清儒《爾雅》專著甚多，今未見者不論，其存而可見者，已復不少。然因時間限制，不遑一一詳讀；而清儒著述又多體制詳審龐大，牽涉既廣，頗有可觀者，亦未暇一一考辨。於是論述失真，或遺漏珍籍之憾，恐在所難免。此其二也。

《爾雅》為經書，與群經傳注之關係密切，研治已難；而其又為訓詁之祖，必通文字、聲韻而後能得其真；此外《爾雅》又多草木鳥獸蟲魚之名，於是一名一物之考證，又當備有今日所謂植物學、動物學之知識，始能盡悉。是研治《爾雅》一書，當有經學、文字學、聲韻學、名物考證學等等相關學識為輔，而後能通。清代諸經師大儒，多能備此學養，而為系統化之研究，故清《爾雅》學得臻極致。今筆者才疏，未能竟通諸學，上視清代諸賢，遂有學然後知困之憾矣。此其三也。

《小爾雅》、《釋名》、《廣雅》、《方言》等，皆與《爾雅》相關，而為群《雅》之學，清儒之治者，成績亦斐然，若能一一論述，則清代《爾雅》學之全貌得備。本文則因受字數所限，僅《爾雅》之論，已達二十七萬之譜，群《雅》之學，遂惟有待之來日，亦一大憾事。此其四也。

（二）未來研究之方向

撰述既畢，深覺《爾雅》一書，誠如郭璞《注・序》所言：「《爾雅》者，所以通詁訓之指歸，敘詩人之興詠，總絕代之離詞，辨同實而殊號者也。誠九流之津涉，《六藝》之鈐鍵，學覽者之潭奧，摛翰者之華苑也。若乃可以博物不惑，多識於鳥獸草木之名者，莫近於《爾雅》。」故除本文所論述之外，其間猶有諸多問題，猶可延伸研究，特列舉如下，以供有志《爾雅》研究學者之參考：

一就清代《爾雅》學而言：可從事於專書之研究，如邵晉涵之《正義》、郝懿行之《義疏》等等精審之作，其中通假字、詞彙、虛字、訓釋方式、名物、典制等，皆值得探討之問題。若能以「邵晉涵《爾雅正義》之研究」、「郝懿行《爾雅義疏》之研究」等爲題，針對清代《爾雅》專書，相互比較，作斷代之研究，始易能有所成效，進而爲「中國訓詁學史」之研究，提供更精確之論據。

二就《爾雅》歷史而言：斷代之研究，終究僅提供《爾雅》學之一部份，若能以「《爾雅》學源流」、「《爾雅》學史」等爲題，對《爾雅》學各時代之發展，有詳細之介紹，則日後學者，當可省却蒐尋資料之苦。對「中國訓詁學史」之撰述，將不無助益。

三就《爾雅》與群經之關係而言：研究《爾雅》與群經之關係，一則可以釐清《爾雅》作者時代之問題、二則可以瞭解《爾雅》詁訓之狀況。尤其群經之傳、注、箋、解，本就含有古代訓詁之體例、方式，若能以「《爾雅》與《毛傳》之比較研究」、「《爾雅》與《春秋三傳》之比較研究」等爲題，則《爾雅》之作者、時代、訓詁方式等問題，或可得到較精確之結論。

附錄一　歷代《爾雅》著作表

凡　例

一、為便於尋覽檢索，特將本文所有《爾雅》著作，列成本簡表。

二、表分編號、書名卷數、作者、時代、存佚、內容大要、板本、備考等八欄。

三、時代一欄所列，以成書年代為準，成書年代無可考者以刊刻年代為準，兩者均無可考者以作者年代為主，再無可考者，則僅列朝代之名。

四、不知存佚者，標「未見」二字。

五、清以前著作依時代先後排列；清代著作，依本文第四、五兩章分類秩序排列。

六、本表所未備者，與正文互參。

編號	書名卷數	作者	時代	存佚	內容大要	板本	備考
1	《爾雅注》三卷	犍為文學	漢	佚	注釋《爾雅》	輯本有四： 1. 王謨《漢魏遺書鈔》一六八條 2. 黃奭《逸書考》二三三條 3. 馬國翰《玉函山房輯佚書》一九三條 4. 張澍《蜀典》二四二條	1.《隋書・經籍志》、《經典釋文・敘錄》著錄。 2. 黃季剛《爾雅略說》：「此釋經之最古者」。 3. 上述輯本，本條以後稱王本、黃本、馬本、張本。
2	《爾雅注》三卷	劉　歆	漢	佚	注釋《爾雅》	黃本、馬本各輯七條，內容略同。	著錄： 1.《隋書・經籍志》 2.《經典釋文・敘錄》

3	《爾雅注》三卷	樊　光	漢	佚	注釋《爾雅》	1. 黃本七八條 2. 馬本一一五條	著錄： 1.《隋書・經籍志》 2.《經典釋文・敘錄》 3. 兩《唐志》
4	《爾雅注》三卷	李　巡	漢	佚	注釋《爾雅》	1. 黃本三〇六條 2. 馬本三一五條	著錄： 1. 《隋書・經籍志》 2. 《經典釋文・敘錄》 3. 《舊唐書・藝文志》
5	《爾雅注》七卷	孫　炎	魏	佚	注釋《爾雅》	1. 黃本四六七條 2. 馬本四二八條	1.《隋書・經籍志》、《經典釋文・敘錄》、兩《唐志》著錄。 2. 諸書引用最多，黃季剛《爾雅略說》:「《爾雅》諸家中斷居第一」。
6	《爾雅注》	劉　邵	魏	佚	注釋《爾雅》		劉邵《注》只存一條，《初學記》卷三〈歲時部〉引《爾雅》云：「蟋蟀，蛬。劉邵《注》云：『謂蜊蜻也』。孫炎云：『梁國謂之蛬』。」
7	《爾雅注》五卷	郭　璞	晉	存	綴集異聞，會萃舊說；錯綜樊、孫，博關群言，注釋《爾雅》。	胡樸安《中國訓詁學史》「《爾雅》之注本」云：「郭《注》存於今者，以宋蜀大字本及常熟瞿氏所藏宋本爲古。清・顧千里校刊明・吳元恭覆宋本爲善。」	按蜀大字本有黎庶昌刊《古逸叢書》本。瞿氏宋本，有商務印書館影印本。
8	《爾雅圖》十卷	郭　璞	晉	佚	郭璞《爾雅注・自序》:「別爲《音》《圖》、用袪未寤。」書已久亡，其詳不可得而聞，唯諸家輯本中，見《圖讚》若干節而已。		著錄： 1.《隋書・經籍志》 2. 兩《唐志》
9	《爾雅圖讚》二卷	郭　璞	晉	佚	皆四個韻語，所以讚所作諸物之圖也。既以述物之德，亦兼寓箴規之意。	1. 黃本輯六十五節 2. 馬本輯五十五節 3. 嚴可均《全晉文》卷一百二十一輯四十八節	著錄： 1.《隋書・經籍志》 2.《經典釋文・敘錄》
10	《爾雅音》一卷	郭　璞	晉	佚	爲其注作音，非音經文也（王國維〈書爾雅郭注後〉）	1. 黃本輯四七五條 2. 馬本輯三五五條	著錄： 1.《隋書・經籍志》 2.《經典釋文・敘錄》 3. 兩《唐志》
11	《集注爾雅》十卷	沈　旋	梁	佚	集眾家之《注》而成，若何晏《集解》之類。	1. 黃本輯五十三條 2. 馬本輯五十七條	著錄： 1.《隋書・經籍志》 2.《經典釋文・敘錄》 3. 兩《唐志》

12	《爾雅音》	施　乾	陳	佚	為經文作音	黃本、馬本各輯七十七條	《經典釋文・敘錄》
13	《爾雅音》	謝　嶠	陳	佚	為經文作音	黃本、馬本各輯一○八條	《經典釋文・敘錄》
14	《爾雅音》	顧野王	陳	佚	為經文作音	黃本、馬本各輯五十八條	《經典釋文・敘錄》
15	《爾雅音》八卷	江　漼	隋	佚	為經文作音		按無輯本
16	《爾雅圖讚》二卷	江　漼	隋	佚			按江氏《音》及《圖讚》，除《隋志》、兩《唐志》，張彥遠《歷代名畫記》外，諸書未見涉論。
17	《爾雅音義》二卷	陸德明	唐	存	以郭本為正，而犍為文學以下之《注》、孫炎以下之《音》，並加甄采。		按在《經典釋文》中
18	《爾雅注》五卷	裴　瑜	唐	佚		馬本輯八條	《宋史・藝文志》
19	《爾雅音》	裴　瑜	唐	佚			按見胡元玉《雅學考》
20	《爾雅音義》二卷	曹　憲	唐	佚			兩《唐志》
21	《爾雅音略》三卷	毋昭裔	五代	佚			見晁公武《郡齋讀書志》、吳任臣《十國春秋》
22	《爾雅疏》十卷	孫　炎	五代	佚		清・吳騫有《爾雅孫氏正義拾遺》	1. 邢昺《疏・序》:「其為義疏者，俗間有孫炎、高璉，淺近俗儒，不經師匠。」 2.《宋史・藝文志》
23	《爾雅疏》七卷	高　璉		佚			1. 同前 2. 爵里、姓名無考，不知唐或五代人。
24	《爾雅音義》	釋智騫		佚			1. 諸家未見稱引，不知唐或五代人。 2. 見《郡齋讀書志》
25	《爾雅釋文》一卷	孫　奭	宋	佚			按見《小學考》
26	《爾雅疏》十卷	邢　昺	宋	存	以郭《注》為主，疏釋經注。		《宋史・藝文志》
27	《爾雅注》一卷	王　雱	宋	佚			1. 雱，安石子。 2. 焦竑《國史經籍志》
28	《爾雅新義》二十卷	陸　佃	宋	存			《宋史・藝文志》
29	《爾雅貫義》	陸　佃	宋	佚			《國史經籍志》
30	《爾雅注》三卷	鄭　樵	宋	存			1.《四庫提要》謂為《爾雅》家之善本，後世多非之。 2.《宋史・藝文志》

31	《爾雅》釋	潘　翼	宋	佚			《經義考》
32	《爾雅翼》二十二卷	羅　願	宋	存			《國史經籍志》
33	《爾雅翼音釋》三十二卷	洪焱祖	宋	佚	爲羅願書注音、並加校正。	附羅書後	《國史經籍志》
34	《爾雅六義》	王　柏	宋	佚			按王圻《續文獻通考・小學考》錄。本傳又載有所著《大爾雅》。或即一書。
35	《互注爾雅貫類》一卷	無名氏	宋	佚			《宋史・藝文志》
36	《爾雅音訓》二卷	無名氏	宋	佚			鄭樵《通志・爾雅類》載
37	《爾雅兼義》十卷	無名氏	宋	佚			同前
38	《爾雅翼節本》	陳　櫟	元	佚	刪削羅願之書		《經義考》
39	《爾雅韻語》	胡炳文	元	佚			1.《經義考》 2.《千頃堂書目》
40	《爾雅譯》	李元昊	遼	佚			清・黃任恆《補遼史藝文志》
41	《爾雅餘》八卷	羅日褧	明	佚			《明史・藝文志》
42	《爾雅略義》十九卷	危　素	明	佚			《明史・藝文志》
43	《爾雅便音》	薛敬之	明	佚			《千頃堂書目》
44	《爾雅》糾譌	郎奎金	明	佚			《續雅學考擬目》
45	《爾雅廣義》	譚吉璁	明	佚			《經義考》
46	《爾雅綱目》一百二十卷	譚吉璁	明	佚			《小學考》
47	《爾雅貫珠》	朱　銓	明	佚			《東京大學東洋文化研究所漢籍分類目錄》
48	《殿本爾雅注疏考證》	乾　隆 敕　撰	乾隆	存	考證武英殿本經注疏文	同治十年廣州書局覆刻本	在武英殿本《十三經注疏》內。按以下清代。
49	《爾雅注疏校本》十一卷	惠　棟	乾隆	佚	以《說文》、《釋文》、《唐石經》等，訂俗本之訛。		見阮元《爾雅注疏校勘記》「引據各本目錄」
50	《爾雅注疏校本》十一卷	盧文弨	乾隆	佚	以《釋文》及眾家本參校		同前
51	《爾雅音義考證》三卷	盧文弨	乾隆	存	校訂《釋文》	抱經堂本	
52	《爾雅釋文考證》	盧文弨	乾隆				在黃奭《爾雅古義》所見書目中，疑即前書。

53	《爾雅注疏本正誤》五卷	張宗泰	嘉慶	存	以眾本參校，正《爾雅》注疏本之誤。	1. 嘉慶石梁學署本 2. 光緒廣雅書局本 3. 徐乃昌《積學齋叢書》本	凡二百二十則
54	《爾雅石經考文提要》一卷	彭元瑞	乾隆	存	舉各本異同，擇善而從，校正《石經》。	1.《石經彙函》本 2. 許宗彥刻本	爲彭氏《石經考文提要》第十二篇，凡七十則。
55	《爾雅注疏校勘記》三卷	阮　元	嘉慶	存	以石經、宋・元諸本，參校經注疏文。	1.《皇清經解》補刊本 2. 文選樓本 3. 南昌本《十三經注疏》	南昌本非足本
56	《爾雅注疏正誤》三卷	浦　鏜	乾嘉	佚	據毛本及他書徵引之文，以意參校。		1. 見阮元《爾雅注疏校勘記》「引據各本目錄」。 2. 元謂「所改正之字，多未可信」。
57	《宋本爾雅考證》	臧　庸	乾隆	未見	論南宋雪牕本與明本之優劣		周祖謨《續雅學考擬目》:「見《古書叢刊》重刊吳元恭本《爾雅》中」。
58	《爾雅唐石經》	嚴可均	嘉慶	存	以石經、眾本，訂通行本之譌誤。	1.《石經彙函》本 2.《四錄堂類集》本	在《唐石經校文》第九卷中，凡一百五十九則。
59	《爾雅石經補考》	馮登府	嘉慶	存	以石經、宋本，考證閩監、毛本之譌。	1.《學海堂經解》本 2.《石經彙函》本 3. 元尚居校刊本	在《石經補考》中，僅二十則。
60	《爾雅唐石經考異》	馮登府	嘉慶	存	參稽眾本，校顧炎武《金石文字記》。	《皇清經解》本	在《石經考異》中，僅十四則。
61	《爾雅南昌本校勘記訂補》	許光清	嘉、道	存	訂補南昌本《十三經注疏》所附阮氏《校勘記》	《別下齋叢書》本	在《涉聞梓舊》之《斠補隅錄》中
62	《爾雅經注集證》三卷	龍啓瑞	道光	存	引群書，證補經文、注文之訛誤。	《皇清經解續刊》本、《經德堂集》本	凡七十五則
63	《爾雅注疏校勘札記》	劉光蕡	光緒	未見	就阮元《校勘記》及諸家說，爲札記六百七十五則。	光緒二十年陝甘味經刊書處刊本	見周祖謨《續雅學考擬目》
64	《爾雅郭注佚存訂補》二十卷	王樹枏	光緒	存	據《釋文》、唐人諸書，校補郭《注》。	文莫室刊本	同前
65	《爾雅注疏考證》十一卷	張　照	乾隆	存			在日本內閣文庫
66	《爾雅古注》三卷	余蕭客	乾隆	存	輯錄《爾雅》古注佚文，依經文次第條錄。	道光二年京江・魯氏刻本	在《古經解鉤沈》中

67	《爾雅犍爲文學注》一卷	王　謨	乾隆	存	輯漢・犍爲文學《注》	《漢魏遺書鈔》嘉慶刻本	在《漢魏遺書鈔》中，凡一六八條。
68	《郭璞爾雅圖讚》一卷	王　謨	乾隆	存	輯郭璞《圖讚》	同前	在《漢魏遺書鈔》中
69	《爾雅古注》	劉玉麐	乾隆	未見	輯漢、魏舊注		見黃奭《爾雅古義》所見書目
70	《爾雅漢注》三卷	臧　庸	乾隆	存	輯漢代舊注	1. 問經堂本 2. 吳縣・朱氏槐廬重刻本	
71	《郭璞爾雅圖讚》一卷	嚴可均	嘉慶	存	輯郭氏《圖讚》	葉德輝觀古堂刻本	嚴氏《全晉文》卷一百二十一亦收
72	《爾雅一切注音》十卷	嚴可均	嘉、道	存	輯郭璞以前各家注、音，經文歧異者，並校之。	《本犀軒叢書》	
73	《爾雅集解》三卷	陳鱣	乾嘉	未見	摭拾舊注舊音，各注出處，存漢、魏訓詁。		見《小學考》卷三
74	《孫氏爾雅正義拾遺》	吳騫	乾嘉	存	輯唐、宋間孫炎之《爾雅義疏》。	《拜經樓叢書》本	從陸佃《新義》中輯出
75	《爾雅古注今存》二十卷《總考》一卷	董桂新	嘉慶	未見	輯漢、魏及唐・裴瑜之《注》。		見胡樸安《中國訓詁學史》頁 52，胡氏謂有稿本。
76	《爾雅犍爲文學注》一卷	張　澍	嘉慶	存	輯犍爲文學《注》		在《蜀典》中，輯二四三條。
77	《爾雅古義》十三卷	黃　奭	道光	存	卷一至卷十，輯古《雅》音注十種；卷十一、十二爲眾家《注》，凡不詳姓氏者彙此。		1.《漢學堂叢書》本 2.《榕園叢書》本 3.《黃氏逸書考》本
78	《爾雅古注古音十三種》十三卷	馬國翰	道光	存	就群經注疏音義及史傳類書，輯古注、古音。	1. 濟南刻本 2. 思賢書局刻本 3. 楚南書局刻本	1. 在《玉函山房輯佚書》中。 2. 上述板本，即《玉函山房輯佚書》之板本。
79	《爾雅古注斠》三卷	葉蕙心	嘉慶	存	輯古注	李祖望半畝園刊本	蕙心，李祖望之室。
80	《爾雅古注斠補》一卷	陶方琦	道光	未見	補葉蕙心之書		見《重修清史藝文志》
81	《爾雅漢注》	朱孔璋	道光	未見	輯漢古注		林明波《清代雅學考》:「有鈔本，藏北京人文科學研究所。」
82	《爾雅補注》六卷	姜兆錫	雍正	存	徵引群書以證《雅》訓，補郭《注》邢《疏》之未備	1.《九經補注》本 2.《四庫全書》本	一名《爾雅參議》

83	《注雅別鈔》	余蕭客	乾隆	未見	專攻陸佃《新義》、《埤雅》、羅願《爾雅翼》之誤，兼及蔡卞《毛詩名物解》。		見江藩《漢學師承記》
84	《爾雅補注》四卷	周　春	乾隆	存	就鄭氏《注》旁及諸家補郭《注》之未詳、正邢《疏》之誤。	1.《觀古堂彙刻書》 2.《郋園全書》本	1. 有齊召南、王鳴盛二〈序〉。 2. 後易名《廣疏》，凡九百則。
85	《爾雅補郭》二卷	翟　灝	乾隆	存	參稽眾說，補郭《注》之未詳	1.《益雅堂叢書》本 2.《本犀軒叢書》本 3.《咫進齋叢書》本 4.《皇清經解續刊》本	凡一三二則
86	《爾雅郭注補正》三卷	戴　鎣	乾隆	存			《販書偶記》：「乾隆間刊，每卷皆分三卷，合計九卷，光緒二十一年重刊。」
87	《爾雅注疏箋補》	任基振	乾隆	未見			見《戴東原集》，戴震有〈序〉一篇。
88	《爾雅補注殘本》一卷	劉玉麐	乾隆	存	補正經注	1. 廣雅書局本 2. 《功順堂叢書》本	
89	《爾雅校議》二卷	劉玉麐	乾隆	存	同前	《食舊堂叢書》本	劉氏前書，後爲趙撝叔所得，抄出劉批，成此書。
90	《爾雅平議》二卷	俞　樾	同治	存	1. 補正郭《注》邢《疏》之未備。 2. 郭《注》未誤，後人以爲誤者，辨之。		在《群經平議》末二卷，凡一〇九則。
91	《爾雅正郭》三卷	潘衍桐	光緒	存	引前人說，正郭《注》之失。	1. 光緒十七年浙江局本 2. 光緒十七年潘刻本	凡二四二則
92	《爾雅郭注釋》二十卷	王樹枬	光緒	未見			林明波《清代雅學考》：「有光緒十六年刊本，待訪。」
93	《爾雅義證》二卷	尹桐陽	宣統	未見			《販書偶記》：「無印書年月，約宣統間石印本。」
94	《爾雅注疏正字》	沈廷芳	乾隆	未見			見黃奭《爾雅》古義所見書目
95	《爾雅文字考》一卷	戴　震	乾隆	未見	考《爾雅》文字		1.《漢學師承記》注：「據段著《戴氏年譜》，已成書，而未刊。」 2. 今有〈序〉一篇流傳。
96	《爾雅小箋》三卷	江　藩	乾隆	存	以《說文》爲指歸，定《爾雅》之文字。	《鄦齋叢書》本	爲江氏少作，成於乾隆四十三年，時年十八；始名《正字》，至嘉慶二十五年，年六十，又刪改一過，更今名。

97	《爾雅古義》二卷	錢坫	乾隆	存	參稽群書，正《爾雅》俗字。	《皇清經解續編》本	凡一六五則
98	《爾雅正俗字考》	孫星衍	乾嘉	未見			見錢坫《爾雅釋地四篇注·孫星衍序》
99	《爾雅匡名》二十卷	嚴元照	嘉慶	存	以《說文》、《釋文》、《石經》校《爾雅》，辨經字之正俗。	1. 嘉慶二十五年勞經原刊本 2. 廣雅書局本 3.《皇清經解續編》本 4.《湖州叢書》本	有〈自序〉、徐養原〈序〉、段玉裁〈序〉，自撰例言八則，卷末附錄〈逸文〉一卷。
100	《郭氏爾雅訂經》二十五卷	王樹枏	咸豐	未見	據《釋文》以還郭本之舊，經字以《說文》爲正。		見周祖謨《續雅學考擬目》
101	《爾雅正義》二十卷	邵晉涵	乾隆	存	著書之例：校文、博義、補郭、證經、明聲、辨物。	1. 餘姚·邵氏家塾本 2. 《皇清經解補刊》本	
102	《爾雅義疏》二十卷	郝懿行	嘉慶	存	體例略同於邵氏《正義》	1.《皇清經解》本 2. 本犀香館刊本 3. 蜀南閣刊本 4. 崇文書局刊本 5.《郝氏遺書》本 6. 文祿堂刊本	與王念孫《廣雅疏證》、戴震《方言疏證》、段玉裁《說文解字注》，並爲清代小學鉅著。
103	《爾雅郝注刊誤》一卷	王念孫	道光	存	刊正郝氏《義疏》之誤	《殷禮在斯堂叢書》本	書爲羅振玉刊，凡一一三則。
104	《爾雅義疏校補》一卷	沈錫祚	清	存	校補郝氏《義疏》之作		見《清史藝文志》。 1970年台北文海出版社《清代稿本百種匯刊》影印手稿本。
105	《爾雅疏證》十九卷	錢繹	清	未見			見《書目答問》
106	《爾雅集解》十九卷	王闓運	光緒	存	引經注以證《雅》訓	《王湘綺全集》本	
107	《爾雅釋文補》三卷	錢大昭	乾嘉	未見	周祖謨《續雅學考擬目》：「補正前人，摘字爲注，例仿陸氏，故名。」		見《清史稿·藝文志》
108	《爾雅古義》三卷	胡承珙	嘉、道	存	引諸書以證《雅》訓	1. 求是堂刊本 2.《墨莊遺書》本	
109	《爾雅稗疏》四卷	繆楷	清	存	疏證前人之書	南菁書院本	
110	《爾雅詁》二卷	徐孚吉	清	存	以文字通假、音訓轉注、方國謠俗、古今語言異同，疏通證明《爾雅》。	南菁書院本	凡六六則
111	《爾雅疑義》	吳浩	清	未見			見黃奭《爾雅古義》所見書目

112	《爾雅札記》	朱亦棟	清	存			在《十三經札記》中
113	《讀雅筆記》三卷	李　秀	清	未見			《販書偶記》：「嘉慶甲子賜錦堂精刊。」
114	《袚心堂讀疋孔見》一卷	王時亨	清	未見			《販書偶記》：「傳鈔本。」
115	《爾雅日記》	王仁俊	光緒	存			《學古堂日記》中
116	《爾雅日記》	蔣元慶	光緒	存			同前
117	《爾雅日記》	陸錦燧	光緒	存			同前
118	《爾雅日記》	董瑞椿	光緒	存			同前
119	《讀爾雅日記》一卷	王頌清	清	未見			見《清史藝文志》
120	《爾雅釋例》五卷	陳玉樹	咸豐	存	釋《爾雅》經文之例，凡分四十五例。	南京高師排印本	
121	《釋骨》一卷	沈　彤	乾隆	存		《果堂全集》本	《清史藝文志》錄
122	《釋宮小記》一卷	程瑤田	乾隆	存	考〈釋宮〉一篇之名物，凡九篇。	1.《皇清經解》本 2.《安徽叢書》本	
123	《釋草小記》一卷	程瑤田	乾隆	存	考〈釋草〉之名物，凡十四篇。	同前	
124	《釋蟲小記》一卷	程瑤田	乾隆	存	考〈釋蟲〉一篇，凡分三篇。	同前	
125	《九穀考》四卷	程瑤田	乾隆	存	考《爾雅》中之九穀：粱、黍、稷、稻、麥、大豆、小豆、麻、苽等	同前	
126	《釋拜》一卷	段玉裁	乾隆	未見		《販書偶記》：「乾隆間刊本。」	
127	《釋繒》一卷	任大椿	乾隆	存		1.《皇清經解》本 2.《燕禧堂四種》本	
128	《爾雅釋地四篇注》一卷	錢　坫	乾隆	存	〈釋地〉、〈釋丘〉、〈釋山〉、〈釋水〉四篇之注	1.《皇清經解續刊》本 2.《錢氏四種》本	有〈自序〉、孫星衍〈後序〉
129	《釋大》八卷	王念孫	乾隆	存	釋大字之義	《王氏遺書》本	
130	《釋舟》一卷	洪亮吉	乾隆	存		《四部叢刊》涵芬樓影《洪北江遺書》本	
131	《釋歲》一卷	洪亮吉	乾隆	存		同前	

132	《釋服》二卷	宋翔鳳	道光	存		林明波《清代雅學考》:「《浮溪精舍叢書》道光自刊本。」	
133	《釋廟》一卷	朱駿聲	嘉慶	未見			見《清史藝文志》
134	《釋車》一卷	朱駿聲	嘉慶	未見			同前
135	《釋帛》一卷	朱駿聲	嘉慶	未見			同前
136	《釋色》一卷	朱駿聲	嘉慶	未見			同前
137	《釋詞》一卷	朱駿聲	嘉慶	未見			同前
138	《釋農具》一卷	朱駿聲	嘉慶	未見			同前
139	《釋穀》四卷	劉寶楠	咸豐	存		1. 《皇清經解》續刊本 2. 咸豐五年劉氏家刊本	
140	《親屬記》二卷	鄭　珍	光緒	存		1. 廣雅書局本 2. 光緒十二年陳氏刊本	
141	《說俞》一卷	俞　樾	光緒	存		《曲園叢書》本	
142	《爾雅釋草釋木統箋》二卷	王仁俊	光緒	未見		《販書偶記》:「底稿本。」	
143	《釋親廣義》二十五卷	吳卓信	嘉慶	未見			《販書偶記》錄
144	《釋大》一卷	錢　繹	清	未見			《許學考》卷二十一「錢氏《說文讀若考》」下,有〈自序〉。
145	《釋小》一卷	錢　繹	清	未見			同前
146	《釋人注》一卷	孫馮翼	嘉慶	存		《問經堂叢書》本	《續四庫》錄
147	《釋服》二卷	宋綿初	嘉慶	存		書種堂刊本	《販書偶記》錄
148	釋祀一卷	黃蠡舟	清	未見			《清史藝文志》錄
149	《爾雅釋親宗族考》二卷	于　鬯		未見			同前
150	《爾雅歲陽考》一卷	觀頮道人	清	未見			同前
151	《爾雅穀名考》八卷	高潤生	清	存			《續四庫》錄

152	《廣釋親》一卷	紹　緯	清	未見			《販書偶記續編》
153	《釋人疏證》	葉德輝	光緒	存	釋人自胚胎以至手足鬚髮	《觀古堂彙刻書》	
154	《釋書名》	莊綬甲	光緒	未見	釋《爾雅》中有關書之稱謂，如文、字、方、板、策、札等。	胡樸安《中國訓詁學史》:「《拾遺補藝齋遺書》之一。」	
155	《釋飯鬻》	成蓉鏡	清	未見	釋飯鬻之類及異名	南菁書院本	
156	《釋餅餌》	成蓉鏡	清	未見	釋餅餌之異名，如餻、餄等。	南菁書院本	
157	《釋祭名》	成蓉鏡	清	未見	釋祭之異名	南菁書院本	
158	《爾雅直音》二卷	無名氏	乾隆	存	以直音之法，於經字之旁注易讀而同音之字，如「哉」字旁注「裁」之類是。	《天壤閣叢書》本	始刻於乾隆間，不知成於何人之手，流傳刻本，或多訛誤，王祖源乃於光緒間重刻，並改其謬誤。
159	《爾雅直音正誤》	周春	乾隆	存	正前書之誤	《周松靄遺書》本	
160	《爾雅音釋》一卷	龍啓瑞	道光	存			附《爾雅經注集證》後
161	《爾雅直音》二卷	孫　偘	清	未見		林明波《清代雅學考》:「有原刊本。」	
162	《爾雅音注》	無名氏	清	未見		亦園藏板	見《販書偶記》
163	《爾雅音疏》六卷	孫經世	嘉慶	未見			《許學考》:「爲注《爾雅》者，不知諧聲、假借之用，因析而疏之也，見《福建省志》。」
164	《爾雅音訓前附輯說》	楊國楨	光緒	未見		林明波《清代雅學考》:「有《十一經音訓》,光緒崇文書局刊本。」	
165	《爾雅音訓》一卷	袁俊等	清	存			與《孝經音訓》合刊一冊
166	《爾雅學》	王仁俊	光緒	未見		《販書偶記》:「有底稿本。」	
167	《爾雅啓蒙》十二卷	姚正文	咸豐	存		咸豐二年刊本	
168	《爾雅啓蒙》十二卷	李拔式	道光	未見			《清代雅學考》錄
169	《爾雅蒙求》二卷	李拔式	道光	未見		原刊本、道光五年刊本。	《販書偶記》錄

170	《爾雅提要》三卷	項朝虆	清	未見		林明波《清代雅學考》：「有手鈔本，藏江蘇圖書館。」	
171	《爾雅考略》一卷	朱士端	嘉慶	未見		《販書偶記》：「有底稿本。」	
172	《雅學考》一卷	胡元玉	光緒	存	敘列宋以前《雅》學諸書，分注、序篇、音、圖贊、義疏五種，意在辨稽舊說，不在備目，凡錄三十二家。	北京大學周祖謨重印本	缺宋以後書目，周祖謨重刻時，有《續雅學考擬目》之作。
173	《爾雅音圖》三卷	曾燠	光緒	存		光緒刻本	見《日本尊經閣文庫漢籍分類目錄》
174	《爾雅讀本》四卷	周樽	乾隆	存		乾隆刊本	同前
175	《別雅》五卷	吳玉搢	乾隆	存	取經籍、史集中字之假借通用者，依韻編次，各注出處，而為之辨證。	1. 乾隆七年刊本 2. 盧抱經校鈔本 3.《益雅堂叢書》本 4.《文選樓叢書》本 5.《四庫全書》本	始名《別字》，王家賁以其體似《爾雅．釋訓、釋詁》，乃為易今古。
176	《比雅》十九卷	洪亮吉	嘉慶	存	取經史子集之傳注，依類編次，並各注出處，以例遵《爾雅》因名。	1.《粵雅堂叢書》本 2.《洪北江遺集》本	未定之稿，隨手輯錄，故未詳加覆訂，多分類未符，前後互見之語。
177	《說雅》一卷	朱駿聲	道光	存	依《爾雅》十九篇之次，取《說文》九千三百五十三字義之相近者，各比其類，貫串成書，各字或說字義，不更說字形。	是編附《說文通訓定聲》後，有： 1. 臨嘯閣刊本 2.《花雨樓叢鈔》本 3.《經學輯要》石印本	
178	《蒙雅》一卷	魏　源	道光	存	取通行之字，作四字韻語，仿《爾雅》而次之，所以供童蒙識字之用。	志古堂刊本	
179	《湖雅》九卷	汪日楨	光緒	未見		林明波《清代雅學考》：「方言類，有光緒六年刊本。」	《販書偶記》錄
180	《疊雅》十三卷	史夢蘭	同治	存	以經典群籍中之重言，依《爾雅》之例，略依類記之。	同治間刊本	
181	《別雅校正》	丁壽昌	道光	未見			《清史藝文志》錄
182	《別雅訂》五卷	許　翰	道光	存	補正訂誤吳玉搢之書	《滂熹齋叢書》本	初未成書，丁艮善道光八年編次成書。

183	《別雅類》五卷	無名氏	清	未見		林明波《清代雅學考》:「《北京人文科學研究所藏書目》有清刊本。」	
184	《西域爾雅》一卷	王初桐	嘉慶	存	就西域諸部譯語，依《爾雅》十九篇之例，排比而成。	江蘇國學圖書館影印本	
185	《拾雅》六卷	夏味堂	嘉慶	存	摭錄前《雅》詁言，補《爾雅》、《小爾雅》、《廣雅》、《方言》、《釋名》之未備。	夏氏遂園精刊本	
186	《拾雅注》二十卷	夏紀堂	嘉慶	存	疏證前書	同前	與《拾雅》合刊
187	《駢雅訓纂》十六卷	魏茂林	道光	存		1. 有不爲齋刊本 2.《後知不足齋叢書》本	
188	《讀駢雅識語》一卷	魏茂林	光緒	存		《後知不足齋叢書》本	
189	幼雅九卷	陳榮袞	光緒	存	爲啓蒙而作，共分十五類,仿《爾雅》之例，釋古今之名物，每類之後各附七言歌體若干首。	光緒丁酉羊城崇蘭僊館刊本	
190	《選雅》二十卷	程先甲	光緒	存	取《昭明文選》李善《注》，依《爾雅》十九篇之例，依類比附。	光緒二十八年程氏千一齋刊本	
191	《釋雅》十卷	李調元	乾隆	未見		《涵海》原刊本	
192	《支雅》二卷	劉　燦	道光	存	照《爾雅》之體例,不用其篇目，分釋詞、人、官、學、禮、兵、舟、車、歲、物十目。	道光六年刊本	
193	《演雅》四十二卷	王初桐	嘉慶	未見			《販書偶記續編》錄，原名《五雅蛾術》。
194	《小演雅》一卷	觀頮道人	光緒	未見		林明波《清代雅學考》:「有誦芬堂活字本。」	
195	《小演雅》	楊浚	光緒	未見		林明波《清代雅學考》:「有光緒四年刊本。」	
196	《羼雅》四卷	陳肇波	道光	未見		林明波《清代雅學考》:「有道光十六年刊本。」	

197	《鈐雅》十六卷	譚之虎	雍正	未見		林明波《清代雅學考》:「有乾隆元年刊本。」	
198	《韻雅》六卷	吳　采	嘉慶	未見		林明波《清代雅學考》:「有嘉慶二十年刊本。」	
199	《韻雅》一卷	俞　樾	光緒	存		《曲園叢書》本	
200	《肄雅釋詞》二卷	楊　瓊	光緒	未見			《販書偶記》
201	《新爾雅》二卷	汪榮寶	光緒	未見			《販書偶記續編》
202	《梵雅》一卷	楊柳官（嘉興·馮登府之別號）	嘉慶～道光	未見			同前
203	《爾雅約解》九卷	劉曾騄	清	未見			《重修清史藝文志》
204	《爾雅釋言集解後案》一卷	黃世榮	清	未見			《清史藝文志》
205	《爾雅宗經滙說》	口　口口滙庵	道光	未見			《販書偶記續編》
206	《爾雅說詩》二十二卷	王樹枏	光緒	存			《販書偶記》
207	《爾雅例說》	饒　烱	民國	未見			同前
208	《爾雅節訓》一卷	王廷爕	道光	存			《販書偶記續編》
209	《爾雅易讀》一卷	無名氏	道光	未見			同前
210	《爾雅坿記》一卷	翁方綱	乾隆	未見			同前
211	《爾雅釋經殘篇》一卷	朱百度	清	未見			《重修清史藝文志》
212	《爾雅釋》	余蕭客	乾隆	未見			見江藩《漢學師承記》
213	《爾雅會編》一卷附〈音註難字辨考〉	顧　澍	嘉慶	未見			《販書偶記續編》
214	《爾雅會編旁音》二卷	顧　澍	嘉慶	未見			同前
215	《爾雅舊注考證》二卷	李曾白	光緒	未見			《販書偶記》

附錄二　歷代《爾雅》藝文紀事繫年表

凡　例

一、表分編號、國號、帝號年號年數、西元、藝文紀事、備考等六欄。

二、略依時代編次，各欄有無可考者從闕。

三、本表斷自明代，清以下藝文紀事，參閱本文各章。

四、本表意在參稽，不在備目，凡所漏略，俟之來日。

五、本表所未備者，與正文互參。

編號	國號	帝號年號年數	西元	藝文紀事	備考
1	周	成王		周公作《爾雅》一篇，以教成王。	《史記・周本紀》不載。見： 1. 劉歆《西京雜記》 2. 張揖〈上廣雅表〉 3. 陸德明《經典釋文・敘錄》 4. 王應麟《漢書藝文志考證》
2	周	敬王		敬王之世，孔子教魯哀公學《爾雅》。	1.《大戴禮記・小辨篇》(參第八條) 2. 張揖〈上廣雅表〉 3. 劉歆《西京雜記》 4. 晁公武《郡齋讀書志》
3	周			孔子與門人子夏之徒，增益《爾雅》。	1. 張揖〈上廣雅表〉 2. 劉歆《西京雜記》 3. 晁公武《郡齋讀書志》
4	漢	文　帝		置《爾雅》博士	《史記》、《漢書》〈文帝本紀〉不載。見： 1. 趙岐〈孟子題辭〉 2. 劉歆〈移讓太常博士書〉
5	漢	武　帝		《漢舊儀》:「武帝初，置博士，取學通行修，博學多藝，曉古文、《爾雅》，能通文章者爲之。」	1.《北堂書鈔・設官部》 2.《藝文類聚・職官部》 3.《太平御覽・職官部》

6	漢	武帝		終軍辨《爾雅》，賜絹百匹。	1. 郭璞《注》「豹文鼮鼠」：「漢武帝時得此鼠，孝廉郎終軍知之，賜絹百匹。」 2. 或云竇攸，《太平御覽》卷九一一引《竇氏家傳》：「竇攸治《爾雅》，舉孝廉，為郎。世祖與百寮遊於靈臺，得鼠，身如豹文，熒有光輝。問群臣，莫有知者，惟攸對曰：『此名鼮鼠』，詔：『何以知之？』攸曰：『見《爾雅》』，詔案視書，果如攸言。賜帛百匹。」 3. 《文選・任昉薦士表》李善《注》引摯虞《三輔決錄》、《水經・穀水注》引虞書，文亦同。
7	漢	武帝		《史記・儒林傳》：「稱武帝詔令，文章爾雅，訓詞深厚。」《漢書・儒林傳》並載。	「爾雅」，《史記索隱》：「雅正」；顏注《漢書》：「近正」。
8	漢			《大戴禮記・小辨篇》：「公曰：『寡人欲學小辨，以觀於政，可乎？』子曰：『否，不可……』公曰：『不辨則何以為政？』子曰：『辨而不小，夫小辨破言，小言破義，小義破道。道小不通，通道必簡，是故循弦以觀於樂，足以辨風矣；《爾雅》以觀於古，足以辨言矣。』」	盧辯《注》：「爾，近也，謂依於雅頌。」孔廣森《補注》：「《爾雅》即《爾雅》書也。」
9	漢			劉向《別錄》、劉歆《七略・六藝略・孝經家》著《爾雅》三卷二十篇，為稱說及著錄《爾雅》之始。	《漢書・藝文志・六藝略・孝經》下：「《爾雅》三卷二十篇。」
10	漢	武帝		犍為文學□舍人撰《爾雅注》三卷	1. 《釋文・敘錄》：「《爾雅犍為文學注》三卷。」 2. 漢人為經傳作注，今所知者，以此編為最古。 3. 作者及成書年代，眾說紛紜，詳見：(1) 朱彝尊《經義考》(2) 謝啓昆《小學考》(3) 孫怡谷《讀書脞錄續編》(4) 翁方綱《經義考補正》(5) 胡元玉《雅學考》(6) 劉師培《左盦集》(7) 黃侃《爾雅略說》(8) 余嘉錫《四庫提要辨證》(9) 楊樹達〈注爾雅臣舍人說〉(《積微居小學述林》)(10) 周祖謨〈爾雅作者及其成書之年代〉(《問學集》) 4. 餘參本文第二章及附錄一
11	漢			劉歆《西京雜記》：「郭威，字文偉，茂陵人也。好讀書，以謂《爾雅》周公所制，而《爾雅》有『張仲孝友』，張仲，宣王時人，非周公之制明矣。余嘗以問揚子雲，子雲曰：『孔子門徒游、夏之儔所記，以解釋《六藝》者也。』家君以為〈外戚傳〉稱史佚教其子以《爾雅》，《爾雅》小學也。又言孔子教魯哀公學《爾雅》，《爾雅》之出遠矣。」	

12	漢			劉歆撰《爾雅注》三卷	1.《釋文·敘錄》:「《爾雅》劉歆《注》三卷」 2. 餘參本文第二章及附錄一.
13	漢	平帝元始四年	4	王莽奏起明堂，徵天下通一藝教授者。	《漢書·王莽傳》:「是歲，莽奏起明堂、辟雍、靈臺，爲學者，築舍萬區……徵天下通一藝教授十一人以上，及有逸《禮》、古《書》、《毛詩》、《周官》、《爾雅》、天文……通知其意者，皆詣公車，網羅天下異能之士，至者前後千數。」
14	漢	平帝元始五年	5	徵天下以《爾雅》等教授者詣京師	《漢書·平帝本紀》:「元始五年春正月，徵天下通知逸經、古記、天文、曆算、鍾律、小學、史篇、方術、本草，及以《五經》、《論語》、《孝經》、《爾雅》教授者，在所爲駕，一封軺傳，遣詣京師，至者數千。」按即前年，王莽所奏者。
15	漢			王充《論衡》:「《爾雅》之書，《五經》之訓故。」	
16	漢	章帝建初元年	76	賈逵與帝言古文《尚書》與經傳《爾雅》詁訓相應	《後漢書·賈逵傳》:「建初元年，詔逵入講北宮白虎觀、南宮雲臺，逵數與帝言《古文《尚書》與經傳《爾雅》詁訓相應，詔令撰歐陽、大小夏侯《尚書》古文異同，逵集爲三卷，帝善之。」
17	漢			鄭康成《駁五經異義》:「某之聞也，《爾雅》者，孔子門人所作，以釋《六藝》之旨，蓋不誤也。」	按《詩·黍離正義》引
18	漢			《鄭志·答張逸》曰:「《爾雅》之文雜，非一家之著，則孔子門人所作，亦非一人。」	按《詩·鳧鷖正義》引
19	漢			趙岐〈孟子題辭〉:「孝文皇帝時欲廣游學之路，《論語》、《孝經》、《孟子》、《爾雅》皆置博士。」	
20	漢			劉熙《釋名》:「《爾雅》，爾，昵也；昵，近也。雅，義也；義，正也。五方之言不同，告以近正爲主也。」	
21	漢			樊光撰《爾雅注》三卷	1. 《隋書·經籍志》:「《爾雅》三卷，漢·中散大夫樊光《注》。」 2. 《釋文敘錄》:「《爾雅》樊光《注》六卷」。 3. 餘參本文第二章及附錄一
22	漢			李巡撰《爾雅注》三卷	1. 《隋書·經籍志》:「梁有漢·劉歆、犍爲文學、中黃門李巡《爾雅》各三卷，亡。」 2. 餘參本文第二章及附錄一

23	魏			孫炎撰《爾雅注》七卷	1. 按《三國志・魏書・王肅傳》:「時安樂・孫叔然授學鄭玄之門，人稱東州大儒，徵爲秘書監，不就，作《爾雅注》。」 2. 餘參本文第二章及附錄一
24	魏			孫炎撰《爾雅音》一卷	參本文第二章及附錄一
25	魏			張揖〈上廣雅表〉:「昔在周公，纘述唐虞，宗翼文武，剋定四海，勤相成王，六年制禮，以導天下，著《爾雅》一篇，以釋其義。《禮・三朝記》:『哀公曰：寡人欲學小辨，以觀於政，可乎？子曰:《爾雅》以觀於古，足以辨言矣。』、《春秋元命苞》言:『子夏問夫子作《春秋》，不以初哉首基爲始何？』是以知周公所作也，今俗所傳三篇《爾雅》，或言仲尼所增，或言子夏所益，或言叔孫通所補，或言沛郡・梁文所考。」	按文長，上所引經刪節。
26	魏			劉邵撰《爾雅注》	1. 《初學記》卷三〈歲時部〉引 2. 餘見本文第二章及附錄一
27	晉	武帝太康二年	281	汲冢得竹書《國語》三篇，似《爾雅》。	按《晉書・武帝本紀》不載，〈束晳傳〉:「太康二年，汲郡人不準盜發魏襄王墓，或言安釐王冢，得竹書數十車，各國語三篇言楚、晉事，各三篇似《爾雅》《論語》。」
28	晉			郭璞撰《爾雅注》五卷	參本文第二章及附錄一
29	晉			郭璞撰《爾雅圖》十卷	同前
30	晉			郭璞撰《爾雅圖讚》二卷	同前
31	晉			郭璞撰《爾雅音》一卷	同前
32	晉			郭璞《爾雅注・序》:「《爾雅》者，所以通詁訓之指歸，敘詩人之興詠，辨同實而殊號者也……蓋興於中古，隆於漢氏。」	
33	晉			郭璞《爾雅注・序》:「璞不揆檮昧，少而習焉，沈研鑽極，二九載矣。雖注者十餘，然猶未詳備，並多紛繆，有所漏略。是以復綴集異聞，會粹舊說；考方國之語，采謠俗之志；錯綜樊、孫，博關群言；剟其瑕礫，搴其蕭稂；事有隱滯，援據徵之；其所易了，闕而不論。」	
34	晉			《晉書・郭璞傳》:「字純，好經術，博學有高才，而訥於言，詞賦爲中興之冠，好古文奇字，妙於陰陽算曆，注釋《爾雅》，別爲《音義》《圖譜》傳於世。」	
35	晉			《晉書・蔡謨傳》:「謨初渡江，見蟛蜞，大喜曰：『蟹有八足，加以二螯。』令烹之，既食，吐下委頓，方知非蟹。後詣謝尚而說之，尚曰：『卿讀《爾雅》不熟，幾爲〈勸學〉死。』」	按《西溪叢語》卷下亦載

36	北齊			顏之推《顏氏家訓・書證篇》:「《爾雅》周公所作,而云張仲孝友,由後人所羼,非本文也。」	
37	梁			沈旋撰《集注爾雅》十卷	參本文第二章及附錄一
38	梁			《梁書・王筠傳》:「《周官》、《儀禮》、《國語》、《爾雅》、《山海經》、《本草》,並再抄,未嘗倩人假手,並躬自抄錄。」	
39	梁			劉勰《文心雕龍》:「《爾雅》者,孔子之徒所纂,而《詩》《書》之襟帶也。」	
40	陳			施乾撰《爾雅音》	參本文第二章及附錄一
41	陳			謝嶠撰《爾雅音》	同前
42	陳			顧野王撰《爾雅音》	同前
43	隋	煬帝大業		令諸儒撰《爾雅注》,藏於秘書。	按《隋書・煬帝本紀》不載,《唐書・儒學・曹憲傳》:「煬帝令諸儒撰《桂苑珠叢》,規正文字,又注《爾雅》,學者推其該博,藏於秘書。」
44	隋			江漼撰《爾雅音》八卷	參本文第二章及附錄一
45	隋			江漼撰《爾雅圖讚》二卷	同前
46	唐			陸德明撰《爾雅音義》二卷	同前
47	唐	太宗貞觀十六年	642	太宗美陸氏《音義》,賜布帛百匹。	按《玉海》卷四十二〈經解〉:「貞觀十六年四月甲辰,太宗閱陸德明《經典音義》,美其弘益學者,賜其家布帛百匹。」
48	唐	玄宗天寶元年	742	令明經進士習《爾雅》	按《唐書・玄宗本紀》不載,《舊唐書・選舉志》:「天寶元年,明經進士習《爾雅》。」
49	唐			韓昌黎言注《爾雅》蟲魚非磊落人	按《古今圖書集成》卷三○五〈爾雅部〉引《太平清話》:「韓昌黎嘗言注《爾雅》蟲魚非磊落人。」又引王氏《談錄》:「公言《爾雅》《文選》待文士之秘學也,使人知之,必譏其所習淺末,至規撫裁取,不習或問,嘗戲曰:『韓愈詩多用訓故,而反曰《爾雅注》蟲魚,定非磊落人,此人滅迹也。』」
50	唐	文宗太和七年	833	國子監立《爾雅石經》	按《唐書・文宗本紀》不載,《唐會要》卷六十六東都國子監:「太和七年十二月敕於國子監講論堂兩廊,創立《九經》并《孝經》、《論語》、《爾雅》,共一百五十九卷。」
51	唐			唐《四庫書目》始置〈小學類〉之首	按羅願《爾雅翼》都穆〈序〉:「《爾雅》周公書也,昔之志藝文者,以之附於《孝經》。志經籍者,以之附於《論語》,皆所以尊經也。唐《四庫書目》,始置之小學之首。」

52	唐			陸德明《釋文・敘錄》:「《爾雅》所以訓釋《五經》，辨章同異，多識草木鳥獸之名，博覽而不惑者也。爾，近也；雅，正也；言可近而取正也。〈釋詁〉一篇，蓋周公所作。〈釋詁〉以下，或言仲尼所增，子夏所足，叔孫通所益，梁文所補，張揖論之詳矣。」	
53	唐			賈公彥《周禮疏》:「《爾雅》者，孔子門人作，所以釋《六藝》之文。」	
54	唐			裴瑜撰《爾雅注》五卷	參本文第二章及附錄一
55	後周	太祖廣順三年	953	刻《爾雅》板	按《五代史・周太祖本紀》不載，《玉海》卷四十三〈讎正五經〉:「周廣順三年六月丁巳，《十一經》及《爾雅》、《五經文字》、《九經字樣》板成，判監田敏上之，各二部一百三十冊，四門博士李鄂書。」
56	五代			毋昭裔撰《爾雅音略》三卷	參本文第二章及附錄一
57	五代			孫炎撰《爾雅義疏》	同前，按非魏・孫炎。
58	五代			高璉撰《爾雅疏》七卷	同前
59	宋			孫奭撰《爾雅釋文》一卷	同前
60	宋	太祖開寶五年	972	判監陳鄂等校《爾雅釋文》上	按《宋史・太祖本紀》不載，《玉海》卷四十三〈讎正五經〉:「開寶五年判監陳鄂與姜融等四人校《孝經》、《論語》、《爾雅》、《釋文》上之。」
61	南唐	後主壬申	972	江南進士問《爾雅》「天雞」	按《困學紀聞》卷八〈小學〉引宋・鄭文寶《南唐近事》:「後主壬申，張秘知貢舉，試『天雞弄和風』，秘但以《文選》中詩句爲題，未嘗詳究。有進士曰云:『《爾雅》螒天雞、鶾天雞，未知熟是？』秘大驚，不能對，亟取《爾雅》檢之，一在〈釋蟲〉，一在〈釋鳥〉，果有二，因自失。」
62	宋	太宗淳化五年	994	詔增刻《爾雅義疏》	按《宋史・太宗本紀》不載，《宋史・李至傳》:「淳化五年，兼判國子監至上言《五經》《書疏》已板行，惟二《傳》、二《禮》、《孝經》、《論語》、《爾雅》、《七經疏》未備，豈副仁君垂訓之意，今直講崔頤正、孫奭、崔偓佺皆勵精強學，博通精義，望令重加校讎，以備刊刻，從之。」
63	宋			邢昺等撰《爾雅疏》十卷	
64	宋	眞宗咸平二年	999	詔邢昺等校定《爾雅義疏》	按《宋史・眞宗本紀》不載，《宋史・儒林・邢昺傳》:「咸平二年始置翰林侍講學士，以昺爲之，受詔與杜鎬、舒雅、孫奭、李慕清、崔偓佺等校定《周禮》、《儀禮》、《穀梁春秋傳》、《孝經》、《論語》、《爾雅義疏》，及成並加階勳。」

65	宋	眞宗咸平四年	1001	邢昺等表上重校定《爾雅》，摹印頒行。	按《宋史·眞宗本紀》不載，《玉海》卷四十三〈讎正五經〉：「咸平四年九月丁亥，翰林侍講學士邢昺等及直講崔偓佺等表上重校定《周禮》、《儀禮》、《公羊、穀梁傳》、《孝經》、《論語》、《爾雅》、《七經義疏》，凡一百六十五卷。賜宴國子監，昺加一階，餘遷秩。十月九日命摹印頒行，于是《九經》義疏具矣。」
66	宋	眞宗景德二年	1005	杜鎬、孫奭等詳定《爾雅釋文》	按《宋史·眞宗本紀》不載，《玉海》卷四十四〈小學〉：「景德二年四月丁酉，吳鉉言國學板本《爾雅釋文》多誤，命杜鎬、孫奭詳定。」
67	宋	仁宗皇祐元年	1049	鐫《石室十三經》畢	按《宋史·仁宗本紀》不載，《玉海》卷四十三〈石經〉：「《石室十三經》孟蜀所鐫，惟《三傳》至皇祐初方畢，故《公羊傳》後書大宋皇祐元年歲次己丑九月辛卯朔十五日……《論語》《爾雅》張德釗書。」
68	宋			歐陽修《詩本義》卷五〈鴟鴞〉：「《爾雅》非聖人之書，不能無失，考其文理，乃是秦、漢之間，學《詩》者纂集《詩》博士解語。」	
69	宋			王雱撰《爾雅注》一卷	按：雱，安石子。參本文第二章及附錄一。
70	宋			陸佃撰《爾雅新義》二十卷	參本文第二章及附錄一
71	宋			葉夢得《石林集》：「《爾雅》訓釋，最爲近古，世言周公所作，妄矣。其言多是《詩》類中語，而取毛氏說爲正，予意此漢人所作耳。」	
72	宋			鄭樵撰《爾雅注》三卷	參本文第二章及附錄一
73	宋			潘翼撰《爾雅》釋	同前
74	宋			《朱子語類》：「《爾雅》是取傳注以作，後人却以《爾雅》證傳注。」	
75	宋			《朱子語類》：「《爾雅》非是只是據諸處訓釋而作，趙岐說《孟子》、《爾雅》皆置博士，在《漢書》亦無可考。」	
76	宋	孝宗淳熙元年	1174	羅願撰《爾雅翼》三十二卷	按據《小學考》，書成於此年。餘參第二章及附錄一。
77	宋			林光朝《艾軒詩說》：「《爾雅》，《六籍》之戶牖，學者之要津也。古人之學，必先通《爾雅》，則《六籍》百家之言，皆可以類求也。及散裂《爾雅》而投諸箋注，說隨意遷，文從義變，說或拘泥，則文亦牽合，學者始以訓詁爲不足學也。不知〈釋詁〉、〈釋言〉、〈釋訓〉，亦猶《詩》之有六義，小學之有六書也。」	

78	宋			晁公武《郡齋讀書志》:「世傳〈釋詁〉周公書也，餘篇仲尼、子夏、叔孫通、梁文增補之……《漢書・藝文志》獨以《爾雅》附〈孝經類〉,《隋書・經籍志》,又以	
				《爾雅》附〈論語類〉，皆非是，今依《四庫書目》，置於小學之首。」	
79	宋			陳傅良〈跋爾雅疏〉:「隋、唐以來，以科目取士，此書不課於舉子，由是浸廢。韓退之以古文名世，尙以注蟲魚爲不切，則知誦習者寡矣。」	
80	元	順帝至正元年	1341	危素注《爾雅》成，賜金不受。	按《元史・順帝本紀》不載,《明史・危素傳》:「至正元年，用大臣薦授經筵檢討，及注《爾雅》成，賜金及宮人，不受。」
81	元			洪炎祖字潛夫，爲元平江路學錄，所著有《爾雅翼音注》三十二卷。	按《古今圖書集成》卷三○五〈爾雅部〉引《歙縣志》
82	元			胡炳文字仲虎，幼嗜學，既長篤志朱子之學，上遡伊洛，以達洙泗淵源，所著有《爾雅韻語》。	《古今圖書集成》卷三○五〈爾雅部〉引《婺源縣志》
83	元			陳櫟撰《爾雅翼節本》	參本文第二章及附錄一
84	明	太祖洪武六年	1373	趙俶請以正定《十三經》頒示天下	按《明史・趙俶傳》:「洪武六年徵，至論經史。貫串古今，除國子博士。帝御奉天殿，召俶等曰經學必宗孔子，毋以儀、秦縱橫，俶請以正定《十三經》頒示天下，屏《戰國策》及陰陽讖卜諸書勿列學官。」
85	明			薛敬之撰《爾雅便音》	參本文第二章及附錄一
86	明			郎奎金撰《爾雅糾譌》	同前
87	明			譚吉璁撰《爾雅廣義》及《綱目》	同前
88	明			李舜臣初苦漢、唐人注疏難入，已知其指歸在《爾雅》,《爾雅》本六書，乃質以篆隸、《廣韻》，及陸德明《音義》，有所纂述，鍵戶窮探，一時經學之士，求有出其右者。	按見《古今圖書集成》卷三○五〈爾雅部〉引

參考書目

1. 《爾雅》三卷，晉・郭璞《注》，南宋・國子監刻本，臺北：故宮博物院。
2. 《爾雅》三卷，晉・郭璞《注》，清・臧庸拜經堂翻刊元・雪牕書院本，臺北：中央圖書館（今國家圖書館）。
3. 《爾雅》三卷，晉・郭璞《注》，《古逸叢書》影宋・蜀大字本，臺北，故宮博物院。
4. 《爾雅注疏》十一卷，晉・郭璞《注》、宋・邢昺《疏》，元刊九行本，臺北：中央圖書館（今國家圖書館）。
5. 《爾雅注疏》十一卷，晉・郭璞《注》、宋・邢昺《疏》，明・李元陽福建刊本，臺北：中央圖書館（今國家圖書館）。
6. 《爾雅注疏》十一卷，晉・郭璞《注》、宋・邢昺《疏》，明汲古閣刊本，臺北：中央圖書館（今國家圖書館）。
7. 《十三經注疏》，藝文印書館，民國七十年（1981 年）八版。
8. 《詩本義》，宋・歐陽修，臺灣商務印書館，文淵閣《四庫全書》本。
9. 《授經圖》，明・朱睦㮮，臺灣商務印書館，民國六十七年（1978 年）臺一版。
10. 《經學歷史》，清・皮錫瑞，漢京文化公司，民國七十二年（1983 年）初版。
11. 《僞經考》，清・康有爲，臺灣商務印書館，民國六十三年（1974 年）臺二版。
12. 《兩漢經學今古文平議》，錢穆，東大圖書公司，民國六十七年（1978 年）臺再版。
13. 《中國經學史的基礎》，徐復觀，學生書局，民國七十一年（1982 年）初版。

14. 《中國歷代經籍典》，臺灣中華書局，民國五十九年（1970 年）初版。
15. 《史記會注考證》，瀧川龜太郎，洪氏出版社，民國七十年（1981 年）初版。
16. 《漢書》，漢・班固，鼎文書局，據北京中華書局點校本《二十四史》影印（下同），民國六十九年（1980 年）。
17. 《後漢書》，晉・范曄。
18. 《三國志》，晉・陳壽。
19. 《晉書》，唐・房玄齡。
20. 《宋書》，梁・沈約。
21. 《南齊書》，梁・蕭子顯。
22. 《梁書》，唐・姚思廉。
23. 《陳書》，唐・姚思廉。
24. 《隋書》，唐・魏徵。
25. 《舊唐書》，後晉・劉昫。
26. 《新唐書》，宋・歐陽修。
27. 《宋史》，元・脱脱。
28. 《清代通史》，蕭一山，臺灣商務印書館，民國七十四年（1985 年）臺六版。
29. 《中國歷史紀元年表》，萬國鼎編，本鐸出版社，民國六十九年（1980 年）。
30. 《小爾雅》，漢・孔鮒，《百部叢書集成初編》之九《古今逸史》。
31. 《方言》，漢・揚雄，《四庫全書珍本別輯》第五十一冊。
32. 《釋名》，漢・劉熙，上海：涵芬樓據明・嘉靖翻宋本影印。
33. 《説文解字注》，漢・許愼著、清・段玉裁注，黎明文化公司，民國六十九年（1980 年）五版。
34. 《廣雅》，魏・張揖，臺灣商務印書館，文淵閣《四庫全書》本。
35. 《經典釋文》，唐・陸德明，鼎文書局，民國六十四年（1975 年）再版。
36. 《説文繫傳》，南唐・徐鍇，臺灣商務印書館，文淵閣《四庫全書》本。
37. 《廣雅疏證》，清・王念孫，廣文書局，民國六十年（1971 年）。
38. 《助字辨略》，清・劉淇，開明書店，民國五十八年（1969 年）臺三版。
39. 《經傳釋詞補再補》，清・王引之著、清・孫經世補，漢京文化公司，民國七十二年（1983 年）初版。
40. 《經詞衍釋》，清・吳昌瑩，世界書局，民國四十五年（1956 年）初版。

41. 《小學考》，清・謝啓昆，廣文書局，民國五十八年（1969 年）初版。
42. 《說文解字句讀》，清・王筠，廣文書局，民國六十一年（1972 年）。
43. 《經義述聞等三種》，清・王引之，鼎文書局，民國六十二年（1973 年）初版。
44. 《古書虛字集釋》，裴學海，廣文書局，民國五十一年（1962 年）初版。
45. 《說文解字詁林》正補合編，丁福保，鼎文書局，民國七十二年（1983 年）二版。
46. 《中國訓詁學史》，胡樸安，臺灣商務印書館，民國七十一年（1982 年）臺九版。
47. 《中國文字學史》，胡樸安，臺灣商務印書館，民國七十二年（1983 年）臺九版。
48. 《中國音韻學史》，張世祿，臺灣商務印書館，民國七十一年（1982 年）臺六版。
49. 《文字學概說》，林尹，正中書局，民國六十年（1971 年）。
50. 《訓詁學槩要》，林尹，正中書局，民國六十一年（1972 年）。
51. 《中國文字學通論》，謝雲飛，學生書局，民國六十八年（1979 年）六版。
52. 《爾雅義訓釋例》，謝雲飛，華岡出版部。
53. 《訓詁學概論》，齊佩瑢，廣文書局，民國五十一年（1962 年）初版。
54. 《訓詁學簡論》，張永言，新文豐出版公司，民國七十三年（1984 年）初版。
55. 《訓詁學概論》，齊佩瑢，漢京文化公司，民國七十四年（1985 年）初版。
56. 《訓詁學》，徐善同，宏業書局。
57. 《訓詁學引論》，何仲英，臺灣商務印書館，民國六十年（1971 年）臺二版。
58. 《訓詁學要略》，周大璞，新文豐出版公司，民國七十三年（1984 年）初版。
59. 《訓詁學大綱》，胡楚生，蘭臺書局，民國七十四年（1985 年）四版。
60. 《清代雅學考》，林明波，自印本，民國五十七年（1968 年）。
61. 《唐以前小學書之分類與考證》，林明波，臺灣商務印書館，民國六十四年（1975 年）初版。
62. 《文字聲韻訓詁筆記》，黃侃口述、黃焯筆記，木鐸出版社，民國七十二年（1983 年）。
63. 《古音學發微》，陳新雄，文史哲出版社，民國七十二年（1983 年）三版。

64. 《六書商榷》，帥鴻勳，正中書局，民國六十八年（1979 年）臺二版。
65. 《高郵王氏父子學之研究》，方俊吉，文史哲出版社，民國六十三年（1974 年）初版。
66. 《中國字典史略》，劉葉秋，漢京文化公司，民國七十三年（1984 年）初版。
67. 《積微居小學述林》，楊樹達，大通書局，民國六十年（1971 年）。
68. 《中國近三百年學術史》，梁啓超，華正書局，民國六十八年（1979 年）。
69. 《清代學術概論》，梁啓超，華正書局，民國七十三年（1984 年）初版。
70. 《中國近三百年學術史》，錢穆，臺灣商務印書館，民國七十三年（1984 年）臺八版。
71. 《中國哲學史》，馮友蘭。
72. 《論戴震與章學誠》，余英時，華世出版社，民國六十九年（1980 年）臺影二版。
73. 《歷史與思想》，余英時，聯經出版公司，民國七十三年（1984 年）九版。
74. 《清朝文獻通考》，清．高宗敕撰，臺灣商務印書館，《萬有文庫》第二集《十通》第十種。
75. 《四庫全書總目》，清．紀昀，藝文印書館，民國六十八年（1979 年）五版。
76. 《販書偶記》，孫殿起，中文出版社，民國六十八年（1979 年）初版。
77. 《販書偶記續編》，孫殿起，洪氏出版社，民國七十一年（1982 年）再版。
78. 《書目答問補正》，清．張之洞著、民國．范希曾補正，漢京文化公司，民國七十三年（1984 年）初版。
79. 《清朝續文獻通考》，劉錦藻，新興書局，民國五十二年（1963 年）一版。
80. 《重修清史藝文志》，彭國棟，臺灣商務印書館，民國五十七年（1968 年）初版。
81. 《中國歷代藝文總志》（經部），臺北：中央圖書館（今國家圖書館）編印，民國七十三年（1984 年）。
82. 《藝文志二十種引得》，洪業，燕京大學圖書館，民國二十二年（1933 年）。
83. 《江蘇省立國學圖書館現存書目》，民國三十七年（1948 年）初版。
84. 《東京大學東洋文化研究所漢籍分類目錄》。

85. 《日本尊經閣文庫漢籍分類目錄》。
86. 《日本內閣文庫漢籍分類目錄》。
87. 《清史列傳》，清史館編，明文書局，《清代傳記叢刊》，民國七十四年（1985年）初版（下同）。
88. 《文獻徵存錄》，清・錢林。
89. 《國朝學案小識》，清・唐鑑。
90. 《國朝耆獻類徵初編》，清・李桓。
91. 《儒林集傳錄存》，清・阮元。
92. 《初月樓聞見錄》，清・吳德旋。
93. 《昭代名人尺牘小傳》，清・吳修。
94. 《國朝書家筆錄》，清・竇鎮。
95. 《碑傳集》，清・錢儀吉。
96. 《碑傳集補》，閔爾昌。
97. 《清代樸學大師列傳》，支偉成，藝文印書館。
98. 《清史稿列傳》，趙爾巽。
99. 《清朝先正事略》，李元度。
100. 《詞林輯略》，朱汝珍。
101. 《國朝詩人徵略初編》，張維屏。
102. 《續詩人徵略》，吳仲。
103. 《清代七百名人傳》，蔡冠洛。
104. 《清儒學案小傳》，徐世昌。
105. 《清代傳記叢刊索引》，周駿富。
106. 《歷代名人年里碑傳總表》，姜亮夫，臺灣商務印書館，民國六十四年（1975年）臺三版。
107. 《增補六臣註文選》，梁・蕭統編、唐・李善等注，漢京文化公司，民國六十九年（1980年）初版。
108. 《玉海》，宋・王應麟，臺灣商務印書館，文淵閣《四庫全書》本。
109. 《石林集》，宋・葉夢得，臺北：中央研究院歷史語言研究所藏，鈔本。
110. 《西溪叢語》，宋・姚寬，臺灣商務印書館，《四庫珍本》十二集。
111. 《困學紀聞》，宋・王應麟，新文豐圖書公司，《叢書集成新編》。
112. 《蛾術編》，清・王鳴盛，信誼書局，民國六十五年（1976年）。
113. 《經義考目錄校記》，羅振玉，廣文書局。
114. 《黃侃論學雜著》，黃侃，漢京文化公司，民國七十三年（1984年）初版。

115. 《問學集》，周祖謨，知仁出版社，民國六十五年（1976 年）初版。
116. 《斠讎學》，王叔岷，臺北：中央研究院歷史語言研究所專刊之三十七，民國四十八年（1959 年）。
117. 《校讎學》，胡樸安，上海：商務印書館，民國二十二年（1933 年）。
118. 《校讎目錄學纂要》，蔣伯潛，正中書局，民國三十五年（1946 年）初版。
119. 《校讎學史》，蔣元卿，臺灣商務印書館，民國五十八年（1969 年）臺二版。
120. 《六十年來之國學》，程發軔，正中書局，民國六十一年（1972 年）初版。

（清代《爾雅》學書目見本文第四、五章及附錄一）

（以下期刊論文依年代由近及遠排列）

121. 〈明末清初經學研究的回歸原典運動〉，林慶彰，《國際孔學會議論文》，民國七十六年（1987 年）。
122. 〈清代爾雅學〉，盧國屏，政治大學中文所「中國經學史」報告，民國七十五年（1986 年）。
123. 《明代考據學研究》，林慶彰，東吳大學中文所博士論文，民國七十三年（1984 年）。
124. 《高郵王氏讀書雜志訓詁術語研究》，王允莉，文化大學中文所碩士論文，民國七十年（1981 年）。
125. 《廣雅考》，梁春華，政治大學中文所碩士論文，民國六十四年（1975 年）。
126. 《王念孫王引之父子的訓詁方法》，張以仁，行政院國家科學委員會（以下簡稱「國科會」）論文，六三H〇〇二，民國六十三年（1974 年）。
127. 〈爾雅辨例〉，高明，《中華學苑》十三期，民國六十三年（1974 年）。
128. 〈爾雅之作者及其撰作之時代〉，高明，《中華學苑》十四期，民國六十三年（1974 年）。
129. 《經傳釋詞辨例》，程南洲，政治大學中文所碩士論文，民國六十二年（1973 年）。
130. 《小爾雅考釋》，許老居，臺灣師範大學國文所碩士論文，民國六十二年（1973 年）。
131. 《爾雅義疏指例》，蔡謀芳，臺灣師範大學國文所碩士論文，民國六十一年（1972 年）。

132. 《爾雅引三禮考》，余培林，國科會論文六一H〇三七，民國六十一年（1972 年）。

133. 《爾雅引毛傳考》，余培林，國科會論文六〇H〇四三，民國六十年（1971 年）。

134. 《説文草木疏》，王初慶，輔仁大學中文所碩士論文，民國五十九年（1970 年）。

135. 《詩毛氏傳訓詁例證》，趙逸文，文化大學中文所碩士論文，民國五十三年（1964 年）。

136. 〈論郝懿行的爾雅義疏〉，張永言，《中國語文》十一期，民國五十一年（1962 年）。

137. 〈爾雅正義與爾雅義疏之比較研究〉，雲維莉，《南洋大學中國語文學報》第二期。